卷四

王爽 主编

古文名篇鉴赏

吉林出版集团有限责任公司

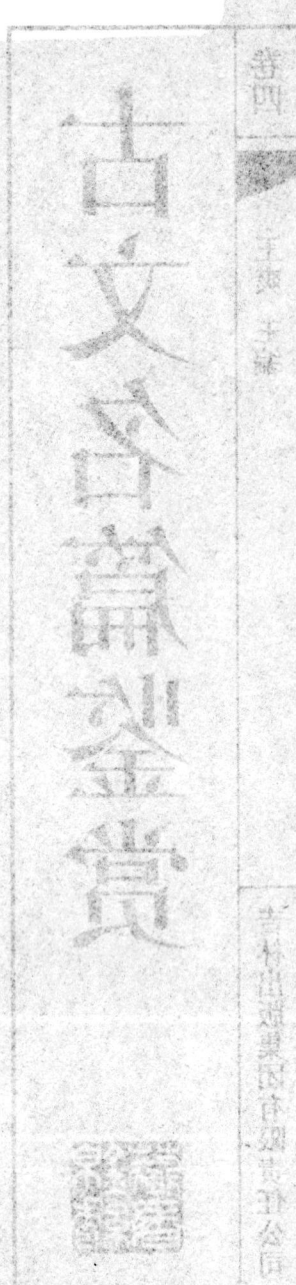

目 录

归有光
【《吴山图》记】……………（695）
【寒花葬志】…………………（697）
【项脊轩志】…………………（698）
【先妣事略】…………………（700）

唐顺之
【任光禄竹溪记】……………（703）
【答茅鹿门知县（二）】………（705）

茅 坤
【《青霞先生文集》序】………（707）

徐 渭
【自为墓志铭】………………（710）

宗 臣
【报刘一丈书】………………（713）

王世贞
【题《海天落照图》后】………（715）
【蔺相如完璧归赵论】………（717）

李 贽
【题孔子像于芝佛院】………（718）
【李卓吾先生遗言】…………（719）

袁宗道
【龙 湖】……………………（721）
【极乐寺纪游】………………（722）

徐光启
【《甘薯疏》序】………………（723）

袁宏道
【徐文长传】…………………（725）
【叙小修诗】…………………（728）
【叙陈正甫《会心集》】………（730）
【虎丘记】……………………（732）
【满井游记】…………………（734）
【西湖（一）】…………………（735）
【西湖（二）】…………………（736）

钟 惺
【夏梅说】……………………（738）
【浣花溪记】…………………（739）

王思任
【小 洋】……………………（741）

徐宏祖
【游黄山日记（后）】…………（743）

谭元春
【再游乌龙潭记】……………（744）

刘 侗
【水尽头】……………………（746）

魏学洢
【核舟记】……………………（747）

张 岱
【柳敬亭说书】………………（750）
【西湖七月半】………………（751）
【湖心亭看雪】………………（753）
【《陶庵梦忆》序】……………（755）
【自为墓志铭】………………（757）

吴从先
【倪云林画论】………………（760）

张 溥
【五人墓碑记】………………（762）

祁彪佳
【《寓山注》序】………………（765）

黄淳耀
【李龙眠画罗汉记】…………（767）

张煌言
【《奇零草》自序】……………（769）

张明弼
【避风岩记】…………………（772）

夏完淳
　【狱中上母书】……………(774)
钱谦益
　【徐霞客传】………………(777)
黄宗羲
　【原　君】…………………(781)
　【柳敬亭传】………………(784)
彭士望
　【九牛坝观抵戏记】………(786)
李　渔
　【芙　蕖】…………………(790)
顾炎武
　【复庵记】…………………(792)
侯方域
　【李姬传】…………………(793)
　【马伶传】…………………(796)
　【癸未去金陵日与阮光禄书】……(798)
施闰章
　【就亭记】…………………(801)
周　容
　【芋老人传】………………(803)
王夫之
　【论梁元帝读书】…………(805)
毛先舒
　【戴文进传】………………(809)
林嗣环
　【口　技】…………………(810)
魏　禧
　【大铁椎传】………………(812)
汪　琬
　【江天一传】………………(814)
　【传是楼记】………………(817)
宋起凤
　【核工记】…………………(819)
沙张白
　【市声说】…………………(820)
姜宸英
　【《奇零草》序】…………(822)

宋　荦
　【游姑苏台记】……………(824)
邵长蘅
　【阎典史传】………………(826)
廖　燕
　【选古文小品序】…………(830)
戴名世
　【鸟　说】…………………(832)
　【醉乡记】…………………(833)
　【画网巾先生传】…………(834)
方　苞
　【狱中杂记】………………(837)
　【左忠毅公逸事】…………(842)
　【高阳孙文正公逸事】……(844)
郑　燮
　【范县署中寄舍弟墨第四书】……(845)
刘大櫆
　【游三游洞记】……………(847)
彭端淑
　【为学一首示子侄】………(849)
全祖望
　【梅花岭记】………………(850)
　【亭林先生神道表】………(853)
袁　枚
　【黄生借书说】……………(860)
　【游黄山记】………………(862)
　【祭妹文】…………………(865)
纪　昀
　【与余存吾太史书】………(868)
蒋士铨
　【《鸣机夜课图》记】……(870)
钱大昕
　【弈喻】……………………(873)
毕　沅
　【岳　飞】…………………(875)
姚　鼐
　【《古文辞类纂》序】……(876)
　【左仲郛浮渡诗序】………(881)
　【登泰山记】………………(883)

【游媚笔泉记】………………(885)
【朱竹君先生传】……………(887)
【袁随园君墓志铭】…………(889)
彭绍升
【重修盘门双忠祠记】………(891)
崔　述
【冉氏烹狗记】………………(892)
汪　中
【自　序】……………………(895)
【哀盐船文】…………………(897)
洪亮吉
【治平篇】……………………(901)
恽　敬
【游翠微峰记(一)】…………(902)
【游翠微峰记(二)】…………(904)
张惠言
【《词选》序】………………(905)

管　同
【游西陂记】…………………(907)
梅曾亮
【《阮小咸诗集》序】………(909)
【游小盘谷记】………………(910)
【钵山馀霞阁记】……………(912)
龚自珍
【说居庸关】…………………(913)
【己亥六月重过扬州记】……(915)
【病梅馆记】…………………(918)
吴敏树
【说钓】………………………(920)
王　拯
【《媭砧课诵图》序】………(922)
刘　蓉
【习惯说】……………………(923)

《吴山图》记

归有光

　　吴、长洲①二县在郡治所②,分境而治③。而郡西诸山皆在吴县。其最高者,穹窿④、阳山⑤、邓尉⑥、西脊⑦、铜井⑧,而灵岩⑨,吴之故宫⑩在焉⑪,尚⑫有西子⑬之遗迹。若⑭虎丘⑮、剑池⑯及天平⑰、尚方⑱、支硎⑲,皆胜地也。而太湖汪洋三万六千顷,七十二峰⑳沉浸其间,则海内㉑之奇观矣。

　　余同年㉒友魏君用晦为吴县㉓,未及三年,以高第㉔召入为给事中㉕。君之为县有惠爱㉖,百姓扳留㉗之不能得,而君亦不忍于其民,由是㉘好事者㉙绘《吴山图》以为赠㉚。

　　夫令之于民㉛诚㉜重矣。令诚贤也,其地之山川草木亦被㉝其泽而有荣也;令诚不贤也,其地之山川草木亦被其殃而有辱也。君于吴之山川盖增重矣,异时吾民将择胜㉞于岩峦之间,尸祝㉟于浮屠㊱、老子之宫㊲也固宜。而君则亦既㊳去㊴矣,何复惓惓㊵于此山哉?昔苏子瞻㊶称韩魏公去黄州四十馀年,而思之不忘,至以为《思黄州诗》,子瞻为黄人刻之于石㊷。然后知贤者于其所至,不独㊸使其人之不忍忘,而己亦不能自忘于其人也。

　　君今去县已三年矣。一日与余同在内庭㊹,出示此图,展玩太息㊺,因命余记之。噫!君之于吾吴有情如此,如之何㊻而使吾民能忘之也!

【注释】

①吴:吴县,现在已撤销并入江苏省苏州市,现为吴中区。长洲:明代县名,后来并到吴县。明朝这二县都归苏州府管辖。　②郡治所:州府官署所在地,这里是指苏州府治。明朝二县吴县和长洲县的衙门都设在苏州城内。　③治:治理。　④穹窿:山名,在现在苏州市西南部。　⑤阳山:在现在苏州市的西北部。　⑥邓尉:山名,在现在苏州市的西南部,东汉时邓禹曾在此隐居,此山由此得名,山上多梅花。　⑦西脊:山名,又名西碛山,在邓尉山以西。　⑧铜井:山名,又名铜坑山,在现在苏州市西南部,产铜闻名。　⑨灵岩:山名,在现在苏州市木渎镇,亦名石鼓山、研石山、象山、石城山。　⑩吴之故宫:相传春秋时期吴国君主夫差曾经在灵岩为西施建馆娃宫,而现在灵岩山寺就是

馆娃宫的遗址。　⑪焉：代词，这里。　⑫尚：还。　⑬西子：即西施，春秋时期越国的美女，越国君主勾践把西施献给了吴王夫差，西施备受吴王宠爱。传说吴王曾在灵岩山上为西施建琴台、梳妆台等。　⑭若：像。　⑮虎丘：山名，又名海涌山。在江苏苏州市西北部。传说吴王阖闾葬在这里，三日有虎踞于上，故名。为苏州名胜。　⑯剑池：池名。在现在江苏苏州市虎丘山。　⑰天平：山名，在灵岩山以北，山顶放平，故名天平山。　⑱尚方：山名，又名上方山、楞伽山。　⑲支硎：山名，原吴县西南部，传说晋代名僧支遁曾经在此隐居。　⑳七十二峰：太湖中有大小岛屿四十八个，再加上沿湖的山峰和半岛，共七十二峰。　㉑海内：古人称国境以内为海内，犹言天下。　㉒同年：封建时代同一年中举或者同一年登进士第的互称为同年。　㉓为吴县：出任吴县县令。　㉔高第：在吏部的考核中位居上等的人被称为高第。　㉕给事中：官名。　㉖惠爱：对百姓爱护并且施以恩惠。　㉗扳留：挽留。　㉘由是：于是，因此。　㉙好事者：喜欢多事的人，这里为褒义。　㉚以为赠：是"以之为赠"的简写，把（它）作为赠送的礼物。　㉛令之于民：县令对于百姓来说。　㉜诚：确实。　㉝被：通"披"，受。　㉞择胜：选择形胜之处。　㉟尸祝：尸，代表鬼神享受祭祀的人；祝，传告鬼神言辞之人。《庄子·逍遥游》："庖人虽不治庖，尸祝不越樽俎而代之吴。"注曰："庖人尸祝，各安其所。"在这里尸祝指的是老百姓将来会把他当做祖先一样祭拜。　㊱浮屠：梵语音译，这里指佛教寺院。　㊲老子之宫：指道观。老子是道教供奉的始祖。　㊳既：已经。　㊴去：离开。　㊵倦倦：难以割舍的样子。　㊶苏子瞻：即苏轼。苏轼（1036－1101），字子瞻，号东坡，宋眉州眉山人。　㊷子瞻为黄人刻之于石：黄人，即黄州人。宋神宗元丰三年（1080），苏轼因"乌台诗案"被贬为黄州团练副使，元丰七年（1094）十月二十六日，苏轼作《书韩魏公黄州诗后》云："而轼亦公（指韩琦）之门人，谪居于黄五年，治东坡，筑学堂，盖将老焉，则亦黄人也。于是相与摹公之诗而刻之石，以为黄人无穷之思。"　㊸不独：不单单。　㊹内庭：即内廷，宫廷以内。　㊺太息：出声长叹。　㊻如之何：怎能。

【赏析】

《吴山图》是吴县县令魏用晦在离开吴县时当地百姓所送。由于他廉政清明，多有惠及老百姓的政策，当地老百姓就送给他这幅图作为纪念，它代表了当地老百姓对这位廉洁奉公的魏县令的真心热爱。而作者归有光对于吴县的山山水水又十分之熟悉，而且他自己也曾经在湖州府长兴县任过县令，所以对于《吴山图》的意义有着真切的感受，所以此篇文章行文流畅，侃侃而谈，随性而至，毫无造作之嫌。

首段作者并没有直接从《吴山图》说起，而是描写了吴县的风光，展现了吴县以山川之美取胜的特点，同时这些自然景观本身又极富有文化内涵和积淀，显示出吴县当地深厚的文化氛围。第二段作者首先介绍了自己同吴县县令的同年关系，接下来自然地引出来《吴山图》的故事，吴县县令可以说是为官一任、造福一方的典型，这也同此地的风光联系了起来，将风光画出来送与县令，自是有着丰富意义。第三段首先说明了县令的贤与不贤对老百姓的影响，又以苏轼和韩琦的故事作为例证，说明贤能之人自然会得到百姓的认可和爱戴，最后，以一句"然后知贤者于其所至，不独使其人之不忍忘而已，亦不能自忘于其人也。"结束本段。最后一段点出魏用晦是"不能自忘于其人"的贤士，这样百姓们自然不会忘记他的恩泽。

全文结构巧妙，层层递进，逻辑清晰，作者紧紧围绕官与民的关系来展开论述，构思独具匠心，堪称美文。

【寒花葬志】

归有光

婢，魏孺人①媵②也。嘉靖丁酉③五月四日死。葬虚丘④。事我而不卒⑤，命也夫！

婢初媵时，年十岁，垂双鬟⑥，曳深绿布裳。一日天寒，爇⑦火煮荸荠⑧熟，婢削之盈瓯⑨，予入自外，取食之，婢持去⑩不与。魏孺人笑之⑪。孺人每令婢倚几旁饭⑫，即饭，目眶冉冉⑬动，孺人又指予以为笑。

回思是时，奄忽⑭便已十年。吁！可悲也已！

【注释】

①魏孺人：作者的妻子魏氏。孺人，明清七品官的母亲或妻子的封号。　②媵（yìng）：古代随嫁的男女都称为媵。这里指随嫁的女子。　③嘉靖丁酉：嘉庆十六年（1537年）。嘉靖，明世宗朱厚熜年号。　④虚丘：古虚丘邑在今山东省境内。这里的"虚丘"似应为"丘虚"，指荒地。　⑤事我而不卒：她服侍我而不能到老。　⑥鬟：妇女梳的环形的发髻。　⑦爇（ruò）：点燃。　⑧荸荠：多年生草本植物，可食用。　⑨瓯：小瓦盆。　⑩去：离开。　⑪笑之：取笑我。之，指我。　⑫饭：这里作动词，吃饭。　⑬冉冉：慢慢的样子。　⑭奄忽（yǎn hū）：忽然，形容时间过得快。

【赏析】

归有光（1507—1571），明朝后期古文家、散文家，字熙甫，人称震川先生，昆山（今属江苏）人。自幼苦读，博览群书，在散文创作方面有较深的造诣，是明代嘉靖年间"唐宋派"的代表人物之一。嘉靖进士。曾任南京太仆寺丞，修世宗实录，著有《震川先生集》。其文善用简洁疏淡的笔墨，描写家人、朋友之间的日常琐事，言近旨远，充满感情。他的散文源于《史记》，取法于唐宋八大家，多写日常交往之事，尤其善于从家人之情落笔，文章不加修饰，风格朴实。黄宗羲评论说："予读震川之为女妇者，一往情深，每以一二细事见之使人欲涕。盖古往今来事无巨细，唯此可歌可泣之精神，长留天壤。"

本文虽仅有112个字，但作者捕捉日常生活中最能表现人物性格和心理的细节特征加以描写，细致入微地刻画出了一个天真无邪的小女孩的形态。

首段开门见山地点出了寒花的身份、去世时间和安葬地点所在。寒花是作者挚爱的前妻的婢女，寒花虽为婢女，却被择地厚葬，表明了她跟作者的特殊关系。作者在这里将亡婢和亡妻一起来描述，明显是想借悼念亡婢来悼自己的妻子。这样全文的写作动机便明了了，于是开启了下文对往事的回忆。第一段最后一句"事我而不卒，命也夫！"是作者感情的喷发，本来寒花侍奉在作者左右，还可以聊解作者对亡妻的思念之情，但是她又不幸去世，作者的感情便不可抑制了。

文章第二段回忆了寒花三件事和孺人两笑。寒花刚来时"年十岁，垂双鬟，曳深绿布裳"，稚嫩的神态十分可爱；吃荸荠时"予入自外，取食之，婢持去不与"；其三是吃饭时"即饭，目眶冉冉动"的娇憨又灵动的神态。而孺人两笑，第一次是与婢女一同嘲笑丈夫，另一次是与丈夫同笑婢女。写出了孺人善良、宽厚的性情，再现主旨。

最后一段写作者回忆起来，寒花从初来至去世已经十年了，作者发出了"命也夫"的悲叹，意味深长。

这篇文章作者名义上虽为纪念女婢，字里行间，写下的尽是对亡妻的思念。淡淡思念之情萦绕心头，挥之不去，寒花作为妻子的婢女，自然经常相随，所以有些回念的场景自然是寒花与妻子相伴。试想当回忆起寒花不予荸荠，妻子视之而笑，归有光有何感触？定是相视而笑，家庭的温馨刹那盈于一室；三人相伴吃饭，看寒花眼珠转动有趣，互相而笑，也是亲情满怀。其文字字句句确有深情厚意。十年光景一挥而去，故人已茫茫。不思量却是难忘。

【项脊轩志】

归有光

项脊轩①，旧②南阁子也。室仅方丈③，可容一人居。百年老屋，尘泥渗④漉⑤，雨泽⑥下⑦注；每移案，顾视⑧无可置者。又北向不能得日⑨，日过午已昏⑩。余稍为修葺，使不上漏。前辟⑪四窗，垣墙周庭⑫，以当⑬南日。日影反照，室始⑭洞然⑮。又杂植兰桂竹木于庭，旧时栏楯，亦遂⑯增胜⑰。借书满架，偃仰啸歌，冥然⑱兀坐，万籁有声⑲；而庭阶寂寂⑳，小鸟时来啄食，人至不去㉑。三五之夜㉒，明月半墙，桂影斑驳，风移影动，珊珊可爱。

然㉓予居于此，多可喜，亦多可悲。先是庭中通南北为一㉔，迨㉕诸父㉖异爨㉗，内外多置小门，墙往往㉘而是。东犬西吠，客逾庖而宴㉙，鸡栖于厅。庭中始为篱，已㉚为墙，凡再变矣㉛。家有老妪，尝㉜居于此。妪，先大母婢也。乳㉝二世㉞。先妣㉟抚之甚厚㊱。室西连于中闺，先妣尝一至。妪每谓予曰："某所，而母立于兹㊲。"妪又曰："汝姊在吾怀，呱呱而泣；娘以指扣门扉，曰：'儿寒乎？欲食乎？'吾从板外相为应答。"语未毕，余泣，妪亦泣。余自束发㊳读书轩中，一日，大母过余㊴曰："吾儿，久不见若㊵影，何竟日㊶默默在此，大类㊷女郎也？"比㊸去，以手阖㊹门，自语曰："吾家读书久不效，儿之成，则可待乎？㊺"顷之㊻，持一象笏至，曰："此吾祖太常公宣德间执此以朝，他日汝当用之。"瞻顾遗迹，如在昨日，令人长号㊼不自禁。轩东故尝为厨；人往，从轩前过。余扃㊽牖㊾而居，久之，能以足音辨人。轩凡㊿四遭火，得不焚，殆㉛有神护者。

项脊生曰："蜀清守丹穴㉜，利甲天下㉝，其后秦皇帝筑女怀清台㉞。刘玄德与曹操争天下，诸葛孔明起陇中。方二人之昧昧㉟于一隅㊱也，世何足以知之？余区区处败屋中，方扬眉瞬目㊲，谓㊳有奇景，人知之㊴者，其㊵谓与坎井之蛙何异？

余既㊶为此志，后五年，吾妻来归㊷。时㊸至轩中，从余问古事，或㊹凭几㊺学书㊻。吾妻归宁㊼，述诸小妹语曰："闻姊家有阁子，且何谓阁子也？"其后六年，吾妻死，室坏不修。其后二年，余久卧病无聊㊽，乃使人复葺㊾南阁子，其制㊿稍异于前。然自后余多在外，不常居。庭有枇杷树，吾妻死之年所手㊛植也，今已亭亭㊜如盖㊝矣。

【注释】

①轩：窗子，这里引申为有窗的小室。 ②旧：原来的。 ③方丈：一丈见方。 ④渗：透过。 ⑤漉：漏下。 ⑥雨泽：雨水。 ⑦下：这里用作副词，向下。 ⑧顾视：环顾四周。 ⑨不能得日：照不到太阳。 ⑩昏：光线不明的样子。 ⑪辟：开辟出来。 ⑫周庭：把院子四周围住。周，这里用作动词，把……围住。 ⑬当：通"挡"，遮挡。 ⑭始：才。 ⑮洞然：明亮的样子。 ⑯遂：于是。 ⑰增胜：增加了光彩。胜，佳景，引申为光彩。 ⑱冥然：默然，不说话。 ⑲万籁有声：什么声音都能听得到。籁，孔穴。 ⑳寂寂：十分安静的样子。 ㉑去：离开。 ㉒三五之夜：十五的夜晚。 ㉓然：然而，可是。 ㉔一：整体。 ㉕迨：等到。 ㉖诸父：伯父、叔父的统称。 ㉗异爨：不同用一个灶台，意思是分了家。 ㉘往往：到处。 ㉙逾庖而宴：越过厨房去吃饭。 ㉚已：后来。 ㉛凡再变矣：一共变动过两次。凡，一共。再，两次。 ㉜尝：曾经。 ㉝乳：这里作动词用，用奶水哺乳，喂养。 ㉞二世：两代人。 ㉟妪：母亲。 ㊱抚之甚厚：待她很好。 ㊲立于兹：在这里站（过）。 ㊳束发：15岁，表示成年。古人以15岁作为成童之年，把头发束起来盘到头顶，称之为束发。 ㊴过余：经过我这里。 ㊵若：你。 ㊶竟日：终日。竟，整。 ㊷大类：很像。大，很，十分。 ㊸比：等到。 ㊹阖：关。 ㊺则可待乎？：总是可以期待的吧？ ㊻顷之：过了没多久，表示时

间很短。　㊼长号：长久地哭泣。　㊽扃：关闭。　㊾牖：窗户。　㊿凡：一共。　㉛殆：大概，表推测。　㉜蜀清守丹穴：巴蜀那里有个名叫清的寡妇，她继承了丈夫留给她的朱砂矿。　㉝利甲天下：获利天下第一。　㉞女怀清台：秦始皇修筑的纪念这名寡妇的台子，名字叫"女怀清台"。　㉟昧昧：默默无闻，不为人知。　㊱一隅：偏僻的一个角落。　㊲扬眉瞬目：即自得其乐的样子。　㊳谓：以为。　㊴之：代指"我"。　㊵其：大概，表推测。　㊶既：已经。这里表示写完这篇志。　㊷归：旧时指女子出嫁。　㊸时：时常。　㊹或：有时。　㊺凭几：靠着桌子。几，桌子。　㊻学书：学习写字。书，写字。　㊼归宁：古时指女子回娘家省亲。　㊽无聊：无所依靠。聊，依靠。　㊾葺：修理，修缮。　㊿制：式样。　㉛手：这里名词用作状语，用手。　㉜亭亭：高大挺拔的样子。　㉝盖：伞。

【赏析】

　　本文选自《震川文集》。"项脊轩"是归有光的书斋名。归有光的远祖归道隆曾在太仓（今江苏太仓市）的项脊泾居住，作者以项脊名轩，含有追念祖先之意。轩，指小室。志，就是"记"的意思。本文分正文和补记两部分，分别是作者在18岁和30岁前后写的。文章着重叙述与项脊轩有关的人事变迁，把真挚的感情寄寓于琐事的叙述之中，以平淡自然的笔调记叙日常生活小事，运用追叙、回忆、触景生情、见物思人等方式，从琐屑事件的叙述中表达真切的感情，从平淡情景的描绘中表现出悠远的意趣。是归有光抒情散文的代表作。

　　文章所记的一切，都紧扣项脊轩来写，并以"悲""喜"作为贯串全文的意脉。第一段记项脊轩及庭院的幽美环境，表现了作者读书轩中自得其乐的情怀，抒写了对百年老屋的特殊亲切之感。这段从"喜"字立意。第二段写项脊轩周围环境的变迁，追忆有关人事，抒发了作者对大家庭离析的感慨和对母亲、祖母的深切怀念之情。这段从"悲"字立意。第三段回到项脊轩本身，补叙自己闭门读书的情景以及轩凡四遭火得不焚的事，显出项脊轩的屡历劫数，是"悲"的补充。从"余既为此志"开始，是作者相隔十多年之后的补记。补写轩中可喜可悲之事，追忆夫妻间生活琐事，抒发了怀念亡妻的真挚感情。文章自始至终贯串着悲、喜的感情变化，又有项脊轩作为全文的轴心，所以一些看似散漫无章的生活琐事就结成了一个有机的整体，形散而神不散。

【先妣事略】

归有光

　　先妣①周孺人②，弘治元年③二月二十一日生。年十六来归④。逾年⑤生女淑静，淑静者大姊也；期⑥而生有光；又期而生女子，殇⑦一人，期而不育⑧者一人；又逾年生有尚，妊十二月；逾年，生淑顺；一岁，又生有功。有功之生也，孺人比乳⑨他子加健⑩。然⑪数⑫颦蹙⑬顾⑭诸婢曰："吾为多子苦！"老妪以杯水盛二螺进，曰："饮此，后妊⑮不数⑯矣。"孺人举之尽，喑⑰不能言。

正德八年⑱五月二十三日，孺人卒⑲。诸儿见家人泣，则随之泣⑳。然犹以为母寝也，伤哉！㉑于是家人延㉒画工画，出二子，命之曰：鼻以上画有光，鼻以下画大姊。㉓以㉔二子肖㉕母也。

孺人讳㉖桂。外曾祖讳明。外祖讳行，太学生㉗。母何氏。世居吴家桥，去㉘县城东南三十里；由千墩浦而南，直㉙桥并㉚小港以东，居人环聚，尽周氏也㉛。外祖与其三兄皆以资雄㉜，敦尚简实㉝；与人姁姁㉞说村中语，见子弟甥侄无不爱。

孺人之吴家桥则治木绵；入城则缉纑㉟，灯火荧荧㊱，每至夜分。外祖不二日㊲使人问㊳遗㊴。孺人不忧米盐，乃劳苦若㊵不谋夕㊶。冬月炉火炭屑，使婢子为团㊷，累累曝㊸阶下。室靡㊹弃物，家无闲人。儿女大者攀衣㊺，小者乳抱㊻，手中纫缀不辍㊼。户内洒然㊽。遇㊾僮奴有恩，虽至棰楚㊿，皆不忍有后言㊿¹。吴家桥岁致㊿²鱼蟹饼饵，率㊿³人人得食。家中人闻吴家桥人至，皆喜。有光七岁，与从兄有嘉入学，每阴风细雨，从兄辄㊿⁴留，有光意恋恋，不得留也。孺人中夜㊿⁵觉寝㊿⁶，促有光暗诵㊿⁷《孝经》，即熟读，无一字龃龉㊿⁸，乃喜。

孺人卒，母何孺人亦卒。周氏家有羊狗之疴㊿⁹，舅母卒，四姨归顾氏，又卒，死三十人而定㊿⁶⁰。惟外祖与二舅存。

孺人死十一年，大姊归王三接，孺人所许㊿⁶¹聘者也。十二年，有光补学官弟子㊿⁶²，十六年而有妇㊿⁶³，孺子所聘者也。期而抱女，抚爱之，益㊿⁶⁴念孺人。中夜与其妇泣，追惟㊿⁶⁵一二，仿佛如昨，馀㊿⁶⁶则茫然矣。世乃㊿⁶⁷有无母之人，天乎痛哉！

【注释】

①先妣：亡母。妣：母亲。②孺人：明代七品以下官职的妻子或母亲的称号。③弘治元年：指的是1488年。弘治是明孝宗的年号。④归：古代女子出嫁称为归。⑤逾年：指第二年。⑥期（jī）：一周年。⑦殇（shāng）：夭折。⑧不育：指的是流产。⑨乳：作动词，哺乳，喂养。⑩加健：更加健壮。加，更加。⑪然：然而。⑫数：多次。⑬颦蹙（pín cù）：皱着眉头。⑭顾：看。⑮妊：怀孕。⑯不数：

不会。⑰喑（yīn）：失声，变哑。⑱正德八年：指的是1513年。正德，是明武宗朱厚照的年号。⑲卒：病故。⑳随之泣：跟着他们哭泣。㉑伤哉：多么让人伤心啊！㉒延：请。㉓鼻以上画有光，鼻以下画大姊：鼻子以上按照有光的画，鼻子以上按照大姐的画。㉔以：因为。㉕肖：像。㉖讳：指死去的长辈的名字。㉗太学生：国学的学生。㉘去：离。㉙直：通"至"，到。㉚并：沿着。㉛尽周氏也：都是姓周的。㉜以资雄：因为富有而出名。㉝敦尚简实：崇尚简朴的生活作风。敦尚，提倡。㉞姁姁（xù）：和睦愉悦的样子。㉟缉纻：把麻搓成线。㊱荧荧：灯火微弱的样子。㊲不二日：三天两头地。㊳问：问询。㊴遗：赠送东西。㊵若：好像。㊶不谋夕：意思是穷的揭不开锅。㊷为团：做成碳团。㊸曝：晒。㊹靡：无。㊺攀衣：牵着衣服。㊻乳抱：抱在怀里。乳，作状语，在胸前。㊼不辍：不停止。㊽洒然：干净的样子。㊾遇：对待。㊿棰楚：指的是杖刑。棰，木杖；楚，荆木。(51)后言：责怪（她）的话。后，通："诟"。(52)致：送来。(53)率：大都。(54)辄：于是，就。(55)中夜：指半夜时分。(56)觉寝：醒来。(57)暗诵：低声背诵。(58)龃龉（jǔ yǔ）：本意指牙齿上下对不上，这里指背诵得不流利，出差错。(59)羊狗之痾：指的是传染病。(60)定：停止。这句话是说死了三十多人才停止。(61)许：答应，应允。(62)补学官弟子：指的是考上了秀才。(63)有妇：指娶妻。(64)益：更加。(65)追惟：追思，回忆。(66)馀：剩下的，别的。(67)乃：竟然。

【赏析】

在归有光八岁的时候，他的母亲去世，在他大约二十五六岁的时候，归有光创作了这篇《先妣事略》，全篇有些是回忆中的情景，有些是结合了后来自己的感悟所写。

第一段的前半部分，描写了母亲的出生、结婚、生儿育女及最后的死亡。叙事极为简明。母亲在短暂的二十五个年头里，竟然生育了七胎，八个孩子最终养活了六个，其中的辛苦自不待言。第一段后半部分，是写母亲死后的情景，来自于作者归有光的回忆。这时，孩子们都还很小，对于母亲的去世不是很明了，孩子们还以为母亲在睡觉，看到大人哭也会跟着哭，心里并不难过。但是现在回忆当时的情景，更加地伤心。作者用了"伤哉！"两个简单的字表达了无尽的痛苦和懊悔，声泪俱下，令人内心十分不忍。最后写为母亲画肖像，因为他和大姊长得最像母亲，所以以他俩的模样来画。淡淡写出，也是包含了无尽的悲哀。

第二段写母亲的娘家情况，虽然很富有，但是"敦尚简实"。这样的风气对母亲有着很好的影响，虽然母亲并不缺衣少穿，但是却很勤劳节俭，待人宽厚。

第三段前半部分写归有光上学时同长兄一起，每到下雨时候，他总要冒着风吹雨淋独自回家，因为他依恋母亲；又写到母亲半夜醒来敦促他背诵《孝经》，他背的一字不差，母亲感到很高兴；后半部分写母亲死后，母亲家这边连着有三十几人去世，一个大家族最后变得人丁稀少，十分冷清，这其中的反差和落寞，被归有光用平实的语言娓娓道来，反而有更加浓厚的悲剧意味。

第四段，写大姊和作者的婚姻都是母亲定的，但他们结婚的时候，母亲已经死去好久了。作者夜半同妻子追忆母亲的事迹，好像就发生在昨天一样，忍不住痛哭失声。最后发出"世乃有无母之人乎？天乎！痛哉！"的感慨，结束全文，更加强了全文震撼人心的力量。

【任光禄①竹溪记】

唐顺之

余尝游于京师②侯家③富人之园，见其所蓄④，自绝徼⑤海外奇花石无所不致，而所不能致者惟竹。吾江南人斩⑥竹而薪之⑦，其为园，亦必购求海外奇花石，或千钱买一石，百钱买一花，不自惜。然有竹据其间，或芟⑧而去焉，曰："毋以是占我花石地！"而京师人苟可致一竹，辄⑨不惜数千钱；然才遇霜雪，又槁⑩以死。以⑪其难致而又多槁死，则人益贵之⑫。而江南人甚或笑之曰："京师人乃宝⑬吾之所薪！"

呜呼！奇花石诚为京师与江南人所贵，然穷其所生之地，则绝徼海外之人视之，吾意其亦无以甚异于竹之在江以南。而绝徼海外，或素不产竹之地，然使其人一旦见竹，吾意其必又有甚于京师人之宝之者。是将不胜笑也。语云："人去⑭乡则益贱，物去乡则益贵。"以此言之，世之好丑，亦何常⑮之有乎？

余舅光禄任君治园于荆溪⑯之上，遍植以竹，不植他木。竹间作一小楼，暇则与客吟啸其中。而间⑰谓余曰："吾不能与有力者⑱争池亭花石之胜，独此取诸土之所有，可以不劳力而蓊然⑲满园，亦足适也，因⑳自谓竹溪主人。甥其为我记之。"

余以谓君岂真不能与有力者争，而漫然取诸其土之所有者，无乃独有所深好于竹，而不欲以告人欤？昔人论竹，以为绝无声色臭㉑味可好，故其巧怪不如石，其妖艳绰约不如花，孑孑然㉒有似乎偃蹇㉓孤特㉔之士，不可以谐于俗。是以自古以来，知好㉕竹者绝少。且彼京师人亦岂能知而贵之，不过欲以此斗富，与奇花石等耳。故京师人之贵竹，与江南人之不贵竹，其为不知竹一㉖也。君生长于纷华，而能不溺乎其中，裘马、僮奴、歌舞，凡诸富人所酣嗜㉗，一切斥去。尤挺挺㉘不妄与人交，凛然有偃蹇孤特之气，此其于竹必有自得焉。而举凡万物，可喜可玩，固㉙有不能间㉚也欤？然则虽使竹非其土之所有，君犹将极其力以致之，而后快乎其心。君之力虽使能尽致奇花石，而其好固有不存也。

嗟乎！竹固可以不出江南而取贵也哉！吾重㉛有所感矣！

【注释】

①光禄：官名，指的是光禄寺卿或少卿等，这里用官职名称代人名。②京师：指的是京都。③侯家：显贵之人的家。④蓄：收藏。⑤绝徼（jiào）：最远的边境地方。徼，边界。⑥斩：砍断。⑦薪之：把竹子当柴烧。薪，烧。之，代指竹子。⑧芟（shān）：割。⑨辄：往往。⑩槁：枯槁，干枯。⑪以：因为，表原因。⑫贵之：以之为贵。贵，这里是意动用法。之，指代竹子。⑬宝：意动用法，以……之为宝。⑭去：远离。⑮常：永恒。⑯荆溪：水名，位于江苏宜兴附近地区。⑰间（jiān）：间或，偶然。⑱有力者：这里指有钱有势的人。⑲蓊然：指草木繁茂的样子。⑳因：于是。㉑臭（xiù）：气味。㉒孑孑然：孤独的样子。㉓偃蹇：高傲的样子。㉔孤特：特立独行，独立不群。㉕好（hào）：爱好，喜欢。㉖一：一样的。这里指的是京师人把竹子当做宝贝和江南人不看重竹子是一样的。㉗酣嗜：特别（沉醉其中）的嗜好。㉘挺挺：正直的样子。㉙固：难道。㉚间：间隔。㉛重（zhòng）：特别，尤其。

【赏析】

本文虽然以"记"来命名，但实为一篇议论文，着眼于园名的由来，赞扬竹"孑孑然有似乎偃蹇孤特之士，不可谐于俗"的品德，从而表现了封建社会中较为开明的知识分子积极的精神面貌。文笔清新流畅，别具一格，立意新颖。唐顺之其他记叙散文，大多有叙有议。往往叙中择其一点，引申开来，情思遐飞而哲理蕴其中，自然浑厚而畅达豁然。

本文一开始以三组对比展开文章，首先是京师人之贵竹与江南人之贱竹形成对比；其次是极远之地之人的贵竹与内地人的贵竹形成对比；其三是内地人对奇花异石的喜爱与极远之地之人对奇花异石的轻视形成对比。通过这三组对比，作者总结说"世之好丑，亦何常之有"。这段为作者之后的议论埋下伏笔。

第三段交代写作本文的缘起，从中可以看出舅父的不凡人格：身处在以竹为贱的地方，却可以在自己的园中"遍植以竹，不植他木"，同时以"竹溪主人"来称呼自己。这段看似平常的过渡段突出了舅父的与众不同，引起读者们的好奇心，也为之后的议论打下基础。

第四段是作者的议论，也是全文的重点所在。在这一段中，首先点明了竹子的不一般之处，竹子孑孑然独立的形象同"偃蹇孤特之士"有相似之处，都具有"不可以谐于俗"的品质。接下来呼应文章的开头，点出了京师人喜欢竹子只是为了炫耀自己的富贵而已，并没有真正了解竹子所具有的品格；最后，点出任君热爱竹子的实质，赞扬了任君的高尚情操和品格。他是真正的爱竹子，这样的人显得十分难能可贵。

【答茅鹿门知县① （二）】

唐顺之

　　熟观鹿门之文，及鹿门与人论文之书，门庭路径，与鄙意殊有契合；虽中间小小异同，异日当自融释，不待喋喋也。
　　至如鹿门所疑于我本是欲工文字之人，而不语人以求工文字者，此则有说。鹿门所见于吾者，殆故吾也，而未尝见夫槁形灰心②之吾乎？吾岂欺鹿门者哉！其不语人以求工文字者，非谓一切抹杀，以文字绝不足为也；盖谓学者先务③，有源委④本末之别耳。文莫犹人，躬行未得⑤，此一段公案，姑不敢论，只就文章家论之。虽其绳墨⑥布置，奇正⑦转折，自有专门师法；至于中一段精神命脉骨髓，则非洗涤心源，独立物表，具今古只眼者⑧，不足以与此。今有两人，其一人心地超然，所谓具千古只眼人也，即使未尝操纸笔呻吟⑨，学为文章，但直据胸臆，信手写出，如写家书，虽或疏卤⑩，然绝无烟火酸馅习气，便是宇宙间一样绝好文字；其一人犹然尘中人也，虽其专专学为文章，其于所谓绳墨布置，则尽是矣，然番来覆去，不过是这几句婆子舌头语，索其所谓真精神与千古不可磨灭之见，绝无有也，则文虽工而不免为下格。此文章本色也。即如以诗为谕，陶彭泽⑪未尝较声律，雕句文，但信手写出，便是宇宙间第一等好诗。何则？其本色高也。自有诗以来，其较声律、雕句文、用心最苦而立说最严者，无如沈约⑫，苦却一生精力，使人读其诗，只见其捆缚龌龊⑬，满卷累牍，竟不曾道出一两句好话。何则？其本色卑也。本色卑，文不能工也，而况非其本色者哉！
　　且夫两汉而下，文之不如古者，岂其所谓绳墨转折之精之不尽如哉？秦、汉以前，儒家者有儒家本色，至如老庄家有老庄本色，纵横家有纵横本色，名家、墨家、阴阳家皆有本色。虽其为术也驳⑭，而莫不皆有一段千古不可磨灭之见。是以老家必不肯剿儒家之说，纵横必不肯借墨家之谈，各自其本色而鸣之为言。其所言者，其本色也。是以精光注焉⑮，而其言遂不泯于世。唐、宋而下，文人莫不语性命，谈治道，满纸炫然⑯，一切自托于儒家。然非其涵养畜聚之素，非真有一段千古不可磨灭之见，而影响⑰剿说⑱，盖头窃尾，如贫人借富人之衣，庄农作大贾之饰，极力装做，丑态尽露。是以精光枵⑲焉，而其言遂不久湮废。然则秦、汉而上，虽其老、墨、名、法、杂家之说而犹传，今诸子之书是也；唐、宋而下，虽其一切语性命、谈治道之说而亦不传，欧阳永叔所见唐四库书目百不存一焉者是也⑳。后之文人，欲以立言为不朽计者，可以知所用心矣。

  然则吾之不语人以求工文字者，乃其语人以求工文字者也，鹿门其可以信我矣。虽然，吾槁形而灰心焉久矣，而又敢与知文乎！今复纵言至此，吾过矣，吾过矣！此后鹿门更见我之文，其谓我之求工于文者耶，非求工于文者耶？鹿门当自知我矣，一笑。

  鹿门东归后，正欲待使节西上时得一面晤，倾倒十年衷曲；乃乘夜过此，不已急乎？仆三年积下二十余篇文字债，许诺在前，不可负约，欲待秋冬间病体稍苏，一切涂抹，更不敢计较工拙，只是了债。此后便得烧却毛颖㉑，碎却端溪，兀然作一不识字人矣。而鹿门之文方将日进，而与古人为徒未艾也。异日吾倘得而观之，老耄尚能识其用意处否耶？并附一笑。

【注释】

  ①茅鹿门知县：即茅坤，字顺甫，号鹿门。归安（今浙江湖州市）人。嘉靖十七年（1538年）进士及第，曾任青阳（今属安徽）、丹徒（今属江苏）知县。　②槁形灰心：语出《庄子·齐物论》："形固可使如槁木，而心固可使如死灰乎？"　③先务：要先做的。　④源委：语出《礼记·学记》："三王之祭川也，皆先河而后海，或源也，或委也，此之谓务本。"郑玄注："源，泉所出也；委，流所聚也。"这里可解释为事情的本末。　⑤"文莫犹人"二句：《论语·述而》："子曰：文，莫吾犹人也。躬行君子，则吾未之有得。"意思是：文章，大约我和别人差不多。亲身实践做个君子，我却没有什么收获。莫，有"大约"的意思。　⑥绳墨：即墨线，是木工画直线用的工具，在文章中常用来比喻规矩、准则。　⑦奇正：孙子兵法用语，奇，即奇兵，正，即正面用兵。这里比作写文章出奇制胜与正面用笔。　⑧具今古只眼者：具有古今所没有的独到理解。　⑨呻吟：作诗时低声沉吟，斟酌字句用词。　⑩疏卤：粗疏简陋。　⑪陶彭泽：即陶渊明，陶渊明曾经担任过彭泽县令，故称。　⑫沈约：南北朝梁代著名文学家、诗人，字休文，武康（今浙江德清县武康镇）人。作诗严于声律，提出著名的"四声八病"说，束缚了诗歌创作，其诗内容狭隘平庸。　⑬龌龊：气量狭隘，拘于小节。　⑭驳：驳杂。　⑮精光注焉：精

光:指"真精神与千古不可磨灭之见",意思是将这种精神、见解灌注在他们的文章之中。 ⑯炫然:光亮闪耀的样子。 ⑰影响:捕风捉影,随声附和。 ⑱剽说:抄袭别人的言论和学说。 ⑲枵(xiāo):耗尽,空虚。 ⑳"欧阳永叔"句:欧阳修:字永叔。他在《艺文志序》中说自汉以来的书籍,"至唐始分为四类,曰经、史、子、集。而藏书之盛,莫盛于开元,其著录者五万三千九百一十五卷,而唐之学者自为之书,又二万八千四百六十九卷";又说这些书"凋零磨灭","今著于篇,有其名而无其书者十盖五六也"。四库:即经、史、子、集四类书。 ㉑毛颖:毛笔。

【赏析】

本文是唐顺之给茅坤两份回信中的第二封,实际上也是唐顺之论述文学观点的代表性文章。文章的中心主旨是文章要有"精神命脉骨髓",也就是要有"真精神与千古不可磨灭之见"。这就是作者所认为的文章之本色。为了支持自己的这个观点,作者唐顺之举了两类人为例,一种人是"心地超然,所为具千古只眼"的人,这样的人是唐顺之所赞扬的,他们即使并没有学习过做文章的技巧,但是会根据自己内心的真实感情来书写,信手写出,虽然可能在技巧上不够精工,却"绝无烟火酸馅习气",这样的文章"便是宇宙间一样绝好文字";而另一种人与之相对,是所谓的"尘中人",这类人虽然专门学习过做文章,但是因为内心没有真精神,没有真见解,所以虽然技巧方面略胜一筹,却免不了"番来覆去,不过是这几句婆子舌头语,索其所谓真精神与千古不可磨灭之见"。接着,作者举出两位诗人来印证上面提到的两类人,一位是陶渊明,他的文章"信手写出,便是宇宙间第一等好诗",这就是因为他"本色高";另一位是沈约,他苦苦追求"较声律、雕句文",可以说是"用心最苦而立说最严者",但他的诗歌"只见捆缚龌龊,满卷累牍,竟不曾道出一两句好话",原因就是"其本色卑也"。可见,"本色"是决定文章好坏的根本。

接下来作者运用自己的理论进一步分析秦汉以前诸子百家的文章为何能够长久流传,而唐宋以后的文章却渐渐湮灭无闻的原因,再次强调了关键在于文章有没有"本色",是否有"千古不可磨灭之见"。秦汉以前诸家的文章都有自己的本色,"虽其为术也驳,而莫不皆有一段千古不可磨灭之见。"唐宋之后的文章则相反,作者对于"影响剽说,盖头窃尾"的假文章家进行了尖锐的讽刺和批判,这些话其实是针对当时的"前七子"文学复古派的模拟剽窃之风而发,一针见血地戳中复古派的要害:只顾借着古人的衣饰玩弄绳墨转折的技巧,文章往往缺乏"本色"。

【《青霞先生文集》序】

茅 坤

青霞沈君①,由锦衣经历②上书诋宰执③。宰执深疾之。方力构④其罪,赖天子仁圣,特薄其谴,徙之塞上⑤。当是时,君之直谏之名满天下。已而君累然携妻子,出家塞上。会北敌⑥数⑦内犯,而帅府以下,束手闭垒,以恣敌之出没,不及飞一镞以相抗。甚且及敌之退,则割中土之战没者与野行者之馘⑧以为功。而父之哭其子,妻之哭其夫,兄之哭其弟者,往往而是,无所控吁。君既上愤疆埸⑨之日弛,而又下痛诸将士日菅刈⑩我人民以蒙国家也。数鸣咽欷歔,而以其所忧郁发之于诗歌文章,以泄其怀,即集中所载诸什是也。君故以直谏为重于时,而其所著为诗歌文章,又多所讥刺,稍稍传播,上下震恐,始出死力相煽⑪构,而君之祸作矣。

君既没,而一时闻寄⑫所相与谄君者,寻且坐罪罢去。又未几,故宰执之仇君者亦报罢。而君之门人给谏俞君,于是哀⑬辑其生平所著若干卷,刻而传之,而其子以敬⑭,来请予序之首简。

茅子受读而题之曰:若君者,非古之志士之遗乎哉!孔子删《诗》⑮,自《小弁》之怨亲,《巷伯》之刺谄以下,其忠臣、寡妇、幽人、怼士之什,并列之为"风",疏之为"雅",不可胜数。岂皆古之中声⑯也哉?然孔子不遽遗之者,特悯其人,矜其志,犹曰"发乎情,止乎礼义"⑰,"言之者无罪,闻之者足以为戒"⑱焉耳。予尝按次⑲春秋以来,屈原之《骚》疑于怨⑳,伍胥之谏疑于胁㉑,贾谊之疏疑于激㉒,叔夜之诗疑于愤㉓,刘蕡之对疑于亢㉔,然推孔子删《诗》之旨而哀次之,当亦未必无录之者。君既没,而海内之荐绅㉕大夫至今言及君,无不酸鼻而流涕。呜呼!集中所载《鸣剑》、《筹边》诸什,试令后之人读之,其足以寒贼臣之胆,而跃塞垣战士之马,而作㉖之忾㉗也固矣。他日国家采风者之使出而览观焉,其能遗之也乎?予谨识㉘之。至于文词之工不工,及当古作者之旨与否,非所以论君之大者也,予故不著。

【注释】

①青霞沈君:指沈錬,别号青霞,著有《青霞集》或称《青霞先生文集》。 ②锦衣经历:锦衣卫,明官署名,即"锦衣亲军都指挥司",下设同知、佥事、经历司、镇抚司等。公元1382年(洪武十五年)设置。原为护卫皇宫的亲军,后职权渐大,兼管刑狱、巡察、缉捕等事。经历,是"经历司"中官之职称,掌管文牍之事。 ③宰执:本指宰相,明初设丞相,后废不用,代之以内阁大学士。这里指大学士严嵩。嘉靖三十年(1524年)正月,沈錬上书揭发严嵩十大罪状,详见《明史·沈錬传》。 ④构:构陷,设计陷

害。 ⑤徙之塞上：据《明史·沈錬传》，沈錬由于揭发严嵩父子罪状，被杖数十，谪佃保安州（今河北涿鹿、宣代一带）。 ⑥北敌：指当时北方元朝后裔鞑靼可汗俺答汗。 ⑦数（shuò）：屡次。指俺答多次率兵侵犯河北北部地区。 ⑧馘（guó）：古代战争中割掉敌人的左耳，计数献功。这里指所割的左耳。 ⑨疆场（yì）：边境。 ⑩菅刈（jiān yì）：（杀害人民）就好像割草一样。 ⑪煸：煸动蛊惑。 ⑫阃（kǔn）寄：把军权委托给武将，称阃寄，意思是把国门之外的事寄托给武将。阃，门槛，引申指国门。 ⑬裒（póu）：聚集。 ⑭以敬：沈錬的长子沈襄，字以敬。 ⑮孔子删《诗》：语出《史记·孔子世家》："古者诗三千餘篇，及至孔子，去其重，取可施于礼义……三百五篇。"后世学者对此说颇有争议，迄未定论。 ⑯中声：指中正和谐的音乐，也即所谓的"雅乐"。 ⑰"发乎情，止乎礼义"：语出《毛诗序》："故变风发乎情，止乎礼义。"是说虽然抒发了悲伤、怨刺的情绪，但却没有超越礼仪的界限。 ⑱"言之者无罪，闻之者足以为戒"：亦出自《毛诗序》。 ⑲按次：按照顺序考察。 ⑳屈原之《骚》疑于怨：屈原：名平字原，又名正则字灵均，战国时期楚人，怀王时任左徒、三闾大夫。主张内修政治，外抗强秦。不幸遭诬陷去职，后又被放逐江南，怨愤而作《离骚》。疑（nǐ），通"拟"，类似。 ㉑伍胥之谏疑于胁：伍胥：即伍子胥，名员，春秋时期楚人。因父兄受馋被楚平王杀害而奔吴，辅佐吴王阖闾大败楚军。后吴伐越。伍子胥屡谏吴王夫差灭越，言辞不屈，终因受谗被迫自杀。 ㉒贾谊之疏疑于激：贾谊，西汉洛阳人，文帝时为博士，后迁太中大夫，被逸贬长沙王太傅，后为梁怀王太傅。曾上《陈政事疏》等，指斥时弊，言辞激烈。 ㉓叔夜之诗疑于愤：嵇康，字叔夜，三国时期魏人，官中散大夫。后因不满于司马氏集团的统治，隐居不仕。终遭钟会构陷被杀。曾作《幽愤诗》以抒发被诬下狱的幽愤之情。 ㉔刘蕡（fén）之对疑于亢：刘蕡，字去华，唐昌平人，公元826年（唐宝历二年）进士及第。文宗时试贤良对策，犯颜敢谏，长篇大论，言辞亢激。因宦官当道，黜而不用。 ㉕荐绅：即"缙绅"，有官位有地位的人。 ㉖作：振作。 ㉗忾（kài）：愤怒、气愤。 ㉘识（zhì）：记住。

【赏析】

明朝在中国历史上是比较腐朽的一个朝代，结党营私，权柄内竖，最后发展到宦官专权的境地。但同时，明朝也出现了许多不畏险恶维持正义之人，他们指责严嵩父子的罪行，揭露其罪恶，这样的英雄志士们的下场大多惨烈，而本文所说的青霞先生沈錬就是其中的一位。沈錬不畏强权的威胁，揭发严嵩父子罪行，遭到了迫害和打压，最终被严嵩父子诬陷害死。直至严嵩父子势力倒台，沈錬的案件才得以了结，还他一个清白，同时沈錬的《青霞先生文集》也得以刊印。茅坤的这篇序文中记录了沈錬同严嵩父子斗争的经过，同时这也是第一篇见诸文字为沈錬平反的文章，所以具有极高的价值。

茅坤从文道合一的观点出发，对沈錬的文章和诗歌给予了肯定的评判，也表现了茅坤进步的文学思想观念。茅坤认为，沈錬的诗文是同奸臣斗争的产物，是当时政治和社会生活的真实反映，面对当时那个千疮百孔的社会，沈錬"数呜咽啼嘘，而以其所忧郁发之于诗歌文章，以泄其怀。"于是乎，他的诗文就产生了。在茅坤的眼中，这类诗文是不必符合所谓的"古之中声"的，他举出了几个例子来支撑这一观点。孔子删《诗》，所选择的未必都是中声，孔子看到了所选诗歌中的价值，"不遽遗之"。接着列举了自屈原以来的一些经典之作也并非"中声",比如屈原、伍子胥、贾谊、嵇康、刘蕡等人的作品,或怨,或胁,或激,或愤,或亢,但他们都是千古流传的佳作。可见,作者茅坤对于沈錬的评价多是从其诗文的内容和思想性上着眼的,并没有将诗文的工巧作为考察的标准,抓住了大的关键的因素,这从矫正前后七子的诗病上来说是具有进步意义的。

【自为墓志铭】

徐 渭

山阴徐渭者,少知慕古文词,及长益力。既而有慕于道,往从长沙公①究王氏宗②,谓道类禅,又去扣于禅,久之,人稍许之,然文与道终两无得也。贱而懒且直,故悍贵交似傲,与众处不浼袒裼③似玩,人多病④之,然傲与玩,亦终两不得其情也。

生九岁,已能为⑤干禄⑥文字,旷弃者十馀年,及⑦悔学,又志迂阔⑧,务博综,取经史诸家,虽琐至稗⑨小,妄意穷及,每一思废寝食,览则图谱满席间。故今齿垂四十五矣,藉于学宫者二十有六年,食于二十人中⑩者十有三年,举于乡者八而不一售,人且争笑之。而己不为动,洋洋居穷巷,傲⑪数椽储瓶粟者十年。一旦为少保胡公⑫罗致幕府,典文章,数赴而数辞,投笔出门。使折简以招,卧不起,人争愚而危之,而己深以为安。其后公愈折节,等布衣,留者盖两期,赠金以数百计,食鱼而居庐,人争荣而安之,而己深以为危,至是,忽自觅死。人谓渭文士,且操洁,可无死。不知古文士以入幕操洁而死者众矣,乃渭则自死,孰与人死之。渭为人度于义无所关时,辄疏纵不为儒缚,一涉义所否,干耻诟,介秽廉,虽断头不可夺。故其死也,亲莫制,友莫解焉。尤不善治生,死之日,至无以葬,独馀书数千卷,浮磬二,研剑图画数,其所著诗若文若干篇而已。剑画先托市于乡人某,遗命促之以资葬,著稿先为友人某持去。

渭尝曰:余读旁书,自谓别有得于《首楞严》⑬、《庄周》⑭、《列御寇》⑮若《黄帝素问》⑯诸编,倘假以岁月,更用绎绅,当尽斥诸注者缪戾⑰,摽其旨以示后人。而于《素问》一书，尤自信而深奇。将以比岁昏子妇，遂以母养付之，得尽游名山，起僵仆，逃外物，而今已矣。渭有过不肯掩，有不知耻以为知，斯言盖不妄者。

初字文清，改文长。生正德辛巳⑱二月四日，夔州府同知讳鏓庶子也。生百日而公卒，养于嫡母苗宜人者十有四年。而夫人卒，依于伯兄讳淮者六年。为嘉靖庚子⑲，始籍于学。试于乡，蹶。赘于潘，妇翁簿也，地属广阳江。随之客岭外者二年。归又二年，夏，伯兄死；冬，讼失其死业。又一年冬，潘死。明年秋，出僦居㉑，始立学。又十年冬，客于幕，凡五年罢。又四年而死，为嘉靖乙丑㉑某月日。男子二；潘出，曰枚；继出，曰杜，才四岁。其祖系散见先公大人志中，不书。葬之所，为山阴木栅，其日月不知也，亦不书。铭曰：

　　杼全婴㉒，疾完亮㉓，可以无死，死伤谅㉔。兢系固㉕，允收邕㉖，可以无生，生何凭。畏溺而投早嗤渭㉗，既髡而刺迟怜融㉘。孔微服㉙，箕佯狂㉚。三复《烝民》㉛，愧彼"既明"。

【注释】

①长沙公：季本（1485－1563），字明德，号彭山，山阴人，曾任长沙府，为王阳明门人。　②王氏宗：指王阳明学说。王阳明即王守仁（1472－1528），明哲学家、教育家。在明代中期以后，阳明学派影响很大。　③不浼祖裼：《孟子·公孙丑上》："尔为尔，我为我，虽祖裼裸裎于我侧，尔焉能浼我哉？"浼（měi 每），污染、玷污。袒裼（xī 锡），赤身露体。此句的意思为虽别人在旁边赤身露体，也不以为意，不怕会被玷污。　④病：动词，诟病。　⑤为：写，作。　⑥干禄：求功名利禄。　⑦及：等到。　⑧迂阔：迂腐而不切合实际。　⑨秭：形容小，非正统的。　⑩食于二十人中：徐渭被录取为山阴县学生员。山阴县学有廪膳生员二十人。　⑪僦：租赁。　⑫少保胡公：即胡宗宪。明嘉靖年间浙江巡抚，因抗击倭寇有功，被加右都御史衔，后得罪下狱死。　⑬《首楞严》：佛经名，全称《大佛顶如来密因修证了义诸菩萨万行首楞严经》，省称《楞严经》。　⑭《庄周》：即《庄子》。　⑮《列御寇》：即《列子》。　⑯《黄帝素问》：古医书名。《隋书·经籍志》著录。一名《黄帝内经素问》。书内记黄帝与岐伯相问答，故以《素问》为名。　⑰缪戾：错误。　⑱正德辛巳：明武宗正德十六年，即1521年。　⑲嘉靖庚子：明世宗嘉靖十九年，即1540年。　⑳僦居：租赁的房屋。僦，租赁。　㉑嘉靖乙丑：明世宗嘉靖四十四年，即1565年。　㉒杼全婴：杼，即崔杼，战国时期齐臣。婴，即晏婴。语出《左传·襄公二十五年》记载：崔杼弑其君主，晏子开门而入，头枕着尸体的大腿而哭，崔杼没有杀他，反而放走了他，后来晏子与崔杼结盟。这里是说崔杼成全了晏婴的志节。　㉓疾完亮：亮，指晋代庚亮。语出《晋书·庚亮传》："王敦既有异志，内深忌亮，而外崇重之。亮忧惧，以疾去官。"　㉔谅：诚信正直。　㉕兢系固：兢，种兢。固，班

固,东汉扶风安陵(今陕西咸阳东北)人,字孟野,为著名史学家、文学家。语出《后汉书·班固传》:"初,洛阳令种兢尝行,固奴干其车骑,吏推呼之,奴醉骂,兢大怒,畏宪不敢发,心衔之。及窦氏(窦宪)宾客皆逮考,兢因此捕系固,遂死狱中。" ㉖允收邕:允,王允;邕,蔡邕,均后汉人。语出《后汉书·蔡邕传》:"及卓被诛,邕在司徒王允坐,殊不意言之而叹,有动于色。允勃然叱之,即收付廷尉治罪。邕陈辞谢。乞黥首刖足,继成汉史。士大夫多矜救之,不能得……邕遂死狱中。" ㉗渭:生平未详,疑为作者自称。 ㉘既髡而刺迟怜融:融,马融,东汉人。语出《后汉书·马融传》:"先是融有事忤大将军梁冀旨,冀讽有司奏融在郡贪浊,免官,髡徙朔方。自刺不殊,得赦还。" ㉙孔微服:孔,孔子。语出《孟子·万章上》:"孔子不悦于鲁卫,遭宋桓司马,将要而杀之,微服而过宋。"微服:更换平民衣服来隐蔽身份,不让别人看出。 ㉚箕伴狂:箕,箕子,殷纣王的伯叔父。(另说为纣王的庶兄)语出《史记·宋微子世家》:"纣为淫泆,箕子谏,不听。人或曰:'可以去矣。'箕子曰:'为人臣谏不听而去,是彰君之恶而自说于民,吾不忍为也。'乃被发伴狂而为奴。" ㉛《烝民》:即《诗经·大雅·烝民》。周宣王命樊侯仲山甫筑城于齐,尹吉甫作诗送行。诗有"既明且哲,以保其身"之语,谓仲山甫既明白事理,又有智慧,以保全他的一身。徐渭再三诵此诗句,自愧不能做到。

【赏析】

　　徐渭在还是壮年的时候,就已经开始思考死亡这个问题了。面对死亡的威胁,徐渭并不是思考是生是死的问题,而是在决心勇敢面对死亡的时候,为自己撰写墓志铭。他的思考是:生何凭,死何据。他以一种平静而客观的心态从容地整理自己的人生,将自己作为一个客观的存在来审视,在死亡面前寻找精神依托。

　　徐渭在努力地寻找生,一种经过思考的人生。他从"文"中寻找到了最初的审美体验,于是"有慕于道",参悟到了人生的真谛,使自己在精神的遨游中穷尽人类的思想。他从世俗中真正解脱了出来,在艰深的思虑中有所得。他为探求生的奥秘付出了巨大的努力。

　　但是,即使知道了生,践行才是真理。但是在那样的一个年代,这并不是一件很容易的事。但是徐渭做到了,他不仅从书本上学会了生,从精神上领悟了生,更可以践行自己的精神追求。他以孤傲、玩世不恭的态度对待权利阶级,即使地位低下、受到众人的非议也不在乎。别人会毁谤他,嘲笑他,这些都压迫着他的生存,他逃不出时代的追捕,逃不出世俗的罗网。但是当他察觉到了自己的死的时候,他冷酷地宣告了这一切。这是他面对世俗的唯一出路。

　　但是死很艰难,他熟悉生存的技巧,但是却不愿意这样的生存,他已经将生死置之度外了。一方面他可以从容地死去,一方面也对人生有着无穷的依恋,两股激情撞击在一起,于是迸发出了无穷的力量。徐渭交代了自己一生中最重要的事情,虽然他的一生很凄惨苦闷,但是他也仅仅是客观而冷静的描述了一下,他的所有思绪都围绕在生与死上。面对生死,他保持了自己的立场和原则,但这恰恰是实现自己人生价值的表现。

【报①刘一丈②书】

宗臣

　　数千里外，得长者时赐一书，以慰长想③，即亦甚幸矣。何至④更辱馈遗⑤，则不才⑥益将何以报焉？书中情意甚殷⑦，即长者之不忘老父⑧，知老父之念长者深也。

　　至以"上下相孚⑨，才德称⑩位"语不才，则不才有深感焉。夫才德不称，固自知之矣。至于不孚之病，则尤不才为甚。

　　且今之所谓孚者何哉？日夕策马⑪候权者⑫之门，门者⑬故不入，则甘言媚词⑭作妇人状⑮，袖金⑯以私⑰之。即⑱门者持刺⑲入，而主者又不即出见。立厩中仆马之间，恶气袭衣袖，即饥寒毒热不可忍，不去也。抵暮，则前所受赠金者出，报客曰："相公倦，谢客矣。客请明日来。"即明日又不敢不来。夜披衣坐，闻鸡鸣即起盥栉⑳，走马㉑抵门。门者怒曰："为谁？"则曰："昨日之客来。"则又怒曰："何客之勤也？岂有相公此时出见客乎？"客心耻之㉒，强忍而与言曰："亡㉓奈何矣，姑容我入！"门者又得所赠金，则起而入之，又立向所立厩中。幸主者出，南面召见㉔，则惊走㉕匍匐㉖阶下。主者曰："进！"则再拜，故迟不起。起则上所上寿金㉗。主者故不受，则固请；主者故固不受，则又固请。然后命吏纳之。则又再拜，又故迟不起，起则五六揖始出。出，揖门者曰："官人㉘幸顾㉙我，他日来，幸亡阻我也。"门者答揖㉚，大喜，奔出。马上遇所交识，即扬鞭语曰："适自相公家来，相公厚我，厚我！"且虚言状㉛。即所交识，亦心畏相公厚之矣。相公又稍稍语人曰："某也贤，某也贤。"闻者亦心计交赞㉜之。此世所谓上下相孚也。长者谓仆能之乎？

　　前所谓权门者，自岁时伏腊㉝一刺之外，即经年㉞不往也。间道经其门，则亦掩耳闭目，跃马疾走过之，若有所追逐者。斯则仆之褊㉟衷，以此长不见悦于长吏㊱，仆则愈益不顾也。每大言曰："人生有命，吾惟守分㊲尔矣！"长者闻之，得无㊳厌其为迂㊴乎？

乡园多故⑩，不能不动客子⑪之愁。至于长者之抱才而困⑫，则又令我怆然有感。天之与先生者甚厚，亡论⑬长者不欲轻弃之，即天意亦不欲长者之轻弃之也。幸宁心⑭哉！

【注释】

①报：答复。 ②刘一丈：名玠，字国珍，号墀石，为宗臣之父宗周的朋友。一，是指排行居长者；丈，是对长辈的敬称。 ③长想：长久的思念。 ④何至：哪敢。 ⑤馈遗（wèi）：赠送礼物。 ⑥不才：自谦的称呼。 ⑦殷：殷切，深切。 ⑧老父：指的是宗臣之父宗周，字维翰，官至四川马湖州太守。 ⑨孚：信任。 ⑩称：相称，符合。 ⑪策马：驱马。策，马鞭，这里用作动词。 ⑫候权者：指有权有势之人。这里指严嵩、严世蕃父子。 ⑬门者：看门的人。 ⑭甘言媚词：甜言蜜语，奉承谄媚之辞。 ⑮妇人状：扭捏作态像妇人一样。 ⑯袖金：把金银藏在袖中。 ⑰私：这里指行贿。 ⑱即：即使。 ⑲刺：名帖。古代削木以书姓名，相互拜见时用，称为"刺"。 ⑳盥栉（guàn zhì）：洗脸梳头。 ㉑走马：驱马快走。 ㉒心耻之：内心感到羞辱。 ㉓亡：通"无"。 ㉔南面召见：面向南召见。古人以坐北为尊。 ㉕惊走：惶恐地奔走。 ㉖匍匐：双手着地，膝行向前。 ㉗寿金：以祝寿的名义进献的礼金。 ㉘官人：这里是对门者的尊称。 ㉙幸顾：希望照顾。 ㉚答揖：作揖回礼。 ㉛虚言状：夸张吹嘘被权贵接见的场面。 ㉜心计交赞：心领神会地相互称赞。 ㉝岁时伏腊：这里泛指逢年过节。岁时，年节；伏腊，夏伏、冬腊，是古代两个祭祀节日。 ㉞经年：终年。 ㉟褊（biǎn）：心胸狭窄。 ㊱见悦于长吏：被长官所喜欢。 ㊲守分：守本分。 ㊳得无：该不会，恐怕。 ㊴迂：迂腐，不通人情。 ㊵多故：多变故。 ㊶客子：这里是作者自称。当时作者身在北京，刘一丈身在兴化。 ㊷困：怀才不遇，困窘。 ㊸亡论：不用说。 ㊹宁心：安心。

【赏析】

全书以"上下相孚，才德称位"为核心来展开，而着重论述的是"上下相孚"之虚伪。作者对这种官场上所谓的"上下相孚"加以大力的鞭挞，这是因为"上下相孚"既然不存在，那么"才德称位"也就成了空中楼阁。

本来是刘一丈在给宗臣的信中提到了"上下相孚，才德称位"，并且用它来教导宗臣。宗臣在这个问题上深有感触，并且想集中谈论"上下相孚"这一点，于是他先用"才德不称，固自知之矣"，很巧妙地将"才德称位"这个问题一笔带过，专门论述"上下相孚"。接着用"且今之所谓孚者何哉？"这一个设问来带出一下大段的论述，十分巧妙。作者通过典型形象来揭示当时官场上"上下相孚"的真正面目，批判当时腐朽堕落的封建官僚社会。

作者塑造了一个小官僚和一个大相公两个典型形象来揭示主题。首先，作者细致地描写了小官吏如何用自己的灵魂和金钱来向"相公"拍马屁，获得"上下相孚"的结果。小官僚初次干谒之时，尽管做尽谄媚之态，向门者"袖金以私之"，最后也还是被赶了出来，被告知"客请明日来"；小官吏第二天不敢不来，结果第二次干谒成功，最后写小官僚干谒成功之后的得意之情，同时对大相公也发出了赞誉，这样就实现了"上下相孚"。小官僚极尽谄媚之能事的嘴脸被淋漓尽致地描写了出来，干谒权贵，每晚辗转反侧夜不能寐；见到权贵则卑躬屈膝奴颜尽现；干谒成功，立即得意洋洋，飞扬跋扈。另外一个形象就是那位权贵者"大相公"，大相公是一个表面清廉实则贪婪的人，从一个细节即可看出："起则上所上寿金。主者故不受，则固请；主者故固不受，则又固请。然后命吏纳之。"着墨不多，但十分形象生动，深入骨髓。作者善于抓住能够反映人物内心活动的语言和行动来刻画描写，所以虽然只有寥寥数语，但十分生动，让人过目不忘。

接着，作者写了自己的性格特点，与之前刻画的形象截然相反，作者不事权贵，"经年不往也"，"间道经其门，则亦掩耳闭目，跃马疾走过之，若有所追逐者。"作者的这种刚正不阿的态度与之前描写的小官僚形成了鲜明的对比，批判力度就是蕴藏于这种对比中。

全文详略得当。从文中可知，"上下相孚"的"上"指的是严嵩，但文中对相公着墨不多，而写的最为详尽的则是门者与拜访者之间的交往。门者对于访者来说本来应该是下对上的关系，但是在这里却反了过来，仆从的气势已然如此，那么主人的气焰已经可想而知了。只用寥寥数笔，就描画出门者虚伪而贪婪的本性。同时，作者详写拜见之前，而略写拜见之后。前后形成强烈对比，讽刺意味十分明显。

【题《海天落照图》后】

王世贞

《海天落照图》，相传小李将军昭道①作，宣和②秘藏，不知何年为常熟刘以则③所收，转落吴城汤氏④。嘉靖⑤中，有郡守，不欲言其名，以分宜子大符⑥意迫得之。汤见消息非常，乃延仇英实父⑦别室，摹一本，将欲为米颠⑧狡狯，而为怨家所发。守怒甚，将致叵测。汤不获已，因割陈缉熙⑨等三诗于仇本后，而出真迹，邀所善彭孔嘉⑩辈，置酒泣别，摩挲三日而后归守，守以归大符。大符家名画近千卷，皆出其下。寻坐法⑪，籍入天府。隆庆初，一中贵⑫携出，不甚爱赏，其位下小珰⑬窃之。时朱忠僖⑭领缇骑⑮，密以重赏购，中贵诘责甚急，小珰惧而投诸火。此癸酉⑯秋事也。

余自燕中闻之拾遗人⑰，相与慨叹妙迹永绝。今年春，归息弇园，汤氏偶以仇本见售，为惊喜，不论直收之。

按《宣和画谱》⑱称昭道有《落照》、《海岸》二图，不言所谓《海天落照》者。其图有御题⑲，有瘦金、瓢印⑳与否亦无从辨证，第睹此临迹之妙乃尔，因以想见隆准公㉑之惊世也。实父十指如叶玉人㉒，即临本亦何必减逸少㉓《宣示》、信本㉔《兰亭》哉！老人馋眼，今日饱矣！为题其后。

【注释】

①小李将军昭道：李昭道，唐代画家，世称小李将军，其父李思训世称大李将军。②宣和：为宋徽宗的年号。③刘以则：明代的收藏家。④汤氏：当时的一位古董商人。⑤嘉靖：明世宗年号。⑥大符：即严世蕃，字大符，为明代嘉靖年间奸相严嵩之子。⑦仇英：字实父，号十洲，明代画家。⑧米颠：即米芾，宋代画家，为人颠狂，于是世称"米颠"。由于他善仿古以乱真，故文中称其"狡狯"。⑨陈缉熙：即陈鉴，字缉熙，明代收藏家。⑩彭孔嘉：即彭年，字孔嘉，为明代书画家文徵明的学生。⑪坐法：指嘉靖末严嵩革职，严世蕃被处死。⑫中贵：得到皇帝宠爱的大太监。⑬小珰：即小宦官。⑭朱忠僖：即朱希孝，谥忠僖，隆庆（1567－1572）年间领锦衣卫。⑮缇骑：就是朱忠僖做的锦衣卫，为皇帝的亲军，掌管诏狱。⑯癸酉：指明神宗万历元年（1573年）。⑰拾遗人：指收购旧货的商人。⑱《宣和画谱》：记载宣和时宫内藏画的册录，宋徽宗时编订。⑲御题：指宋徽宗的题字。⑳瘦金、瓢印：瘦金为宋徽宗独创的一种字体；瓢印为宋徽宗在他所收藏的古代书画上用的印鉴。㉑隆准公：指李昭道。隆准，高鼻梁，古时以为帝王之相。由于其为唐宗室，故称。㉒叶玉人：可以将玉雕刻成叶子形状的高手。参见《列子·说符》。这里比喻仇英画笔之技艺高超，画手之巧。㉓逸少：即王羲之，字逸少，晋代著名书法家，曾临摹过三国时期魏国书法家钟繇的《宣示表》。㉔信本：即欧阳询，字信本，唐代著名书法家，曾经临摹过王羲之的《兰亭集序》。

【赏析】

本篇文章为王世贞晚年所作，全文的叙述并没有太大的跌宕起伏，作者平铺直叙，娓娓道来，看似是随手写下的文章。但仔细通观全文，可以发现全文没有一句闲话，从这一细节可以看出王世贞的老辣之处。

全文围绕着《海天落照图》来展开，先写它的真迹。首先点明起始点为小李将军处，藏在宋徽宗之府，可见其名贵。如此名贵的图，让当时权倾天下的严世蕃也为之垂涎；但是画的主人汤氏虽然知道严嵩父子权势遮天，但还是不愿交出真画，想制作赝品来蒙混过关；但最后汤氏还是决定交出此画保命，但是在临别之时，仍要招友置酒，好像要与妻子长别那么悲哀；此画进入到了严府，即使府中有无数珍奇，这件画作仍能占得魁首的位置。作者这样叙述下来，能使读者感受到这幅画的名贵，这并不是作者写作技巧不能及，而是故意用这样娓娓道来的方式，才能让读者感受到《海天落照图》的珍贵价值。

接着，作者叙述这幅画的下场。严氏势力倒台之后，此幅画辗转流落，最终在各路人马的争夺下化为了灰烬。作者在听到这一消息时，既扼腕痛惜又感到庆幸。

虽然真迹不在，但是《海天落照图》的临本还在作者手上。这一临本的水平几可乱真，虽然不能够辨认有没有徽宗的真迹和印玺，但是画作上的功夫仍然可以看到小李将军之风采。作者认为临本也是有很大价值的,他通过王逸少、欧阳信本的临本来说明这个问题,而这一临本简直可以与这两位的摹帖相比肩!最后给出结论:名画毁则毁矣,小李将军之妙,今也犹存!

本文看似平淡,但平淡中又有传神之笔,实属不易。

【蔺相如完璧归赵论】

王世贞

蔺相如之完璧,人皆称之,予未敢以为信也。

夫秦以十五城之空名,诈赵而胁其璧,是时言取璧者,情①也,非欲以窥赵也。赵得其情则弗予,不得其情则予;得其情而畏之则予,得其情而弗畏之则弗予。此两言决耳,奈之何既畏而复挑其怒也?

且夫秦欲璧,赵弗予璧,两无所曲直②也。入璧而秦弗予城,曲在秦;秦出城而璧归,曲在赵。欲使曲在秦,则莫如弃璧;畏弃璧,则莫如弗予。夫秦王既按图以予城,又设九宾③,斋而受璧,其势不得不予城。璧入而城弗予,相如则前请曰:"臣固知大王之弗予城也。夫璧非赵璧乎?而十五城秦宝也。今使大王以璧故,而亡其十五城,十五城之子弟,皆厚怨大王以弃我如草芥也。大王弗予城,而绐赵璧,以一璧故,而失信于天下。臣请就死于国,以明大王之失信!"秦王未必不返璧也。今奈何使舍人怀而逃之,而归直于秦?

是时,秦意未欲与赵绝耳。令秦王怒,而僇④相如于市,武安君⑤十万众压邯郸,而责⑥璧与信,一胜而相如族,再胜而璧终入秦矣。

吾故曰:蔺相如之获全于璧,天也。若其劲渑池⑦,柔廉颇⑧,则愈出而愈妙于用,所以能完赵者,天固曲全之哉!

【注释】

①情:真正的目的。 ②曲直:弯曲和平直,比喻是非、对错。 ③九宾:九位迎接使者的傧相立于朝廷之上,这是战国时期最为隆重的外交礼节。 ④僇:通"戮",杀戮。 ⑤武安君:秦将白起的封号。 ⑥责:追求,这里指索取。 ⑦劲渑池:指的是蔺相如在渑池迫使秦王为赵王击缶之事。 ⑧柔廉颇:指的是蔺相如对大将廉颇委屈忍让,

最后使廉颇负荆请罪之事。

【赏析】

本文是一篇翻案文章。翻案文章独执异议，贵在识见高远，令人信服。

本文开篇对世人所称誉的蔺相如完璧归赵这一史实，予以否定，可谓先声夺人。接着，文章从三个方面阐述予以否定的理由。首先，文章分析秦以十五城之空名取璧的真实意图，指责蔺相如之所为乃"既畏而复挑其怒"之举，是失于智。接着，文章重点分析了蔺相如所谓的曲直论，先明秦赵"两无所曲直"，后又代相如策划，指出相如"使舍人怀而逃之"是"归直于秦"，是失于信。最后，文章分析相如完璧的后果是族灭国破，是失于利。这样，文章层层递进，步步深入，从而逼出了全文的结论："蔺相如之获全於璧也，天也。"

行文至此，文章已可作结，而作者又列出"劲渑池"、"柔廉颇"两件事，看似与上文关系不大，但从"愈出而愈妙于用"一句中，我们可以看出作者的写作意图。作者认为，蔺相如所谓的"智"、"勇"，不是为了赵国，而是为了自己，他的所作所为，不过是纵横家的权谋机巧而已，这，大概是触摸到了纵横家的本质了吧。因而，本文结论之后的余波，决非可有可无的续貂之笔，用意很深。

【题孔子像于芝佛院】

李 贽

人皆以孔子为大圣，吾亦以为大圣；皆以老、佛为异端，吾亦以为异端。人人非真知大圣与异端也，以所闻于父师之教者熟也；父师非真知大圣与异端也，以所闻于儒先之教者熟也；儒先亦非真知大圣与异端也，以孔子有是言也。其曰"圣则吾不能"①，是居谦也。其曰"攻乎异端"②，是必为老与佛也。

儒先亿度③而言之，父师沿袭而诵之，小子矇聋④而听之。万口一词，不可破也；千年一律，不自知也。不曰"徒诵其言"，而曰"已知其人"；不曰"强不知以为知"，而曰"知之为知之"。至今日，虽有目，无所用矣。

余何人也，敢谓有目？亦从众耳。既从众而圣之⑤，亦从众而事⑥之，是故吾从众事孔子于芝佛之院。

【注释】

① "圣则吾不能"：语出《孟子·公孙丑上》"昔者子贡问于孔子曰：'父子圣矣

乎？'孔子曰：'圣则吾不能，我学不厌而教不倦也。'" ②"攻乎异端"：语出《论语·为政》"攻乎异端，斯害也已"。 ③亿度（duó）：主观猜测。亿，常写作"臆"。 ④瞽聋：瞽指眼睛看不清，聋指耳朵听不清。这里的意思是说儒家小辈们只知道听信儒家先师的言论而不会自己思考问题，好像瞎子、聋子一样。 ⑤圣之：尊孔子为圣人。圣，这里作动词用，尊……为圣。 ⑥事：侍奉，供奉。

【赏析】

　　这是一篇驳斥性的文章，要批驳的观点是"人皆以孔子为大圣，皆以老、佛为异端"，揭示出众人盲目尊孔的荒谬和无知。这个论题并非新鲜，千百年来许多学者在此问题上大做文章，但是要将此问题驳倒却没有那么容易。李贽的这篇文章角度新颖，并且运用独特的驳辩方法，所以显得与众不同。

　　文章开头开门见山，用两个分句来给出本文所要驳斥的论点：人人皆以孔子为大圣，而以老、佛为异端。指出了人云亦云、毫无异词的现象，也可以看出这种现象的顽固性和普遍性。然后作者用独特的方法加以驳斥：他并非从正面来驳斥，而是追根溯源，找出人人尊圣这一现象背后的原因，原来是人们从父辈、师辈那里学来的，都并没有深入了解，只是简单的沿袭。李贽举出了一个例子来说明，他说孔子原来的两句话："圣则吾不能"和"攻乎异端"，人们对它们的理解都有偏颇，并没有真正理解这两句话的意义。通过这样的追根溯源，拨开了迷雾，原来世代相传的"大圣"、"异端"，竟然是先辈们的亿度之言，皆为无稽之谈。从根本上拆穿了"大圣"、"异端"的谎言。

　　第三自然段作者主要从正面立论，"亦从众耳。既从众而圣之，亦从众而事之，是故吾从众事孔子于芝佛之院。"连用了四个"从众"，可以看出作者侍奉孔子也是从众之举，这样就把"孔子像"置于一个很尴尬的位置。整篇文章从侧面揶揄讽刺，笔锋辛辣，抨击有力，无可辩驳。

【李卓吾先生遗言】

李　贽

　　春来多病，急欲辞世。幸于此辞，落在好朋友之手。此最难事，此余最幸事，尔等不可不知重也。

　　倘一旦死，急择城外①高阜②，向南开作一坑；长一丈，阔五尺，深至六尺即止。既如是深，如是阔，如是长矣，然后就中复掘二尺五寸深土，长不过六尺有半，阔不过二尺五寸，以安予魄。既掘深了二尺五寸，则用芦席五张填平其下，而安我其上，此岂有一毫不清净者哉！我心安焉，即为乐土。勿太俗气，摇动人言，急于好看，以伤我之本心也。虽马诚老③能为厚终之具④，然终不如安余心之为愈矣。此是余第一要紧言语。我气已散，即当穿此安魄之坑。

未入坑时，且阁我魄于板上，用余在身衣服即止，不可换新衣等，使我体魄不安。但面上加一掩面，头照旧安枕，而加一白布中单总盖上下，用裹脚布廿字交缠其上。以得力四人平平扶出，待五更初开门时寂寂抬出，到于圹所，即可装置芦席之上，而板复抬回以还主人矣。既安了体魄，上加二三十根椽子横阁其上。阁了，仍用芦席五张铺于椽子之上，即起放下原土，筑实使平，更加浮土，使可望而知其为卓吾子之魄也。周围栽以树木，墓前立一石碑，题曰："李卓吾先生之墓"。字四尺大，可托焦漪园⑤书之，想彼亦必无吝。

尔等欲守者，须是实心要守。果是实心要守，马爷⑥决有以处尔等，不必尔等惊疑。若实与余不相干，可听⑦其自去。我生时不着亲人相随，没后亦不待亲人看守，此理易明。

幸勿移易我一字一句！二月初五日，卓吾遗言。幸⑧听之！幸听之！

【注释】

①城外：指的是通州城外，位于今天北京市通县。当时李卓吾住在通州。　②高阜：即高地。　③马诚老：指马经纶，字诚所，官至御史，由于触怒了神宗，被贬为平民，回到通州。　④厚终之具：指厚葬的物品。　⑤焦漪园：即焦竑，字弱侯，号漪园，又好澹园，江宁（今江苏南京）人，明代著名学者，是李贽的好友。　⑥马爷：即马经纶。⑦听：听任。　⑧幸：希望。

【赏析】

晚年的李贽体弱多病，常常想到死亡，万历三十年春，七十六岁的李卓吾病势沉重，也许是感觉到自己即将不久于世，于是草拟了这篇《李卓吾先生遗言》，对自己的后世作了安排。

从文章中可以看出，李卓吾先生是不怕死的，他面对死亡从容不迫地安排自己的后世，甚至详细到他的遗体用门板来抬以及记得归还主人都一一交代，可见其镇定自若。通过这种镇定，我们体会到李卓吾先生不畏死的精神。他曾经提出过很有名的"三不"，即"不畏死"、"不怕人"、"不靠势"。对于死亡，视死如归，泰然处之，是李卓吾先生的可贵之处。

李贽一生做人强调"真"，在这篇《遗言》中尤其体现得出来。首先，李贽认为自己的死可以"落在好朋友之手"，这令他十分满意，言语中对好朋友的信任之情流露出来。开头的几句话情深意切，它是李卓吾经历了一生的艰难困苦之后才能够写出来的。其次，李卓吾反对厚葬,反对"厚重之具",并且嘱咐说"此是余第一要紧言语"。李卓吾对于自己葬礼的安排,是他一生追求适性和率真主张的体现和践行。即使对于守候的人,也说出了"欲守者,须是实心要守"这样真的话语。

这篇《遗言》从头到尾贯彻一个"真"字,文字质朴,用语沉稳,即使面临着死亡的大限,也没有丝毫畏惧,一副视死如归、镇定自若的样子,而且他对自己的后事,安排的也是如此简单,不愧为一位看透人生、大彻大悟的哲人。

【龙　　湖】

袁宗道

龙湖一云①龙潭,去②麻城③三十里。万山瀑流,雷奔而下,与溪中石骨相触,水力不胜石,激而为潭。潭深十馀丈,望之深青,如有龙眠,而土之附石者,因而夤缘④得存。突兀一拳,中央峙立,青树红阁,隐见其上,亦奇观也。

潭右为李宏甫⑤精舍⑥,佛殿始落成,倚山临水,每一纵目,则光、黄诸山,森然屏列,不知几万重。

余本问法而来,初非有意山水,且谓麻城僻邑,常与屠陵⑦、石首⑧伯仲⑨,不意⑩其泉石幽奇至此也。故识。癸巳五月五日记。

【注释】

①一云:一说,又名。　②去:离。　③麻城:位于现在湖北省麻城市。　④夤(yín)缘:攀缘上升。　⑤李宏甫:即李贽,宏甫为其字。曾经官任南京刑部主事、云南姚安知府。万历九年辞官,万历十六年搬到麻城龙潭湖芝佛院居住,从事著述。　⑥精舍:旧时的书斋、学舍、为学生讲学的地方。　⑦屠陵:汉县名,现在湖北省的公安县。　⑧石首:县名,现在位于湖北。　⑨伯仲:兄弟排行的顺序,伯是老大,仲是老二。　⑩不意:没有想到。

【赏析】

袁宗道(1560－1600),字伯修,号玉蟠,又号石浦,湖广公安(今湖北公安县)人。自幼聪颖好学,十岁能诗文。万历七年(1579),考中湖广乡试举人。万历十四年(1586)举会试第一,次年入翰林院,授吉士,进编修。万历二十五年以翰林院修撰充东宫讲官。与弟宏道、中道齐名,并称"三袁"。前后七子倡导"诗必盛唐",他们崇尚本色,反对摹拟,世称"公安派",平生崇敬白居易与苏拭,诗文集取名《白苏斋集》。

袁宗道的这篇《龙湖》描写的是李贽在麻城龙湖长期定居之所的景色之美，但旨在表达自己批判封建腐朽传统的精神内核。

作者采用诗歌的比兴手法，将自然的美加以人化，通过描写李贽住所以及李贽的为人，满怀真情地讴歌和赞美龙湖。众所周知，李贽和公安派"三袁"的文学主张比较一致，都要求发张个性和独抒性灵，李贽反对腐朽势力的不屈精神，就好像文章一开始描写的那样"万山瀑流，雷奔而下"，表现了时代中李贽桀骜不驯、力拔山兮的气概。袁宏道写龙湖中的怪石时，也突出了怪石的高耸孤傲，"突兀一拳，中央峙立"，石头虽然只有"一拳"之大，但并不显得孤独，它与激流相抗争，愈发显出自身岿然不动的姿态。

作者袁宗道写这篇《龙湖》，不仅是为了写景，更是为了写出景物背后的精神，勾勒出李贽这位反封建巨人的高大形象。在这样的精神感召下，袁宗道笔下的龙湖已经不再是原来的龙湖，它的自然美与作者的人格美相结合，被提高到了一个特有的位置。

【极乐寺① 纪游】

袁宗道

高梁桥②水，从西山③深涧中来，道此④入玉河⑤。白练千匹，微风行水上，若罗纹纸⑥。堤在水中，两波相夹，绿杨四行，树古叶繁，一树之荫，可覆数席，垂线⑦长丈馀。岸北佛庐道院甚众，朱门绀殿，亘数十里。对面远树，高下攒簇⑧，间⑨以水田。西山如螺髻，出于林水之间。极乐寺去桥可三里，路径亦佳。马行绿荫中，若张盖⑩。殿前剔牙松⑪数株，松身鲜翠嫩黄，斑剥若大鱼鳞，大可七八围许⑫。暇日曾与黄思立⑬诸公游此。予弟中郎⑭云："此地小似钱塘苏堤。"思立亦以为然。予因⑮叹西湖胜境，入梦已久，何日挂进贤冠⑯，作六桥⑰下客子，了此山水一段情障⑱乎？是日分韵各赋一诗⑲而别。

【注释】

①极乐寺：在北京阜成门外，高梁桥西三里，明成化中建。 ②高梁桥：高梁河上的一座桥，北京西直门外。 ③西山：在北京西郊，属太行山支脉，一名小清凉山，林麓苍莽，溪涧错镂，风景秀丽。 ④道此：经过高梁桥。道，作动词，经过。此：指的是高梁桥。 ⑤玉河：源出北京西北郊的玉泉山，三十里而至此桥下，环流紫禁城，入大通河。 ⑥罗纹纸：质地轻软、带有椒眼状花纹的纸。 ⑦垂线：指下垂的柳树枝条。 ⑧攒簇：聚集。 ⑨间：动词，间隔。 ⑩张盖：张开的车盖。古时为车上遮阳御雨之具，《史记·商君传》有"劳不坐乘，暑不张盖"的话。 ⑪剔牙松：一种针叶松，其叶如牙

签，故名。　⑫许：表示大约的数量。　⑬黄思立：即黄大节，字斯立，一作思立，号无净，信丰（今属江西）人，万历十四年进士，时任太常寺博士。　⑭中郎：袁宗道的二弟袁宏道，字中郎。　⑮因：于是。　⑯进贤冠：古时儒者所戴的一种表示身分的缁布冠，元以后废。这里说挂进贤冠，表示弃官退隐。　⑰六桥：在杭州西湖苏堤上，称"跨虹六桥"，风景优美，当地有民谣说"西湖景致六吊桥，一枝杨柳一枝桃。"　⑱情障：情感郁结在心头而不能消，谓之情障。这里犹言"心愿"。　⑲分韵各赋一诗：作诗规定韵字，各人分拈，依字为韵。袁宗道有《暮春邹生邀黄思立诸公游高梁桥即事》诗，袁宏道有《暮春同黄无净、曹季和、黄昭质、家伯修游高梁桥》诗，皆即此日分韵之作。

【赏析】

这篇小品是袁宗道在京做官闲暇之时游览所得。通篇简洁清新、活泼灵秀、诗趣盎然。长桥、流水、堤坝、绿树、寺院，一幅幅画面都洋溢着清新秀美的特色。作者袁宗道思想上深受李贽影响，不满于当时的朝政，要求摆脱儒学的束缚，获得心灵上的解放，于是迷恋山水和名山古刹，在其中寻找自己的思想寄托。

作者以高梁桥为起点，一路游来，桥下之水纯净柔和如白练；长堤被水所夹持，仿佛有震动摇荡的感觉，堤上绿杨繁茂幽深，令人神清气爽。依山傍水的佛寺道观，绀殿朱门，华丽壮观。极乐寺掩映在浓密古松中，古松鲜翠嫩黄，色彩斑斓。优美的景色令作者仿佛回到了人间仙境的西湖。作者用了一百字的篇幅来描写高梁桥上所见景色，然后来到了极乐寺。极乐寺是作者这次游览的目的地，作者着重描写极乐寺中的剔牙松，记载极乐寺只提到了寺前的两棵柳树和院内的四株老柏，其他的都没有描写，这些是吸引作者的景色，他是从整个风景来着眼的，并非定格于一个极乐寺，所以描写也不局限于极乐寺。

最后一段，作者对"西湖胜境"开始向往，"予因叹西湖胜境，入梦已久，何日挂进贤冠，作六桥下客子，了此山水一段情障乎？"作者鄙视官场，而表现了对山水和自然的倾慕之情，对人个性解放的追求，都轻巧地体现在这一句话中了。所以，文章并非简单写景，而是有深刻的思想在其中。

【《甘薯疏》序】

徐光启

方舆①之内，山陬②海澨③，丽土之毛④，足以活人者多矣。或隐弗章⑤。即章矣，近之人习用之，以为泽居之鱼鳖、山居之麋鹿⑥也，远之人邈⑦闻之，以为逾汶之貉、逾淮之橘⑧也，坐是，两者弗获相通焉。

余不佞⑨独持迂论，以为能相通者什九，不者什一。人人务相通即世可无虑不足，民可无道殣⑩。或嗤笑之，固陋之心，终不能移。每闻他方之产可以利济人者，往往欲得而艺之，同志者或不远千里而致，耕获菑畬⑪，时时利赖其用，以此持论颇益坚。

岁戊申，江以南大水，无麦禾，欲以树艺佐其急，且备异日也，有言闽越之利甘薯者，客莆田徐生为予三致其种，种之，生且蕃，略无异彼土。庶几哉橘逾淮弗为枳矣。余不敢以麋鹿自封也，欲遍布之，恐不可户说，辄以是疏先焉。

【注释】

①方舆：大地，这里指"领域"。 ②陬：隅，角落。 ③溦：水边，堤岸。 ④丽土之毛：生长在地上的植物。丽，附着。毛，植物。 ⑤章：通"彰"，显示，彰显。 ⑥泽居之鱼鳖、山居之麋鹿：意思是说某种生物只可以生长在特定的地区，比如鱼鳖只能生长在水中，麋鹿只能生活在山里。 ⑦邈：远。 ⑧逾汶之貉、逾淮之橘：语出《周礼·考工记》"橘逾淮而北为枳，鸲鹆不逾济，貉逾汶则死，此地气然也。"又有《晏子春秋·杂下》"橘生淮南则为橘；生淮北则为枳，叶徒相似，其实味不同。所以然者何？水土异也。" ⑨不佞：没有才智，为谦词。 ⑩道殣：饿死在道路上。殣，饿死。 ⑪菑畬（zī yú）：开垦一年和三年的地。引申为开荒，耕耘。语出《易·无妄》"不耕获，不菑畬，则利有攸往。"

【赏析】

本篇序言的作者是徐光启，为明代一位先进的科学家，本序文以议论见长，作者希望能够通过自己的论证来证明甘薯能够被广泛推广，但是通篇并非就事论事，而是从大处落笔，刚开始就阐述了农作物耕种的普遍规律，指出了作物都会有适应性，只要耕作得当，很多作物都可以很快适应环境而生长。

文章首先并没有摆出自己的观点，而是给出了过去错误的认识，即"近之人习用之，以为泽居之鱼鳖、山居之麋鹿也，远之人邈闻之，以为逾汶之貉、逾淮之橘也"，认为作物只能生长在某一地，而不能在其他地方生长。接着作者就摆出了自己的观点，即"耕获菑畬，时时利赖其用"，认为作物的生长并非按照人们以前认为的那样，水土的限制并非那么严格。

作者接下来开始摆出观点论证自己的观点，认为"能相通者什九，不者什一"，坚定地认为可以相通的有十分之九之多，同时作者也在实际中运用，当面临"江以南大水，无麦禾"的时候，作者认为可以推广以前只在闽越生长的甘薯。由于之前已经有理论的铺垫，所以这里作者举例来论证就会显得很有力，作者实验的结果是"种之，生且蕃，略无异彼土"，事实证明，水土并非限制作物生长的决定因素。

本文流露出一位科学家追求真知的决心和执着，为了实验甘薯能否在异地生长，他不远千里让莆田的徐生为自己"三致其种"，全文质朴感人，以理服人，但同时也可以以情动人。全文论证客观公正，运用典故来引出以往人们的看法，可见作者的科学态度。

【徐文长传】

袁宏道

余一夕坐陶太史①楼，随意抽架上书，得《阙编》诗一帙，恶楮毛书，烟煤败黑，微有字形。稍就灯间读之，读未数首，不觉惊跃，急呼周望："《阙编》何人作者，今邪？古邪？"周望曰："此余乡徐文长先生书也。"两人跃起，灯影下读复叫，叫复读，童仆睡者皆惊起。盖不佞生三十年，而始知海内有文长先生。噫，是何相识之晚也！因以所闻于越人士者，略为次第，为《徐文长传》。

徐渭，字文长，为山阴②诸生③，声名藉甚④。薛公蕙⑤校⑥越时，奇⑦其才，有国士之目。然数奇⑧，屡试辄蹶⑨。中丞⑩胡公宗宪⑪闻之，客诸幕⑫。文长每见，则葛衣乌巾⑬，纵谈天下事。胡公大喜。是时⑭，公督数边兵⑮，威振东南，介胄之士⑯，膝语蛇行⑰，不敢举头，而文长以部下一诸生傲之，议者方之刘真长⑱、杜少陵⑲云。会⑳得白鹿，属文长作表㉑，表上，永陵㉒喜。公以是㉓益奇之，一切疏记㉔，皆出其手。

文长自负才略，好奇计，谈兵多中，视一世士无可当意者。然竟不偶㉕。文长既已不得志于有司㉖，遂乃放浪曲糵㉗，恣情山水，走齐、鲁、燕、赵之地，穷览朔漠㉘。其所见山崩海立，沙起云行，风鸣树偃，幽谷大都，人物鱼鸟，一切可惊可愕之状，一一皆达之于诗。其胸中又有勃然不可磨灭之气，英雄失路、托足无门之悲，故其为诗，如嗔㉙如笑，如水鸣峡，如种出土，如寡妇之夜哭㉚，羁人㉛之寒起；虽其体格时有卑者，然匠心独出，有王者气㉜，非彼巾帼而事人者㉝所敢望也。文有卓识，气沉而法严，不以模拟损才，不以议论伤格，韩、曾㉞之流亚㉟也。文长既雅㊱不与时调合，当时所谓骚坛㊲主盟者㊳，文长皆叱而奴之，故其名不出于越，悲夫！喜作书，笔意奔放如其诗，苍劲中姿媚跃出，欧阳公㊴所谓"妖韶女老自有余态"者也㊵。间㊶以其余㊷，旁溢为花鸟，皆超逸有致。

卒以疑杀其继室，下狱论死。张太史元汴㊸力解，乃得出。晚年愤益深，佯狂益甚，显者至门，或拒不纳。时携钱至酒肆，呼下隶与饮。或自持斧击破其头，血流被㊹面，头骨皆折，揉之有声。或以利锥锥其两耳，深入寸馀，竟不得死。周望言：晚岁诗文益奇，无刻本，集藏于家。余同年有官越者，托以抄录，今未至。余所见者，《徐文长集》、《阙编》二种而已。然文长竟以不得志于时，抱愤而卒。

　　石公㊺曰：先生数奇不已，遂为狂疾；狂疾不已，遂为囹圄。古今文人牢骚困苦，未有若先生者也。虽然㊻，胡公间世豪杰，永陵英主，幕中礼数异等，是胡公知有先生矣；表上，人主悦，是人主知有先生矣。独身未贵耳。先生诗文崛起，一扫近代芜秽之习，百世而下，自有定论，胡为不遇㊼哉？梅客生㊽尝寄余书曰："文长，吾老友，病奇于人，人奇于诗。"余谓文长无之而不奇者也；无之而不奇，斯无之而不奇也㊾。悲夫！

【注释】

①陶太史：陶望龄，字周望，号石篑，会稽（今浙江绍兴）人。万历十七年进士，授翰林院编修。翰林在明清称为太史。　②山阴：旧县名，在今浙江绍兴。　③诸生：明代经过省内各级考试，录取入府、州、县学者，称生员。明清两代称已入学的生员为诸生。　④藉甚：很大，盛大。　⑤薛公蕙：薛蕙，字君采，亳州（今安徽省亳州市）人。正德九年（1514）进士，授刑部主事，嘉靖中为给事中。　⑥校（jiào）：考核。　⑦奇：动词，以之为奇。　⑧数奇（jī）：指命途多蹇，屡遭不顺。　⑨辄蹶：总是失败。蹶：挫折，失败。　⑩中丞：明清时期称巡抚为中丞。　⑪胡公宗宪：胡宗宪，字汝贞，绩溪（今属安徽）人。嘉靖十七年进士，嘉靖三十四年任浙江巡按御史，以平倭功，加右都御史、太子太保。因投靠严嵩，严嵩倒台后，他也下狱死。　⑫客诸幕：在幕府作幕客。客：作动词用，使……作幕客。　⑬葛衣乌巾：身着布衣，头戴黑巾。此为布衣装束。　⑭是时：这个时候。是，这个。　⑮督数边兵：胡宗宪总督南直隶、浙、闽军务。　⑯介胄之士：指的是披戴盔甲之士，即将官们。　⑰膝语蛇行：跪着说话，像蛇一样爬着走路，这里形容诚惶诚恐的样子。　⑱刘真长：晋代人刘惔，字真长，简文帝为会稽王时，刘曾入其幕。　⑲杜少陵：杜甫，自称少陵野老，在蜀时曾作剑南节度使严武的幕僚。　⑳会：适逢，正赶上。　㉑表：一种臣子呈于以是君主的文体，一般用来陈述衷情，颂贺谢圣。这里是指徐渭代胡宗宪所写的《献白鹿表》。　㉒永陵：明世宗朱厚熜所葬的陵墓，这里指代明世宗。　㉓以是：因为这个。　㉔疏记：疏，即臣下给皇帝的奏疏。记，书牍、札子。　㉕不偶：不遇。　㉖有司：指主管的官员。　㉗曲蘖（niè）：即为酿酒的发酵物，以之代酒。　㉘朔漠：北方沙漠地带。　㉙嗔：生气。　㉚夜哭：晚上哭泣。

夜：作状语，在晚上。后面的"寒起"也是同样的结构。　㉛羁人：旅人。　㉜有王者气：有称雄文坛的气势。　㉝巾帼而事人者：古代妇人的头巾和发饰，后也用以指代妇女。此处指男子装着女人的媚态，趋奉人，不知羞耻。帼，妇女的头巾，用巾帼代指妇女。　㉞韩、曾：唐朝的韩愈、宋朝的曾巩。　㉟流亚：相匹配的人物。　㊱雅：平来，向来。　㊲骚坛：文坛。　㊳主盟者：指嘉靖时后七子的代表人物王世贞、李攀龙等。　㊴欧阳公：指的是宋代文学家欧阳修。　㊵"妖韶女老自有余态"者也：欧阳修《水谷夜行寄子美圣俞》有句云："作诗三十年，视我犹后辈。文词愈清新，心意虽老大。譬如妖韶女，老自有余态。"妖韶，美艳。　㊶间：有时候。　㊷馀：馀力。　㊸张太史元汴：张元汴，字子荩，隆庆五年（1571）廷试第一，授翰林院修撰。　㊹被（pī）：覆盖。　㊺石公：作者的自称。袁宏道号石公。　㊻虽然：即使这样。　㊼胡为不遇：哪里能说是怀才不遇呢？　㊽梅客生：梅国祯，字客生，一字克生。麻城人。万历进士，官至兵部右侍郎。　㊾无之而不奇，斯无之而不奇（jī）也：徐渭一生没有不奇异的地方，所以也无处不倒霉。后一个奇是坎坷、倒霉之意。

【赏析】

　　作者写徐渭的一生，突出三个特点：才奇、人奇、数奇。与胡宗宪"纵谈天下事"，代胡宗宪作表使"永陵喜"，善书画等等，都是徐渭才奇方面的表现；徐渭不仅才奇，人亦奇。人奇主要体现在一个"狂"字上。对贵为巡抚、威震东南的胡宗宪，其他人都是膝语蛇行，不敢举头，而文长则以部下一诸生傲之，可以说是十分之狂妄；徐渭狂的表现还有很多，"视一世士无可当意者"、"文长既雅不与时调合，当时所谓骚坛主盟者，文长皆叱而奴之"等等，都是徐渭狂的表现，而后甚至"显者至门，或拒不纳"的地步，而"时携钱至酒肆，呼下隶与饮"表现了徐文长蔑视显贵的姿态；之后竟发展为"或自持斧击破其头，血流被面，头骨皆折，揉之有声。或以利锥锥其两耳，深入寸馀，竟不得死"的癫狂之状，这时大概已经是真狂了。再看他一生所遭遇的"数奇"，刚开始是"屡试辄蹶"，然后是"竟不偶"，"不得志于有司"，被"下狱论死"，最终"抱愤而卒"。终其一生，可谓命途多舛，怀才不遇，这是贯穿全文的一条主线。作者只突出了才奇、人奇和数奇这三点，其他概不多谈，同时将三者关联起来，串成一个不可分割的因果链条。从整体来看，才奇和人奇是着墨的重点，而"数奇"是全文贯穿始终的主线。全文表现了三者的相互推动关系，这个过程也是徐渭悲剧命运的过程。可以说，徐渭的才奇和人奇导致了他在那个时代的悲剧命运，是逃脱不掉的必然结果。

　　全文以"奇"立意，文中用种种细节来表现"奇"。尤其传前小序十分重要：作者在读《阙编》时所表现出的"惊跃"、"急呼"、"读复叫"、"叫复读"的状态，写出了自己难掩的兴奋之情，也为之后出场的主角徐文长做了一个很好的铺垫。徐文长尚未露面，他的"奇"就已经通过作者之口传达给了读者。

　　袁宏道作此文，可以看出对徐文长的喜爱，也表现了对他怀才不遇的极大惋惜，悲其遇，也愤其世。所以这篇文章，可以说即是为徐文长作的传，也是揭露当时社会的愤世之作。

【叙小修诗】

袁宏道

弟小修①诗，散逸②者多矣，存者仅此耳。余惧其复逸也，故刻之。弟少也慧，十岁馀即著《黄山》、《雪》二赋，几五千馀言，虽不大佳，然刻画钉饾③，傅以相如④、太冲⑤之法，视今之文士矜重以垂不朽者，无以异也。然弟自厌薄之，弃去。顾独喜读老子、庄周、列御寇⑥诸家言，皆自作注疏，多言外趣，旁及西方之书⑦、教外⑧之语，备极研究。既长，胆量愈廓，识见愈朗，的然以豪杰自命，而欲与一世之豪杰为友。其视妻子之相聚，如鹿豕之与群而不相属也；其视乡里小儿，如牛马之尾行而不可与一日居也。泛舟西陵⑨，走马塞上，穷览燕、赵、齐、鲁、吴、越之地，足迹所至，几半天下，而诗文亦因之以日进。大都独抒性灵，不拘格套，非从自己胸臆流出，不肯下笔。有时情与境会⑩，顷刻千言，如水东注，令人夺魄。其间有佳处，亦有疵处，佳处自不必言，即疵处亦多本色独造语。然予则极喜其疵处；而所谓佳者，尚不能不以粉饰蹈袭为恨，以为未能尽脱近代文人气习故也。

盖诗文至近代而卑极矣，文则必欲准⑪于秦、汉，诗则必欲准于盛唐，剽袭模拟，影响步趋，见人有一语不相肖者，则共指以为野狐外道⑫。曾不知文准秦、汉矣，秦、汉人曷尝字字学《六经》⑬欤？诗准盛唐矣，盛唐人曷尝字字学汉、魏欤？秦、汉而学《六经》，岂复有秦、汉之文？盛唐而学汉、魏，岂复有盛唐之诗？唯夫代有升降，而法不相沿，各极其变，各穷其趣，所以可贵，原不可以优劣论也。且夫天下之物，孤行则必不可无，必不可无，虽欲废焉而不能；雷同则可以不有，可以不有，则虽欲存焉而不能。故吾谓今之诗文不传矣。其万一传者，或今闾阎妇人孺子所唱《擘破玉》、《打草竿》⑭之类，犹是无闻无识真人所作，故多真声，不效颦于汉、魏，不学步于盛唐，任性⑮而发，尚能通于人之喜怒哀乐嗜好情欲，是可喜也。

　　盖弟既不得志于时,多感慨;又性喜豪华,不安贫窘;爱念光景,不受寂寞。百金到手,顷刻都尽,故尝贫;而沉湎嬉戏,不知樽节,故尝病;贫复不任贫,病复不任病,故多愁。愁极则吟,故尝以贫病无聊之苦,发之于诗,每每若哭若骂,不胜其哀生失路之感。予读而悲之。大概情至之语,自能感人,是谓真诗,可传也。而或者犹以太露病之,曾不知情随境变,字逐情生,但恐不达,何露之有?且《离骚》一经,忿怼之极,党人偷乐⑯,众女谣诼⑰,不揆中情,信谗斋怒⑱,皆明示唾骂,安在所谓怨而不伤者乎?穷愁之时,痛哭流涕,颠倒反覆,不暇择音,怨矣,宁有不伤者?且燥湿异地,刚柔异性,若夫劲质而多怼,峭急而多露,是之谓楚风,又何疑焉!

【注释】

　　①小修:袁中道,字小修,湖广公安人。万历间进士,官南京吏部郎中,与兄袁宗道、袁宏道并成为三袁,以"公安派"著称。　②散逸:丢失,散落。　③饤饾:供陈设的食品,或指文辞的堆砌和罗列。　④相如:指的是西汉文学家司马相如。　⑤太冲:指的是西晋文学家左思,太冲为其字。相如与太冲二人作赋,同有铺张扬厉的特点。　⑥列御寇:即列子。列子相传为战国时郑人。著有《列子》一书,原书早佚,后来所见当为魏晋时人伪作。　⑦西方之书:指佛教经典。　⑧教外:即外教,佛教称佛教以外的其他宗教为外教。　⑨西陵:指西陵峡,为长江三峡之一。　⑩会:会合,相遇。　⑪准:作动词,以……为准。　⑫野狐外道:指的是与正统相对立的其他作文准则。野狐:《景德传灯录》记载,有一个修行人因为错解了禅语一个字,遂五百生堕野狐,后得百丈怀海禅师解说,才得到彻悟,脱野狐身。外道:佛教称与佛相对立的其他教派都为外道。　⑬《六经》:指的是《诗》、《书》、《礼》、《乐》、《易》、《春秋》六部儒家经典。　⑭《擘破玉》、《打草竿》:明代万历年间流行的民歌曲调。　⑮任性:任由性情。　⑯党人偷乐:党人,旧时指政党上结成朋党之人。偷:苟且。　⑰谣诼:诽谤,中伤。　⑱不揆中情,信谗斋(jī)怒:语出屈原《离骚》:"荃不揆余之中情兮,反信谗而斋怒。"是说楚怀王不查我忠信之情,反而相信谗言而急怒于我。

【赏析】

　　这篇文章围绕"独抒性灵"这个中心观点展开论述,在当时追求个性自由、思想解放的大的思潮文化背景之下,以袁宏道为代表的公安派在文坛上开始活跃,围绕提出的独抒性灵的主张,以各种形式提出了一系列不同流俗的文学主张。《叙小修诗》是其中比较早而且也是比较全面的一篇。通过小修其人其诗来带出主旨,认为首先要有"性灵",才能谈得上"独抒"。首先,作者叙述了弟弟小修的成长经历和创作道路,从"弟少也慧"开始,对弟弟小修的为人以及诗歌创作风格加以概括。叙中带评,笔含机锋,运用对比的手法,将弟弟的才能与"今之士人"形成对比,他十余岁的时候就已经"厌薄"、"弃去"现有的一条,而今之文士则还"矜重以垂不朽者",相形之下,后者愈发显得迂腐不堪。刚开始即点出小修厌恶规步前人,指出他不受拘束的自由个性;又点出他"独喜"老庄等正统经籍以外的杂书,进而揭示小修不羁个性的渊源;作者叙述小修的成长经历,突出了他追求个性自由的特点。

"真诗"是出于"真人",写人是为了写诗。以上小修的"性灵"已经给予了极多的描述,之后笔锋一转,带出本文的核心命题:"大都独抒性灵,不拘格套,非从自己胸臆流出,不肯下笔"。"独抒性灵,不拘格套"就是要在内容形式上打破任何束缚,表现自我真实的情感和自由个性的精神。"独抒性灵,不拘格套"既是对小修诗歌特点的概括,也是作者所提倡的核心。

下一段可以说是文学发展论。从小修诗的"未能尽脱近代文人气习"展开来,引发到七子,对其"文必秦汉,诗必盛唐"的主张进行批判,首先秦汉之文、盛唐之诗并非对前人诗文亦步亦趋的结果,同时论述如果他们都抄袭前人,又哪里会有自身价值的存在?层级分明,逻辑严密,充满了雄辩的气势,给七子以致命的打击。接着缓缓道来公安派的主张:"唯夫代有升降,而法不相沿,各极其变,各穷其趣,所以可贵,原不可以优劣论也。"每个时代有每个时代文学的特点,不能始终如一。每个时代都应当追求创新,自由创造新的内容和形式,展现时代精神和个性。正是基于此,他十分赞赏民歌,是"真人"所作的"真声",如此大胆地将民歌的位置于传统诗文之上,十分惊世骇俗,也表现了他反对传统的强大力度。

通过以上的反驳传统,再回过头来看小修诗的创作,作者从小修的身世遭遇、性格特征、生活习性等多个角度揭示其情感形成的原因,表现了他的诗歌是"贫病无聊之苦"的真实情感流露,"大概情至之语,自能感人,是谓真诗,可传也。"最后作者援引屈原的例子,来支持自己的论点,直叱温柔敦厚的儒家诗教。整个结尾以反问结束,声色俱厉,表现出不容驳辩的威严。

【叙陈正甫《会心集》】

袁宏道

世人所难得者唯趣。趣如山上之色,水中之味,花中之光,女中之态,虽善说者不能下一语,唯会心者知之。今之人慕趣之名,求趣之似,于是有辨说书画,涉猎古董以为清;寄意玄虚,脱迹尘纷以为远;又其下则有如苏州之烧香煮茶者。此等皆趣之皮毛,何关神情。

夫趣得之自然者①深,得之学问者浅。当其为童子也,不知有趣,然无往而非趣也。面无端容,目无定睛,口喃喃而欲语,足跳跃而不定,人生之至乐,真无逾②于此时者。孟子所谓不失赤子③,老子所谓能婴儿④,盖⑤指此也,趣之正等正觉⑥最上乘也。山林之人,无拘无缚,得自在度日,故虽不求趣而趣近之⑦。愚不肖之近趣也,以无品也。品愈卑故所求愈下,或为酒肉,或为声伎,率心而行,无所忌惮,自以为绝望于世,故举世非笑之不顾也,此又一趣也。迨⑧夫年渐长,官渐高,品渐大,有身如梏⑨,有心如棘,毛孔骨节俱为闻见知识所缚,入理愈深,然其去⑩趣愈远矣。

余友陈正甫⑪,深于趣者也,故所述《会心集》若干卷,趣居其多,不然虽介⑫若伯夷⑬,高⑭若严光⑮,不录也。噫,孰谓有品如君,官如君,年之壮如君,而能知趣如此者哉!

【注释】

①得之自然者:从自然之中得到的。 ②无逾:不超过。 ③不失赤子:语出《孟子·离娄下》:"大人者,不失其赤子之心者也。"赤子:指初生的婴儿。 ④能婴儿:语出《老子》第十章:"专气致柔,能婴儿乎?"意思是:专精守气,致力柔和,能像没有欲望的婴儿吗? ⑤盖:大概,表推断。 ⑥正觉:是梵语三菩提的意译。窥基《妙法莲华经玄赞》卷二本:"'三'云正,觉云'菩提',即是无上正等正觉。"佛教徒以洞明真谛达到大彻大悟为正觉。 ⑦近之:靠近他。 ⑧迨:等到。 ⑨梏:(gù)古代束缚罪人双手的刑具。 ⑩去:离。 ⑪陈正甫:即陈所学,字正甫,景陵人,万历十一年进士,此时任徽州知府。 ⑫介:有操守,狷介。 ⑬伯夷:商末孤竹君长子。周武王灭商之后,与其弟叔齐逃到首阳山,不食周粟而死。 ⑭高:清高。 ⑮严光:字子陵,东汉初会稽余姚人,曾与刘秀同学。刘秀即位之后,他改名归隐。后被召到京师洛阳,任为谏议大夫,不肯受,后归隐于富春山。

【赏析】

本文执着于一个"趣"字,并对此反复辩说,主旨即在于对自由个性的张扬。反传统的风潮在明代中后期异军突起,挣脱桎梏,剥去伪饰,呼唤失去的人性,还原自然本真,是公安派的主要文学主张。

文章开篇点出一"趣"字,之后连用了四个比喻,进而指出"善说者不能下一语,唯会心者知之。""会心"二字极为巧妙,说明"知趣"的唯一途径,为后文的论述作了很好的铺垫。文章第二部分遥接"会心"发端,开门见山地提出了"夫趣得之自然者深,得之学问者浅"的主旨,其中"自然"二字是全文的中心点。文章继而举出了通过自然而得趣的三类人:童子、山林之人以及愚不肖。趣出于自然,并非刻意所得,童子"不知有趣,然无往而非趣也";山林之人"无拘无缚,得自在度日,故虽不求趣而趣近之";愚不肖近趣"以无品也。品愈卑故所求愈下",都是任性而发的结果。同时,随着年事愈长,受到的束缚愈多,离真正的趣也愈远了。三类人具有自然得趣的共性,又有层次和内容的不同，逐次剖析，井然有序地得出了"趣得之自然者深"这样一个论旨。最后一段论述其友陈正甫即是此种"深于趣者"之人，其所述的《会心集》也"趣居亦多"，表达了对友人的赞赏。

【虎丘记】

袁宏道

虎丘①去②城可③七八里。其山无高岩邃壑，独以近城故，箫鼓楼船，无日无之。凡月之夜，花之晨，雪之夕，游人往来，纷错如织，而中秋为尤胜。每至是日，倾城阖户，连臂而至。衣冠士女，下迨蔀屋④，莫不靓妆丽服，重茵累席，置酒交衢⑤间。从千人石⑥上至山门，栉比⑦如鳞，檀板丘积，樽罍云泻，远而望之，如雁落平沙，霞铺江上，雷辊电霍，无得而状。

布席之初，唱者千百，声若聚蚊，不可辨识。分曹部署，竞以歌喉相斗，雅俗既陈，妍媸自别。未几而摇头顿足者，得数十人而已。已而明月浮空，石光如练，一切瓦釜⑧，寂然停声，属而和者，才三四辈；一箫，一寸管，一人缓板而歌，竹肉⑨相发，清声亮彻，听者魂销。比至夜深，月影横斜，荇藻⑩凌乱，则箫板亦不复用；一夫登场，四座屏息，音若细发，响彻云际，每度一字，几尽一刻，飞鸟为之徘徊，壮士听而下泪矣。

剑泉⑪深不可测，飞岩如削。千顷云⑫得天池⑬诸山作案⑭，峦壑竞秀，最可觞客。但过午则日光射人，不堪久坐耳。文昌阁亦佳，晚树尤可观。面北为平远堂⑮旧址，空旷无际，仅虞山⑯一点在望。堂废已久，余与江进之⑰谋所以复之，欲祠⑱韦苏州⑲、白乐天⑳诸公于其中；而病寻作，余既乞归，恐进之兴亦阑矣。山川兴废，信有时哉！

吏吴两载，登虎丘者六。最后与江进之、方子公㉑同登，迟月生公石㉒上。歌者闻令来，皆避匿去。余因谓进之曰："甚矣，乌纱之横，皂隶之俗哉！他日去官，有不听曲此石上者，如月㉓！"今余幸得解官称吴客矣，虎丘之月，不知尚识㉔余言否耶？

【注释】

①虎丘：旧名为海涌山，在现在江苏省苏州市郊。传说春秋时期的吴王阖闾葬在这里之后，金精之气化而为虎，踞其坟，所以称虎丘。 ②去：离。 ③可：大约。 ④蔀（bù）屋：草席盖顶的屋子，这里指贫民。 ⑤交衢：大道。 ⑥千人石：虎丘山脚下的巨石。 ⑦栉（zhì）比：像梳齿那样密密地排列着。 ⑧瓦釜：语出屈原《卜居》"黄钟毁弃，瓦釜雷鸣。"用黏土烧制的锅，这里比喻粗俗和低级的歌声。 ⑨竹肉：竹，管乐器。肉，人的歌喉。 ⑩荇藻：水草名。这里指月光下树的影子。 ⑪剑泉：位于虎丘千山石下，传说为吴王洗剑的地方，又称作剑池。 ⑫千顷云：山名，位于虎丘山上。 ⑬天池：山名，又名华山，位于苏州境内。 ⑭作案：作为几案。 ⑮平远堂：初建于宋代，至元代时期改建。 ⑯虞山：位于江苏省常熟市西北部。 ⑰江进之：名盈科，字进之，桃源人，为万历二十年进士，时任长洲知县，为作者好友。 ⑱祠：祭祀，作动词用。 ⑲韦苏州：指唐代诗人韦应物，曾担任苏州刺史。 ⑳白乐天：指唐代诗人白居易，曾担任苏州刺史。 ㉑方子公：指方文僎，字子公，新安（今安徽歙县）人。为袁宏道料理笔札。 ㉒生公石：即虎丘上的大石名称。传说晋代末年高僧竺道生，世称生公，曾经在虎丘山上聚石为徒弟，讲《涅槃经》，众石头为之点头。 ㉓如月：指对着月亮发誓。这里的"有如"或"如"是古人发誓的句式。 ㉔识（zhì）：记住。

【赏析】

《虎丘记》不同于一般的游记，本文将焦点放在人情上，所记录的主体都是带有浓重民俗味道的市民们，而自然景色则作为人的背景而存在，处于陪衬的地位。同时，此篇游记并不是具体地记载某一次游览的所见所闻，全文并未指明是具体哪次，所记有可能是六次游览的印象所叠加起来的。

第一段刚开头就点名虎丘的位置，但接着就说"其山无高岩邃壑"，立即将其观赏价值贬抑，暗示接下来的重点将不再是虎丘的自然景色，为下文人们的游乐场面做了铺垫。那么既然自然景色没有什么值得观赏的，为什么人们还趋之若鹜呢？这就是因为离城很近的缘故。"月之夜，花之晨，雪之夕"形成一个小排比，表现了这里对游人的吸引力。接下来的"而"字作为转折，点出了本文叙事的时间点："中秋为犹胜"。

第二段"每至是日"紧承上一段，具体展开虎丘中秋的景观，"倾城阖户，连臂而至"，总括了这天的热闹景象。接下来具体写当时的热闹场景和人山人海的场面，上至"衣冠士女"，下到"下迨蔀屋"都"靓妆丽服，置酒交衢间"。这表现了明代中后期江南地区的繁荣景象和市民阶层崛起的特点。接下来三个排比句以夸张的语言渲染出这样一个人多、歌舞喧闹的热闹游乐场面。

第二段着重描写具有民俗意味的演唱，从"布席之初"到"比至夜深"四组镜头的描写，将每一个时段演唱者和听众的表现一一描述出来，中间夹杂着对景物的描写，月色从"明月浮空，石光如练"到夜深时的"月影横斜，荇藻凌乱"，好像月亮也是懂得演唱者的感情的，月光下悠悠唱出曲调，那种情调和韵味，那种美妙用语言简直无法形容。境界由单一的演唱过渡到声、色、景、情的浑融一体上来。

在描写过市民场景之后，作者将笔触伸向了虎丘这一自然景观，信笔写来，随性而至,正是袁宏道"独抒性灵"主张的体现。剑泉、文昌阁、晚树等景观都一笔带过,"千顷云"所描写的景象是日常景象,"平原堂远眺"引发作者的联想,从"堂废已久"到与江进之商量如何修复的打算,以及未能实现的原因,最后引出了山川兴废之感叹。但是并不是沉重的论调,而是轻松亲切的。

"吏吴两载,登虎丘者六。"总述自己来虎丘的游历经历,"歌者闻令来,皆避匿去"表达了作者官员身份与民众的隔膜,无奈发出了"甚矣,乌纱之横,皂隶之俗哉!他日去官,有不听曲此石上者,如月"的感慨,袁宏道对官场的厌恶和对自然及民众生活的向往流露无遗。

【满井游记】

袁宏道

燕地寒,花朝节后,馀寒犹厉。冻风时作,作则飞沙走砾,局促一室之内,欲出不得。每冒风驰行,未百步辄返。

廿二日天稍和,偕数友出东直,至满井。高柳夹堤,土膏微润,一望空阔,若脱笼之鹄。于时冰皮始解,波色乍明,鳞浪层层,清澈见底,晶晶然如镜之新开而冷光乍出于匣也。山峦为晴雪所洗,娟然如拭,鲜妍明媚,如倩女之靧面①而髻鬟②之始掠也。柳条将舒未舒,柔梢披风,麦田浅鬣②寸许。游人虽未盛,泉而茗者,罍③而歌者,红装而蹇④者,亦时时有。风力虽尚劲,然徒步则汗出浃背。凡曝沙之鸟,呷浪之鳞,悠然自得,毛羽鳞鬣之间,皆有喜气。始知郊田之外,未始无春,而城居者未之知也。夫能不以游堕事,而潇然于山石草木之间者,惟此官也。而此地适与余近,余之游将自此始,恶能无纪?己亥之二月也。

【注释】

①靧(huì)面:洗脸。 ②鬣(liè):马鬃。 ③罍:古代盛酒的器具。 ④蹇:跛脚,走路困难。

【赏析】

本文创作于万历二十七年,满井是位于北京安定门以东三里外的一口古井,这篇游记正是作者游玩满井时所作的。

段首点出时令,第一段表明已经到了春天的时节,但是春天的风沙很厉害,每次冒风出行，不到百步就折返了。这里写出了游与不游的矛盾。第二段记叙了作者与朋友一起在廿二日天气稍微好一点的时候出东直，来到满井游玩。来到野外看到堤岸两旁高高的柳树，闻到泥土的芬芳，心情就好像是离开笼子的鸟儿一样愉悦。这一段写了春水之美、春山之美、杨柳之美等等，构成了一幅美丽的春光早景图，令人目不暇接，心旷神怡；接着写游人，虽然余寒刚过，游人还不是很多，但是春天毕竟来到了，作者描写了几类游人的情态，有"泉而茗者，罍而歌者，红装而蹇者"等等，这又是一副春游图；最后写了大自然中的生物，"凡曝沙之鸟，呷浪之鳞，悠然自得，毛羽鳞鬣之间，皆有喜气"，表现了大自然中一切生物在春光的映照下悠然自得的神情。通过以上三个层次的论述，作者得出一个结论："始知郊田之外，未始无春，而城居者未之知也。"表达了作者向往大自然的情怀，最后落脚到作者自身，"夫能不以游堕事，而潇然于山石草木之间者，惟此官也。"作者并没有因为自己的官职小而懊恼，而是利用这样的机会来体会大自然的美丽，并且庆幸自己没有沾染到官场的习气，从中表现出了袁宏道独特的性情和个性。最后一句"此地适与余近"中的"近"，不仅仅指地缘上的接近，更指作者的内心与大自然的贴近。整篇游记描写了北方早春乍暖还寒的景象，描写出了山川景物以及游人的情状，处处传达出作者对自然悠然神往的情感。

【西湖（一）】

袁宏道

从武林门①而西，望保叔塔②突兀层崖中，则已心飞湖上也。午刻入昭庆③，茶毕，即棹小舟入湖。山色如娥，花光如颊，温风如酒，波纹如绫，才一举头，已不觉目酣神醉。此时欲下一语描写不得，大约如东阿王④梦中初遇洛神⑤时也。余游西湖始此，时万历丁酉⑥二月十四日也。

晚同子公⑦渡净寺⑧，觅阿宾⑨旧住僧房。取道由六桥⑩、岳坟⑪、石径塘⑫而归。草草领略，未及遍赏。次早得陶石篑⑬帖子。至十九日，石篑兄弟同学佛人王静虚⑭至，湖山好友，一时凑集矣。

【注释】

①武林门：位于杭州城以北，宋代称作余杭门，俗称北关门。　②保叔塔：又名保俶塔，位于西湖以北的宝石山上，始建于宋初。　③昭庆：昭庆寺。吴越天福间建造，元末毁，明初重建。　④东阿王：指的是三国魏曹植，曾被封为东阿王。　⑤洛神：洛水女神。东阿王梦中初遇洛神之事见于《洛神赋》。　⑥万历丁酉：万历二十五年（1597年）。

⑦子公：指方文僎，字子公。从万历二十二年到三十五年期间一直为袁宏道料理笔墨，亦陪同其出游。　⑧净寺：即净慈寺。位于南屏山惠日峰下，始建于五代周显德元年（954年）。　⑨阿宾：即袁中道，是袁中道的小名，作者弟。　⑩六桥：指的是苏堤上的映波、锁澜、望山、压堤、东浦、跨虹六座桥。　⑪岳坟：指的是岳飞之坟，在西湖北边的栖霞岭下岳王庙内。　⑫石径塘：位于西湖以北。　⑬陶石篑：即陶望龄，字周望，号石篑，会稽（今浙江省绍兴市）人，系作者好友。　⑭王静虚：王赞化，字静虚，山阴（今浙江绍兴）人，为学佛居士。

【赏析】

这篇文章的背景是作者袁宏道在万历二十五年终于如愿以偿被准解官，大有无官一身轻的解脱之感，在大自然中寄托其追求自由的个性和心灵，欣赏天地万物的造化奇功。由于作者十分喜爱杭州西湖，描写西湖山水风光的散文有十六篇之多，而这篇《西湖（一）》是西湖游记的第一篇。

作者刚到杭州，最神往的地方就是西湖，所以文章开门见山，第一句就表达了其神往之情："武林门而西，望保叔塔突兀层崖中，则已心飞湖上也。""心飞"二字形象而生动地表现了作者的急迫之情。第二句并没有直接写西湖美景，而是造成一个顿挫，之后"即棹小舟入湖"的"即"字表达了作者迫不及待之意。进入西湖之后，作者难掩自己对西湖的热爱，连用了四个比喻形容西湖之美，"山色如娥，花光如颊，温风如酒，波纹如绫"，作者由远及近描写其所见所感，虽然只有四句，但是选取了西湖典型的风物，足以描述出西湖的妩媚之姿。作者看到此景也"已不觉目酣神醉"。这样的感情无法用言语传达，就好像东阿王梦到洛水女神时候的情景一样。作者对此日十分重视，特地记下时间，"万历丁酉二月十四日也"，可见其郑重和喜爱。

文章至此，作者仍意犹未尽，第二段附带提及了十四日晚上同方子草草领略"六桥、岳坟、石径塘"之事，以及十五日得到好友陶石篑的帖子、十九日"石篑兄弟同学佛人王静虚至"，"湖山好友，一时凑集矣。"可以看出作者在解官之后轻松的心态，心情十分舒适。最后几句并非画蛇添足，而是作者感情的自然流露，乃锦上添花之作。

【西湖（二）】

袁宏道

西湖最盛，为春，为月。一日之盛，为朝烟，为夕岚。

今岁春雪甚盛，梅花为寒所勒①，与杏桃相次开发，尤为奇观。石篑②数为余言，傅金吾③园中梅，张功甫④家故物也，急往观之。余时为桃花所恋，竟不忍去。湖上由断桥⑤至苏堤⑥一带，绿烟红雾，弥漫二十余里。歌吹为风，粉汗为雨，罗纨之盛,多于堤畔之草,艳冶极矣。

然杭人游湖,止午、未、申⑦三时。其实湖光染翠之工,山岚设色之妙,皆在朝日始出,夕舂⑧未下,始极其浓媚。月景尤不可言,花态柳情,山容水意,别是一种趣味。此乐留与山僧、游客受用,安可为俗士道哉!

【注释】

①勒:束缚,耽搁。 ②石篑:即陶望龄,字周望,号石篑,会稽(今浙江省绍兴市)人,系作者好友。 ③傅金吾:生平不详。金吾,即执金吾,古代官名。在明代为五城(中、东、西、南、北)兵马司指挥,掌管京师治安的长官。 ④张功甫:名镃,南宋名将张俊之孙,其家园中玉照堂有梅花四百株。参见周密《武林旧事》。 ⑤断桥:位于白堤东头,本命宝祐桥,从唐代开始被称为断桥。 ⑥苏堤:又名苏公堤,从南北横截西湖,是宋代苏轼任杭州知府时修筑,故名。 ⑦午、未、申:指十一时至十七时。 ⑧夕舂:与"下舂"同意。语出《淮南子·天文训》"日至于渊虞,是谓高舂;至于连石,是谓下舂。"高诱注"连石,西北山。言欲将冥,下象息舂,故曰下舂。"这里指夕阳。

【赏析】

本文作于作者袁宏道万历二十五年(1597 年)二月游杭州西湖之时。作者下笔清丽俊快,描写西湖从白堤断桥直至苏堤的春日美景,表现了作者独特的欣赏眼光和审美趣味。

作者对于西湖有自己所喜爱的时节,文章一开篇就点明说"西湖最盛,为春,为月。"所以下文中主要描写西湖春景与月景也就极为自然。而对于每一天中主要可以欣赏的时段,作者也有自己的喜好:"一日之盛,为朝烟,为夕岚。"作者认为早上和傍晚的西湖是最美的。为什么呢,作者通过形象的描写来给出自己的解释。

首先描写西湖的春景。今年出现了梅花与杏桃齐放的奇观:"梅花为寒所勒,与杏桃相次开发,尤为奇观",朋友石篑邀请作者去赏园中梅,但是作者宁愿观赏桃花也不愿去赏梅,可见作者迥异的审美趣味。春日里西湖从断桥到苏堤一带的桃花确实蔚为壮观,"绿烟红雾,弥漫二十餘里",呈现出繁花似锦、生机勃勃的美景;其次为游人之盛,"歌吹为风,粉汗为雨,罗纨之盛,多于堤畔之草,艳冶极矣",可以想见红男绿女摩肩接踵,在苏堤白堤上观赏西湖美景的景象。作者极尽浓墨重彩之笔,描写了西湖春天"艳冶"的胜景。

接下来描写西湖之月景。通过与普通游人只知道在午、未、申三时游览西湖形成对比,作者独具特色的审美趣味与普通的游客大不相同,在他眼中,西湖"湖光染翠之工,山岚设色之妙"的美丽景致出现在"朝日始出,夕舂未下"之时,这时的月影、花景柳树等等,皆有另一番情趣。而这种美好的景致,"安可为俗士道哉",表现了作者高雅的趣味以及不与俗世相同的审美趣味。

【夏梅说】

钟 惺

梅之冷，易知也，然亦有极热之候。冬春冰雪，繁花粲粲，雅俗争赴，此其极热时也。三、四、五月，累累其实，和风甘雨之所加，而梅始冷矣。花实俱往，时维朱夏①，叶干相守，与烈日争，而梅之冷极矣。故夫看梅与咏梅者，未有于无花之时者也。

张谓《官舍早梅》诗所咏者，花之终，实之始也。咏梅而及于实，斯已难矣，况叶乎？梅至于叶，而过时久矣。廷尉董崇相②官南都③，在告④，有夏梅诗，始及于叶。何者？舍叶无所谓夏梅也。予为梅感此谊，属同志者和焉，而为图卷以赠之。

夫世固有处极冷之时之地，而名实之权在焉。巧者乘间赴之，有名实之得，而又无赴热之讥，此趋梅于冬春冰雪者之人也，乃真附热者也。苟真为热之所在，虽与地之极冷，而有所必辩焉。此咏夏梅意也。

【注释】

①朱夏：即夏天。语出《尔雅·释天》"夏为朱明。" ②董崇相：即董应举，福建人，时任南京大理寺丞，故沿古称称之为廷尉。廷尉，汉代为九卿之一，掌刑狱。 ③南都：明成祖迁都北京，以南京为南都。 ④在告：官员在家休假。

【赏析】

晚明竟陵派的代表领袖钟惺的《夏梅说》可以说是艺术上人化和物化水乳交融的一篇佳作。作者不选取人人都趋而附之的冬梅，偏偏选取无人问津的夏梅来做文章，可以说是另辟蹊径。冬天虽然寒冷，却是冬梅"繁花粲粲"之时，招来百千游客观赏，但作者偏不去描写这受人追捧的冬梅，而去观照备受冷落无人问津的夏梅，他讨厌赴热而敢于孤高清冷，就像夏日里的梅花一样。

《夏梅说》共分为三段，第一段说明梅花的时节在冬而非在夏，而且咏梅之人也都对冬梅趋之若鹜。第二段说明写作本文，是受到好友董崇相的启发，友人曾经写过一首夏梅诗，钟惺对此有感，故而作此文。在钟惺看来，梅不仅以花为贵，也以叶为贵。只有冬花夏叶都繁盛，才算得上是终岁称荣，这是作者对梅的全面评价，不同于一般人的看法，他不仅看到了梅花的美，也看到了梅树的树干、树叶在炎炎夏日中不屈不挠的抗争精神之可贵。对夏梅的重视,表现了作者倾注在夏梅身上的深厚感情以及对梅所表现出的高洁自赏的精神的讴歌。第三段为本文的结尾,点出了两类人,一类是"冷而实热"之人,另一类是"热而实冷"之人,钟惺自己实属于后者。结尾撇开梅而对趋炎附势之人表达了无情的鞭挞,重点表明自己虽处于热之所在,但性格却是极冷的。文章巧妙的把握了两条线索,一是自然界的时冷时热,二是社会范畴中的人情冷热。对夏梅,作者表达了自己的喜爱之情,点出夏梅虽然处于极热的环境之中却遭受着极冷的考验,表现了作者的忠心孤愤之气。

【浣花溪记】

钟 惺

出成都南门,左为万里桥①。西折纤秀长曲,所见如连环,如玦②,如带,如规③,如钩;色如鉴④,如琅玕⑤,如绿沉瓜⑥,窈然⑦深碧,潆回⑧城下者,皆浣花溪委⑨也。然必至草堂⑩,而后浣花有专名,则以少陵⑪浣花居在焉耳。

行三四里为青羊宫⑫,溪时远时近,竹柏苍然,隔岸阴森者尽溪,平望如荠,水木清华,神肤洞达⑬。自宫以西,流汇而桥者三⑭,相距各不半里。舁夫⑮云通灌县⑯,或所云"江从灌口来"⑰是也。人家住溪左,则溪蔽不时见,稍断则复见溪,如是者数处,缚柴编竹⑱,颇有次第。桥尽,一亭树道左,署曰"缘江路"。

过此则武侯祠⑲。祠前跨溪为板桥一,覆以水槛⑳,乃睹"浣花溪"题榜㉑。过桥,一小洲㉒横斜插水间如梭。溪周之,非桥不通,置亭其上,题曰"百花潭水"。由此亭还,度桥,过梵安寺㉓,始为杜工部祠㉔。像颇清古㉕,不必求肖㉖,想当尔尔㉗。石刻像一,附以本传㉘,何仁仲别驾署华阳时所为也㉙。碑皆不堪读㉚。

钟子㉛曰:杜老二居,浣花清远,东屯㉜险奥,各不相袭。严公㉝不死,浣溪可老㉞,患难之于朋友大矣哉!然天遣此翁增夔门一段奇耳㉟。穷愁奔走,犹能择胜,胸中暇整㊱,可以应世,如孔子微服主司城贞子㊲时也。

时万历辛亥㊳十月十七日,出城欲雨,顷之霁㊴。使客㊵游者，多由监司㊶郡邑㊷招饮，冠盖㊸稠浊㊹，磬折㊺喧溢㊻，迫暮㊼趣㊽归。是日清晨，偶然独往。楚人㊾钟惺记。

【注释】

①万里桥：在成都城南锦江上。　②玦（jué）：有缺口的环形玉器。　③规：圆形。　④鉴：镜子。　⑤琅玕：本指似珠玉的美石，后常指青玉，青绿色。　⑥绿沉瓜：一种深绿色的瓜，史载梁武帝西苑食绿沉瓜。绿沉，在深底色上显示的浓绿色。　⑦窈然：幽深的样子。　⑧潆（yíng）回：水回旋曲折的样子。　⑨委：水流聚的地方。　⑩草堂：指浣花草堂。杜甫初到成都，依成都尹裴冕，借居于草堂寺。次年即择浣花溪隙地建造草堂。　⑪少陵：杜甫曾在长安南少陵居住，自号少陵野老。其地在今陕西西安西南。　⑫青羊宫：成都西隅著名道观。又名青羊观，道观名。传说老子与关尹喜作别时，相约说："千日后寻我于成都青羊肆。"（见《寰宇记》）　⑬水木清华，神肤洞达：水光树色清幽美丽，使人感到神清气爽。神肤洞达，视清气爽，通达肌肤。　⑭流汇而桥者三：所流经的桥有三座。　⑮舁夫：轿夫。　⑯灌县：今四川都江堰。　⑰"江从灌口来"：杜甫《野望因过常少仙》中的诗句。江，指锦江。锦江是岷江的支流，从灌口流来，流经成都城南。浣花溪又是锦江的支流，故如此说。　⑱缚柴编竹：（溪边的人家）编缚柴竹做门户篱笆。　⑲武侯祠：纪念蜀相诸葛亮的祠庙。在今成都南郊。武侯，诸葛亮生前封武乡侯。　⑳水槛（jiàn）：临水的栏杆。　㉑榜：匾额。　㉒小洲：水中的陆地。　㉓梵安寺：又名草堂寺、浣花寺。草堂建成前，僧人复空曾召留杜甫寓居寺内。　㉔杜工部祠：后人在草堂旧址建立的纪念杜甫的祠庙。杜甫曾任检校工部员外郎，故世称杜工部。　㉕清古：清瘦古朴。　㉖肖：像。　㉗想当尔尔：想象中的杜甫大概是这个样子。尔尔，如此。　㉘本传：指《唐书》的《杜甫传》。　㉙何仁仲别驾署华阳时所为也：通判何仁仲在代理华阳县令时所作的。别驾，通判（州府副长官）的别称。署，代理官职。　㉚碑皆不堪读：碑文已风蚀得不能读了。　㉛钟子：作者钟惺自称。　㉜东屯：在夔州（今重庆奉节）城东，因汉末公孙述在此屯田，故名东屯。唐代宗大历元年（766），杜甫移居夔州，次年秋曾迁居东屯。　㉝严公：指严武。严武任剑南节度使和成都尹时，曾照顾过杜甫。代宗永泰元年（765）四月，严武死，杜甫离开成都，准备出川。　㉞可老：可以终老。　㉟然天遣此翁增夔门一段奇耳：但天意让此翁经历夔门一段不平凡的经历，并写下了不平凡的小说诗歌文学作品。　㊱暇整：整暇，严整而从容的样子。　㊲司城贞子：司城，掌土木建筑的官名。贞子，春秋时陈国大夫。鲁哀公三年（前492），孔子在宋国演礼，宋国司马桓魋要害他，孔子先后逃亡到郑国和陈国，在陈国时就住在司城贞子家中。　㊳万历辛亥：万历三十九年（1611）。这是本文作者写明游浣花溪时间。　㊴霁，天放晴。　㊵使客：朝廷派的使臣。　㊶监司：这里指按察使。　㊷郡邑：指郡县的地方官。　㊸冠盖：冠服和车盖。　㊹稠浊：繁乱，汇聚。　㊺磬折：鞠躬作揖，弯腰如磬之背，这里指热衷官场的人。磬，一种曲尺形的打击乐器。　㊻喧溢：喧嚣声四处洋溢。　㊼迫暮：傍晚。　㊽趣：同"促"，急速。　㊾楚人：竟陵古代是楚国地方，所以钟惺自称楚人。

【赏析】

　　浣花溪在成都西南,景色秀丽,唐代诗人杜甫流寓成都时,曾在浣花溪畔的草堂中住了四年。本文记述了游览浣花溪和杜甫草堂的经历。作者就像一名出色的导游,让我们身临其境,"如连环、如玦、如带、如规、如钩,色如鉴、如琅玕、如绿沉瓜",连用七个比喻称赏浣花溪。"水木清华,神肤洞达",浣花溪的山光水色如此清幽秀丽,杜甫在穷愁奔走中犹能择此胜地而居,这样阔达的襟怀实在让人钦佩不已。文末作者用自己"偶然独往"同"使客游者"的冠盖喧哗相比照,表达了作者对附庸风雅的达官显贵的嘲讽和鄙视,从另一个侧面也表现出作者对杜甫的敬仰和对浣花胜地的热爱。

　　文章融写景、记叙、抒情、议论为一体,多用比喻,寓意深远,也体现了作者抒写性灵、幽深孤峭的文风。

【小　　洋】

王思任

　　由恶溪①登括苍②,舟行一尺,水皆污也。天为山欺③,水求石放④,至小洋⑤而眼门一辟。

　　吴闳仲送我,挚睿孺出船口,席坐引白⑥,黄头郎⑦以棹歌⑧赠之,低头呼卢⑨,俄而惊视,各大叫,始知颜色不在人间也。又不知天上某某名何色,姑以人间所有者仿佛图之。

　　落日含半规,如胭脂初从火出。溪西一带山,俱似鹦鹉绿,鸦背青,上有猩红云五千尺,开一大洞,逗出缥天,映水如绣铺赤玛瑙。

　　日益暨⑩,沙滩色如柔蓝懈白⑪,对岸沙则芦花月影,忽忽⑫不可辨识。山俱老瓜皮色。又有七八片碎剪鹅毛霞⑬,俱黄金锦荔,堆出两朵云,居然晶透葡萄紫也。又有夜岚数层斗起,如鱼肚白,穿入出炉银红中,金光煜煜⑭不定。盖是际,天地山川,云霞日彩,烘蒸郁衬,不知开此大染局作何制。意者,妒海蜃⑮,凌阿闪⑯,一漏卿丽⑰之华耶?将亦谓舟中之子,既有荡胸决眦⑱之解,尝试假尔以文章,使观其时变乎?何所遘⑲之奇也!

　　夫人间之色仅得其五,五色⑳互相用,衍㉑至数十而止,焉有不可思议如此其错综幻变者!曩㉒吾称名取类,亦自人间之物而色之耳，心未曾通，目未曾睹，不得不以所睹所通者，达之于口而告之于人；然所谓仿佛图之，又安能仿佛以图其万一也！嗟呼，不观天地之富，岂知人间之贫哉！

【注释】

①恶溪：也称为好溪，瓯江的直流，相传溪水中多水怪，后来遁去，所以名称由恶溪改为了好溪。 ②括苍：山名，位于浙江丽水至临海一带。 ③天为山欺：这里形容山势十分高耸，直插青天。 ④水求石放：这里形容水中乱石很多，水流在石缝中前行，好像是求着石头放过它们通行一样。 ⑤小洋：在恶溪的下游，位于浙江青田县境内。 ⑥引白：指举杯。白，古代人们罚酒用的酒杯称为白。 ⑦黄头郎：指的是船夫，因为头戴黄帽而有此名称。 ⑧棹歌（zhào）：撑船时所唱的歌。 ⑨呼卢：即呼卢喝雉，是古代的一种赌博。一共五个子，一面涂黑，画牛犊，一面涂白，画雉。如果掷骰子时五子皆为黑，即得彩，称之为"卢"。呼喊得卢，即为"呼卢"。 ⑩曶（hū）：昏暗。 ⑪柔蓝懈白：比较柔的蓝白色、淡蓝、灰白色。 ⑫忽忽：模糊不清。 ⑬鹅毛霞：指像鹅毛一样松软的云霞。 ⑭煜煜：明亮的样子。 ⑮海蜃：即海市蜃楼。由于光线的折射而在海面上或沙漠上形成景物的幻影。 ⑯阿闪：佛名，住在东方妙喜世界，这里指佛的妙境。 ⑰卿丽：美丽的云彩。卿：卿云，古代认为是象征吉祥的云气。 ⑱荡胸决眦：心胸荡漾，眼眶睁裂，语出杜甫《望岳》"荡胸生层云，决眦入归鸟。" ⑲遘（gòu）：通"构"，构成。 ⑳五色：指青、黄、赤、黑、白。古人认为这五色为正色。 ㉑衍：扩充、扩展。 ㉒曩（nǎng）：以前，过去。

【赏析】

文章以小洋为喻，极力描摹自然的错综变化之美，立意新颖，语言奇幻，具有很强的艺术感染力。

本文开头先写险些没有到达小洋之前道路的曲折，再写看到小洋时的喜悦，山重水复、柳暗花明之感油然而生。到了小洋，人们还没有意识到周围美好的景色，开始只是专注于喝酒、听歌、呼卢之事，后来忽然看到夕阳下小洋那艳丽的景色，似乎看到了人间所没有的景色，不禁都大叫了起来，接下来作者就浓墨重彩地描写了小洋之美。小洋之美，重在色彩的变化多端，随着时间的变化而变幻不定，呈现出不同的色彩和景观，面对这人间难见之奇景，作者不禁突发奇想，认为这美景是会"妒海蜃，凌阿闪，一漏卿丽之华耶"的，又像是要给舟子以启示，赐之以自然的文采。

作者并没有停留在景物的描写上，而是继续深入，进行了哲理性的思考，这就使得文章不仅有感官上的美感，还有了哲学上的意味。作者发出的"不观天地之富，岂止人间之贫"的感叹，其中就包含着对当时世俗社会的不满之情，也包含着对高贵人格的追求和探索。虽然整篇文章写得含蓄委婉，但是从语句中仍能流露出作者对时局的担忧之感，同时也可以看出作者厌恶俗世、渴望自然的情怀。

艺术手法上特点也很突出，在描写小洋那美妙变换的自然风景时，作者用笔恣肆，尽情描摹，自然酣畅，一些诸如"老瓜皮"这样的通俗词语也出现在文中，体现出作者爽快的文风。

【游黄山日记（后）】

徐宏祖

初四日。十五里至汤口①。五里至汤寺②，浴于汤池。扶杖望硃砂庵③而登，十里上黄泥岗，向时云里诸峰，渐渐透出，亦渐渐落吾杖底。转入石门④，越天都⑤之胁而下，则天都、莲花⑥二顶，俱秀出天半。路旁一歧东上，乃昔所未至者，遂前趋直上，几达天都侧。复北上，行石罅中，石峰片片夹起，路宛转石间，塞者凿之，陡者级之，断者架木通之，悬者植梯接之。下瞰峭壑阴森，枫松相间，五色纷披，灿若图绣。因念黄山当生平奇览，而有奇若此，前未一探，兹游快且愧矣。

时夫仆俱阻险行后，余亦停弗上。乃一路奇景，不觉引余独往。既登峰头，一庵翼然，为文殊院⑦，亦余昔年欲登未登者。左天都，右莲花，背倚玉屏风⑧。两峰秀色，俱可手揽。四顾奇峰错列，众壑纵横，真黄山绝胜处。非再至，焉知其奇若此！遇游僧澄源至，兴甚勇。时已过午，奴辈适至。立庵前，指点两峰。庵僧谓天都虽近而无路，莲花可登而路遥，只宜近盼天都，明日登莲顶。余不从，决意游天都。挟澄源、奴子，仍下峡路。至天都侧，从流石蛇行而上，攀草牵棘，石块丛起则历块，石崖侧削则援崖。每至手足无可着处，澄源必先登垂接。每念上既如此，下何以堪？终亦不顾。历险数次，遂达峰顶。惟一石顶，壁起犹数十丈，澄源寻视其侧，得级，挟余以登。万峰无不下伏，独莲花与抗耳。时浓雾半作半止，每一阵至，则对面不见，眺莲花诸峰，多在雾中。独上天都，予至其前，则雾徙于后；予越其右，则雾出于左。其松犹有曲挺纵横者，柏虽大干如臂，无不平贴石上，如苔藓然。山高风巨，雾气去来无定，下盼诸峰，时出为碧峤⑨，时没为银海。再眺山下，则日光晶晶，别一区宇也。日渐暮，遂前其足，手向后据地，坐而下脱。至险绝处，澄源并肩手相接。度险下至山坳，暝色已合，复从峡度栈以上，止文殊院。

【注释】

①汤口：是歙县西北部的一个小镇，因汤泉而得名，位于黄山脚下。　②汤寺：即唐代的汤院、宋代的祥符寺，由于靠近汤泉，所以俗称做汤寺。　③硃砂庵：即慈光寺，硃砂庵是慈光寺的旧名。　④石门：黄山的石门峰是三十六大峰之一，位于光明顶东北部，由于峰顶两壁夹峙如门，故而得名。　⑤天都：黄山天都峰是黄山三大主峰之一，海拔一千八百米，山势险峻，山顶有"登峰造极"之石刻。　⑥莲花：与天都峰并成为黄山两大峰，莲花峰由于在文殊院前观看如初绽之莲花，故而得名。　⑦文殊院：位于天都峰和莲花峰之间，现在已经不存，风景美妙，民间有"不到文殊院，不见黄山面"之说。　⑧玉屏风：即玉屏峰，因为峰秀出横列好像玉屏一样，故称。　⑨峤（qiáo）：本指高而尖的山。泛指高山或山岭。

【赏析】

作者徐宏祖即为徐霞客，此文是徐霞客在第二次游黄山之时所作，徐宏祖的这篇游记与其他许多游记一样，立意方面并没有太多的新意，无非是表达勇于向上攀登的精神。但是与其他人所写的游记不同的是，徐宏祖在作品中并没有表现出任何自己的"功利"心态，他并没有像以往文人一样，寄情山水，或表达自己壮志未酬之志，或表达忧国忧民之心，他只是简单地热爱自然的风景，他无视功名，拥抱自然，尽情享受山水带给他的乐趣。

这里提到作者黄山之行的几个细节，可以表现出作者对自然的真切如孩童般的热爱之情。作者跟庵僧的对话，表现了作者的痴迷，文中提到"天都虽近而无路，莲花可登而路遥，只宜近盼天都，明日登莲顶"，但是作者却执意不从，"决意游天都"。作者用一连串的动作描写，比如"蛇行而上，攀草牵棘"等等来表现登山之难，上山的时候就历尽艰难，但是作者自问自答"下何以堪？终亦不顾。"这个"不顾"表现出了作者对大自然的痴情，这是只有真正热爱自然的人才能做得出来的事情。总之，作者这位探险家是把探寻自然之美作为自己的使命来完成的，表现了作者对大自然毫无功利色彩的喜爱之情。全文只是单纯记叙了游黄山的经历以及沿途美景，并没有过去游记中常见的最后总结，可见，大自然就是作者写这篇游记的关键和中心，大自然就是作者的思想核心。这是徐宏祖不同常人之处，也是他难能可贵之处。

【再游乌龙潭记】

谭元春

潭宜澄，林映潭者宜静，筏宜稳，亭阁宜朗，七夕宜星河，七夕之宾客宜幽适无累。然造物者岂以予为此拘拘①者乎！

茅子②越中人③,家童善篙楫④。至中流,风妒之,不得至荷荡,旋近钓矶⑤系筏。垂垂⑥下雨,霏霏⑦湿幔,犹无上岸意。已而雨注下,客七人,姬六人,各持盖⑧立幔中,湿透衣表。风雨一时至,潭不能主⑨。姬惶恐求上,罗袜无所惜。客乃移席新轩,坐未定,雨飞自林端,盘旋不去,声落水上,不尽入潭,而如与潭击。雷忽震,姬人皆掩耳欲匿至深处。电与雷相后先,电尤奇幻,光煜煜⑩入水中,深入丈尺,而吸其波光以上于雨,作金银珠贝影,良久乃已⑪。潭龙窟宅之内,危疑未释。

是时风物倏忽,耳不及于谈笑,视不及于阴森,咫尺相乱;而客之有致者反以为极畅,乃张灯行酒,稍敌风雨雷电之气。忽一姬昏黑来赴,始知苍茫历乱,已尽为潭所有,亦或即为潭所生;而问之女郎来路,曰"不尽然",不亦异乎?

招客者为洞庭吴子凝甫,而冒子伯麟、许子无念、宋子献孺、洪子仲伟,及予与止生为六客,合凝甫而七。

【注释】

①拘拘:拘泥,拘首,墨守成规。 ②茅子:指茅元仪,字止生,归安(现在浙江省湖州市)人,茅坤的孙子。 ③越中人:这里的越中指的是浙江,春秋时期浙江一带属于越国。 ④篙楫:指撑船,划船。 ⑤矶:突出江边的岩石或小石山。 ⑥垂垂:形容下垂,下降。 ⑦霏霏:雨雪盛貌。 ⑧盖:古代指能够遮盖的车盖,覆盖在车上的帷幔,类似伞。 ⑨潭不能主:这里的"主"于文意不通,疑是"往"字之误。 ⑩煜煜:明亮的样子。 ⑪已:停止。

【赏析】

谭元春曾与友人三游乌龙潭,写下了《初游乌龙潭记》、《再游乌龙潭记》、《三游乌龙潭记》三篇文章,三篇前后贯穿,而三篇之中,又以此篇《再游》最为动人。

文章以议论开始,连用六个"宜"字,引出了人们对于游乌龙潭和度七夕的一般规范要求。谭元春看重个性,不屑于被格套所拘束,当然会对这些一般规范不满。所以之后谭元春以一个"然"字表达了自己不愿去遵从一般规则的态度。

再接下来是本篇游记的主体部分,谭元春用自己独特的描写笔法,描绘出了大雨中乌龙潭的壮美景观。这里作者的描写表现出了自己的特点:首先是将外界的景物描写与游览者的描写结合起来,景物由人的眼睛看到,而人也是景物之中的人,两者相互映衬,在大雨中的乌龙潭别有一番情趣,写景与写人始终没有脱节。其次是作者的描写善于从视觉、听觉、触觉等多个感受角度去写出天气的急骤变化产生的各种景象,比如写雷声,就是从听觉来写,写闪电,从视觉来写。比较有特点的是,本文出现了不少含有幻觉成分的描写，比如雨水"不尽入潭，而如与潭击"，这使得文中所描写的景象显得格外奇妙，给这次乌龙潭之旅蒙上了一层险怪奇幻的色彩。作者自己也对于这种飘风急雨的激烈天气表现出了欣赏的成分，获得很大的享受，并通过对这种乌龙潭的欣赏来表现自己对世俗审美观的对抗。

【水尽头①】

刘侗

　　观音石阁而西，皆溪，溪皆泉之委②；皆石，石皆壁之馀③。其南岸，皆竹，竹皆溪周而石倚之。燕故难竹④，至此，林林亩亩。竹，丈始枝；笋，丈犹箨⑤；竹粉生于节，笋梢出于林，根鞭出于篱，孙大于母。

　　过隆教寺而又西，闻泉声。泉流长而声短焉，下流平也。花者，渠⑥泉而役乎花；竹者，渠泉而役乎竹；不暇声也。花竹未役，泉犹石泉矣。石罅⑦乱流，众声渐渐⑧，人踏石过，水珠溅衣。小鱼折折石缝间，闻跫音⑨则伏，于茝⑩于沙。杂花水藻，山僧园叟不能名之。草至不可族，客乃斗以花，采采百步耳，互出，半不同者。然春之花尚不敌其秋之柿叶，叶紫紫，实丹丹。风日流美，晓树满星，夕野皆火⑪，香山曰杏，仰山曰梨，寿安山曰柿也。

　　西上圆通寺，望太和庵前，山中人指指⑫水尽头儿，泉所源也。至则磊磊⑬中两石角如坎，泉盖从中出。鸟树声壮，泉喑喑⑭不可骤闻。坐久，始别⑮，曰："彼鸟声，彼树声，此泉声也。"

　　又西上广泉废寺，北半里五华寺，然而游者瞻卧佛辄返，曰："卧佛无泉。"

【注释】

①水尽头：指的是北京西郊卧佛寺西北二里多地的樱桃沟，沟水为天然泉水，所以又名樱桃泉。　②委：水的下流。　③馀：通"余"，山壁所出来的。　④燕故难竹：是说北京过去很难看到竹子。　⑤箨（tuò）：竹笋上一片一片的皮，这里用作动词，笋壳脱落。　⑥渠：人工开凿的水道，这里作动词，是说花生长在泉水的两侧，自然形成了水道。　⑦石罅（xià）：石头之间的裂缝，缝隙。　⑧渐渐（sī）：象声词，形容风雪雨水

声。 ⑨跫（qióng）音：脚踏地的声音。 ⑩苴（chá）：浮草，枯草。 ⑪晓树满星，夕野皆火：是说早上树上都像是布满了星星，到了傍晚则像是遍山染上了野火。 ⑫指指：用手指点着。 ⑬磊磊：众石累积的样子。 ⑭喈喈：小鸟叫声，这里比喻泉水声小。 ⑮别：分别，区分。

【赏析】

　　本文选自刘侗和于奕合著的《帝京景物略》一书，但是这本书二人有明确分工，于奕负责采集事实和材料，而刘侗则主要负责文字的撰写和润色，所以此篇文章可以说能够体现刘侗的行文特色。

　　虽然刘侗属于以钟惺、谭元春为代表的"竟陵派"，但是在创作上并没有局限于竟陵派所主张和追求的"幽深孤峭"之风格，而是独辟蹊径，学习各家之长，尤其表现在《帝京景物略》这一本书中，将此本书中的文章大都写成了奇骏冷隽的小品文，回味悠长。

　　本文描写的对象是位于北京西郊的樱桃沟，此沟当时在明代并无名称，故而以"水尽头"称呼之。文章一开篇就用了三个排比回环句式"皆溪，溪皆泉之委；皆石，石皆壁之馀。其南岸，皆竹，竹皆溪周而石倚之。"首先就把溪、石、竹三者的关系摆了出来并做了强调，而在这三个排比句中，作者又将重点放在了"竹"身上，并且在这三个排比句之后开始了对竹的重点描写。北京地区本来很难见到竹子，但是这里的竹林却"林林亩亩"，显示出了奇特之处。作者对于竹子的描写力图避免落入俗套，而是用比较的方式写出，作者还以"孙大于母"来戏称这样的情状，通过这样的描写，这一带竹子丰茂的情状就被描写了出来。

　　紧接着写了隆教寺以西的景色，这里涉及到的景色比较多，但是作者巧妙安排布局，描写之景虽然繁多，却多而不乱。这里作者虚实结合，同时空间和时序相结合，而最能见出作者功力的当属描写花、竹、泉三者关系的几句。作者出语奇特："花者，渠泉而役乎花；竹者，渠泉而役乎竹；不暇声也。"作者把泉水拟人化为仆役，感觉一新。在作者笔下，花、竹和泉都是有生命的东西，他们互相依靠，花和竹装点着泉水形成自然的渠，而泉水也心甘情愿为花和竹作仆役，默默无闻。接下来描写到水尽头的时候，作者主要从听觉入手来描写其幽静，这是动中之静，是鸟声、树声、泉声交织之中的静。

　　文章最后，作者无端丢出一句："然而游者瞻卧佛辄返，曰：'卧佛无泉。'"不加多说，戛然而止。作者是在指责人们懒惰，不愿意到林壑深处寻幽探胜，还是在指责人们的思想僵化？这些都留给读者去思考。

【核舟记】

魏学洢

　　明有奇巧人①曰王叔远，能以径寸②之木，为③宫室、器皿、人物，以至鸟兽、木石，罔④不因势象形⑤，各具情态。尝⑥贻⑦余核舟一，盖大苏⑧泛赤壁云。

舟首尾长约八分有⑨奇⑩，高可二黍⑪许。中轩敞者为舱，箬篷⑫覆之。旁开小窗，左右各四，共八扇。启窗而观，雕栏相望焉。闭之，则右刻"山高月小，水落石出"⑬，左刻"清风徐来，水波不兴"⑭，石青糁⑮之。

船头坐三人，中峨冠⑯而多髯⑰者为东坡，佛印⑱居右，鲁直⑲居左。苏、黄共阅一手卷。东坡右手执卷端，左手抚鲁直背。鲁直左手执卷末，右手指卷，如有所语。东坡现右足，鲁直现左足，各微侧，其两膝相比⑳者，各隐卷底衣褶中。佛印绝类弥勒㉑，袒胸露乳，矫首昂视，神情与苏、黄不属㉒。卧右膝，诎㉓右臂支船，而竖其左膝，左臂挂念珠倚之，珠可历历㉔数也。

舟尾横卧一楫㉕。楫左右舟子各一人。居右者椎髻仰面，左手倚一衡木，右手攀右趾，若啸呼状。居左者右手执蒲葵扇，左手抚炉，炉上有壶，其人视端容寂㉖，若听茶声然。

其船背㉗稍夷㉘，则题名其上，文曰"天启壬戌㉙秋日，虞山㉚王毅叔远甫㉛刻"，细若蚊足，钩画了了㉜，其色墨。又用篆章一，文曰"初平山人"，其色丹。

通计一舟，为人五；为窗八；为箬篷，为楫，为炉，为壶，为手卷，为念珠，各一；对联、题名并篆文，为字共三十有四。而计其长曾不盈寸㉝。盖简㉞桃核修狭者为之。

魏子详瞩既毕，诧曰：嘻，技亦灵怪矣哉！《庄》、《列》所载，称惊犹鬼神者良多，然谁有游削于不寸之质，而须麋㉟了然者？假有人焉，举我言以复于我，亦必疑其诳㊱。今乃亲睹之。由斯以观，棘刺之端未必不可为母猴也。嘻，技亦灵怪矣哉！

【注释】

①奇巧人：这里指具有奇妙精巧手艺的人。奇巧，特殊的技艺。　②径寸：直径一寸，用来形容物体的细小。　③为：做，这里指雕刻。　④罔：无，没有。　⑤因势象形：按照（材料原来的）形状刻成（各种事物的）形象。因，顺着。　⑥尝：曾经。　⑦贻：赠给。　⑧大苏：苏轼，人们称苏轼和他的弟弟苏辙分别为"大苏"和"小苏"。　⑨有：通"又"。　⑩奇（jī）：零数。　⑪黍：古时建立度量衡的依据。　⑫箬篷：用箬叶编的船篷。　⑬"山高月小，水落石出"：语出苏轼《后赤壁赋》。　⑭"清风徐来，

水波不兴"：语出苏轼《前赤壁赋》。　⑮糁：涂抹，粘。　⑯峨冠：高高的帽子。　⑰髯：两腮的胡须。　⑱佛印：指佛印禅师，名了元，字觉老，为苏轼的朋友。　⑲鲁直：指黄庭坚，字鲁直。　⑳比：靠近。　㉑绝类弥勒：特别像弥勒佛。绝，特别。类，像。　㉒不属：不想类似。属，类似。　㉓诎：通"屈"，弯曲。　㉔历历，分明可数的样子。　㉕楫：船桨。　㉖容寂：神色平静的样子。　㉗船背：指船底。　㉘夷：平。　㉙天启壬戌：天启，明熹宗的年号。壬戌，为1622年。　㉚虞山：指现在的江苏省常熟市，这里代指常熟。　㉛王毅叔远甫：姓王名毅字叔远的。甫，古代对男子的美称。　㉜了了：清楚明白的样子。　㉝曾不盈寸：还不满一寸。曾，尚、还。盈，满。　㉞简：通"拣"，挑选。　㉟须糜：即"须眉"。糜，通"眉"。　㊱诳：说谎。

【赏析】

　　本文采用"记"这种文体来完成，所写的对象是一件雕刻品，作者通过对这件精美的工艺品——核舟的细致观察，准确把握它的各个细节，详细描写了舟的各个部分。"记"这种文体出现得很早，至唐宋而大盛。这种文体由于自身的特点而容易写成平铺直叙的说明文，但是作者魏学洢并不避讳这点，而依然是平平稳稳地来描写，通篇显得很充实，文中融入了苏东坡的人生之境，所以这篇"记"并非仅仅是"记"，而有融入作者自己的创造进去，与其他的"记"有所不同。

　　全文首先是说王叔远这位艺人的高超技艺，可以在小小一个桃核上雕刻出这样一件精妙的艺术品，所以文章表现了王叔远的技艺之高超；但是文章又并非仅仅如此，文章中体现出苏东坡"山高月小，水落石出"的那种恬淡之情，使得文章的境界有所升华。文章可以大致分为三个层次，第一个层次首先介绍了"核舟"的大小，重点介绍了核舟的小窗，表现雕刻之精巧；第二个层次介绍船头部分，写了船上的几个人——苏东坡、佛印和黄鲁直三个人的外貌和神情。这部分作者的介绍最为详细，也是全文的重点。作者不仅刻画了人物的衣着、姿态等，还描述了苏黄二人泛舟时的心情。通过情态的描写，我们可以看出，三个人在泛舟之时已经完全忘记了现实中的烦恼，完全沉醉于这山光水色之中，这是多么豁达，多么旷达的胸襟啊！第三个层次介绍船尾的部分，写了舟子的神情和动作。两个舟子，一个"若啸呼状"，另一个"视端容寂"，神情各异，但是都颇为传神。

　　最后总结全文，统计了舟上的人、窗以及其他物品的数量和刻字的总数，以"计其长曾不盈寸"呼应开头，强调了体积之小，以"嘻，技亦灵怪矣哉"作为全文的结尾。

　　本文所叙述之物是一个巧夺天工的精细雕刻品，所以行文清晰，条理井然，作者不厌其烦地仿佛用放大镜来观看这一核舟，并且精细地记录了下来自己的所见所思所感，最后"通计一舟"，用了九个"为"字，表现了作者的赞叹之情。

【柳敬亭说书】

张岱

南京柳麻子,黧黑①,满面疤癗,悠悠忽忽,土木形骸②。善说书,一日说书一回,定价一两,十日前送书帕③下定,常不得空。南京一时有两行情人④,王月生、柳麻子是也。

余听其说景阳冈武松打虎白文⑤,与本传大异。其描写刻画,微入毫发,然又找截⑥干净,并不唠叨。哱夬声如巨钟,说至筋节处,叱咤叫喊,汹汹崩屋。武松到店沽酒,店内无人,蓦地一吼,店中空缸空甓⑦皆瓮瓮有声,闲中著色,细微至此。

主人必屏息静坐,倾耳听之,彼方掉舌⑧,稍见下人咕哗耳语,听者欠伸有倦色,辄不言,故不得强⑨。每至丙夜,拭桌剪灯,素瓷静递⑩。款款言之,其疾徐轻重,吞吐抑扬,入情入理,入筋入骨,摘世上说书之耳,而使之谛听,不怕其齰舌⑪死也。

柳麻子貌奇丑,然其口角波俏,眼目流利,衣服恬静,直与王月生同其婉娈⑫,故其行情正等。

【注释】

①黧(lí)黑:形容人的身材魁梧,面容焦黑。 ②土木形骸:谓不修饰。 ③书帕:指请柬与定金。 ④行情人:走红的人。 ⑤白文:即大书,专说不唱。 ⑥找截:找,补充。截,删略。 ⑦甓:砖。 ⑧掉舌:指开口。 ⑨强(qiǎng):勉强。 ⑩素瓷静递:静静地用白色杯子送茶给他。 ⑪齰舌:咬舌。齰:咬。 ⑫婉娈:美好的样子。

【赏析】

柳敬亭是扬州评话的创始人之一,其说书艺术十分高超。本文作者张岱,明末清初文学家、史学家,尤以散文见长。本文极言柳敬亭说书艺术的高超,篇幅虽短,却使读者如见其人,如闻其声,对其说书艺术留下深刻的印象。全文可分为五个段落,首言柳麻子的外形长相,续言柳麻子说书的行情,接着举实例说明柳麻子说书的景况,再以其他说书人的羞愧说明柳麻子之好,最后则是总结他有好行情的原因。

第一段先写柳敬亭外貌的丑陋和不修边幅,再以事先下说书定金说明其身价之高,最后与当红名妓王月生作比，衬托其受人欢迎的程度。从外表写到脸部，再放大叙写他整个人的外在行为表现，文字精简，笔力分明，写得很有层次。

第二段写作者亲历柳敬亭说《景阳冈武松打虎》，极力摹写其说书艺术在刻画人物、叙述事件方面的独特和高超。其所说《景阳冈武松打虎》，内容"与本传大异"，说明柳敬亭说书的内容经过了自己的艺术加工，使之与说书这种艺术形式相适应，且详略得当，条理清晰。他声音洪亮，讲到关键的地方，更是加以强调，气势磅礴，好像要把屋顶给掀翻一样。而细微处又极细，武松大吼一声，连空缸空坛都嗡嗡作响。

第三段写柳敬亭必得听众倾耳谛听才开始说书，若有人悄声说话或面有倦色就会停下不说，显示了他作为一个艺人的自尊自重。每次说书的轻重缓急、抑扬顿挫都处理得恰到好处，情节入情入理，其说书艺术的高超无人能比。本段最后假设其他说书人听柳敬亭说书，会惭愧得咬舌自尽，说明不仅一般听众认为他说书艺术非常高超，就是行家也自叹弗如，对柳氏说书艺术的肯定又进了一层。

第四段写柳敬亭虽相貌奇丑，但其神情风流却与美貌的王月生一样不相上下，二人的行情也"正等"。这是在结构和内容上对文章开头的呼应，使得文章首尾完整，并进一步突出了对柳敬亭的褒扬。

【西湖七月半】

张岱

西湖七月半①，一无可看，止②可看看七月半之人。看七月半之人，以五类看之。其一，楼船③箫鼓④，峨冠⑤盛筵⑥，灯火优傒⑦，声光相乱，名为看月而实不见月者，看之⑧；其一，亦船亦楼，名娃⑨闺秀⑩，携及童娈⑪，笑啼杂之，环坐露台，左右盼望，身在月下而实不看月者，看之；其一，亦船亦声歌，名妓闲僧，浅斟⑫低唱⑬，弱管轻丝，竹肉⑭相发，亦在月下，亦看月而欲人看其看月者，看之；其一，不舟不车，不衫不帻⑮，酒醉饭饱，呼群三五，跻⑯入人丛，昭庆⑰、断桥⑱，嘄呼嘈杂，装假醉，唱无腔曲，月亦看，看月者亦看，不看月者亦看，而实无一看者，看之；其一，小船轻幌⑲，净几暖炉，茶铛⑳旋㉑煮，素瓷静递，好友佳人，邀月同坐，或匿影树下，或逃嚣㉒里湖㉓，看月而人不见其看月之态，亦不作意㉔看月者，看之。

杭人游湖，巳㉕出酉㉖归，避月如仇。是夕好名㉗，逐队争出，多犒㉘门军㉙酒钱，轿夫擎燎㉚，列俟㉛岸上。一入舟，速㉜舟子㉝急放㉞断桥，赶入胜会。以故二鼓㉟以前，人声鼓吹，如沸如撼，如魇㊱如呓㊲，如聋如哑㊳。大船小船，一齐凑岸，一无所见，止㊴见篙㊵击篙，舟触舟，肩摩肩，面看面而已。少刻兴尽，官府席散，皂隶㊶喝道㊷去。轿夫叫，船上人怖㊸以关门，灯笼火把如列星，一一簇拥而去。岸上人亦逐队赶门，渐稀渐薄，顷刻散尽矣。

吾辈始舣㊹舟近岸。断桥石磴㊺始凉，席㊻其上，呼客纵饮。此时月如镜新磨，山复整妆，湖复靧面㊼。向㊽之浅斟低唱者出，匿影树下者亦出。吾辈往通声气㊾，拉与同坐。韵友㊿来，名妓至，杯箸安，竹肉发。月色苍凉，东方将白，客方散去。吾辈纵舟㉛酣睡于十里荷花之中，香气拍人，清梦甚惬。

【注释】

①七月半：指的是农历七月十五，也被称作中元节。 ②止：通"只"。 ③楼船：装饰考究有楼的大船。 ④箫鼓：指的那些吹打类音乐，弦吹之声。 ⑤峨冠：高冠，指士大夫。 ⑥盛筵：丰盛的筵席。 ⑦优傒(xī)：优伶和仆役。 ⑧看之：意思是要看这一类人。下面四类叙述末尾出现的"看之"都为此意。 ⑨娃：美丽的女子。 ⑩闺秀：有才德的女子。 ⑪童娈(luán)：面容美好的家童。 ⑫浅斟：慢慢地喝酒。 ⑬低唱：轻声地歌唱。 ⑭竹肉：管乐声和人声。 ⑮帻(zé)：头巾。 ⑯跻：通"挤"。 ⑰昭庆：寺名。 ⑱断桥：西湖白堤上的桥名。 ⑲幌：通"晃"，晃动，摇动。 ⑳铛(chēng)：温茶、温酒的工具。 ㉑旋：随即。 ㉒逃嚣：逃避喧嚣。 ㉓里湖：西湖白堤以北的部分。 ㉔作意：故意做出某种姿态。 ㉕巳：巳时，大概指的是上午九时至十一时。 ㉖酉：酉时，大约指的是下午五时至七时。 ㉗是夕好名：七月十五这个晚上是人们喜欢的名目。 ㉘犒(kào)：用食品或财物慰劳。 ㉙门军：守城门的军士。 ㉚燎(liào)：火把。 ㉛列俟(sì)：列队等候。俟，等候。 ㉜速：动词，催促。 ㉝舟子：指船夫。 ㉞放：开船。 ㉟二鼓：即二更时候，大约是夜里的十一点左右。 ㊱魇(yǎn)：梦中惊叫。 ㊲呓(yì)：说梦话。 ㊳如聋如哑：由于太喧闹了，声音震耳欲聋，自己说话别人听不到，好像自己是个哑巴一样。 ㊴止：通"只"。 ㊵篙：竹竿或者杉木做成的撑船用的工具。 ㊶皂隶：衙门差役。 ㊷喝道：古代官员出行，有衙役在前面吆喝着开道。 ㊸怖：动词，恐吓。 ㊹舣(yǐ)：通假字，通"移"，移动船只使船停靠岸边。 ㊺磴(dēng)：石头台阶。 ㊻席：作动词用，摆酒席。 ㊼靧(huì)面：洗脸。 ㊽向：刚刚，方才。 ㊾往通声气：意思是过去打招呼。 ㊿韵友：指的是风雅的友人。 ㉛纵舟：放开船。

【赏析】

本篇选自《陶庵梦忆》。这是一篇简洁优美的游记小品，它追忆了明代时杭州人七月半游西湖的风习。它构思别出心裁，寓意愤世疾俗。七月半是中元节，杭州人习俗在此夜游西湖赏月，所以雅俗人等一起拥来，乌烟瘴气，不堪入目。作者开门见山地指出"西湖七月半一无可看，止可看看七月半之人"，接着便分别对达官贵人、名娃闺秀、妓女和尚、无赖子弟和风雅文士五类人，从他们的身份地位、情态格调上予以概括描述，生动泼辣，好恶明确，抒发了作者鄙视庸俗的情怀。然后，作者指出杭州人七月半夜游西湖的实质是立名目，赶热闹，再进一步描写出一幅喧闹嚣杂的场面。最后回到自己在人散之后看月的情景，写出西湖的湖山月色之美，寄托着自己清高雅洁的情怀，同时既区别于又反衬出以上四类人的庸俗不堪。不难体会到，作者在人清代以后，写这样一篇追忆明末杭州风习的小品，勾画出这一幅人情世态，是怀有国破家亡的悲愤的。然而此文构思新奇，文笔简洁，形象生动，而寓意含蓄，所以隽永耐读。

第一段描写了去西湖赏月的五类人，文章专注于游人，把他们的情态刻画得生动逼真。这里表现的已经不是自然山水，而是人文山水。在作者看来，七月半看月之人有五类：一是"名为看月而实不见月"的达官贵人；二是"身在月下而实不看月"的名娃闺秀；三是"亦在月下、亦看月而欲人看其看月"的名妓闲僧；四是"月亦看、看月者亦看、不看月者亦看而实无一看"的市井之徒；五是"看月而人不见其看月之态，亦不作意看月"的文人雅士。这五类人都成了作者眼中的风景。前四类都是不会赏月故作风雅之人，而唯有最后一类在人群散去的时候，才停舟靠岸，"呼客纵饮"，他们才是最会赏月的。在游人散尽之后，只留下月色、荷花、湖水，还有赏月的雅士，这才是文人雅士所追求的美好的情趣，与之前形成了鲜明的对比。

张岱的语言雅俗结合，颇见功底。这篇小品，寓谐于庄，富有调侃意味，语言富于生活化，显得清新自然。

【湖心亭看雪】

张 岱

崇祯五年①十二月，余住西湖。大雪三日，湖中人鸟声俱绝。

是②日，更③定④矣，余挐⑤一小舟，拥毳衣⑥炉火，独往湖心亭看雪。雾凇⑦沆砀⑧，天与云、与山、与水，上下一⑨白；湖上影子，惟长堤一痕、湖心亭一点与余舟一芥、舟中人两三粒而已。

到亭上，有两人铺毡对坐，一童子烧酒，炉正沸。见余，大喜，曰："湖中焉得更有此人！"⑩拉余同饮。余强⑪饮三大白⑫而别。问其姓氏，是金陵人，客此⑬。

及下船,舟子⑭喃喃曰:"莫说相公痴,更⑮有痴⑯似相公者。"

【注释】

①崇祯五年:指的是公元1632年。崇祯,是明思宗朱由检的年号。 ②是:代词,这。 ③更(gēng):古代夜间的计时单位。一夜共分五更,每更大约有两个小时。 ④定:完结,结束。 ⑤拏:今作"拿",牵引。一说通"桡",撑船。 ⑥毳(cuì)衣:用皮毛制成的衣服。毳,鸟兽的细毛。 ⑦雾凇:云和水气。雾指的是从天空下罩湖面的云气,凇指的是从湖面上蒸发的水汽,雾凇,水汽凝成的冰花。 ⑧沆砀(hàng dàng):白气弥漫的样子。雾凇沆砀,形容大雪之夜云气弥漫,十分寒冷。 ⑨一:全,都。 ⑩湖中焉得更有此人!:想不到湖中还会有这样的人! 焉,哪能。更,还会。 ⑪强:勉强。 ⑫白:古人罚酒时用的酒杯。这里就是指酒杯。 ⑬客此:即客于此,客居在这里。 ⑭舟子:船夫。 ⑮更:还。 ⑯痴:这里的痴,有痴迷于山水之意。

【赏析】

《湖心亭看雪》是张岱的代表性小品文,通过追忆在西湖乘舟看雪的一次经历,表现了作者深挚的隐逸之思,寄寓了幽深的眷恋和感伤的情怀。本文最大的特点是文笔简练,全文不足二百字,却融叙事、写景、抒情于一体。作者善用对比手法,大与小、冷与热、孤独与知己,对比鲜明,有力地抒发了人生渺茫的深沉感慨和挥之不去的故国之思。此外还采用了白描的手法,表达了作者赏雪的惊喜,清高自赏的感情和淡淡的愁绪。

文章首先交代看雪的时间、目的地、天气状况。时间是"崇祯五年十二月"。西湖经历三天大雪后,人声鸟声俱绝,空阔的雪景使天地间呈现出一股肃杀的冷寂来,而作者偏偏选择此时去赏雪,可见他此时的心态及与众不同的情趣。接着就记述了这次赏雪的具体经过。这天凌晨,作者划一叶小舟,独自前往湖心亭。一个"独"字,充分展示了作者遗世独立的高洁情怀和不随流俗的生活方式。此时湖上冰花弥漫,天与云、山与水,一片混沌,惟有雪光能带来亮色,映入作者眼帘的"惟长堤一痕,湖心亭一点,与余舟一芥,舟中人两三粒而已。"一痕、一点、一芥、两三粒,使用白描手法,宛如中国画中的写意山水,寥寥几笔,就包含了诸多变化,竟将天长地久的阔大境界,甚至万籁无声的寂静气氛,全都传达出来,令人拍案叫绝。悠远脱俗是这幅画的精神,也是作者所推崇的人格品质,这就是人与自然在精神上的统一与和谐。然后,作者笔锋一转,叙及在湖心亭的奇遇。此时此地此景,能够遇见游人,不能不说是奇迹,那两人也都"大喜",感叹"湖中焉得更有此人!"最后,作者以舟子的话收束全文:"莫说相公痴,更有痴似相公者!"舟子说作者"痴",体现了俗人之见,但"痴"字又何尝不是对张岱最确切的评价呢?他痴迷于天人合一的山水之乐,痴迷于世俗之外的雅情雅致,作者引用舟子的话包含了对"痴"字的称赏,同时也以天涯遇知音的愉悦化解了心中的淡淡愁绪。

《陶庵梦忆》序

张 岱

　　陶庵国破家亡,无所归止,披发入山,骇骇①为野人。故旧见之,如毒药猛兽,愕窒不敢与接。作自挽诗,每欲引决②,因《石匮书》未成,尚视息③人世。然瓶粟屡罄,不能举火。始知首阳二老④,直头饿死,不食周粟,还是后人妆点语也。

　　饥饿之馀,好弄笔墨。因昔岁人生长王、谢⑤,颇事豪华,今日罹⑥此果报⑦;以笠报颅,以蒉⑧报踵,仇⑨簪履也。以衲报裘,以苎报缔,仇轻煖也。以藿报肉,以粝报粢,仇甘旨也。以荐报床,以石报枕,仇温柔也。以绳报枢,以瓮报牖,仇爽垲⑩也。以烟报目,以粪报鼻,仇香艳也。以途报足,以囊报肩,仇舆从也。种种罪案,从种种果报中见之。

　　鸡鸣枕上,夜气⑪方回。因想余生平繁华靡丽,过眼皆空,五十年来,总成一梦。今当黍熟黄粱⑫,车旋蚁穴⑬,当作如何消受!遥思往事,忆即书之,持向佛前,一一忏悔。不次岁月,异年谱也;不分门类,别《志林》⑭也。偶拈一则,如游旧径,如见故人,城郭人民,翻用自喜,真所谓"痴人前不得说梦"矣。

　　昔有西陵脚夫为人担酒,失足破其瓮,念无以偿,痴坐伫想曰:"得是梦便好。"一寒士乡试中式,方赴鹿鸣宴⑮,恍然犹意非真,自啮其臂曰:"莫是梦否?"一梦耳,惟恐其非梦,又惟恐其是梦,其为痴人则一也。

　　余今大梦将寤,犹事雕虫⑯,又是一番梦呓。因叹慧业文人⑰,名心难化,政如邯郸梦断,漏尽钟鸣⑱,卢生遗表,犹思摹拓二王⑲,以流传后世。则其名根⑳一点,坚固如佛家舍利㉑,劫火㉒猛烈,犹烧之不失也。

【注释】

①骇骇:通"骇骇",惊惧的样子。 ②引决:自杀。 ③视息:观看和呼吸,指活着。可参见蔡琰《悲愤诗》"为复强视息,虽生何聊赖。" ④首阳二老:指伯夷、叔齐

二人。他们因为反对周武王伐纣而逃到首阳山,誓死不食周粟,最后饿死。 ⑤王、谢:指的是东晋时候王导和谢安两大家族,当时他们的生活十分奢华,后世就以王、谢来指代名门望族。 ⑥罹:遭受苦难。 ⑦果报:佛教用语,指因果报应,认为人做了什么事情,就会得到什么样的结果,是佛教的一种宿命论。 ⑧蒉(kuì):古代用草编的筐子,这里指草鞋。 ⑨仇(qiú):匹配,相对。 ⑩爽垲:指干净而明亮的房子。爽,明亮;垲,干燥。 ⑪夜气:指黎明之前比较清新的气。来比喻人还没有受到物欲影响时心境纯洁的状态。 ⑫黍熟黄粱:是指自己刚从黄粱之梦中醒过来。黄粱梦,语出《枕中记》。 ⑬车旋蚁穴:指自己的车马刚刚从蚂蚁洞里回来。蚁穴,该典故见《南柯太守传》。 ⑭《志林》:指《东坡志林》,是后人整理苏轼笔记所形成的一本书,这里借此指代一般的分类编辑的笔记书。 ⑮鹿鸣宴:唐代参加乡试之后,州县的长官宴请中举之人的宴会。由于宴会上会歌《诗经·小雅·鹿鸣》,故名。 ⑯雕虫:本意是雕刻虫书,比如很小的技巧,这里特指写作。 ⑰慧业文人:指天生有智慧能够写作文章的人。慧业,佛教用语,指天生就被赋予智慧的业缘。 ⑱漏尽钟鸣:夜漏要尽了,晨钟声已经鸣过。比喻已经到了晚年。 ⑲二王:指王羲之、王献之两位书法家。 ⑳名根:指产生好名这样的思想根性。 ㉑舍利:佛教用语,佛教徒死后火葬,之后烧不化的东西结成颗粒,被称为"舍利子"。 ㉒劫火:佛教中认为坏劫中有水、风和火三大劫灾,这里劫火指的是焚化身体之火,也即结束一生之火。

【赏析】

张岱这篇《陶庵梦忆》自序,是一篇以说梦为主旨的散文。

人总会有"梦",尤其是当人生中有很多波折的时候。张岱生活的年代处于明、清两代之交,社会动荡,农民起义风起云涌,古老、传统、腐朽与反对它们的力量同时存在,既有苦闷和彷徨,也有探索和抗争。

从文中可以看出作者早年家室虽然并非阔气,但可以称得上殷实。作者一连用了几个排比句来描写自己过往的生活,往昔也是生活在"轻暖"、"甘旨"、"温柔"中的,而看看现在,"破家亡,无所归止,披发入山,骇骇为野人。"旧故见到了也"如毒药猛兽,愕窒不敢与接。"面对这种物是人非之景,作者怎能不感到愤懑?他险些寻求自杀来了此余生,但是想到自己的《石匮书》还没有完成,便苟延残喘于世中。他利用手中的笔,用寻梦、忆梦来书写出自己的痛苦。

张岱对于故国兴衰的感慨多是透过自己的生活琐事来传达的,这种故国梦的编制就会很细致,色彩迷离。在本序中,他感叹说:"生平繁华靡丽,过眼皆空"、"今当黍熟黄粱,车旋蚁穴,当作如何消受"。文中无时无处不体现出张岱深沉的忧伤和哀愁之情,看似不落痕迹,这种情绪又无所不在,从始至终都流淌在文章中。

最后两段表达了作者想从梦中醒来、又害怕醒来的矛盾心情。作者寻找梦境又怕梦、梦醒了又希望再进入梦中,仿佛是自言自语一般,表面看起来混乱没有逻辑,但实则主题清晰,产生出一种动人心魄的艺术力量。

【自为墓志铭】

张　岱

蜀人张岱,陶庵其号也。少为纨绔子弟,极爱繁华,好精舍,好美婢,好娈①童,好鲜衣,好美食,好骏马,好华灯,好烟火,好梨园,好鼓吹,好古董,好花鸟,兼以茶淫橘虐②,书蠹诗魔。劳碌半生,皆成梦幻。年至五十,国破家亡,避迹山居,所存者破床碎几,折鼎病琴,与残书数帙,缺砚一方而已。布衣蔬食,常至断炊。回首二十年前,真如隔世。

常自评之,有七不可解:向以韦布③而上拟公侯,今以世家而下同乞丐,如此则贵贱紊矣,不可解一;产不及中人,而欲齐驱金谷④,世颇多捷径,而独株守於陵⑤,如此则贫富舛矣,不可解二;以书生而践戎马之场,以将军而翻文章之府,如此则文武错矣,不可解三;上陪玉皇大帝而不谄,下陪悲田院乞儿而不骄,如此则尊卑溷⑥矣,不可解四;弱则唾面而肯自干,强则单骑而能赴敌,如此则宽猛背矣,不可解五;争利夺名,甘居人后,观场游戏,肯让人先,如此则缓急谬矣,不可解六;博弈摴蒱⑦,则不知胜负,啜茶尝水,则能辨渑淄⑧,如此则智愚杂矣,不可解七。有此七不可解,自且不解,安望人解?故称之以富贵人可,称之以贫贱人亦可;称之以智慧人可,称之为愚蠢人亦可;称之以强项⑨人可,称之以柔弱人亦可;称之以卞急人可,称之以懒散人亦可。学书不成,学剑不成,学节义不成,学文章不成,学仙学佛、学农学圃俱不成,任世人呼之为败家子,为废物,为顽民,为钝秀才,为瞌睡汉,为死老魅也已矣。

初字宗子,人称石公,即字石公。好著书,其所成者有《石匮书》、《张氏家谱》、《义烈传》、《琅嬛文集》、《明易》、《大易用》、《史阙》、《四书遇》、《梦忆》、《说铃》、《昌谷解》、《快园道古》、《傒囊十集》、《西湖梦寻》、《一卷冰雪文》行世。

生于万历丁酉⑩八月二十五日卯时，鲁国相大涤翁⑪之树子⑫也。母曰陶宜人。幼多痰疾，养于外大母马太夫人者十年。外太祖云谷⑬公宦两广，藏生牛黄丸盈数簏，自余因地以至十有六岁，食尽之而痰疾始瘥。六岁时，大父雨若⑭翁携余之武林⑮，遇眉公⑯先生跨一角鹿，为钱塘游客，对大父曰："闻文孙善属对，吾面试之。"指屏上李白骑鲸图曰："太白骑鲸，采石江边捞夜月。"余应曰："眉公跨鹿，钱塘县里打秋风。"眉公大笑起跃曰："那得灵隽若此，吾小友也。"欲进余以千秋之业⑰，岂料余之一事无成也哉？

　　甲申⑱以后，悠悠忽忽，既不能觅死，又不能聊生，白发婆娑，犹视息人世。恐一旦溘先朝露，与草木同腐，因思古人如王无功⑲、陶靖节⑳、徐文长㉑皆自作墓铭，余亦效颦为之。甫构思，觉人与文俱不佳，辍笔者再。虽然，第言吾之癖错，则亦可传也已。曾营生圹㉒于项王里㉓之鸡头山，友人李研斋题其圹曰："呜呼，有明著述鸿儒陶庵张长公之圹。"伯鸾㉔高士，冢近要离，余故有取于项里也。明年，年跻七十，死与葬，其日月尚不知也，故不书。铭曰：

　　穷石崇，斗金谷㉕。盲卞和，献荆玉㉖。老廉颇，战涿鹿㉗。赝龙门，开史局㉘。馋东坡，饿孤竹㉙。五羖大夫㉚，焉肯自鬻。空学陶潜，枉希梅福㉛。必也寻三外野人㉜，方晓我之衷曲。

【注释】

①姈：美好。②茶淫橘虐：即十分喜爱吃茶和橘子。淫和虐是夸张用语，来表示作者十分喜爱这两样事物。③韦布：即韦带布衣。韦带是古代贫残之人所系的无饰皮带。布衣指平民所穿的粗陋衣服。这里泛指平民身分。④金谷：地名，位于今河南省洛阳市西北。晋代的石崇十分富有，在这里修建了一座非常富丽的别墅，世称金谷园。这里代指石崇。⑤於陵：战国时候齐国所在地，位于现在山东省邹平县的东南部，齐国的陈仲子当年隐居在此地。文中作者是用来比喻自己的隐居生活。⑥溷（hùn）：混乱。⑦摴蒲：古代类似掷骰子的游戏。⑧渑淄：两条河水的名称。这两条河都位于山东省，传说它们的水味道不同，混合到一起却难以辨认，唯独春秋时期齐国的易牙能够辨认的清楚。⑨强项：不肯低下头，形容气节刚硬，不肯屈服。项，脖子。⑩万历丁酉：即1597年，明神宗万历二十五年。⑪鲁国相大涤翁：鲁，明藩王所封国名。国相，汉代的藩国，国相负责该国的行政事务。张岱的父亲曾任鲁献王的右长史，其职务相当于汉朝的国相，所以如此称呼。大涤翁，张岱的父亲，名张耀芳，字尔弢，号大涤。⑫树子：指妻子所生的儿子。⑬外太祖云谷：外太祖，指外曾祖父。云谷，外曾祖父的名号。⑭雨若：即张岱祖父张汝霖。雨若为祖父的字。⑮武林：指杭州。武林是杭州的古称。⑯

眉公：即陈继儒（1558-1639），字仲醇，号眉公，华亭（今上海松江）人，明代的文学家、书画家。　⑰千秋之业：即建功立业成就功名之方法。　⑱甲申：即1644年，明思宗崇祯十七年。在这一年里，李自成领导了农民起义军攻入北京城，明朝覆灭。　⑲王无功：王绩（585-644），字无功，隋唐之际的诗人，有《自作墓志文》。　⑳陶靖节：陶渊明（365-427），名潜，字元亮，死后，人们私谥靖节，浔阳柴桑（今江西九江）人，东晋时期的大诗人，有《自祭文》。　㉑徐文长：徐渭（1521-1593），字文长，山阴（今浙江绍兴）人，明代的文学家、书画家，有《自为墓志铭》。　㉒生圹（kuàng）：生前建造的坟墓。圹，坟墓，墓穴。　㉓项王里：即项里山，位于绍兴西南三十里，传说项羽曾避仇于此，下有项羽祠。　㉔伯鸾：即东汉的梁鸿，字伯鸾，有才学而不屈从权贵，隐居不仕，所以称他为高士。他很崇敬春秋时的刺客要离，所以要在死后埋葬在要离的坟墓附近。　㉕穷石崇，斗金谷：晋朝富贾石崇曾经在金谷园同王恺等人比试财富。文中作者张岱以穷石崇来自比。　㉖盲卞和，献荆玉：卞和为春秋时期楚国人，他在荆山得到了一块璞，以此献给楚厉王。厉王命令玉工来辨认，被认为是石头，所以卞和因为欺君之罪而被砍掉了左脚；后来楚武王即位，卞和又将这块璞献给皇上，再次因为欺君之罪而被砍掉右脚。到楚文王即位之时，卞和抱着这块璞哭泣，双眼流血，最后文王命令玉工将它剖开，才发现里面的宝玉。　㉗老廉颇，战涿鹿：廉颇为战国时期赵国的将军，赵王听信小人谗言，廉颇被迫逃亡到魏国。秦国进攻赵国之时，赵王打算重新启用廉颇，便命人去魏国察看。由于使者受到了廉颇仇人的收买，回来报告称廉颇已经老了，无法带兵，所以赵王便不再召唤廉颇。涿鹿，位于现在河北涿鹿县，传说是当年黄帝消灭蚩尤的地方。　㉘赝龙门，开史局：龙门指司马迁，龙门位于现在山西省河津县，司马迁出生于此，所以后人常用龙门来代指司马迁。赝，假的。作者张岱曾著第一部纪传体明史，名为《石匮书》。　㉙馋东坡，饿孤竹：东坡指苏轼，传说苏轼很爱吃，所以称他是馋东坡；孤竹指的是孤竹君的两个儿子伯夷和叔齐，他们因为不赞成周武王伐纣，逃到首阳山以，不食周粟，而死于山上。　㉚五羖大夫：即百里奚，春秋时虞国人，晋灭虞的时候被虏，后又被楚国边境老百姓抓走。秦穆公知道他很能干，用五张羖羊的皮又将他买来，相秦七年，使秦成为诸侯的霸主。人称五羖大夫。　㉛梅福：字子真，西汉末寿春（今安徽寿县）人。王莽专权时他弃家出走，后来传说他成了仙人。　㉜三外野人：即南宋诗人郑思肖，他在宋灭亡后隐居吴下，自称为三外野人。

【赏析】

　　自己为自己写作墓志铭之人，总是包含了很多复杂的情感在里面，而张岱这篇《自为墓志铭》，主要是为了反省自己的一生，忏悔自己的所作所为，是在晚明思想解放的大背景下创作的"大散文"。他并非简单地回顾和总结，而是有深刻的自我剖析在里面的，而同这样深刻的自我剖析相联系的，是作者对自我的深刻认识。作者早年享受过锦衣玉食的待遇，家境优渥的张岱，也在文章的一开头就坦诚交代了自己早年的生活状态："少为纨绔子弟，极爱繁华，好精舍，好美婢，好娈童，好鲜衣，好美食，好骏马，好华灯，好烟火，好梨园，好鼓吹，好古董，好花鸟，兼以茶淫橘虐，书蠹诗魔。"而接着的四个字"皆成梦幻"，顿时直接将自己打入地狱，面对赤裸裸的残酷现实，作者的语气中包含了太多的辛酸和痛楚。在这篇自为墓志铭中，作者就打算深刻地剖析自己，直面自己。这种勇气不是一般人能有的，而有如此勇气之人，也多对自己和社会有更加深刻的认识和体会。

在第二节中，作者连续写出了七个"不可解"，表现出了作者七个方面的矛盾：贵贱、贫富、文武、尊卑、宽猛、缓急和智愚。这七个方面，在作者的生活中都产生了谬误和背离，张岱列出这七不可解，是否希望人们来解答？不得而知，也许是一种悲愤之情的宣泄罢了，作者"学书不成，学剑不成，学节义不成，学文章不成，学仙学佛、学农学圃俱不成，任世人呼之为败家子，为废物，为顽民，为钝秀才，为瞌睡汉，为死老魅也已矣。"这一些"不成"的连贯列出，埋藏了深深的自我剖析感在其中，也有着深刻的物是人非之感，悲情不外露但却深刻地掩藏在文中的各处。

接下来介绍自己的身世和少年时的经历和遭遇，语气比之前稍微缓和，也表达了自己为何要自为墓志铭的缘由，"因思古人如王无功、陶靖节、徐文长皆自作墓铭，余亦效颦为之。"但又恐自己的文笔不佳，最后写出了要铭刻于碑上之辞，唯有这些人能够"晓我之衷曲"，既为忏悔，又有悲愤，同时也有作者的追求，显示出极高的文学和现实价值。

【倪云林①画论】

吴从先

画一艺耳。然品既不同，情亦殊致，则系之其人矣。

云林之时，以画名家者，富春则黄公望②，林平则王叔明③，武塘则吴仲圭④，而云林最后出，从公望游，遂寄兴于山水间，然不为蛮峦叠嶂、欹崎诡怪之状。盈尺林亭，瘦风疏雨，朗树两三条，修竹十数竿，茅屋独处，旷石两层，意兴毕于此矣。然云烟烂熳之致，潇爽不群之态，意色不远，平淡不奇，遂定名于三家之上。

虽然，云林竟以画累之矣。人固有以画重者，而画亦有以人重者。画以托意，意以传神。山水之趣，不为笔墨而飞，笔墨之间，偶缘山水而合。以此思画，画可为也。

云林当胜国之季⑤，栖隐吴门⑥，不求闻达，楼藏异琛⑦，架藏异书。胡人登其楼，惊拜而退；揭斯⑧探其架，长叹而归。袭等龙宫，帙散孔壁⑨。古今之至人，文人之领袖也；而徒以画名也？

士诚⑩倔起，麋鹿吴宫，云林浩然发桴海之叹⑪。而士诚慕罗，多方不屈，穷辱频加。脱百万于敝屣⑫，捻虎须于牙吻。

而青山无恙，白骨不淄⑬，斯又昂藏烈丈夫也。

云林自有逸于千百世之上，风于千百世之下者在。而徒以画也，则倕⑭巧当以官废，右军⑮风流当以书掩，而寿亭⑯忠义当与此刀并蠹⑰矣。惟不局于画，则竹之矢，书之法，关之刀，不磨于天壤，而卒无意于天壤也。造化自有以雄之者，而岂为此拘拘⑱也？不以画求云林，而云林亦在也。以画求云林，目中无人，宇宙无人，天地直一帧耳。此云林之本心，超出于三家者。是云林之不以画累者也。

【注释】

①倪云林：元代画家倪瓒，字元镇，号云林。诗文精美，画淡雅境界幽然，书法隽秀，诗书画三绝。《古今谭概》载："倪云林性好洁，文房什物，两童轮转佛尘，须臾弗停。庭有梧桐树，旦夕汲水揩洗，竟至槁死。" ②黄公望：元代画家，字子久，平江常熟（今属江苏）人，曾隐居于富春（现在浙江省富阳）。善书法，通音律。五十岁左右专心从事山水画，有"元四家之冠"之称。 ③王叔明：即王蒙，字叔明，湖州（现属浙江省）人，元代画家，工书法，擅长山水人物，与倪云林、黄公望、吴仲圭齐名，并称为"元四家"。曾经隐居于林平（现在浙江省余杭县临平镇），故文中称"林平则王叔明"。 ④吴仲圭：即吴镇，字仲圭，嘉兴人，曾经在钱塘等地教书卖卜，元画家，善墨竹。 ⑤胜国之季：指元朝末年。胜国，指被灭亡的国家，这里具体指元朝；季，末年。 ⑥吴门：苏州附近。 ⑦异琛：奇异的珍宝。琛，珍宝。 ⑧揭斯：即揭傒斯，字曼硕，龙兴富州（现在江西省丰城）人，元代诗人。 ⑨孔壁：汉武帝之时，鲁恭王命令拆除孔子的旧宅，在孔子旧宅的夹壁墙中发现了许多珍贵的古文经书等。这里形容藏书之珍贵。 ⑩士诚：即张士诚。元末割据者，至正十三年（1353）与其弟起兵，次年称诚王，后定都平江（今江苏省苏州市）。曾降元，杀红巾军领袖刘福通，自称吴王。后为朱元璋所败。 ⑪桴海之叹：这里是孔子的典故，孔子当年由于不能实现自己的主张而打算过桴浮海，语出语出《论语·公冶长》："道不行，乘桴浮于海。"这里指盛着小船远走之意，意指打算远走避难。桴海，诚者小船出海。 ⑫脱百万于敝屣：丢掉百万的家财就像丢掉破鞋子一样。 ⑬淄：古同"缁"，黑色。 ⑭倕：一作"倕"，人名，传说是皇帝时候的能工巧匠，耒耜、钟、规矩、准绳都是他创制的。 ⑮右军：即王羲之，字逸少，官至右军将军，故世人称之为王右军。以书法著称，有"书圣"之美誉。 ⑯寿亭：即关羽，曾经被封为汉寿亭侯，故称。 ⑰蠹：腐朽毁坏。 ⑱拘拘：约束，拘束。

【赏析】

吴从先的这篇《倪云林画论》围绕着"画"与"人"的关系展开，认为不能够因为"画"而忽视了"人"，作者看重的首先是"人"，即人的个体丰富性和复杂性，其次才是附着在"人"之上的其他因素。他主张"不以画求云林，而云林亦在也"，反过来，那些"以画求云林，目中无人，宇宙无人，天地直一帧耳"的人，反而并不能真正看到云林本人的真面貌。人们提到云林，自然想到的是他的画，他这个"人"的所在反而被忽视，"人"与被作为附着物的"画"的主次地位竟然被颠倒了。即使王羲之善于书法，关公以他的大刀闻名，"不磨于天壤"，却并不能够囊括他们整个作为人的全部。他们的机智、忠义等品质才是铸就和形成他们之后为人们称道的过人之处的根源。

作者在写倪云林时，所重视的正是他的"人"，是他的内心，即"云林之本心"，而并非拘拘于"画"的那个倪云林。作者描写他"不求闻达，楼藏异琛，架藏异书"来表现倪云林的内心之深厚，这些，使胡人拜退，使揭傒斯感叹而归，这与其说是因为他的藏书，不如说是他内心的丰富和高尚的气度。正是这样的人格，才可以使倪云林在面对张士诚的多方幕罗之时，可以"脱百万于敝屣"。着墨于倪云林高尚的情操，这是人们讨论他时经常忽略的维度，通过作者的描述，倪云林这样一个人的形象渐渐丰满，既有才情，同时又有着高尚的情操和人格，为人叹服。

对"人"的重视，不会因为画的高超技艺而忽视了"人"，"画"再好也只是人的一部分，不能够完全取代人，遮蔽了人的光芒价值。文中从头至尾都摇曳着对"人"的深切关怀，感人至深。

【五人墓碑记】

张 溥

五人者，盖当蓼洲周公①之被逮，激于义而死焉者也。至于今，郡②之贤士大夫请于当道③，即除④魏阉废祠⑤之址以葬之，且立石于其墓之门以旌⑥其所为。呜呼，亦盛矣哉！

夫五人之死，去⑦今之墓⑧而葬焉，其为时止十有一月耳。夫十有一月之中，凡富贵之子、慷慨得志之徒，其疾病而死，死而湮没不足道者亦已众矣，况草野之无闻者欤？独五人之曒曒⑨，何也？

予犹记周公之被逮，在丁卯三月之望⑩。吾社⑪之行为士先者⑫，为之声义⑬，敛赀财以送其行，哭声震动天地。缇骑⑭按剑而前，问："谁为哀者？"众不能堪⑮，抶而仆之⑯。是时大中丞⑰抚吴者⑱为魏之私人⑲，周公之逮所由使也。吴之民方痛心焉，于是乘其厉声以呵⑳，则噪而相逐㉑。中丞匿㉒于溷藩㉓以免。既而以吴民之乱请于朝，按诛㉔五人，曰颜佩韦、杨念如、马杰、沈扬、周文元，即今之傫然㉕在墓者也。

然五人之当刑也，意气扬扬，呼中丞之名而詈㉖之，谈笑以死。断头置城上，颜色不少㉗变。有贤士大夫发五十金，买五人之脰㉘而函㉙之，卒㉚与尸合。故今之墓中，全乎为五人也。

嗟乎！大阉㉛之乱，缙绅㉜而能不易其志者，四海之大，有几人欤？而五人生于编伍㉝之间，素不闻诗书之训，激昂大义，蹈死不顾，亦曷㉞故哉？且矫诏㉟纷出，钩党之捕㊱遍于天下，卒以吾郡发愤一击，不敢复有株治㊲，大阉亦逡巡㊳畏义，非常之谋㊴难于猝发㊵，待圣人㊶之出而投缳道路㊷，不可谓非五人之力也。

由是观之，则今之高爵显位，一旦抵罪㊸，或脱身以逃，不能容于远近㊹，而又有剪发杜门㊺，佯狂不知所之㊻者，其辱人贱行㊼，视五人之死，轻重固何如哉！是以蓼洲周公忠义暴㊽于朝廷，赠谥美显㊾，荣于身后，而五人亦得以加其土封㊿，列其姓名于大堤之上。凡四方之士，无有不过而拜且泣者，斯固百世之遇也。不然，令五人者保其首领以老于户牖㉛之下，则尽其天年，人皆得以隶使之㉜，安能屈㉝豪杰之流，扼腕墓道㉞，发其志士之悲哉！故予与同社诸君子，哀斯墓之徒有其石也，而为之记，亦以明死生之大㉟，匹夫㊱之有重于社稷㊲也。

贤士大夫者：冏卿㊳因之吴公㊴、太史㊵文起文公㊶、孟长姚公㊷也。

【注释】

①蓼（liǎo了）洲周公：周顺昌，字景文，号蓼洲，吴县（今苏州）人。万历年间进士，曾官福州推官、吏部主事、文选员外郎等职，因不满朝政，辞职归家。东林党人魏大中被逮，途经吴县时，周顺昌不避株连，曾招待过他。后周顺昌被捕遇害。崇祯年间，谥忠介。②郡：指吴郡，即今苏州市。③当道：执掌政权的人。④除：修治，修整。⑤魏阉废祠：魏忠贤专权时，其党羽在各地为他建立生祠，事败后，这些祠堂均被废弃。魏阉，对魏忠贤的贬称。⑥旌（jīng经）：赞扬。⑦去：距离。⑧墓：用作动词，即修墓。⑨皦（jiǎo）：同"皎皎"，光洁，明亮。这里指显赫。⑩丁卯三月之望：天启七年（1627）农历三月十五日。⑪吾社：指应社。⑫行为士先者：行为能够成为士人表率的人。⑬声义：伸张正义。⑭缇骑（tí jì）：穿桔红色衣服的朝廷护卫马队。明清逮治犯人也用缇骑，故后世用以称呼捕役。⑮堪：忍受。⑯抶（chì）而仆之：谓将其打倒在地。抶，击。仆，使仆倒。⑰大中丞：官职名。⑱抚吴者：做吴地巡抚的人。⑲魏之私人：魏忠贤的党徒。⑳呵：呵叱。㉑噪而相逐：大声吵嚷着追逐。㉒匿：隐藏，藏匿。㉓溷（hùn）藩：指厕所。㉔按诛：追究案情判定死罪。按，审查。㉕傫（lěi垒）然：聚集的样子。㉖詈（lì）：骂。㉗少：通"稍"，稍稍，稍微。㉘脰（dòu豆）：颈项，头颅。㉙函：匣子，这里作动词，（把头颅）

装在木匣里。㉚卒：最终。㉛大阉：指魏忠贤。㉜缙绅：古代称做官的人为缙绅。㉝编伍：指民间。明代户口编制以五户为一“伍”。㉞曷：通“何”。㉟矫诏：伪托皇帝的命令。㊱钩党之捕：这里指搜捕东林党人。钩党，相互牵引钩连为同党。㊲株治：株连治罪。㊳逡（qūn）巡：有所顾忌而徘徊。㊴非常之谋：篡夺帝位的阴谋。㊵猝（cù促）发，突然发动。㊶圣人：指崇祯皇帝朱由检。㊷投缳（huán）道路：天启七年，崇祯即位，将魏忠贤放逐到凤阳去守陵，不久又派人去逮捕他。他得知消息后，畏罪吊死在路上。投缳，上吊。投，掷、扔。缳，布带或绳索结成的套子。㊸抵罪：获罪。㊹远近：指远处近处的人。㊺翦发杜门：剃发为僧，闭门索居。㊻佯狂不知所之：疯疯癫癫不知下落。㊼辱人贱行：可耻的人格，卑贱的行为。㊽暴（pù）：显露。㊾赠谥（shì）美显：指崇祯追赠周顺昌“忠介”的谥号。美显，美好而光荣。㊿加其土封：坟地上的土增加，意思是被追加了美誉。(51)户牖（yǒu）：家中。户：门。牖，窗户。(52)隶使之：当作仆隶一样差使他们。隶，这里用作状语。(53)屈：使动用法，使之屈身。(54)扼腕墓道：在墓前表示非常愤慨。扼腕，感情激动时用力握持自己的手腕。(55)明死生之大：表明死生的重大意义。明，作动词，表明。(56)匹夫：老百姓。(57)社稷：土神和谷神，后代指国家。(58)冏（jiǒng）卿：太仆卿，官职名。(59)因之吴公：吴默，字因之。(60)太史：指翰林院修撰。(61)文起文公：文震孟，字文起。(62)孟长姚公：姚希孟，字孟长。

【赏析】

《五人墓碑记》写的是明末天启六年（1626）三月苏州市民反抗阉党的斗争，描述了明朝末年的东林党人和苏州人民不畏强暴与魏忠贤之流英勇斗争的事迹，歌颂了其中五人“激昂大义，蹈死不顾”的英雄气概，揭示了“明死生之大，匹夫之有重于社稷”的主题思想。

本文具有这样的特色——既记录了有关五位义士的斗争史实，又在议论中抒发了作者爱憎分明的强烈感情。文章的第二部分记叙了苏州市民为蓼洲周公伸张正义与阉党斗争的始末。这一部分看似单纯记叙，但我们能从中领略到作者对五位义士的敬慕热爱之情和对阉党的刻骨仇恨。如：文章的第三部分是论五人斗争及其牺牲的意义。在议论中兼有记叙和抒情。比如记缙绅的“易志”，写阉党的“不敢复有株治”，魏忠贤的畏罪自缢，身居高爵显位的阉党受惩治时表现的可耻行为等等。这样写既能把要记叙的人物事件交代清楚，让那些斗争的场面历历在目，使人受到感染，又能把这一事件所起的作用揭示出来，以达到表彰英烈、激励后人的作用。

运用层层对比的手法，把人物形象更加鲜明地烘托了出来。首先，以“富贵之子，慷慨得志之徒”的病死，与“草野之无闻者”的就义进行对比——一个名字从此湮没，一个却如此光明显耀；其次，以读诗书受古训的缙绅，与“生于编伍之间”“素不闻诗书之训”的五位义士进行对比——一个易志，一个高风亮节；最后，用“高爵显位”之人不择手段苟全性命的卑劣行为，与五人从容就义进行对比——一个辱人贱行，一个仗义牺牲。一是揭示了达官贵人的种种丑态，反衬出五人大义凛然、不畏强暴、临难不苟的高尚品格。二是为议论提供了生动有力的论据，加强了文章的感染力和说服力。三是加强了文章的气势和逻辑力量。这三个对比，层层深入，由低层（五人与一般“富贵之子”）到中层（五人与缙绅），进而到高层（五人与高官显爵），五义士牺牲的价值、死后产生的巨大影响等深刻意义，以"义"为核心，展示了"死生之大"的精神内核。

【《寓山注》序】

祁彪佳

予家梅子真①高士里，固山阴道上②也。方干③一岛，贺监④半曲⑤，惟予所恣取⑥。顾独予家旁小山，若有夙缘者，其名曰"寓"。往予童稚时，季超、止祥⑦两兄以斗粟易之。剔石栽松，躬荷畚⑧锸⑨，手足为之胼胝⑩。予时亦同拿小艇，或捧土作婴儿戏。迨后余二十年，松渐高，石亦渐古，季超兄辄弃去，事宗乘⑪；止祥兄且构柯园为菟裘⑫矣。舍山之阳建麦浪大师⑬塔，余则委置于丛篁灌莽中。予自引疾南归，偶一过之，于二十年前情事，若有感触焉者。于是卜筑之兴，遂勃不可遏，此开园之始末也。

卜筑⑭之初，仅欲三五楹而止。客有指点之者，某可亭，某可榭，予听之漠然，以为意不及此。及于徘徊数回，不觉问客之言，耿耿胸次。某亭、某榭，果有不可无者。前役未罢，辄于胸怀所及，不觉领异拔新，迫之而出。每至路穷径险，则极虑穷思，形诸梦寐，便有别辟之境地，若为天开。以故兴愈鼓，趣亦愈浓。朝而出，暮而归，偶有家冗⑮，皆于烛下了之。枕上望晨光乍吐，即呼奚奴驾舟，三里之遥，恨不促之于跬步⑯。祁寒盛暑，体粟汗浃，不以为苦。虽遇大风雨，舟未尝一日不出。摸索床头金尽，略有懊丧意。及于抵山盘旋，则购石庀⑰材，犹怪其少。以故两年以来，橐⑱中如洗。予亦病而愈，愈而复病，此开园之痴癖也。

园尽有山之三面，其下平田十余亩，水石半之，室庐与花木半之。为堂者二，为亭者三，为廊者四，为台与阁者二，为堤者三。其他轩与斋类，而幽敞各极其致；居与庵类，而纡⑲广不一其形。室与山房类，而高下分标其胜；与夫为桥、为榭、为径、为峰，参差点缀，委折波澜。大抵虚者实之，实者虚之；聚者散之，散者聚之；险者夷之，夷者险之。如良医之治病，攻补互投；如良将之治兵，奇正并用；如名手作画，不使一笔不灵；如名流作文，不使一语不韵。此开园之营构也。

园开于乙亥⑳之仲冬，至丙子㉑孟春，草堂告成，斋与轩亦已就绪。迨于中夏，经营复始。榭先之，阁继之，迨山房而役以竣。自此则山之顶趾镂刻殆遍，惟是泊舟登岸，一径未通，意犹不慊㉒也。于是疏凿之工复始。于十一月自冬历丁丑㉓之春，凡一百餘日，曲池穿牖，飞沼拂几，绿映朱栏，丹流翠壑，乃可以称园矣。而予农圃之兴尚殷，于是终之以丰庄与幽圃，盖已在孟夏之十有三日矣。若八求楼、溪山草阁、抱瓮小憩，则以其暇偶一为之，不可以时日计。此开园之岁月也。

至于园以外山川之丽，古称万壑千岩；园以内花木之繁，不止七松五柳㉔。四时之景，都堪泛月迎风；三径㉕之中，自可呼云醉雪。此在韵人纵目，云客宅心㉖，予亦不暇缕述之矣。

【注释】

①梅子真：即梅福，字子真，西汉末寿春（今安徽省寿县）人。王莽专擅朝政时，他弃妻子出游，隐于会稽。 ②山阴道上：指绍兴城西南郊外一带。语出《世说新语·言语》："王子敬云：'从山阴道上行，山川自相映发，使人应接不暇'"。 ③方干：唐代诗人，举进士不第，隐居于绍兴镜湖，终身不出。 ④贺监：即唐代诗人贺知章，曾经担任秘书监，家住镜湖。 ⑤曲：角落。 ⑥恣取：恣意、任意地拿取。 ⑦季超、止祥：季超：即祁逸佳，作者胞兄。止祥，即祁豸佳，作者从兄。 ⑧畚（běn）：运土的工具，用草绳或者竹篾编织而成。 ⑨锸（chā）：铁锹，掘土的工具。 ⑩胼胝（pián zhī）：手脚因摩擦变硬而增厚的皮。 ⑪事宗乘：即信奉佛教。宗乘，指佛教。 ⑫菟（tú）裘：语出《左传·隐公十一年》："使营菟裘，吾将老焉。"所以后世借称告老隐退的居处。 ⑬麦浪大师：俗姓黄，名明怀，字修湛，山阴人。死于1630年（崇祯三年）。作者著有《会稽云门麦浪怀禅师塔铭》。 ⑭卜筑：兴建。 ⑮家冗：冗杂的家事。 ⑯跬（kuǐ）步：半步。 ⑰庀（pǐ）：筹备，准备。 ⑱橐（tuó）：口袋，这里指钱袋。 ⑲纡：弯曲、曲折。 ⑳乙亥：指明崇祯八年，即1635年。 ㉑丙子：指明崇祯九年。 ㉒慊（qiè）：满意。 ㉓丁丑：即崇祯十年，即1637年。 ㉔七松五柳：指隐居者宅居附近的树木。七松：语出《旧唐书·郑薰传》："（薰）既老，号所居为隐岩，莳松于庭，号七松处士云。"五柳：语出陶渊明《五柳先生传》："宅边有五柳树，因以为号焉。" ㉕三径：指隐居者的田园小路。语出《三辅决录》卷一："蒋诩归乡里，荆棘塞门，舍中的三径，不出。" ㉖云客宅心：云客，即隐士。宅心，放在心里。语出《水经注》卷三二《沮水》："是以林徒栖托，云客宅心，泉侧多结道士精庐焉。"

【赏析】

这篇文章选自《祁彪佳集》卷七。寓山是位于作者家乡的一处小山。作者在此处修建了一幢园林别墅，写了一组关于这个园林的文章，集结成册题名为《寓山注》。这篇文章是《寓山注》的序文部分，记述了这座园林的营造始末以及主要景观的布局创意等，且详细记录了作者本人在建造园林时的心理感受。

第一段介绍了作者建造园林别墅的源起，作者回忆了二十年前美好的光阴，当时还在世的二位兄长现在已经离开人世，物是人非，于是作者建园的热情也十分高涨，"勃不可遏"，作者包含在此的意义是很深刻的。

在建造园林这项劳动中，作者投入了高度的热情，他的专心致志于此甚至成了一种"痴癖"，也从另一个侧面显示出这项劳动的价值和吸引力。建造园林，是一种心灵与自然相契合的过程，在这个过程中，作者享受到了神与物游的美妙境界和愉悦感觉；当然也会有思路堵塞的时候，这时候在梦中作者甚至还在思考，当然，这也是这项工作的美妙之处，惊险过后才更会体会到快乐和工作的意义。所以作者"兴愈鼓，趣亦愈浓"，作者的创造力在挑战中被激发，而作者单纯的童心也在这件工作中被开发了出来。

作者对于艺术的追求是十分严格的，他在整体园林建造快要完工的时候，"自此则山之顶趾镂刻殆遍，惟是泊舟登岸，一径未通，意犹不慊也。于是疏凿之工复始。"可见有一点点的不满意就会重新返工，表现了他对艺术完美境界的追求和做事严谨的态度。

全文通过"开园之始末"、"开园之痴癖"、"开园之营构"、"开园之岁月"四个部分来完整地展示了建园的过程，每部分单独叙述，但同时结合起来也成为一个有机的统一体。作者对于建园的兴趣贯彻始终，是全文的一条主线，同时四个部分互为补充，相互呼应，每部分都得到了彰显，最后又凸显出了建园的完整过程。

【李龙眠画罗汉记】

黄淳耀

李龙眠画罗汉①渡江，凡十有②八人。一角漫灭，存十五人有半，及童子三人。

凡未渡者五人。一人值坏纸，仅见腰足。一人戴笠携杖，衣袂翩然，若将渡而无意者。一人凝立远望，开口自语。一人跽③左足，蹲右足，以手捧膝，作缠结状；双屦脱置足旁，回顾微哂。一人坐岸上，以手踞地，伸足入水，如测浅深者。

方渡者九人。一人以手揭衣，一人左手策杖，目皆下视，口呿④不合。一人脱衣，双手捧之而承以首。一人前其杖，回首视捧衣者。两童子首发鬅鬙⑤，共舁⑥一人以渡；所舁者长眉覆频，面怪伟如秋潭老蛟。一人仰面视长眉者。一人貌亦老苍，伛偻策杖，去岸无几，若幸其将至者。一人附童子背，童子瞪目闭口，以手反负之，若重不能胜⑦者。一人貌老过于伛偻⑧者，右足登岸，左足在水，若起未能；而已渡者一人捉其右臂，作势起之。老者努其喙⑨，缬纹⑩皆见。又一人已渡者，双足尚跣⑪，出其履将纳之，而仰视石壁，以一指探鼻孔，轩渠⑫自得。

按罗汉于佛氏为得道之称，后世所传高僧，犹云锡飞⑬杯渡⑭，而为渡江艰辛乃尔，殊可怪也。推画者之意，岂以佛氏之作止语默皆与人同，而世之学佛者徒求卓诡变幻可喜可愕之迹，故为此图以警发之欤？昔人谓太清楼⑮所藏吕真人画像，俨若孔、老⑯，与他画师作轻扬⑰状者不同，当即此意。

【注释】

①罗汉：也叫做阿罗汉，佛的高足弟子。相传佛有弟子十六人称大阿罗汉，后来加入降龙、伏虎二尊者，一共是十八罗汉。　②有：通"又"。　③跽（jì）：长跪，挺直上身两膝着地。　④呿（qū）：张开。　⑤髼鬙（péng sēng）：头发披散。　⑥舁（yú）：共同抬东西。　⑦胜：承担，承受。　⑧伛偻：腰背弯曲。　⑨喙：这里借指人的嘴。　⑩缬（xié）纹：酒后脸上呈现的红晕。　⑪跣（xiǎn）：光着脚，不穿鞋袜。　⑫轩渠：愉快的样子。　⑬锡飞：跨着锡杖飞行。锡：锡杖。　⑭杯渡：乘着木杯渡河。锡飞杯渡都是古代关于高僧的传说。　⑮太清楼：北宋真宗藏书画处。吕真人，吕洞宾。相传为八仙之一。　⑯孔、老：孔子和老子。　⑰轻扬：超脱尘世的样子。

【赏析】

这是黄淳耀点评李龙眠罗汉画的文章，描写得十分有趣传神，这幅画在黄淳耀的笔下仿佛活了起来一样。

作者首先简练地介绍了船上罗汉的概况，由于画卷漫灭一角，所以原本的十八罗汉现在仅存了"十五人有半"，再加上三个童子。接着一一介绍船上的每个罗汉的神态样貌及举止动作等细节，侃侃而谈，不乏幽默风趣之语。

作者将所有的罗汉分为了三类，一类是未渡者，一类是方渡者，一类是已渡者，接着按照这种分类来分别介绍画中罗汉们的形象和神态。未渡者神态各异，有的"戴笠携杖，衣袂翩然，若将渡而无意者"，作者十分用心，不仅细致地描摹出了各个罗汉的神态和动作，还想象了他们的心理活动，比如这个罗汉，通过他的动作，作者认为他想要渡河，但是又好像心不在焉，有点踌躇；再比如"一人坐岸上，以手踞地，伸足入水，如测浅深者"，这个人坐在岸边，把脚伸到水里，就好像在测量水的深浅一样。不光每个罗汉的形象被作者细致地描摹了下来，他们也共同组成了一副群像，各有神态，又互相呼应，展现了未渡者的形态、动作和心态。

方渡者也十分有趣，"一人以手揭衣，一人左手策杖，目皆下视，口呿不合。"好像他们刚刚要渡河，还没有摸清楚河水中的情况，而且心中有点胆怯；再比如两位"首发髼髻"的童子"共舁一人以渡",共抬的那个人"长眉覆颊,面怪伟如秋潭老蛟。"两个童子所抬的人是谁呢?这个人显然是整幅画的中心,对于这位核心人物作者反而并没有详细去考量他的内心活动,而只是简单描写了他的外貌,他与其他的罗汉是什么关系?为什么童子要抬着他?这些都是要观画者去自己解答了。

已渡者有两人,描写都十分生动,一个人"捉其右臂,作势起之。老者努其喙,缬纹皆见",另一个人"双足尚跣,出其履将纳之,而仰视石壁,以一指探鼻孔,轩渠自得。"

作者说了这么多,最后落脚于对人生独到的认识,从罗汉渡河这个过程可以看出罗汉也是同凡人一样,都要脚踏实地地做,只有不怕艰辛,齐心协力地向前进,才可以做到。作者通篇不厌其烦地用"一人"又"一人"的写作方法来列举,最后通向了自己的结论,水到渠成,不落雕饰。

【《奇零草》自序】

张煌言

余自舞象①,辄好为诗歌。先大夫②虑废经史,屡以为戒,遂辍笔不谈,然犹时时窃为之。及登第后,与四方贤豪交益广,往来赠答,岁久盈箧。会国难频仍,余倡大义于江东③,敹甲④敆干⑤,凡从前雕虫之技⑥,散亡几尽矣。于是出筹军旅,入典制诰⑦,尚得于馀闲吟咏性情。及胡马渡江⑧,而长篇短什,与疏草⑨代言⑩,一切皆付之兵燹⑪中,是诚笔墨之不幸也。

余于丙戌⑫始浮海,经今十有七年矣。其间忧国思家,悲穷悯乱,无时无事不足以响动心脾。或提师北伐,慷慨长歌;或避虏南征,寂寥短唱。即当风雨飘摇,波涛震荡,愈能令孤臣恋主,游子怀亲。岂曰亡国之音,庶几哀世之意。

乃丁亥⑬春,舟覆于江,而丙戌所作亡矣。戊子⑭秋,节⑮移于山,而丁亥所作亡矣。庚寅⑯夏,率旅复入于海,而戊子、己丑⑰所作又亡矣。然残编断简,什存三四。迨辛卯⑱昌国⑲陷,而笥⑳中草竟靡有孑遗㉑。何笔墨之不幸,一至于此哉!

嗣是缀辑新旧篇章,稍稍成帙,丙申㉒昌国再陷,而亡什之三。戊戌㉓覆舟于羊山㉔,而亡什之七。己亥㉕长江之役㉖,同仇㉗兵燹㉘,予以间行㉙得归,凡留供覆瓿㉚者,尽同石头书邮㉛,始知文字亦有阳九之厄㉜也。

年来叹天步㉝之未夷㉞,虑河清之难㉟俟,思借声诗,以代年谱。遂索友朋所录,宾从所抄次第之。而余性颇强记,又忆其可忆者,载诸楮㊱端,共得若干首。不过如全鼎一脔㊲耳。独从前乐府歌行,不可复考,故所订几若《广陵散》㊳。

嗟乎!国破家亡,余谬膺㊴节钺㊵,既不能讨贼复仇,岂欲以有韵之词,求知于后世哉!但少陵当天宝之乱,流离蜀道,不废风骚,后世至今,名为诗史。陶靖节躬丁㊶晋乱,解组归来,著书必题义熙。宋室既亡,郑所南㊷尚以铁匣投史眢井㊸,至三百年而后出。夫亦其志可哀,其情诚可念也已。然则何以名《奇零草》?是帙零落凋亡,已非全豹,譬犹兵家《握奇》㊹之余,亦云余行间㊺之作也。时在永历十六年㊻,岁在壬寅,端阳后五日,张煌言自识。

【注释】

①舞象:语出《礼记·内则》:"成童,舞象"。成童指的是十五岁以上的年轻人,所以后世常以舞象来代指成童。 ②先大夫:指已经去世的父亲。 ③倡大义于江东:指公元1645年(清顺治二年)南明弘光王朝覆灭之后,清兵南下江南,钱肃乐等起兵浙东,派张煌言迎立鲁王朱以海为监国,号召东南抗清事。 ④敹(liáo)甲:把盔甲缝合起来。敹:缝合。 ⑤敿(jiǎo)干:将盾牌上的绳子系好。敿,系。干,盾牌。 ⑥雕虫之技:这里指诗歌创作。 ⑦入典制诰:指进入朝廷主管起草诏令之职。张煌言起兵之后,鲁王朱以海曾经授以翰林院检讨制诰之职。 ⑧胡马渡江:指清兵南下。 ⑨疏草:指作者给鲁王上书留下的底稿。 ⑩代言:指之前替鲁王起草的诏书。 ⑪兵燹(xiǎn):兵火,战火。 ⑫丙戌:清顺治三年(1646年)。 ⑬丁亥:清顺治四年(1647年)。 ⑭戊子:清顺治五年(1648年)。 ⑮节:指带兵主将。 ⑯庚寅:清顺治七年(1650年)。 ⑰己丑:清顺治六年(1649年)。 ⑱辛卯:清顺治八年(公元1651年)。 ⑲昌国:指舟山。 ⑳笥(sì):方形用来盛放东西的器物。 ㉑靡有孑遗:没有什么剩下的。 ㉒丙申:清顺治十三年(1656年),在前一年张煌言曾经联合了郑成功收复了舟山。但是这一年又被清军占领。 ㉓戊戌:指清顺治十五年(公元1658年)。 ㉔覆舟于羊山:指张煌言与郑成功在舟山北面的羊山驻扎,遇到大风,船折损百余条。 ㉕己亥:清顺治十六年(公元1659年)。 ㉖长江之役:指这年张煌言同郑成功一起从长江北上攻进镇江,直趋芜湖。 ㉗同仇:语出《诗经·秦风·无衣》:"修我戈矛,与子同仇。"引申为战友,这里指郑成功。 ㉘兵燼(jiān):兵败。燼,火熄灭,引申为失败。 ㉙间行:从小路走。 ㉚覆瓿(pǒu):盖上罐子。出自汉代刘歆说过杨雄的《太玄》只能用来盖装酱菜的罐子,比喻作品没有什么价值。这里是自谦之词。 ㉛石头书邮:语出《世说新语·任诞》:晋代殷羡,字洪乔,为豫章太守,临去,都人托他带信百余封。殷羡行至石头,把书信全部抛入水中,说:"沉者自沉,浮者自浮,殷洪乔不能作致书邮(指寄信的人)。"这里借指作者的文稿全部沉水。石头,地名。 ㉜阳九之厄:指厄运。 ㉝天步:指国家的命运。 ㉞夷:平坦,安稳。 ㉟河清之难:语出《左传·襄公八

年》引逸诗云："俟河之清，人寿几何。"古人认为等待黄河澄清，是不可能的事。这里借以比喻等待乱世平定遥遥无期。 ㊱楮（chǔ）：落叶乔木，树皮是制造桑皮纸和宣纸的原料，这里是纸的代称。 ㊲全鼎一脔（luán）：整锅肉里的一块肉。脔，小块的肉。 ㊳《广陵散》：古曲名。嵇康善弹此曲。嵇康为司马昭所害，临刑前弹此曲，说："《广陵散》于今绝矣！" ㊴膺：接受。 ㊵节钺：任命大将时，皇帝给与受任者的符节的斧钺。这里指作者任军事统帅。 ㊶丁：遇到。 ㊷郑所南：连江人，南宋诗人。宋朝灭亡后隐耕于吴中，著《心史》诗集，装在铁匣中，投在枯井中，直至明末才被发现。 ㊸眢（yuān）井：枯井。 ㊹《握奇》：即《握奇经》，为古代的一部兵书。握：一说通"幄"，奇，一说通"机"。幄机，指军事重地。 ㊺行间：即行军中间。 ㊻永历十六年：清康熙元年，即1662年。"永历"是南明桂王建国的年号。

【赏析】

作者张煌言为自己的《奇零草》作自序，他并没有将记录的重点放在介绍诗集里的诗上面，而是首先详细描写了自己在战争中毁掉的诗篇。作者用大量的篇幅来哀悼这些流落的诗篇，长到几乎到了读者不能忍受的地步。首先，第一段就表达了自己的沉痛之情："及胡马渡江，而长篇短什，与疏草代言，一切皆付之兵燹中，是诚笔墨之不幸也。"接着详细列举了自己那些诗篇分别是在什么时候因为什么事件而丢失的，"乃丁亥春，舟覆于江，而丙戌所作亡矣。戊子秋，节移于山，而丁亥所作亡矣。庚寅夏，率旅复入于海，而戊子、己丑所作又亡矣。然残编断简，什存三四。迨辛卯昌国陷，而笥中草竟靡有孑遗。"这样详细的列举虽然读来有点繁冗，但作者对诗歌的热爱和热情是可以从这简单的列举中窥见一斑的，而同时，写在纸上的诗篇不断地流失，但作者心中的热情却无法磨灭。诗人如此痛惜，是因为诗篇的不幸就是国家的不幸，也是自己的不幸，那些诗歌记录的是诗人的生命，也同时记录了国家的不幸。

作者从小就对诗歌有强烈的兴趣，小时候就"时时窃为之"，到"往来赠答"，再到军旅中的"尚得于馀闲吟咏性情"，最后到"忧思国家，悲穷悯乱"的国家动荡，诗人张煌言简单回顾了自己的心路历程。早年作者对诗歌的喜爱也只是限于对人生美感的追求，或者是生活之点缀而已，但到了诗人自己亲自参军在战场上拼杀的时候，这时所作诗歌就不仅仅是之前那样简单了，它包含了沉重的对国家命运的关注，对国家存亡的担忧，有了不同的意义。所以，此时诗人的诗歌是同国家联系在一起的，"岂曰亡国之音，庶几哀世之意。"

作者在最后一段以杜甫、陶渊明等人为例替自己辩护，表达了自己的志向，杜甫的诗歌之所以被称为"诗史"，就是因为他在诗歌中记录了战乱中的历史，而且也表达了普通人民的心声。作者以杜甫为例来为自己辩护，说明自己也像杜甫一样，诗歌并非仅仅为了诗本身而创作，而是将更加沉重而深刻的亡国之痛放在诗歌中。这篇自序虽然几乎未提到诗集中诗歌的情况，但是能让人感受到作者对诗歌的热爱和诗歌的力量，更加深刻感人。

【避风岩记】

张明弼

避风岩在端州①之北三十里许，或曰与砚坑②相近，古未有是名，余避风其下，故赠以是名也。

余何以避风其下？崇祯己卯③仲秋，余供役粤帷④。二十五日既竣事⑤，则遍谒粤之大吏。大吏者，非三鸣鼓吹不启户，非启户则令长⑥不敢入。余东驰西骛，左诇⑦右需⑧，目厌于阍⑨驺⑩卤簿⑪绛旗朱帽⑫之状，耳厌于笳鼓引赞殿喝之声，手足筋骨疲于伏谒拜跽⑬以头抢地之事。眩瞀⑭车上，至不择店肆而解衣卧之。凡六日而毕，则又买舟过肇，谒制府。制府官厌贵，礼愈绝，控拜数四，领之而已。见毕即登舟，将返杨山。

九月朏⑮，宿三十里外。力引数步，偶得一岩。江回峰抱，风力稍损，乃息焉。及旦而视之，则断崖千尺，上侈下弇⑯，状如檐牙。仰而睨之，若层衡⑰之列烟上，崩峦倾返，颓石蠱突，时有欲落之势，栗乎不可以久留焉。狂飙不息，竟日居其下。胥⑱仆相扶，上舟一步，得坐于石隙草际。听怒涛声，若奔车败马；望沸波，若一群白鹅鼓翼江心；及跳沫山足，又若千百素鳞争跃上岸。石崖磔磔，不沾土壤；而紫茎缠带，青芫数尺，一偃一立，若青狮奋迅而不得去；又若怒毛之兽，风过毛竖，不能自休。身住江坳，目力相界，不能数里，而阴氛交作，如处黑帷。从者皆惨容而相告曰："日复夕矣，将奈何？"

余笑而语之曰："第⑲安之，第安之。吾视夫复嶂重峦，缭青纬碧，犹胜于院署之严丽也；吾视夫崩崖倾石，怒涛沸波，犹胜于贵人之颐颊心腑也；吾视夫青芫紫茎，怀烟孕露，犹胜于大吏之绛骑彤驺也；吾视夫谷响山啸，激壑鸣川，犹胜于高衙之呵殿赞唱也；吾视夫藉草坐石，仰瞩云气，俯观重泉，犹胜于拳跽伏谒于尊官之阶下也。天或者见吾出则伛偻，入则簿书，已积两载矣，无以抒吾胸中之浩浩者，故令风涛阻滞，使此孤岩以恣吾数刻之探讨乎？或兹岩壁立路绝，猿徒鼯党，犹难托寄，若非习金丹火龙之术⑳，腾空蹑虚，不能一到。虽处大江之中，飞帆如织，而终无一人肯一泊其下，以发其奇气而著其姓字；天亦哀山灵之寂寞，伤水伯之孤清，故特牵柅㉑余舟，与彼结一日之缘耶？余年少有志，养二龙于水壑，调一鹤于中峰，与羽服思玄㉒之徒，上烟驾，登月馆，以望四海三山，如聚米萦带㉓；而心为时夺，至堕俗网，往返数千里，徒以充厮养之役㉔，有才无时，甘于下人。今日见此水石，若见好友，犹恐谆芒、卢敖㉕诸君诋余以井甃之识㉖，而又何事愁苦于兹岩之下乎？"

从者皆笑，余乃纳以兹名。

岩顶有一石，望之如立人，或曰飞来之塔顶也；或曰当是好奇者，跻是崖之巅，如昌黎不得下㉗，乃化而为石云。岩侧有二崩石，一大一小，仅可束两缆。小吏程缨曰："当黑夜暴风中，舟人安能择此，神引维㉘以奉明府㉙耳。"语皆不可信，并记之。

【注释】

①端州：现在的广东省肇庆市。唐代及北宋时期称端州，明朝时改称肇庆府。　②砚坑：肇庆府德庆县有端溪水，在西、中、东三个方向有三个洞，东洞以产砚石著称，此洞所产为端石，雕琢成砚称为端砚，唐宋时在此处采砚石，砚坑为采石遗址。　③崇祯己卯：指1639年。崇祯为明思宗年号。　④供役粤帷：指奉调遣去参加科举乡试的临时职务。　⑤竣事：完成。　⑥令长：指县令、县长。　⑦诇（xiòng）：探询。　⑧需：等待。　⑨阍：守门人。　⑩骖：贵族骑马的侍从。　⑪卤簿：帝王出行时护从的仪仗，后来也用来指代王公贵戚。　⑫朱帽：指衙役。　⑬跽（jì）：长跪。　⑭眊瞀（mào）：眼睛昏花看不清东西。　⑮胐（fěi）：指农历每月初三这天。　⑯上侈下弇（yǎn）：上面打开，下面合拢。侈，打开的样子。弇，覆盖，遮蔽。　⑰层衡：层层叠叠的栏杆。　⑱胥：官府中的小吏。　⑲第：但。　⑳金丹火龙之术：指道家的炼丹飞升之法术。　㉑柅（nǐ）：止。　㉒羽服思玄：指那些学习道术的人。　㉓聚米萦带：堆聚在一起的米粒和弯曲的带子，是形容山海十分之小。　㉔厮养之役：厮指养马的差役，养为烹炊的差役，指代地位比较低贱的差役。　㉕谆芒、卢敖：都为寓言中的人物，谆芒语出《庄子·天地》："谆芒将东之大壑，适遇苑风于东海之滨。苑风曰：'子将奚之？'曰：'将之大壑。'曰：'奚为焉？'曰：'夫大壑之为物也，注焉而不满，酌焉而不竭。吾将游焉！'"卢敖语出《淮南子·道应训》："卢敖游乎北海，经乎太阴，入乎玄阙，至于蒙谷之上。"　㉖井甃（zhòu）之识：语出《庄子·秋水》，指井底之蛙的见识。井甃：用砖垒砌的井。　㉗昌黎不得下：据传韩愈在登华山峰顶之时，见到山势险峻，惊恐而哭。　㉘维：系东西的大绳子，这里指系船的船缆。　㉙明府：汉代时对郡太守的尊称，唐代之后多用于对县令

的称呼。

【赏析】

文章开头第一段简单交代了文章的由来，是因为作者避风于一处不知名的岩石下，故赠其名为"避风岩"，十分简单明了。

接下来以叙述串起整个故事始末，作者临时"供役粤帷"之后，经历了遍谒官吏，感到十分屈辱，在这些叙述下掩盖的是作者急于要避开官场的心情。这一段作者历数自己所经历的官场上的险恶之事，以及自己对官场生活的厌恶之情，这为之后描写避风岩的"险"埋下了伏笔，也形成了一个对比。

接下来作者在第三段用大量的笔墨来描写避风岩周围的险恶风光。与官场上的景观相比，两者有相似之处，那就是"险"，"吾视夫复嶂重峦，缭青纬碧，犹胜于院署之严丽也；吾视夫崩崖倾石，怒涛沸波，犹胜于贵人之颐颊心腑也；吾视夫青芜紫茎，怀烟孕露，犹胜于大吏之绛骑彤驺也；吾视夫谷响山啸，激壑鸣川，犹胜于高衙之呵殿赞唱也；吾视夫藉草坐石，仰瞩云气，俯观重泉，犹胜于拳跽伏谒于尊宦之阶下也。"但是对比之中作者用了"犹胜于"三个字来表示出自己的立场和倾向：在作者眼中，虽然自然之险与官场之险都有"险"这个特点，但是他仍然选择了自然之险，得出了"见此水石，若见好友"的结论。作者在此清晰地给出了自己的立场：与其在官场上忍气吞声，还不如去拥抱自然的险恶风光，接受大自然的惊险，这样能换来心中的坦荡，悲壮之情溢于言表。

整篇文章行文色彩浓重，节拍紧凑，描写官场上的丑恶时，令人感觉窒息；描写避风岩的风景奇险，也用词大胆，出现了诸如"狂"、"怒"、"蠡突"等词，渲染氛围，语言铿锵有力，气势如虹，表现出一种奇险之美。

【狱中上母书】

夏完淳

不孝完淳今日死矣，以身殉父，不得以身报母矣。痛自严君①见背②，两易春秋③。冤酷④日深，艰辛历尽。本图⑤复见天日⑥，以报大仇，恧死荣生⑦，告成黄土⑧。奈天不佑我，钟⑨虐⑩明朝。一旅⑪才兴，便成齑粉⑫。去年之举⑬，淳已自分⑭必死，谁知不死，死于今日也！斤斤⑮延此二年之命，菽水之养⑯无一日焉。致慈君⑰托迹⑱于空门⑲，生母⑳寄生㉑于别姓，一门漂泊，生不得相依，死不得相问。淳今日又溘然㉒先从㉓九京㉔，不孝之罪，上通于天。

呜呼！双慈㉕在堂，下有妹女，门祚㉖衰薄，终鲜㉗兄弟。

淳一死不足惜，哀哀八口，何以为生？虽然，已矣。淳之身，父之所遗；淳之身，君之所用。为父为君，死亦何负于双慈？但慈君推干就湿㉘，教礼习诗，十五年如一日；嫡母慈惠，千古所难。大恩未酬，令人痛绝。慈君托之义融女兄㉙，生母托之昭南女弟㉚。

淳死之后，新妇㉛遗腹得雄㉜，便以为家门之幸；如其不然，万勿置后㉝。会稽大望㉞，至今而零极㉟矣。节义文章，如我父子者几人哉？立一不肖后如西铭先生㊱，为人所诟笑，何如不立之为愈耶？呜呼！大造茫茫㊲，总归无后㊳，有一日中兴再造㊴，则庙食㊵千秋，岂止麦饭豚蹄㊶，不为馁鬼㊷而已哉㊸！若有妄言立后者，淳且与先文忠㊹在冥冥㊺诛殛㊻顽嚚㊼，决不肯舍！

兵戈天地，淳死后，乱且未有定期。双慈善保玉体，无以淳为念。二十年后，淳且与先文忠为北塞之举矣㊽。勿悲勿悲！相托之言，慎勿相负。武功甥㊾将来大器㊿，家事尽以委之。寒食㉑、盂兰㉒，一杯清酒，一盏寒灯，不至作若敖之鬼㉓，则吾愿毕矣。新妇结缡㉔二年，贤孝素著，武功甥好为我善待之，亦武功渭阳情㉕也。语无伦次，将死言善㉖。痛哉痛哉！

人生孰无死，贵得死所㉗耳。父得为忠臣，子得为孝子，含笑归太虚㉘，了我分内事。大道本无生㉙，视身若敝屣㉚。但为气㉛所激㉜，缘悟天人理㉝。恶梦十七年，报仇在来世。神游天地间，可以无愧矣。

【注释】

①严君：对父亲的敬称。　②见背：长辈去世。　③两易春秋：过了两年。　④冤酷：冤仇与痛苦。　⑤图：希望。　⑥复见天日：指恢复明朝。　⑦恤死荣生：使死去的人（指其父）得到抚恤，使活着的人（指其母）得到荣封。恤，作动词，使……得到抚恤。荣，作动词，使……得到荣封。　⑧告成黄土：将复国之事告知地下的父母。　⑨钟：集中，专一。　⑩虐：指上天惩罚。　⑪一旅：指吴易的抗清军队刚刚崛起。夏完淳参加了吴易的军队，担任参谋。　⑫齑（yī）粉：粉碎。这里比喻被击溃。　⑬去年之举：指1646年起兵抗清失败事。吴易兵败后，夏完淳只身流亡。　⑭自分：自料。　⑮斤斤：仅仅。　⑯菽水之养：代指对父母的供养。语出《礼记·檀弓下》："啜菽饮水尽其欢，斯之谓孝。"　⑰慈君：指作者的嫡母盛氏。　⑱托迹：藏身，隐匿。　⑲空门：佛门。　⑳生母：指作者的生母陆氏。　㉑寄生：寄居。　㉒溘（kè）然：忽然。　㉓从：追随。　㉔九京：指墓地。语出《礼记·檀弓下》。　㉕双慈：指嫡母与生母。　㉖

门祚（zuò）：家族的命运。　㉗鲜：少。这里指没有兄弟。　㉘推干就湿：指把床上干的地方让给孩子，自己睡湿的地方。表示父母养育子女十分辛劳。语出《孝经·援神契》。　㉙义融女兄：指作者的姐姐夏淑吉，号义融。　㉚昭南女弟：指作者的妹妹夏惠吉，号昭南。　㉛新妇：指作者的妻子。　㉜雄：男孩。　㉝置后：指保养别人的孩子作为自己的后嗣。　㉞会稽大望：这里指夏姓大族。古代传说，夏禹曾会诸侯于会稽。于是后来会稽姓夏的人就说禹是他们的祖先。　㉟零极：零落到了极点。　㊱西铭先生：指张溥，别号西铭。明末文学家，复社的领袖。死于公元1641年（崇祯十四年），无后，次年由钱谦益等代为立嗣。　㊲大造茫茫：指天地昏暗不明，这里指上天不明，让明朝灭亡。大造，指天。茫茫，不明。　㊳总归无后：是说即使自己有后，明朝灭亡也会被杀，终归无后。　㊴中兴再造：指明朝复兴。　㊵庙食：庙堂里祭祀的物品。　㊶麦饭豚蹄：指简单的祭品。　㊷馁鬼：挨饿的鬼。　㊸这句话的意思是，如果以后明朝复兴，作者为抗清而死，即使无后，也将被万古千秋的人所祭祀，哪里会像普通人一样只能享受简单的祭品，不会做饿死鬼。　㊹文忠：夏允彝死后，南明鲁王谥为文忠公。　㊺冥冥：阴间。　㊻诛殛：诛杀。　㊼顽嚚（yín）：愚顽而奸诈的人。　㊽二十年后，淳且与先文忠为北塞之举矣：如果死后可以再做人，那么二十年之后，还要跟父亲一起在北方起兵反清。　㊾武功甥：作者姐姐夏淑吉的儿子侯檠，字武功。　㊿大器：大材，有才。　51寒食：指清明节，人们在此时上坟祭祖。　52盂兰：指农历七月十五日，人们会在这天燃灯祭祀，超度灵魂，称盂兰盆会。　53若敖之鬼：没有后嗣按时祭祀的饿鬼。若敖，若敖氏，春秋时楚国公族名。这一族的后代令尹子文看到族人子越椒行为不正，估计他可能会给整个家庭带来灾难，临死前，对族人哭着说："鬼犹求食，若敖氏之鬼，不其馁而。"后来，若敖氏终于因为越椒判楚而被灭了全族。（见《左传·宣公四年》）　54结褵（lí）：成婚。　55渭阳情：指甥舅之间的情谊。语出《诗经·秦风·渭阳》有"我送舅氏，曰至渭阳"句。据说是写晋公子重耳出亡，秦穆公收容他做晋君。送他归国时，他的外甥康公送他到渭水之阳，作诗赠别。后世遂用渭阳比喻甥舅。　56将死言善：语出《论语·泰伯》："人之将死，其言也善"。　57死所：即死得其所。　58太虚：指天。　59大道本无生：指人本身生于无，死后又归于无。　60敝屣：破草鞋。　61气：这里指正义之气。　62激：激励，激发。　63缘悟天人理：因为明白了天和人的关系道理。

【赏析】

　　该文选自《夏完淳集》卷八。这是公元1647年（清顺治四年），夏完淳在南京狱中写给其生母及嫡母的绝笔信。作者在临刑前为"不得以身报母"而深感悲痛，为家中"八口"的生计问题而深感忧虑，但他又认为："为父为君，死亦何负于双慈"，"以身殉父"是死得其所的，表达了作者以身赴义、视死如归的民族气节。文中所表述的"忠"、"孝"等词句，在当时的背景下，是和民族气节紧密相关的。全文一唱三叹，慷慨悲壮，感人至深。

　　本文有几大写作技巧，首先，叙事、说理和抒情的融合。作者临刑作书，感慨万千，思虑万端。这其中有不堪回首的往事，有国难家仇的愤恨，有与亲人话别的痛苦，也有未报养亲人的遗憾，以上各种感情的融合，或叙事，或抒情，或说理，笔墨所至，感情充沛。其次，用典言事，深婉有致。这封信虽为诀别之笔，却指称得体，用典恰切，不失婉约之旨。如说父死为"严君见背",说母慈为"推干就湿"等,一方面表明作者平时文学素养之高,又说明他赴死前方寸不乱、镇定自若。最后,语言简练,文势流畅。作者少年早慧,博学多才,文章素来典雅。本文散句骈句兼用,散则舒卷自如,骈则回环有致,但都以短句为主,简练而又自然流畅。篇末先作散语,渐次过渡,以韵文收尾,更有曲终言志之意,读之令人回味无穷。

【徐霞客传】

钱谦益

徐霞客者,名弘祖,江阴梧塍里人也。高祖经,与唐寅同举,除名。寅尝以倪云林画卷偿博进①三千,手迹犹在其家。霞客生里社,奇情郁然,玄②对山水,力耕奉母,践更③繇役,蹙蹙如笼鸟之触隅,每思飏④去。年三十,母遣之出游。每岁三时⑤出游,秋冬觐省⑥,以为常。东南佳山水,如东西洞庭、阳羡、京口、金陵、吴兴、武林、浙西径山、天目、浙东五泄、四明、天台、雁宕、南海落迦,皆几案衣带间物⑦耳。有再三至,有数至,无仅一至者。

其行也,从一奴或一僧、一杖、一襆被,不治装,不裹粮;能忍饥数日,能遇食即饱,能徒步走数百里,凌绝壁,冒丛箐⑧,扳援下上,悬度绠汲⑨,捷如青猿,健如黄犊;以鉴岩为床席,以溪涧为饮沐,以山魅⑩、木客⑪、王孙⑫、玃父⑬为伴侣,儴儴⑭粥粥⑮,口不能道;时与之论山经,辨水脉⑯,搜讨形胜,则划然心开。居平⑰未尝矉悦⑱为古文辞,行游约数百里,就⑲破壁枯树,燃松拾穗,走笔为记,如甲乙之簿⑳,如丹青之画,虽㉑才笔之士,无以加也。

游台㉒、宕㉓还,过陈木叔㉔小寒山㉕,木叔问:"曾造雁山绝顶否?"霞客唯唯㉖。质明已失其所在,十日而返,曰:"吾取间道,扪萝㉗上龙湫,三十里,有宕㉘焉,雁所家㉙也。扳绝磴上十数里,正德㉚间白云、云外两僧团瓢㉛尚在。复上二十余里,其颠罡风㉜逼人,有麋鹿数百群,围绕而宿。三宿而始下。"其与人争奇逐胜,欲赌身命,皆此类也。已而游黄山、白岳㉝、九华、匡庐㉞;入闽,登武夷,泛九鲤湖㉟;入楚,谒玄岳㊱；北游齐、鲁、燕、冀、嵩、雒；上华山，下青柯坪，心动趣㊲归，则其母正属㊳疾，啮指相望也。

母丧服阕㊴，益㊵放志远游。访黄石斋㊶于闽，穷闽山之胜，皆非闽人所知。登罗浮，谒曹溪，归而追及石斋于云阳。往复万里，如步武㊷耳。踰终南背走峨眉，从野人采药，栖宿岩穴中，八日不火食㊸，抵峨眉，属奢酋㊹阻兵，乃返。只身戴釜㊺，访恒山于塞外，尽历九边㊻厄塞。归，过余山中，剧谈四游㊼四极㊽，九州㊾九府㊿，经纬分合，历历[51]如指掌。谓昔人志星官[52]舆地[53]，多承袭傅会；江河二经[54]，山川两戒[55]，自纪载来，多囿[56]于中国一隅。欲为昆仑海外之游，穷流沙而后返。小舟如叶，大雨淋湿，要[57]之登陆，不肯，曰："譬如碙[58]泉暴注，撞击肩背，良足快耳！"

丙子[59]九月，辞家西迈。僧静闻愿登鸡足[60]礼迦叶[61]，请从焉。遇盗于湘江，静闻被创病死，函[62]其骨，负之以行。泛洞庭，上衡岳，穷七十二峰。再登峨眉，北抵岷山，极于松潘。又南过大渡河，至黎、雅[63]，登瓦屋[64]、晒经[65]诸山。复寻金沙江，极于氂牛徼外[66]。由金沙南泛澜沧，由澜沧北寻盘江[67]，大约在西南诸夷境，而贵竹[68]、滇南之观亦几尽矣。过丽江，憩点苍[69]、鸡足。瘗[70]静闻骨于迦叶道场，从宿愿也。

由鸡足而西，出玉门关数千里，至昆仑山，穷星宿海[71]，去[72]中夏三万四千三百里。登半山，风吹衣欲堕，望见方外黄金宝塔。又数千里，至西番[73]，参大宝法王[74]。鸣沙以外，咸[75]称胡国，如迷卢、阿耨[76]诸名，由旬[77]不能悉。《西域志》称沙河阻远，望人马积骨为标识，鬼魅热风，无得免者，玄奘法师受诸魔折，具载本传。霞客信宿[78]往返，如适[79]莽苍[80]。还至峨眉山下，托估客附所得奇树虬根以归。并以《溯江纪源》一篇寄余，言《禹贡》岷山导江，乃泛滥中国之始，非发源也。中国入河之水为省五，入江之水为省十一，计其吐纳，江倍于河，按其发源，河自昆仑之北，江亦自昆仑之南，非江源短而河源长也。又辨三龙[81]大势，北龙夹河之北，南龙抱江之南，中龙中界之，特短；北龙只南向半支入中国，惟南龙磅礴半宇内，其脉亦发于昆仑，与金沙江相并南出，环滇池以达五岭。龙长则源脉亦长，江之所以大于河也。其书数万言，皆订补桑《经》[82]郦《注》[83]及汉、宋诸儒疏解《禹贡》所未及，余撮其大略如此。

霞客还滇南，足不良行，修《鸡足山志》，三月而毕。丽江木太守⑧俻⑤糇粮⑥，具笋舆以归。病甚，语问疾者曰："张骞⑧凿空⑧，未睹昆仑；唐玄奘、元耶律楚材⑨衔人主之命，乃得西游。吾以老布衣，孤筇⑨双屦⑨，穷河沙，上昆仑，历西域，题名绝国，与三人而为四，死不恨⑨矣。"余之识霞客也，因漳人刘履丁⑨。履丁为余言："霞客西归，气息支缀⑨，闻石斋下诏狱，遣其长子间关⑨往视，三月而反⑨，具述石斋颂系⑨状，据床浩叹，不食而卒。"其为人若此。

梧下先生⑨曰："昔柳公权⑨记三峰⑩事，有王玄冲者，访南坡僧义海，约登莲花峰，某日届山趾，计五千仞为一旬之程，既上，爟烟⑩为信。海如期宿桃林⑩，平晓，岳色清明，伫立数息，有白烟一道起三峰之顶。归二旬而玄冲至，取玉井莲落叶数瓣，及池边铁船寸许遗⑩海，负笈⑩而去。玄冲初至，海谓之曰："兹山削成，自非驭风凭云，无有去理。"玄冲曰："贤人勿谓天不可登，但虑无其志尔。"霞客不欲以张骞诸人自命，以玄冲拟之，并为三清⑩之奇士，殆庶几⑩乎？霞客纪游之书，高可隐几。余属其从兄仲昭雠⑩勘而存之，当为古今游记之最。霞客死时年五十有六。西游归以庚辰⑩六月，卒以辛巳⑩正月，葬江阴之马湾。亦履丁云。

【注释】

①博进：赌博输掉的钱。 ②玄：默。 ③践更：受钱代替别人服徭役。 ④飏：通"扬"，飞扬。 ⑤三时：指的是春、夏、秋三个季节。 ⑥觐省：拜见、看望父母、尊亲。 ⑦几案衣带间物：指的是很平常、十分熟悉之物。 ⑧箐：山间的大竹林，泛指树木丛生的山谷。 ⑨悬度绠（gěng）汲：悬挂着用绳索度过山崖，就好像用绳索汲水一样。绠，汲水的绳子，泛指绳索。 ⑩山魈：山林里的鬼怪。 ⑪木客：传说中山中的怪兽。 ⑫王孙：指猴子。 ⑬玃父：指大马猴。 ⑭儚儚（méng）：昏昧、糊涂的样子。 ⑮粥粥（yù）：柔弱的样子。 ⑯论山经，辨水脉：讨论辨别山水的脉络。 ⑰居平：平时，平常。 ⑱鞶帨（pánshuì）：大带与佩巾，比喻华丽的藻饰。扬雄《法言·寡见》："今之学者，非独为之华藻也，又从而绣其鞶帨。"故以鞶帨为雕章凿句。 ⑲就：依靠，靠着。 ⑳甲乙之簿：记得清清楚楚的账本。 ㉑虽：即使。 ㉒台：指天台山。 ㉓宕：指雁荡山。 ㉔陈木叔：陈函辉，原名炜，字木叔。崇祯（明思宗年号，1628-1644）进士，授靖江知县，明亡后从鲁王航海，已而相失。入云峰山，作绝命词十章，投水死。 ㉕小寒山：陈函辉所居之地，其自号小寒山子。 ㉖唯唯：答应的样子。 ㉗扪萝：攀援葛藤。扪，攀，挽。 ㉘宕：坑洼，洞穴。 ㉙家：这里作动词，安家。 ㉚正

德：明武宗年号。㉛团瓢：圆形草屋。㉜罡（gāng）风：道教谓高空之风。后亦泛指劲风。㉝白岳：山名，位于今安徽省休宁县以西四十里。㉞匡庐：即庐山。㉟九鲤湖：位于今福建省仙游县东北部。㊱玄岳：武当山的别称。㊲趣：通“趋”。㊳属（zhǔ）：正碰上，遇到。㊴阕：停止，结束。㊵益：更加。㊶黄石斋：指黄道明，明福建漳浦人。天启（明熹宗年号，1621－1627）进士，崇祯时官至少詹事，南明弘光朝任礼部尚书，后于福建拥立唐王，拜武英殿大学士，战败被俘至南京，不屈死。㊷步武：半步，泛指脚步。㊸不火食：指没有吃到熟的东西。㊹奢酋：指奢崇明，本苗族，世居四川永宁，为宣抚司。明熹宗时募川兵援辽，崇明等遂反，进围成都，国号大梁，後由朱燮元平定其乱。㊺釜：古代的一种锅。㊻九边：指明代北方的九处重镇，包括辽东、宣府、大同、延绥、宁夏、甘肃、蓟州、山西和固原。㊼四游：《太平御览》卷三六引纬书《尚书考灵异（曜）》：“地有四游，冬至地上，北而西三万里；夏至地下，南至东复三万里；春秋分，则其中矣。”㊽四极：指四方极远之地。《尔雅·释地》：“东至於泰远，西至於邠国，南至於濮铅，北至於祝栗，谓之四极。”泰远至祝栗皆为古代传说中极远处国名。㊾九州：《尔雅·释地》列举冀、豫、雍、荆、扬、兖、徐、幽、营等州为九州。后用以泛指中国。㊿九府：谓九方的宝藏和特产。《尔雅·释地》列举东方、东南、南方、西南、西方、西北、北方、东北及中央出产之美者，是谓九府。(51)历历：一个一个清晰分明。(52)星官：指星宿天象，这里泛指天文。(53)舆地：指地理。(54)江河二经：长江、黄河两条干流。徐霞客《溯江纪源》：“江、河为南北二经流，以其特达於海也。”(55)两戒：是唐代一行和尚提出的我国的地理特征。北戎相当于现在青海、陕北、山西、河北、辽宁一带；南戎相当于四川、陕南、河南、湖北、湖南、江西、福建一带。(56)囿：局限，被限制。(57)要：通“邀”。(58)硐：山洞。(59)丙子：指崇祯九年，即1636年。(60)鸡足：即鸡足山，在云南宾州西北。(61)迦叶：摩柯迦叶，华严饮光圣尊。曾经持僧伽梨衣入鸡足山。(62)函：用匣子或封套装。(63)黎、雅：指黎州和雅州，都位于现在四川省境内。(64)瓦屋：山名，位于四川省荥经县东南部。(65)晒经：山名，位于四川省越西县东北部，相传唐玄奘曾经在此晒经，故得此名。(66)犛牛徼外：指出产犛牛的边缘地区。徼外，边界。(67)盘江：盘江分为南盘江和北盘江，都发源于遇难沾益。徐霞客著有《盘江考》。(68)贵竹：即贵筑，位于现在的贵阳市。(69)点苍：山名，也叫大理山。在现在云南省大理白族自治区境内。(70)瘗（yì）：埋葬。(71)星宿海：在现在青海省鄂陵湖以西，是黄河源头散流地面而形成的浅湖群，罗列如星，因此得名。(72)去：距离。(73)西番：即西藏。(74)大宝法王：指西藏喇嘛教萨迦派首领八思巴，元世祖尊他为大宝法王，明代因袭了这个称号。(75)咸：全，都。(76)迷卢、阿耨：这些都是西域国名。(77)由旬：是梵语里的里程单位，大约相当于军行一日的行程。(78)信宿：再宿。(79)适：去。(80)莽苍：郊野，郊外。(81)龙：指山脉。古代山行逶迤曲折好像龙一样，故称为龙。三龙之说，参见徐霞客《溯江纪源》。(82)桑《经》：相传《水经》为汉代桑钦所撰，故称。(83)郦《注》：指郦道元所注的《水经注》。(84)木太守：明代云南丽江府的知府。(85)偫（zhì）：储备，积储。(86)糇（hóu）粮：干粮。(87)张骞：汉武帝时人，为汉朝沟通西域诸国。(88)凿空：指开通道路。(89)耶律楚材：字晋卿，辽皇族，刚开始侍金，后为元朝重臣，曾经跟随元太祖出征西域。(90)筇（qióng）：古书上说的一种竹子，可以做手杖。(91)屦：古代用麻葛制成的一种鞋。

⑨²恨：遗憾。　⑨³刘履丁：字渔仲，明代默念以诸生应辟召，擢郁林州的知州。　⑨⁴支缀：勉强能连缀他的气息。　⑨⁵间关：辗转跋涉。　⑨⁶反：通"返"，返回。　⑨⁷颂系：有罪入狱但是不加刑具。颂，通"容"，指宽容。　⑨⁸梧下先生：是作者的自称。　⑨⁹柳公权：字诚悬，唐代著名书法家。　⑩⁰三峰：指莲花峰、落雁峰、朝阳峰。　⑩¹爞烟：燃烧烟火。　⑩²桃林：桃林坪，位于华山谷口以南五里。　⑩³遗（wèi）：送。　⑩⁴笈（jí）：用竹、藤编织的箱子。　⑩⁵三清：道家的用语，三清，即玉清、太清、上清，是神仙居住的地方。　⑩⁶庶几：差不多，类似。　⑩⁷雠：校对文字。　⑩⁸庚辰：指明崇祯十三年，即1640年。　⑩⁹辛巳：指崇祯十四年。

【赏析】

　　徐霞客是我国著名的地理学家，而他的《徐霞客游记》可以称得上是一部奇作。《徐霞客传》写出了游记之奇出于人品之奇，也展现了他独特的精神品格。

　　《徐霞客传》全文虽然近两千言，但是作者的笔墨集中于记叙其游踪以及介绍其游记的著述上。全文的思路按照时间展开，正文大体分为两个部分：首先描写了徐霞客早年的游历经历，他的足迹遍及了东南以及中原省份；后来，徐霞客之母去世之后，他开始远游，同时记叙他的撰写著述的情况，以及最后徐霞客的去世；最后"梧下先生曰"这段是作者的评论，进一步揭示徐霞客的奇情异志。

　　全文详略有致，抓住最能体现徐霞客性格的事迹进行详细描述。写他早期的出游，简略交代了他的足迹所到之处，而详细描述他如何去到雁宕绝顶之事，只是陈木叔问他一句"曾造雁山绝顶否？"就激发了徐霞客第二天登山的行动，他用此来作为一个典型的例子体现徐霞客的行为。所以全文虽然在罗列其行踪，但是却没有给人以枯燥乏味之感，主要就在于作者注重运用详略有致的写作方法。

　　同时，全文多处引用徐霞客的原话，这样增加了文章的真实性和生动性。"譬如硐泉暴注，撞击肩背，良足快耳！"非常真切而生动地表现了他不畏惧艰险和进取的精神。文中选取的话都极为传神地表现了他的志趣和人格。

　　全文以徐霞客的游历和著述为中心，但作者也运用了一些插笔，从侧面表现徐霞客的人格。就好像他在丙子年间出游，顺便带出僧静闻的事件，一方面描写出了徐霞客所经历的环境之险恶，另一方面他最终埋葬了静闻之骨，不远万里，了却朋友遗愿，表明了他对朋友的衷心和友谊。同时，从刘履丁口中也写出了他对黄道周的关切之情，表现了徐霞客独特的性情。

【原　　君】

黄宗羲

　　有生之初，人各自私也，人各自利也；天下有公利而莫或兴之，有公害而莫或除之。有人者出，不以一己之利为利，而使天下受其利；不以一己之害为害，而使天下释其害；此其人之勤劳必千万于天下之人。夫以千万倍之勤劳，而己又不享其利，必非天下之人情所欲居也。故古之人君，量①而不欲入者，许由、务光②是也；入而又去之者，尧、舜是也；初不欲入而不得去者，禹是也。岂古之人有所异哉？好逸恶劳，亦犹夫人之情也。

后之为人君者不然。以为天下利害之权皆出于我，我以天下之利尽归于己，以天下之害尽归于人，亦无不可；使天下之人，不敢自私，不敢自利，以我之大私为天下之大公。始而惭焉，久而安焉。视天下为莫大之产业，传之子孙，受享无穷；汉高帝所谓"某业所就，孰与仲多"者③，其逐利之情，不觉溢之于辞矣。此无他，古者以天下为主，君为客，凡君之所毕世而经营者，为天下也。今也以君为主，天下为客，凡天下之无地而得安宁者，为君也。是以其未得之也，屠毒④天下之肝脑，离散天下之子女，以博我一人之产业，曾⑤不惨然。曰："我固为子孙创业也。"其既得之也，敲剥天下之骨髓，离散天下之子女，以奉我一人之淫乐，视为当然。曰："此我产业之花息也。"然则，为天下之大害者，君而已矣。向使无君，人各得自私也，人各得自利也。呜呼！岂设君之道固如是乎？

古者天下之人爱戴其君，比之如父，拟之如天，诚不为过也。今也天下之人怨恶其君，视之如寇仇，名之为独夫，固其所也。而小儒规规⑥焉以君臣之义无所逃于天地之间，至桀、纣之暴，犹谓⑦汤、武不当⑧诛之，而妄传伯夷、叔齐无稽之事⑨，乃兆人⑩万姓崩溃之血肉，曾不异夫腐鼠。岂天地之大，于兆人万姓之中，独私其一人一姓乎！是故武王圣人也，孟子之言，圣人之言也；后世之君，欲以如父如天之空名，禁人之窥伺者，皆不便于其言，至废孟子而不立⑪，非⑫导源⑬于小儒乎！

虽然⑭，使后之为君者，果能保此产业，传之无穷，亦无怪乎其私之也。既以产业视之，人之欲得产业，谁不如我？摄缄縢⑮，固扃鐍⑯，一人之智力，不能胜天下欲得之者之众，远者数世，近者及身，其血肉之崩溃在其子孙矣。昔人愿世世无生帝王家⑰，而毅宗之语公主，亦⑱曰："若何为生我家！"痛哉斯言！回思创业时，其欲得天下之心，有不废然⑲摧沮者乎！

是故明乎为君之职分，则唐、虞之世，人人能让，许由、务光非绝尘也；不明乎为君之职分，则市井之间，人人可欲，许由、务光所以旷后世而不闻也。然君之职分难明，以俄顷淫乐不易无穷之悲，虽⑳愚者亦明之矣。

【注释】

①量：思量，考虑。　②许由、务光：传说中的高士。唐尧让天下于许由，许由认为是对自己的侮辱，就隐居箕山中。商汤让天下于务光，务光负石投水而死。　③汉高帝所谓"某业所就，孰与仲多"者：语出《史记·高祖本纪》："始大人常以臣无赖，不能治产业，不如仲（其兄刘仲）力，今某之业所就，孰与仲多？"语气中所流露出的追逐利益的心情自然流露了出来。　④屠毒：即"荼毒"，毒害。　⑤曾：竟，简直，还。　⑥规规：浅陋、拘泥的样子。　⑦犹谓：竟还说。　⑧当：应当。　⑨伯夷、叔齐无稽之事：指的是《史记·伯夷列传》中记载的他俩反对武王伐纣，天下归周之后，又耻食周粟，饿死于首阳山。　⑩兆人：众民，百姓。　⑪废孟子而不立：《孟子·尽心下》中有"民为贵，社稷次之，君为轻"的话，明太祖朱元璋见而下诏废除祭祀孟子。　⑫非：难道不是。　⑬导源：来源。　⑭虽然：即便如此。　⑮摄缄縢：用绳子捆紧。缄：捆东西的绳索；縢：绳索。　⑯固扃鐍（jiōng jué）：用锁加固。扃：从外面关门的闩、钩等；鐍：锁。　⑰昔人愿世世无生帝王家：语出《南史·王敬则传》，其中记载南朝宋顺帝刘准被逼出宫，曾发愿："愿后身世世勿复生天王家！"　⑱亦：也是。　⑲废然：沮丧失望的样子。　⑳虽：即使。

【赏析】

《原君》为《明夷待访录》的第一篇，这篇文章进一步对后世的君主专制荼毒生民的罪恶进行了激烈鞭挞和批判，全文通过五段，运用对比的手法，借古讽今地表达了这一主题思想。

第一段作者通过说明古代仁君的产生是为了替天下兴利释害而自己则受到劳苦，由于这个原因，许多人不愿意为仁君，许多人不愿意一直将君位传给后代，有些人则是只能硬着头皮继续干下去，作者将许由、务光、尧舜禹都统一到一个观点上，那就是"好逸恶劳，亦犹夫人之情也。"这里强调了尧舜等古代君主的本职就是专门利人而自己备受艰苦，以便于后面所说内容与后来的君主形成对比。

第二段一开始就抛出了作者的观点："后之为人君者不然"，表明了现在的君主与古代君主不同。下面分别从几个层次论述，后之君主为天下为自己的产业，古今君民客主倒置，天下的罪恶都是由君而生，君主以天下为产业的思想给人民带来了无穷的苦难。这段对人君的批判酣畅淋漓，最后以"为天下之大害者，君而已矣"结尾，义正词严，以感叹的反问句结尾，意犹未尽。这部分是全文的核心部分，论争充满激情，大力鞭挞，直接道出了"为天下之大害者，君而已矣"这样的话，整段文字多用排比，又处处与第一段形成呼应。

第三段在前两段的基础上痛斥后世小儒的理论，对比古今君主之不同，说明了人民对君主也有爱戴和怨恶两种截然不同的态度。简单描述之后，接着引出对小儒的批驳，最后引朱元璋之荒唐举动来进一步反驳小儒的谬论。

第四段用"虽然"二字作转折，进一步写出了人君如果"以天下为产业"，不仅会残害人民，也会波及自己的子孙，产业不能永葆，"远者数世，近者及身，其血肉之崩溃在其子孙矣。"赤裸裸地写出了危害性。结语充满了作者的叹惋之情，其中包含着作者的亡国之痛。

最后一段是总结，处处呼应之前的内容，最后给出结论，没有为天下造福之心，就不要为君，为君的责任就是要为天下思利而除害。

这篇文章对民主思想的阐发可谓是做到了极致，作者黄宗羲对当时的时局剖析得很透彻，而且有自己的看法和见解，文章写得明白晓畅，既形象易懂又能够说明道理，通篇充满了激情，是难得的佳作。

【柳敬亭传】

黄宗羲

余读《东京梦华录》①、《武林旧事》②，记当时演史小说者数十人。自此以来，其姓名不可得闻。乃近年共称柳敬亭之说书。

柳敬亭者，扬③之泰州④人。本姓曹。年十五，犷悍无赖，犯法当死，变姓柳，之盱眙⑤市中为人说书，已能倾动其市人。久之，过江，云间⑥有儒生莫后光见之，曰："此子机变，可使以其技鸣。"于是谓之曰："说书虽小技，然必句性情⑦，习方俗，如优孟摇头而歌⑧，而后可以得志。"敬亭退而凝神定气，简练揣摩⑨，期月⑩而诣莫生。生曰："子之说，能使人欢咍嗢噱⑪矣。"又期月，生曰："子之说，能使人慷慨涕泣矣。"又期月，生喟然曰："子言未发而哀乐具乎其前，使人之性情不能自主，盖进乎技矣⑫。"由是之扬，之杭，之金陵，名达于缙绅间。华堂旅会，闲亭独坐，争延之使奏其技，无不当于心称善也。

宁南⑬南下，皖帅⑭欲结欢宁南，致敬亭于幕府。宁南以为相见之晚，使参机密。军中亦不敢以说书目敬亭。宁南不知书⑮，所有文檄，幕下儒生设意修词，援古证今，极力为之，宁南皆不悦。而敬亭耳剽口熟，从委巷活套中来者，无不与宁南意合。尝奉命至金陵，是时朝中皆畏宁南，闻其使人来，莫不倾动加礼，宰执以下俱使之南面上坐⑯，称柳将军，敬亭亦无所不安也。其市井小人昔与敬亭尔汝者，从道旁私语："此故吾侪⑰同说书者也，今富贵若此！"

亡何国变，宁南死。敬亭丧失其资略尽，贫困如故时，始复上街头理其故业。敬亭既在军中久，其豪猾大侠、杀人亡命、流离遇合、破家失国之事，无不身亲见之，且五方土音，乡俗好尚，习见习闻，每发一声，使人闻之，或如刀剑铁骑，飒然浮空，或如风号雨泣，鸟悲兽骇，亡国之恨顿生，檀板之声无色⑱，有非莫生之言可尽者矣。

【注释】

① 《东京梦华录》：宋代孟元老撰写，一共十卷。是作者在南渡后追忆北宋东京汴梁的繁盛景况，书中记载了当时开封的人情风土习俗以及社会典制等内容。　② 《武林旧事》：宋代周密撰写。是作者入元之后追忆南宋都城杭州的山川风俗等。　③ 扬：指扬州府。在今江苏省扬州市。　④ 泰州：在今天江苏省泰州市。　⑤ 盱眙：在今天江苏省西部。　⑥ 云间：是松江的别称。西晋时期的文学家陆云家在华亭（今天的上海市松江区），经常对客人自称为是"云间陆士龙"。　⑦ 句（gōu）性情：勾画人物的性格情貌。句，同"勾"。　⑧ 优孟摇头而歌：意思是说书要像优孟那样，达到形神毕肖甚至乱真的地步。语出《史记·滑稽列传》："太史公曰：优孟摇头而歌，负薪者以封。"优孟是春秋时期楚国的艺人，擅长谈笑讽谏。楚相孙叔敖死，其子穷困负薪，优孟于是穿上孙叔敖生前的衣服，向楚庄王献酒，楚庄王以为孙叔敖复生，想让他当相。优孟于是把孙叔敖之子穷困之事告知了楚庄王，于是楚庄王给其子以封地，使其摆脱穷困的境地。　⑨ 简练揣摩：简，选择。练，熟悉。揣摩，反复探究愿意。语出《战国策·秦策一》："乃夜发书，陈箧数十，得《太公阴符》之谋，伏而诵之，简练以为揣摩。"　⑩ 期（jī）月：一个月。　⑪ 欢咍（hāi）嗢（wà）噱（xué）：都是笑的意思。　⑫ 进乎技矣：语出《庄子·养生主》："臣之所好者道也，进乎技矣。"意思是说柳敬亭说书的艺术已经超出了技艺所能涵盖的范畴。　⑬ 宁南：指左良玉，字昆山，山东临清人。早年在辽东与清军作战，后被侯恂推荐为副将，后又在河南一带与了李自成等作战多年。崇祯十五年被李自成大败于朱仙镇。崇祯十七年被封为宁南伯，驻守武昌，后进封为宁南侯，拥兵八十万，后病死。　⑭ 皖帅：指的是安徽提督杜宏域，是柳敬亭的故交。　⑮ 不知书：意思是左良玉不是读书之人。《明史·左良玉传》称他是"目不知书"。　⑯ 南面上坐：古人以南面为尊。南面而坐，表现了对他的尊重。　⑰ 侪：等辈，同辈的人。　⑱ 檀板之声无色：指的是（柳敬亭说书内容之精彩）把乐声都比了下去。檀板，檀木制成的拍板，古代歌舞时用来伴奏。

【赏析】

这篇《柳敬亭传》是黄宗羲改写的人物传记，之前，吴伟业已经为柳敬亭立过传，在吴伟业所写的传中，对柳敬亭大力称赞，不遗余力。黄宗羲认为吴伟业与柳敬亭确实相交甚密，其中记叙的事情也十分相近，但是认为吴伟业对柳敬亭评价过高，所以自己借此题目重新为之作传，题目依旧采用《柳敬亭传》，但是内容旨趣却已相差甚远。

黄宗羲笔下的柳敬亭，都是对准了他说书艺术这样一个焦点来展开的，不管是说他个人经历的曲折和复杂以及生活道路的坎坷多磨难，从头至尾都是以说书为契机的。用说书作为全书的立足点，可以更加突出说书人艺术家的形象。

本文首先是将柳敬亭放在一个大的背景之下加以考察，从宏观的角度来看，宋明以来的演史小说盛行不衰，刚开头就指出，作者从《东京梦华录》和《武林旧事》两部著录中就可以找到记载的数十名说书人。而接下来笔锋一转，此后数百年间，却寂寥无闻，而唯有最近的柳敬亭被大家所称赞，这样就突出了柳敬亭的地位和价值。

黄宗羲对于柳敬亭的坎坷身世经历和奋斗历程并没有重点着墨，而是将重点放在了对柳敬亭说书技艺高超的描述上。柳敬亭为了追求更高的艺术境界，开始艰苦地探索和攀登，"凝神定气，简练揣摩"八个字，正是他悉心研究说书艺术、刻苦磨练说书技巧的真实写照。接着，黄宗羲又描述了柳敬亭刻苦研习的三个阶段，第一个阶段是"期月"，"能使人欢咍嗢噱"，又起月，"能使人慷慨涕泣矣"，最后一个阶段，"子言未发而哀乐具乎其前，使人之性情不能自主，盖进乎技矣。"层层递进，步步深入，写出了柳敬亭锲而不舍努力向上的艺术态度。

最后，记载了柳敬亭"参宁南军事"之事，并且着重记载两件事，一是写柳敬亭即使具有军事才干，但也仍然离不开说书人的本色，"敬亭耳剽口熟，从委巷活套中来者"。二是写柳敬亭虽然得到了"使之南面上座"的待遇，但是对于此他冷眼旁观，可看出他敝屣功名利禄的态度。正是有此态度，柳敬亭才可以在明亡之后，仍然"复上街头理其故业"。而最后"亡国之恨顿生，檀板之声无色"是对柳敬亭的艺术和思想的最高评价，是全书的点睛之笔。

【九牛坝观抵戏①记】

彭士望

树庐叟②负幽忧之疾③于九牛坝茅斋之下。戊午闰月④除日⑤，有为角抵之戏者，踵门告曰："其亦有以娱公？"叟笑而领之。因设场于溪树之下。密云未雨，风木泠然⑥，阴而不燥。于是邻幼生周氏之族、之宾、之友戚，山者牧樵，耕者犁犊，行担簦⑦者，水桴楫者，咸停释而聚观焉。

初则累重案，一妇仰卧其上，竖双足承八岁儿，反覆卧起，或鹄立⑧合掌拜跪，又或两肩接足。儿之足亦仰竖，伸缩自如。间又一足承儿，儿拳曲如莲出水状。其下则二男子、一妇、一女童与一老妇，鸣金鼓，俚歌杂佛曲和之，良久乃下。又一妇登场，如前卧，竖承一案，旋转周四角，更反侧背面承之；儿复立案上，拜起如前仪。儿下，则又承一木槌，槌长尺有半，径半之。两足圆转，或竖抛之而复承之。妇既罢，一男子登焉，足仍竖，承一梯可五级，儿上至绝顶，复倒竖穿级而下。叟悯其劳，令暂息，饮之酒。

其人更移场他处，择草浅平坡地，去瓦石，乃接木为跷，距地约八尺许。一男子履其上，傅粉墨，挥扇杂歌笑，阔步坦坦，时或跳跃，后更舞大刀，回翔中节。此戏，吾乡暨江左时有之，更有高丈馀者，但步不能舞。最后设软索，高丈许，长倍之；女童履焉，手持一竹竿，两头载石如持衡，行至索尽处，辄倒步，或仰卧，或一足立，或偃行，或负竿行如担，或时坠挂，复跃起；下鼓歌和之，说白俱有名目，为时最久，可十许刻。女下，妇索帕蒙双目为瞽⁹者，番跃而登，作盲状，东西探步，时跌若坠，复摇晃似战惧，久之乃已；仍持竿，石加重，盖其衡也。

方登场时，观者见其险，咸为之股栗⑩，毛发竖，目眩晕，惴惴惟恐其倾坠。叟视场上人，皆暇整⑪从容而静，八岁儿亦斋栗⑫如先辈主敬⑬，如入定僧。此皆诚一之所至，而专用之于习，惨淡攻苦，屡蹉跌而不迁，审其机以应其势，以得其致力之所在；习之又久，乃至精熟，不失毫芒，乃始出而行世，举天下之至险阻者皆为简易。夫曲艺⑭则亦有然者矣！以是知至巧出于至平，盖以志凝其气，气动其天，非卤莽灭裂⑮之所能效此。其意庄生⑯知之，私其身不以用于天下⑰；仪、秦⑱亦知之，且习之，以人国戏，私富贵以自贼其身与名。庄所称僚之弄丸⑲，庖丁之解牛⑳，伛偻之承蜩㉑，纪渻子之养鸡㉒，推之伯昏瞀人㉓临千仞之蹊，足逡巡垂二分在外，吕梁丈人㉔出没于愚水三十仞，流沫四十里之间，何莫非是，其神全也。叟又以视观者，久亦忘其为险，无异康庄大道中，与之俱化。甚矣，习之能移人㉕也！

其人为叟言：祖自河南来零陵㉖，传业者三世，徒百馀人。家有薄田，颇苦赋役；携其妇与妇之娣姒㉗，兄之子，提抱之婴孩，糊其口于四方，赢则以供田赋。所至江、浙、两粤、滇、黔、口外绝徼之地㉘，皆步担，器具不外贷。谙草木之性，捃摭^㉙续食，亦以哺其儿。

叟视其人，衣敝缊，飘泊羁穷，陶然有自乐之色，群居甚和适。男女五六岁即授技，老而休焉，皆有以自给。以道路为家，以戏为田，传授为世业。其肌体为寒暑风雨冰雪之所顽，智意为跋涉艰远、人情之所傲怃^㉚磨砺，男妇老稚皆顽钝。儇^㉛敏机利，捷于猿猱，而其性旷然^㉜如麋鹿。

叟因之重有感矣。先王之教，久矣夫不明不作，其人恬自处于优笑^㉝巫觋^㉞之间，为夏仲御^㉟之所深疾；然益知天地之大，物各遂其生成，稗^㊱稻并实，无偏颇也。彼固自以为戏，所游历几千万里，高明巨丽之家，以迄三家一巷之村市，亦无不以戏观之，叟独以为有所用。身老矣，不能事洴澼絖^㊲，亦安所得以试其不龟手之药，托空言以记之。固哉，王介甫^㊳谓鸡鸣狗盗之出其门，士之所以不至！患不能致鸡鸣狗盗耳，吕惠卿^㊴辈之谄谩^㊵，曾鸡鸣狗盗之不若。鸡鸣狗盗之出其门，益足以致天下之奇士，而孟尝未足以知之。信陵、燕昭^㊶知之，所以收浆、博、屠者^㊷之用，千金市死马之骨，而遂以报齐怨^㊸。宋亦有张元、吴昊^㊹，虽韩、范^㊺不能用，以资西夏，宁无复以叟为戏言也。悲夫！

【注释】

①抵戏：是古代的一种表演艺术，类似于今天的杂技表演。　②树庐叟：作者自称为树庐叟，彭士望一字树庐。　③幽忧之疾：指严重的劳累。语出《庄子·让王》："我适有幽忧之病。"　④戊午闰月：指康熙十七年（1678年）闰三月。　⑤除日：即一个月的最后一天。　⑥泠（líng）然：清凉舒适。　⑦簦（dēng）：古代有柄的笠，类似于现在的雨伞，这里做动词用，撑伞。　⑧鹄立：如鹄延颈而立。　⑨瞽：盲人，瞎子。　⑩股栗：大腿发抖打颤。股，大腿。　⑪暇整：是"好整以暇"的省略语，意思是紧张之中还能保持镇定自若。语出《左传·成公十六年》。　⑫斋栗：敬重又害怕的样子。　⑬主敬：持守诚敬，是宋代儒家律己之根本。语出宋程颐《周易程氏传》："君子主敬以直其内，守义以方其外。"又见于《易·坤·文言》："君子敬以直内，义以方外。"　⑭曲艺：本意指小技，此处指杂技。　⑮卤莽灭裂：指那些粗心大意、不用心思的人。语出《庄子·则阳》："长梧封人问子牢曰：'君为政焉勿卤莽，治民焉勿灭裂。'"成玄英疏曰："卤莽，不用心也。灭裂，轻薄也。"　⑯庄生：即庄子，名周，战国时期著名思想家，为道家学派代表人物。　⑰私其身不以用于天下：老庄思想主张清静无为、洁身自好。　⑱仪、秦：指张仪和苏秦，两人都为战国时期的纵横家。　⑲僚之弄丸：春秋时期楚国的一位名叫熊宜僚的勇士善弄丸。语出《庄子·徐无鬼》："市南宜僚弄丸而两家之难解。"弄丸：就是将丸子投到空中，用手来接，让丸子不落地。　⑳庖丁之解牛：庖丁肢解牛十分

熟练，仿佛有神技。语出《庄子·养生主》。㉑伛偻（gōu）之承蜩（tiáo）：语出《庄子·达生》，其中记载，孔子要去楚国，看到一个驼背的人用竿子胶蝉，由于这个人经过许多次的训练，所以技艺很高超。㉒纪渻（shěng）子之养鸡：语出《庄子·达生》，其中记载，纪渻子为齐王驯养斗鸡，经过了四十天的训练，鸡都被养的跟木鸡似的，其他的鸡看到都吓跑了。㉓伯昏瞀（mào）人：为楚国的隐士，曾经攀登高山、身临无底深渊却无所畏惧，参见《庄子·田子方》。㉔吕梁丈人：据传孔子在吕梁（今位于山西省境内）看到一个男子在飞悬而下的瀑布下有用，水性十分好，自言"长于水而安于水"也。参见《庄子·达生》。㉕移人：改变人（的性情、态度等）。㉖零陵：现在的湖南省永州市。㉗娣姒：弟弟的妻子为娣，兄长的妻子为姒。㉘口外绝徼之地：指长城以北极其偏远的边界地区。口，长城的关隘，口外即为长城以北的地方。绝徼，偏远之地。㉙捃摭（jùn zhí）：收集。㉚儆怵：警醒、告诫。㉛儇（xuān）：聪明而狡猾。㉜旷然：心胸阔大的样子。㉝优笑：以戏谑、逗人取笑为业的艺人。㉞巫觋（xí）：以装神弄鬼、代人向上天祈祷等为业的人，女的称为巫，男的称为觋。㉟夏仲御：指夏统，字仲御，晋代人，他的叔父敬宁，祭祀先人，迎接女巫，表演歌舞杂耍等，夏统看到吓得赶快跑掉。参见《晋书·隐逸传》。㊱稗：生长在稻田里，形状类似稻，却是稻田的害草。㊲洴澼絖（píng pìkuàng）：指洗涤棉絮。语出《庄子·逍遥游》，其中记载了宋国有人善于配制治疗冬天皮肤皲裂的药，世代漂洗棉絮，后来将这种药卖给了一个人，得到许多银子，这人用这个药方去为吴王带兵在冬天去攻打越人，大胜。㊳王介甫：指王安石，著有《读孟尝君传》，谈论到孟尝君会结交鸡鸣狗盗之辈，"此士之所以不至也"。㊴吕惠卿：字吉甫，刚开始支持新法，得到王安石的信任，后来王安石去位，则接力排斥王安石。㊵谄谩：谄，谄媚、奉承。谩，欺骗、蒙蔽。㊶信陵、燕昭：分别指战国时期魏国公子信陵君和燕昭王。㊷浆、博、屠者：信陵君曾经结交过卖浆者薛公、赌徒毛公和屠户朱亥，后来他们都为信陵君效劳。㊸"千金"二句：燕昭王想要招贤纳士，郭隗给他出主意，让他用千金来买死去的千里马的骨头，于是各地人才纷纷投奔燕昭王，最后终于大败齐国而报了仇。㊹张元、吴昊：两人都是陕西的奇士，曾经谒韩琦、范仲淹却未能被重用，听说西夏王赵元昊有袭宋的打算，所以自称张元、吴昊投奔西夏。㊺韩、范：指韩琦和范仲淹，两人都为北宋时期的大政治家，都曾经担任过陕西省经略招讨副使，进行政治改革，世称韩、范。

【赏析】

彭士望的文章常常有感而发，魏禧曾经评价他说："遇事感慨激昂，连类旁及，鞳铄古今，呼抢天地，而不能自忍。"（语出《彭躬庵文集序》）这篇《九牛坝观抵戏记》是其代表作，正体现了这一特征。

本文记叙了作者观看一次乡村杂技表演之后的感触，由此生发而敷衍成文。文章的前三段主要是记事，写了演出之前的环境和整个演出过程；后面四段主要是由此引发的议论，议论又可以分为两层意思，一层是对艺人的技艺表达了感叹，得出了"至巧出于至平"的道理；第二层是由艺人的生活而引发出来的思考，认为他们过的是一种恰然自得、自食其力的生活，并且推及自身，发出了感慨。

作者首先运用了烘托手法来描写开始表演之前的环境，"密云未雨，风木泠然，阴而不燥",而周围的观众"山者牧樵,耕者犁犊,行担簦者,水桴楫者,咸停释而聚观焉。"通过对天气和观众的描写,烘托出一种紧张而又兴奋的环境,让读者对下面要开始的演出也同在场的观众一样十分期待。

接着作者以细腻的笔触描写了杂技演出的场景,令读者仿佛亲眼看到了演出一样。比如写妇人用脚顶八岁儿童时候的情景,"反覆卧起,或鹄立合掌拜跪,又或两肩接足。儿之足亦仰竖,伸缩自如。"通过动态的描写来再现当时的情景,保留了古代杂技表演的真实画面。

作者通过观看杂技演出而引发更深刻的思考,把艺人们拥有的如此绝妙的本领,归结为"此皆诚一之所至",认为这同他们成年累月的努力是分不开的。因为艺人们每天都在练习,所以在平常人看来十分困难的动作,对他们来说也是很简单的,就好像在平地上行走一样,所以作者总结出"至巧者出于至平"的道理。这与庄子的养生思想十分接近,排除杂念,保持内心的淳朴,顺乎天性,就可以成功。

接着作者从对他们技艺的赞赏延伸到对他们人格的欣赏。作者注意到,这些人虽然穿的破旧,吃的粗糙,漂泊不定居无定所,但他们由于远离了俗世社会中的纷争和勾心斗角,反而能够成就出旷达的个性,过着融洽的祥和生活。作者举出了信陵君等人的例子来说明,不可以轻视社会地位低的人们,他们可能有着常人不具有的优秀品格,这在当时无疑是一种很进步的观点。同时,对鸡鸣狗盗之辈的重视也隐藏了作者对当时社会感到无能为力的感慨。

【芙 蕖】

李 渔

芙蕖与草本诸花似觉稍异,然有根无树,一岁①一生,其性同也。谱云:"产于水者曰草芙蓉,产于陆者曰旱莲。"则谓非草本不得矣。予夏季倚此为命者②,非故效颦于茂叔③而袭成说④于前人也。以芙蕖之可人,其事不一而足,请备述之。

群葩当令时,只在花开之数日,前此后此皆属过而不问之秋矣。芙蕖则不然,自荷钱出水之日,便为点缀绿波。及其茎叶既生,则又日高日上,日上日妍。有风既作飘摇之态,无风亦呈袅娜之姿,是我于花之未开,先享无穷逸致矣。迨⑤至菡萏⑥成花,娇姿欲滴,后先相继,自夏徂⑦秋,此则在花为分内之事,在人为应得之资者也。及花之既谢,亦可告无罪于主人矣,乃复蒂下生蓬,蓬中结实,亭亭独立,犹似未开之花,与翠叶并擎,不至白露为霜而能事不已。此皆言其可目⑧者也。

可鼻⑨，则有荷叶之清香，荷花之异馥⑩，避暑而暑为之退，纳凉而凉逐之生。

至其可人之口者，则莲实与藕皆并列盘餐而互芬⑪齿颊者也。

只有霜中败叶，零落难堪，似成弃物矣，乃摘而藏之，又备经年裹物之用。

是⑫芙蕖也者，无一时一刻不适耳目之观，无一物一丝不备家常之用者也。有五谷之实而不有其名，兼百花之长而各去其短，种植之利有大于此者乎？

予四命之中，此命为最。无如酷好一生，竟不得半亩方塘为安身立命之地。仅凿斗大一池，植数茎以塞责，又时病其漏⑬，望天乞水以救之，殆⑭所谓不善养生而草菅其命者哉。

【注释】

①岁：年。 ②倚此为命者：语出《笠翁偶集·种植部》："予有四命，各司一时：春以水仙、兰花为命，夏以莲为命，秋以秋海棠为命，冬以腊梅为命。无此四花，是无命也。"之后的"予四命之中，此命为最"亦为此意。 ③茂叔：指宋代周敦颐，字茂叔。周敦颐有文《爱莲说》。 ④成说：现成的说法。 ⑤迨（dài）至：等到。 ⑥菡萏（hàn dàn）：荷花的别称。 ⑦徂（cú）：往。 ⑧目：这里作动词，看。 ⑨鼻：这里作动词，闻。 ⑩馥（fù）：香气。 ⑪芬：使动用法，使……芬芳。 ⑫是：这就是。 ⑬病其漏：以池水渗漏为苦恼。病，动词，以……为苦。 ⑭殆：大概，表推测。

【赏析】

在历代的传世佳作中，赞颂芙蕖最为有名的当属周敦颐的《爱莲说》和李渔的《芙蕖》了。二者虽然相隔百年之久，但是对芙蕖的赞颂是一样的，但又各有特色。李渔的这篇《芙蕖》可以说没有陷入古人的窠臼，而是另辟蹊径，对芙蕖的美丽内涵作了新的挖掘，全文以"可人"为基本线索，展开了对芙蕖从可目、可鼻、可口、可用等多个层次的叙述。

芙蕖最为吸引人的当属它美丽的外表，所以作者着墨最多的就是芙蕖的"可目"。首先，芙蕖具有生长期比较长的特点，作者详细描写了芙蕖从初生到结果的不同形态，充分展现了芙蕖的外在美。接着，作者以此写了芙蕖的可鼻、可口和可用，从这几个角度来阐述芙蕖的"可人"。

整篇《芙蕖》的立意与《爱莲说》的不同之处在于，它着重赞美的是芙蕖的奉献精神，它的"可人"之处即体现在此。全文都是围绕这一点来展开的，比如说芙蕖在"花之未开"之时已经让人"先享无穷逸致"，清香异馥之时，可以使"避暑而暑为之退，纳凉而凉逐之生"。作者称赞它是"无一时一刻不适耳目之观，无一物一丝不备家常之用"，言其"种植之利有大于此者乎"，从全文所列举的来看，芙蕖确实如此。

全文还透露出李渔对芙蕖的热爱之情。从文章一开始，就指出了作者"夏季倚此为命者"，后来又说"予四命之中，此命为最"，可见其对芙蕖的喜爱。而作者的感情可以说是本文独具特色的重要原因。然而如此热爱芙蕖的作者，竟然"不得半亩方塘为安身立命之地。仅凿斗大一池，植数茎以塞责，又时病其漏"，使人不禁为之感慨，也为他的困窘身世所深深感叹。

本文艺术技巧精湛，叙述详略有致，有画龙点睛的议论，也有满含感情的抒情，相得益彰，再加上整篇布局严谨，语言精妙，使得文章生动活泼，文采斐然。

【复庵记】

顾炎武

旧①中涓②范君养民，以崇祯十七年夏，自京师徒步入华山为黄冠③。数年，始克结庐于西峰之左，名曰复庵。华下之贤士大夫多与之游，环山之人皆信而礼之。而范君固④非方士者流也。

幼而读书，好《楚辞》；诸子及经史多所涉猎。为东宫⑤伴读。

方⑥李自成之挟东宫二王以出也，范君知其必且西奔，于是弃其家走⑦之关中，将尽厥⑧职焉。乃东宫不知所之，而范君为黄冠矣。

太华之山，悬崖之巅，有松可荫，有地可蔬，有泉可汲，不税于官，不隶于宫观之籍。华下之人或助之材，以创是庵而居之。有屋三楹，东向以迎日出。

余尝一宿其庵。开户而望，大河之东，雷首之山⑨苍然突兀，伯夷叔齐之所采薇而饿者，若⑩揖让⑪乎其间，固范君之所慕而为之者也。自是而东，则汾之一曲，绵上之山出没于云烟之表，如将见之，介子推之从晋公子，既反国⑫而隐焉，又范君之所有志而不遂⑬者也。又自是而东，太行、碣石之间，宫阙山陵之所在，去之茫茫，而极望之不可见矣，相与泫然⑭。

作此记，留之山中。后之君子登斯山者，无忘⑮范君之志也。

【注释】

①旧：指的是明朝。　②中涓：指内务太监，管理宫中清洁等事项。　③黄冠：指道

士。 ④固:本来。 ⑤东宫:太子所居住的地方,这里指太子。 ⑥方:正在,正当。 ⑦走:跑。 ⑧厥:其,他的,她的。 ⑨雷首之山:雷首山,位于山西省永济县以南。 ⑩若:好像。 ⑪揖让:拱手的样子。 ⑫反国:即回归国土。反,通"返"。 ⑬不遂:不能实现。 ⑭泫然:流泪的样子。 ⑮无忘:不要忘记。无,通"毋"。

【赏析】

顾炎武是明末清初著名的爱国思想家,是近代启蒙思想的先驱。在清兵入关后,即守节归隐,诏征不赴,著书立说。这篇小品是作者在65岁的暮年登临华山时所作,它不同于一般游记的写景抒情,而是将热烈的爱国情感与深沉的亡国忧愤寓托其中,催人泪下,令人震撼。

首先,文中的一景一事,无不意蕴丰富。如复庵暗寓复明之志,庵主的人品操守、复庵的规模环境,都表现出一种独立不移、威武不屈的高风亮节。其次,文中典故颇多,无论是耻食周粟、采薇守节的伯夷、叔齐,还是归隐不仕的介子推,都象征着在国家危亡关头决不低头的民族精神。其三,文章语言短促响亮,景中有情。如"太行、碣石之间,宫阙山陵之所在,去之茫茫而极望之不可见矣。相与泫然。"深沉热烈的故国之思与爱国之情溢于言表。

作者顾炎武写作这篇《复庵记》,主要是其中的"复"字引起了作者的共鸣,所以这篇文章与其说是记复庵,倒不如说是歌颂复庵主人的爱国精神。

全文的结构可以分为三个部分,第一部分写范养民创建复庵的过程,第二和第三部分写复庵的环境并且抒发忠于明室的思想感情。全文围绕复庵的结庐时间以及范养民的事迹等展开,先交代范养民在明亡的时候,从京师徒步走到华山当道士,但是原因并没有交代,这就为下文留下了悬念。接着下文用烘托的方式,从其他人的眼中写范养民,从侧面表现人们对他的敬慕。自然地带出了段末最后一句话:"而范君固非方士者流也",承上启下,既总结了之前,又开启了之后的叙述。之后各段分别围绕着中心展开,叙述了范养民过去的生平身世,爱好楚辞,从中可以略微感受到它的爱国思想从何而来。之后进一步叙述范养民的报国行动,最后第五段作者身居于庵中一晚,向读者道来自己的所见所感,展现了三个富有境界的景致:雷首之山、绵上之山和明朝故都,这里方可看出"复庵"的决心和寓意。艺术上,《复庵记》呈现出顾炎武质朴浑厚的特点,记叙、抒情和议论相结合,表现出作者深厚的功底。

【李姬传】

侯方域

李姬①者名香,母曰贞丽②。贞丽有侠气,尝一夜博,输千金立尽。所交接皆当世豪杰,尤与阳羡③陈贞慧④善也。姬为其养女，亦侠而慧，略知书，能辨别士大夫贤否⑤，张学士溥⑥、夏吏部允彝⑦亟称之。少，风调⑧皎爽⑨不群；十三岁，从吴人周如松⑩受歌玉茗堂四传奇⑪，皆能尽其音节。尤工琵琶词⑫，然不轻发⑬也。

雪苑侯生⑭，己卯⑮来金陵，与相识。姬尝邀侯生为诗，而自歌以偿之。初，皖人阮大铖⑯者，以阿附魏忠贤论城旦⑰，屏居金陵，为清议所斥⑱。阳羡陈贞慧、贵池⑲吴应箕⑳实首其事㉑，持之力㉒。大铖不得已，欲侯生为解之，乃假㉓所善㉔王将军，日载酒食与侯生游。姬曰："王将军贫，非结客者㉕，公子盍㉖叩㉗之？"侯生三问，将军乃屏人㉘述大铖意。姬私语侯生曰："妾少从假母识阳羡君㉙，其人有高义，闻吴君㉚尤铮铮㉛。今皆与公子善，奈何以阮公负至交乎？且以公子之世望㉜，安㉝事㉞阮公！公子读万卷书，所见岂后于㉟贱妾耶？"侯生大呼称善，醉而卧。王将军者殊怏怏㊱，因㊲辞去，不复通。

未几，侯生下第㊳。姬置酒桃叶渡㊴，歌琵琶词以送之，曰："公子才名文藻，雅㊵不减中郎㊶。中郎学不补行㊷，今琵琶所传词固㊸妄㊹，然尝昵董卓㊺，不可掩也。公子豪迈不羁，又失意，此去相见未可期，愿终自爱，无忘妾所歌琵琶词也！妾亦不复歌矣！"

侯生去后，而故开府㊻田仰㊼者，以金三百锾㊽，邀姬一见。姬固却㊾之。开府惭且怒，且有以中伤姬。姬叹曰："田公岂异于阮公乎？吾向㊿之所赞于侯公子者谓何[51]？今乃利其金而赴之，是妾卖公子矣！"卒不往。

【注释】

①李姬：指李香，明末南京秦淮名妓。南京是明朝之陪都，江南第一大都会，金粉繁华，江南文士多流连歌馆酒楼，声气相求，议论时事。妓女亦多知书，不乏善绘、工诗者，以附丽清流名士为荣幸。 ②贞丽：姓李，字淡。 ③阳羡：江苏宜兴旧名。 ④陈贞慧：字定生，宜兴人，为复社重要成员，明亡不仕，有《皇明语林》。 ⑤贤否（pǐ）：贤与恶。 ⑥张学士溥：即张溥，字天如，江苏太仓人，进士及第，复社发起人，著有《七录斋诗文合集》、《汉魏六朝百三名家集》。 ⑦夏吏部允彝：夏允彝，字彝仲，华亭（今属上海市）人，崇祯进士，官福建长乐知县，与陈子龙组织几社，与复社相呼应。南明弘光朝，官吏部主事。清兵渡江，于家乡起兵抵抗，兵败投水死。著有《幸存录》。 ⑧风调：风度、格调。 ⑨皎爽：纯洁爽朗。 ⑩周如松：苏昆生原名，本河南固始人，精通音律，善歌，为著名昆曲教习。明亡后，流落苏州。 ⑪玉茗堂四传奇：即汤显祖的

《紫钗记》、《牡丹亭》、《邯郸记》、《南柯记》。玉茗堂是汤显祖书斋名。 ⑫即高明《琵琶记》。 ⑬不轻发：不轻易演唱。 ⑭雪苑侯生：指侯方域，自号学苑。 ⑮己卯：指明崇祯十二年，即1639年。当时侯方域二十二岁。 ⑯皖人阮大铖：字集之，号圆海，安徽省怀宁（今安徽安庆）人。 ⑰论城旦：被定罪判刑。论：判罪。城旦，秦汉时代罪人所充劳役的一种。《墨子·号令》："以令为除死罪二人，城旦四人。"当时阮大铖在崇祯初年阉党败后名列逆案，被革职为民。 ⑱为清议所斥：这里指复社陈贞慧、吴应箕等人在南京联合发布《留都防乱揭帖》，揭发阮大铖为阉党馀孽，蓄意再起。清议：公正评论，一般指在野士人对时政之评议。 ⑲贵池：在今安徽省境内。 ⑳吴应箕：即吴刺尾。 ㉑首其事：首先发现这件事。 ㉒持之力：态度很坚决。 ㉓假：借，凭借。 ㉔所善：所交好的人。 ㉕非结客者：并非是有能力结交宾客的人。 ㉖盍：何不。 ㉗叩：询问。 ㉘屏人：让周围的人回避。 ㉙阳羡君：指陈贞慧。 ㉚吴君：指吴应箕。 ㉛铮铮：正直刚强的样子。 ㉜世望：家世和名望。侯方域祖执蒲、父恂、叔恪，在明末天启、崇祯间为朝官，均立身正直，未阿附权阉魏忠贤，属东林党人。 ㉝安：如何。 ㉞事：侍奉，服务。 ㉟后于：低于，不如。 ㊱怏怏：失意的样子。 ㊲因：于是。 ㊳下第：指应科举未中。这里指参加应天乡试未中。 ㊴桃叶渡：位于南京城内的秦淮河与清溪的汇合处。传说是东晋王羲之曾经在这里送其爱妾桃叶渡河，由此得名。 ㊵雅：更，甚。 ㊶中郎：指蔡邕，为《琵琶记》男主角。《琵琶记》演蔡伯喈与赵五娘故事，系据宋元间民间传说而作成，附会为东汉蔡邕之事。蔡邕字伯喈，官左中郎将，以职称名中郎。 ㊷学不补行：学问的好不能弥补品行上的缺点。 ㊸固：诚然。 ㊹妄：不属实。 ㊺尝昵董卓：汉献帝时，董卓擅政，征蔡邕为侍中，再拜中郎将，封高阳乡侯。王允诛董卓，独蔡邕哭之，坐董卓党下狱死。（参看《后汉书·蔡邕传》）昵：亲近。 ㊻开府：明清两代用来称呼各地的巡抚。 ㊼田仰：字百源，贵州人，与马士英有亲，弘光朝官淮扬巡抚。 ㊽锾（huán 还）：货币量词。《书·吕刑》："墨辟疑赦，其罚百锾。"孙星衍《尚书今古文注疏》："一说为六两，一说为十铢二十五分之十三。"后借用为钱币数，三百锾，即三百金。 ㊾却：拒绝，回绝。 ㊿向：之前。 (51)谓何：为了什么。

【赏析】

《李姬传》，描写明末秦淮歌妓李香，不仅写了她擅长歌唱的艺术才能和不同流俗的风度，更突出写了她的见识和品格。她及时识破了阉党余孽的诡计，劝说侯方域拒绝阮大铖的利诱。她忠实于真挚的爱情，勉励侯方域保持气节。她坚持不肯与和阮大铖同流合污的开府田仰接近，敢于抗拒权贵的诱惑和威胁。李香虽出身低微，是个被人歧视的"小人物"，但她却能辨别是非，明察贤恶，具有强烈的正义感和高尚的品格。她有别于当时一般歌妓，也高出于复社文人侯方域。简言之，《李姬传》生动地描绘了李香的生活和斗争，热情地赞美了李香的才能、智慧和品德。诚然，那个时代中的这类"小人物"，值得写传，值得赞美，因为这可以使人认识到，"卑贱者"高洁坚贞，而"高贵者"卑鄙无耻，形成了鲜明的对照。

《李姬传》，并非事事兼收，平铺直叙，而是选其二三典型事件，重在表现高尚品格，塑造出生动的艺术形象，突出鲜明的性格特征。此其一。《李姬传》短小精悍，结构严谨，从"定情"到"分别"，再到"别后"，三个阶段，紧密相联，层层推进，步步发展，融成有机整体，这就使得对李香性格的刻画，越来越深化。此其二。作者在《李姬传》里，把明末政治斗争的变化与侯、李两人爱情的发展，结合在一起，互相影响。所以，不难看出，侯、李两人爱情并非一般个人爱情问题，而是与当时政治斗争息息相关。此其三。在《李姬传》里，李香与侯方域形成对比，更与阮大铖、田仰形成对比。当然，这是两种不同的对比。对比之下，李香形象的光彩，愈益引人注目。此其四。《李姬传》虽为古文，但简洁流畅，明白如话，绘声绘色，娓娓动听。此其五。由此可见，《李姬传》无论在思想上还是在艺术上，都有可取之处，所以，它成为侯方域的散文代表作之一，也可算是清初散文代表作之一。

【马伶传】

侯方域

马伶者，金陵①梨园部②也。金陵为明之留都③，社稷④百官皆在；而又当太平盛时，人易为乐。其士女之问⑤桃叶渡⑥、游雨华台⑦者，趾相错⑧也。梨园以技鸣者，无虑⑨数十辈，而其最著者二：曰兴化部，曰华林部。

一日，新安贾⑩合两部为大会，遍征⑪金陵之贵客文人，与夫妖姬⑫静女⑬，莫不毕集。列兴化于东肆⑭，华林于西肆，两肆皆奏《鸣凤》⑮——所谓椒山先生⑯者。迨⑰半奏⑱，引商刻羽⑲，抗坠疾徐⑳，并称善也。当两相国论河套㉑，而西肆之为严嵩相国者曰李伶，东肆则马伶。坐客乃西顾㉒而叹㉓，或大呼命酒，或移坐更近之，首不复东㉔。未几更进㉕，则东肆不复能终曲。询其故，盖马伶耻出李伶下，已易衣遁矣㉖。

马伶者，金陵之善歌者也。既去㉗，而兴化部又不肯辄以易之㉘，乃竟辍㉙其技不奏，而华林部独著。去后且㉚三年，而马伶归，遍告其故侣㉛，请于新安贾曰："今日幸㉜为开宴，招前日宾客，愿与华林部更㉝奏《鸣凤》，奉一日欢。"既奏，已而㉞论河套，马伶复为严嵩相国以出，李伶忽失声，匍匐㉟前，称弟子。兴化部是日遂凌出㊱华林部远甚。其夜，华林部过马伶曰："子㊲，天下之善技也，然无以易㊳李伶。李伶之为㊴严相国，至矣㊵，子又安从授之㊶而掩㊷其上哉？"马伶曰："固然，天下无以易李伶，李伶即又不肯授我。我闻今相国昆山㊸

顾秉谦㊹者，严相国俦㊺也。我走京师，求为其门卒三年，日侍昆山相国于朝房，察其举止，聆其语言，久乃得之。此吾之所为师也。"华林部相与罗拜㊻而去。

马伶名锦，字云将，其先西域人，当时称为马回回云。

侯方域曰：异哉，马伶之自得师也！夫其以李伶为绝技，无所干求㊼，乃走事昆山，见昆山㊽犹之见分宜㊾也。以分宜教分宜㊿，安得不工51哉！呜呼！耻其技之不若，而去数千里，为卒三年。倘三年犹不得，即犹不归尔。其志如此，技之工又须问耶？

【注释】

①金陵：南京市的旧名。　②梨园部：指戏班。《新唐书·礼乐志》：唐玄宗"选坐部伎子弟三百，教于梨园，号梨园弟子。"后世因称戏剧团体为梨园。　③留都：古代王朝迁都之后，常在旧都置官留守，称作留都。明代开国时建都金陵，成祖朱棣迁都北京，以金陵为留都，改名南京。　④社稷：古代帝王、诸侯所祭的土神和谷神，后来用作国家之代称。这里是用本义。　⑤问：探访。　⑥桃叶渡：南京之名胜。　⑦雨华台：即雨花台，南京名胜之一。　⑧趾相错：脚印相交错。形容游人很多。　⑨无虑：大概。　⑩新安贾：指安徽商人。新安，隋唐时的郡名，在今天的安徽歙（shè）县。　⑪征：召集。　⑫妖姬：艳丽的女人。　⑬静女：指少女。语出《诗经·邶风·静女》："静女其姝"。　⑭肆：店铺，这里指戏场。　⑮《鸣凤》：指明传奇《鸣凤记》，传为王世贞门人所作，演夏言、杨继盛诸人与权相严嵩斗争、被害及昭雪的故事。　⑯椒山先生：指杨继盛。　⑰迨（dài）：等到。　⑱半奏：演出到一半。　⑲引商刻羽：指演奏音乐。商、羽，都是古五音名。宋玉《对楚王问》："引商刻羽，杂以流徵，国中属而和者，不过数人而已。是其曲弥高，其和弥寡。"　⑳抗坠疾徐：指的是声音高低快慢。《礼记·乐记》："歌者上如抗，下如队（坠）。"　㉑当两相国论河套：指《鸣凤记》第六出《两相争朝》，情节是宰相夏言和严嵩争论应否收复河套事。河套，在明代为鞑靼族所聚居，经常内扰，杨继盛、夏言诸人主张收复，严嵩反对，所以发生廷争。　㉒西顾：往西看。指的是为华林部李伶的演出所吸引。　㉓叹：赞叹。　㉔首不复东：头不再向东面看。意思是不愿意看兴化部的马伶演出。　㉕更进：继续演出下去。　㉖盖马伶耻出李伶下，已易衣遁矣：意思是说马伶以居于李伶之下为耻，所以卸装离开。易衣，指卸装。　㉗既去：已经离开。　㉘辄以易之：随便换人。辄，相当于"即"，引申为随便。　㉙辍：停止，放弃。　㉚且：将近。　㉛故侣：以前的伴侣，指的是以前的同班艺人。　㉜幸：希望。　㉝更：再次。　㉞已而：不久。　㉟匍匐：伏在地上。　㊱凌出：比……高出。　㊲子：你，对对方的敬称。　㊳易：轻视，看轻。　㊴为：这里是扮演的意思。　㊵至矣：十分相像。　㊶安从授之：从哪里学到的。　㊷掩：超过，盖过。　㊸昆山：县名，在江苏省。　㊹顾秉谦：昆山人，万历二十三年进士，历任文渊阁大学士，建极殿大学士，明熹宗天启年间为首辅，是阉党中人。　㊺俦：同类的人。　㊻罗拜：数人环列行礼。　㊼无所干求：没

有办法得到。　㊽昆山：指顾秉谦。古人习惯以籍贯指代人。　㊾分宜：指严嵩。严嵩为江西分宜人。　㊿以分宜教分宜：意思是以生活中之严嵩为榜样来学演严嵩。　㉛工：精。

【赏析】

侯方域是清初散文的代表作家之一，在他的作品中，以《马伶传》的艺术成就最为突出。

《马伶传》虽然全篇篇幅不长，但是结构比较紧凑，安排上可见作者的匠心。先概括介绍人物的身份和背景，接着提到了金陵兴化和华林两部的比试以及马伶的失败。这里以马伶的"耻出李伶下，己易衣遁矣"结束，戛然而止，为读者留下悬念，马伶到底会不会东山再起呢？而下面一段直接跳到了三年之后，此时马伶已经回来，在新的较量中大获全胜。叙述至此，读者又提出了疑问：这三年中马伶是怎么使自己的演技如此大长？这又是作者给读者留下的一个悬念。作者通过这样的一层层铺垫和悬念的设置，为全文最后的阐明原因作了很好的铺垫。马伶三年的经历，并非通过作者之口进行叙述，而是借华林部伶人拜访马伶时通过马伶之口亲自道出，是极为高明的叙述角度。虽然整体叙述中有顺序的倒置，但整体文风来的自然，千锤百炼却不落痕迹，巧夺天工。

作者十分善于描绘场景，在描写两部比试的场景上，作者极其成功地描写了这个极具有竞争性的场面。首先，从观众方面着手，写金陵的贵客文人、妖姬静女等都被"遍征"，其场面可谓盛大。而两部又同时演出《鸣凤记》，这样观众更能比较出高低来。接下来对竞赛的描写中，作者也巧用叙述视角，当唱到扮演严嵩的兴华部马伶明显落后于华林部的李伶时，作者没有正面描写马伶如何不好，而是通过观众的角度来展现，"或大呼命酒，或移坐更近之，首不复东"，叙述十分巧妙，为下文埋下伏笔。

《马伶传》通过马伶的"去数千里，为卒三年"的事情来说明一个道理，那就是艺术来源于生活和苦学。其中蕴涵的深刻道理，通过整个故事的叙述，更加明显地表现了出来。

【癸未去金陵日与阮光禄书】

侯方域

仆窃闻君子处己，不欲自恕而苛责他人以非其道。今执事①之于仆②，乃有不然者，愿为执事陈之。

执事，仆之父行③也，神宗④之末，与大人⑤同朝，相得甚欢。其后乃有欲终事执事而不能者，执事当自追忆其故，不必仆言之也。大人削官归⑥，仆时方少，每侍，未尝不念执事之才，而嗟惜者弥日。及仆稍长，知读书，求友金陵，将戒⑦途，而大人送之曰:"金陵有御史成公勇者⑧,虽于我为后进,我常心重之。汝至,当以为师。又有老友方公孔炤⑨,汝当持刺⑩拜于床下。"语不及执事。及至金陵,则成公已得罪去⑪,仅见方公,而其子以智⑫者,仆之夙交也,以此晨夕过从。执事与方公,同为父行,理当谒。然而不敢者,执事当自追忆其故,不必仆言之也。今执事乃责仆与方公厚,而与执事薄。噫,亦过⑬矣。

忽一日,有王将军过仆甚恭。每一至,必邀仆为诗歌,既得之,必喜。而为仆贳酒⑭奏伎,招游舫,携山屐,殷殷积旬不倦。仆初不解,既而疑,以问将军。将军乃屏⑮人以告仆曰:"是皆阮光禄⑯所愿纳交于君者也,光禄方为诸君所诟,愿更以道之君之友陈君定生⑰、吴君次尾⑱,庶稍湔⑲乎。"仆敛容⑳谢㉑之曰:"光禄身为贵卿,又不少佳宾客,足自娱,安用此二三书生为哉。仆道之两君,必重㉒为两君所绝。若仆独私从光禄游,又窃恐无益光禄。辱相款八日,意良厚,然不得不绝矣。"凡此皆仆平心称量,自以为未甚太过,而执事顾含怒不已,仆诚无所逃罪矣。

昨夜方寝,而杨令君文骢㉓叩门过仆曰:"左将军㉔兵且来,都人汹汹,阮光禄扬言于清议堂㉕,云子与有旧㉖,且应之于内,子盍行乎㉗。"仆乃知执事不独见怒,而且恨之,欲置之族灭而后快也。仆与左诚有旧,亦已奉熊尚书㉘之教,驰书止之,其心事尚不可知。若其犯顺,则贼也;仆诚应之于内,亦贼也。士君子稍知礼义,何至甘心作贼。万一有焉,此必日暮途穷,倒行而逆施㉙,若昔日干儿义孙之徒㉚,计无复之,容出于此。而仆岂其人耶!何执事文织之深也。

窃怪执事常愿下交天下士,而展转蹉跎,乃至嫁祸而灭人之族,亦甚违其本念。倘一旦追忆天下士所以相远之故,未必不悔,悔未必不改。果悔且改,静待之数年,心事未必不暴白㉛。心事果暴白,天下士未必不接踵而至执事之门。仆果见天下士接踵而至执事之门,亦必且随属其后,长揖谢过,岂为晚乎?而奈何阴毒左计一至于此!仆今已遭乱无家,扁舟短棹,措㉜此身甚易。独惜执事忮㉝机一动,长伏草莽则已,万一复得志,必至杀尽天下士以酬其宿所不快。则是使天下士终不复至执事之门,而后世操简书以议执事者,不能如仆之词微而义婉也。

仆且去，可以不言，然恐执事不察，终谓仆于长者傲，故敢述其区区㉞，不宣。

【注释】

①执事：书信中用以称对方，谓不敢直陈，故向侍从左右供使令的人陈述，意示尊敬。与"阁下"、"左右"等同一用意。　②仆："我"的谦称。　③父行：与父亲同一辈分。　④神宗：明神宗朱翊钧，年号万历（1573－1620）。　⑤大人：指的是侯方域之父侯恂，当时任御史等职。　⑥大人削官归：这里指的是熹宗天启四年（1624），侯恂以反对阉党魏忠贤，被削官归里。　⑦戒：准备。　⑧成公勇者：成勇，字仁有，天启五年进士，崇祯时官南京御史。　⑨方公孔炤：方孔炤，字潜夫，号仁植，安徽桐城人，万历四十四年进士，崇祯时任右佥都御史巡抚湖广。明亡后隐居桐城白鹿山。　⑩刺：名帖。　⑪成公已得罪去：成勇上疏诋兵部尚书杨嗣昌，被削籍戍宁波卫。　⑫以智：方以智，字密之，号曼公，方孔炤之子。明清之际思想家、科学家。崇祯进士，官翰林院检讨。曾参加复社活动，为四公子之一。入清，出家为僧，法名大智，字无可。　⑬过：过分。　⑭贳酒：赊酒。　⑮屏：退避，隐退。　⑯阮光禄：阮大铖，字集之，号圆海，怀宁（今安徽安庆）人，万历四十四年与马士英同中会试，天启时依附阉党魏忠贤，任光禄寺卿。阉党败后，名列逆案，被革职为民。崇祯末又依附权奸马士英，在南京拥立福王，任兵部尚书。后降清，从清军攻仙霞关，死于山上。　⑰陈君定生：陈定生，陈贞慧，字定生，宜兴（今属江苏）人，复社四公子之一，曾与吴应箕等抨击阉党余孽阮大铖等。明亡，隐居不出。　⑱吴君次尾：吴次尾，吴应箕，字次尾，复社四公子之一。明亡，起兵抗清，兵败被俘，不屈死。　⑲湔（jiān）：洗刷，消除。　⑳敛容：正容，显出严肃的脸色。　㉑谢：辞谢，谢绝。　㉒重：又，再次。　㉓杨令君文骢：令君，汉末以来称尚书令及郎中令为"令君"后亦以为县令的尊称。杨文骢：字龙友，贵州人。崇祯时，历任青田、永嘉、江宁知县，因故夺职。弘光时任兵备副使，巡抚常、镇，兼辖扬州沿海地方。南京陷，隆武帝立，任兵部右侍郎，在浙江衢州抵抗清兵，隆武二年（1646）兵败被执，不屈而死。　㉔左将军：左良玉，子昆山，临清（今属山东）人，明末大将，弘光时封宁南侯。　㉕清议堂：当时朝廷大臣商议军政大事之所。　㉖子与有旧：左良玉曾隶昌平督师侯恂（侯方域父）麾下，为恂所识拔。左尝三过商丘侯府，拜伏如家人。崇祯十五年，左又再度隶属起自狱中、任中原督师的侯恂麾下。有旧，有关系。　㉗子盍行乎：你为什么还不离开呀？　㉘熊尚书：南京兵部尚书熊明遇。　㉙日暮途穷，倒行而逆施：《史记·伍子胥列传》载：伍子胥引吴兵入楚，掘发楚平王墓，鞭其尸。申包胥使人责子胥。"伍子胥曰：'为我谢申包胥曰：吾日暮途远，吾故倒行而逆施之。'"　㉚干儿义孙之徒：魏忠贤专政时，干儿义孙甚多，有"十孩儿、四十孙"之号。阮曾依附魏忠贤，造《百官图》，构陷杨涟、左光斗等，与魏之"干儿义孙"无异，故侯方域以此诋讥之。　㉛暴白：显露出来。　㉜措：安置。　㉝忮（zhì）：忌恨。　㉞区区：犹方寸。形容人的心。

【赏析】

此篇文章是侯方域写给阮大铖的。由于阮大铖当年曾经因为假手王将军拉拢侯方域被拒，便衔恨在心，趁机造谣说侯方域跟左暗通书信，为左作开城的内应。官府由此搜捕侯方域，逼的侯方域只好离开南京逃亡。这封信就是侯在离城时写给阮大铖的。虽然时间短促，而且内心含着对阮大铖的一腔愤怒，但是作者行文仍然从容不迫，从容自如地讲解了自己及其父亲与阮大铖的交往始末，指责阮大铖当年甘心当魏忠贤的"干儿义孙"的劣行，指责他嫁祸于人的本质，全文义正词严，气势如虹，锋芒毕露但是又不失风范，仍然是"词微而义婉"，通过鞭辟入里的分析和含蓄的讽刺来显示作者所独有的风度和气度。

本文虽是一封书信，但是整体构架显然经过了精心的编辑，思路一以贯之，首尾呼应，结构严谨。书信一开始就指出了阮大铖对待自己"乃有不然者"，主干部分分层次来呈现这一观点。首先叙说自己与父亲两代人与阮大铖的交往，叙述明晰流畅；之后议论部分含蓄委婉而又有讽刺，从头至尾都围绕着阮大铖对"君子处己"的违背。

第五段通过层层演进来设置推理，对此"未必不悔，悔未必不改。果悔且改，静待之数年，心事未必不暴白。心事果暴白，天下士未必不接踵而至执事之门。仆果见天下士接踵而至执事之门，亦必且随属其后，长揖谢过，岂为晚乎？"一连串的推理假设，前后顶真一气呵成，反证了阮大铖现在的所作所为之丑恶。

通观全文，虽然作者满含怨愤，但是文章仍然从容不迫，全文含蓄机智，不为图一时之快而发泄自己的愤怒。这里固然是士大夫的风范，同时也是为了启发阮大铖的良知，仍然希望他能够迷途知返，毕竟过去侯方域与其父与阮共事朝廷时"相得甚欢"，这里包含了丰富的历史背景。正是这些原因，使得本文写来从容不迫，没有直白的怨愤，而更多的是条理清晰的分析和劝导，这也可以说是本文的特色。

【就亭记】

施闰章

地有乐乎游观，事不烦乎人力，二者常难兼之；取之官舍，又在左右，则尤难。临江①地故硗②嵒③，官署坏陋，无陂台亭观之美。予至则构数楹为阁山草堂，言近乎阁皂④也。而登望无所，意常怏怏⑤。一日，积雪初霁，得轩侧高阜，引领南望，山青雪白，粲然可喜。遂治其芜秽，作竹亭其上，列植花木，又视其屋角之障吾目者去之，命曰就亭，谓就其地而不劳也。

古之士大夫出官于外，类得引山水自娱。然或逼处都会，讼狱烦嚣，舟车旁午，内外酬应不给。虽仆仆⑥于陂台亭观之间，日餍酒食，进丝竹，而胸中之丘壑盖已寡矣。何者？形怠意烦，而神为之累也。临之为郡，越在江曲⑦，阒⑧焉若穷山荒野。予方愍⑨其凋敝，而其民亦安予之拙，相与休息。俗俭讼简，宾客罕至，吏散则闭门，解衣槃礴⑩移日，山水之意，未尝不落落⑪焉在予胸中也。

顷岁军兴⑫，征求络绎，去阁皂四十里，未能舍职事一往游。聊试登斯亭焉，悠然户庭，凭陵雉堞⑬，厥位东南，日月先至。碧嶂清流，江帆汀鸟，烟雨之出没，橘柚之青葱，莫不变气象、穷妍巧，戛⑭胸拂睫，辐辏⑮于栏槛之内，盖若江山云物有悦我而昵就者。夫君子居则有宴息⑯之所，游必有高明之具⑰，将以宣气节情⑱，进于广大疏通之域⑲，非独游观云尔也。予窃有志，未之逮，姑与客把酒咏歌，陶然以就醉焉。

【注释】

①临江：现在的江西清江，当时施闰章以江西参议的身份在此暂住。 ②硗(qiāo)：土地不肥沃，比较贫瘠。 ③啬：土地产出很少。 ④阁皂：山名，位于临江。 ⑤怏怏(yàng)：不高兴、不满意。 ⑥仆仆：劳顿的样子。 ⑦越在江曲：远在赣江边上。 ⑧阒：安静，寂静。 ⑨憨：通"悯"。 ⑩槃礴：也就是箕坐，叉开腿来坐，这里指不拘礼节。 ⑪落落：明显的样子。 ⑫军兴：即战争兴起。这里指清军进攻明军残余势力。 ⑬雉堞(zhì dié)：墙上的短墙。 ⑭戛：敲打，触碰。 ⑮辐辏：聚拢。 ⑯宴息：安息。 ⑰高明之具：很好的可以配合游玩的工具。 ⑱宣气节情：宣泄自己内心积郁之气，而节制自己的情绪。 ⑲疏通之域：指一种很开阔的境界。

【赏析】

本文可以分为三个层次，分别用三段来叙述，第一层叙述就亭之由来，施闰章在文章一开头就向读者诉苦："地有乐乎游观，事不烦乎人力"，所到之处难免会想有一个游观的地方，但是又不肯因为自己的私心而劳民伤财，"二者常难兼之"。于是作者开始在自己家中的官舍中寻觅这样的地方，就亭所在的位置有可观之景，"引领南望，山青雪白，粲然可喜"，同时也不烦民力，正巧在自己官舍的旁边，一下就兼顾到了三难。

这样的亭子能给作者带来怎样的审美感受呢？这就是第二段作者要谈的问题了。作者在这里用了一个对比，即将那些在陂台亭观赏之人与自己在就亭的感受相对比，在这个对比中作者的立场自现。那些士大夫身心疲惫，所享受到的风景反而不如作者在小小一个就亭所欣赏到的多，"日餍酒食，进丝竹，而胸中之丘壑盖已寡矣"，为什么呢？就是因为"形怠意烦，而神为之累也"；而远在就亭的自己，则是"临之为郡，越在江曲，阒焉若穷山荒野"，虽然地理位置不及陂台亭，风景自然更比不上，但是作者却可以"俗俭讼简，宾客罕至，吏散则闭门，解衣槃礴移日，山水之意，未尝不落落焉在予胸中也。"公务稀少，宾客少至，身心没有公务的压力，十分轻松畅快，在这样的状态下欣赏风景，自然能看到更多的美。娱情于耳目，陶冶性情，这是就亭能给作者的。

最后一段是全文最出彩的一段，亭子俯视着临江城，不管是日出还是月升，都是它最先能得到光，因为它位于东南部。远目望之，"碧嶂清流，江帆汀鸟，烟雨之出没，橘柚之青葱。"如此开阔而且令人愉悦的风景，怎能不让人"进于广大疏通之域"呢？"与客把酒咏歌，陶然以就醉焉"，可见作者对于自己的就亭很满意，深深陶醉于其中。

【芋老人传】

周　容

　　芋老人者，慈水①祝渡②人也。子佣出③，独与妪居渡口。一日，有书生避雨檐下，衣湿袖单，影乃益瘦。老人延入坐，知从郡城就童子试④归。老人略知书，与语久，命妪煮芋以进；尽一器⑤，再进。生为之饱，笑曰："他日不忘老人芋也。"雨止，别去。

　　十余年，书生用甲第为相国⑥。偶命厨者进芋，辍箸叹曰："何向者祝渡老人之芋之香而甘也！"使人访其夫妇，载以来。丞、尉⑦闻之，谓老人与相国有旧，邀见，讲钧礼⑧。子不佣矣。至京，相国慰劳曰："不忘老人芋，今乃烦尔妪一煮芋也。"已而妪煮芋进，相国亦辍箸曰："何向者之香而甘也！"

　　老人前曰："犹是芋也，而向之香而甘者，非调和⑨之有异，时、位之移人⑩也。相公昔自郡城走数十里，困于雨，不择食矣；今者堂有炼珍⑪，朝分尚食⑫，张筵列鼎⑬，尚何芋是甘乎？老人犹喜相公之止于芋⑭也。老人老矣，所闻实多；村南有夫妇守贫者，织纺井臼⑮，佐读勤苦；幸获名成，遂宠妾媵，弃其妇，致郁郁死。是芋视乃妇⑯也。城东有甲乙同学者，一砚、一灯、一窗、一榻，晨起不辨衣履；乙先得举，登仕路，闻甲落魄，笑不顾，交以绝。是芋视乃友也。更闻谁氏子，读书时，愿他日得志，廉干如古人某，忠孝如古人某；及为吏，以污贿不饬⑰罢，是芋视乃学也。是犹可言也。老人邻有西塾⑱，闻其师为弟子说前代事，有将、相，有卿、尹，有刺史、守、令，或绾黄纡紫⑲，或揽辔褰帷⑳，一旦事变中起㉑，衅孽外乘㉒，辄屈膝叩首迎款㉓，惟恐或后，竟以宗庙、社稷、身名、君宠，无不同于芋焉。然则世之以今日而忘其昔日者，岂独一箸间哉！"

　　老人语未毕，相国遽惊谢曰："老人知道者！"厚资而遣之。于是芋老人之名大著。

赞曰：老人能于倾盖不意㉔，作缘㉕相国，奇已！不知相国何似，能不愧老人之言否。然就其不忘一芋，固已贤夫并老人而芋视之者。特怪老人虽知书，又何长于言至是，岂果知道者欤？或传闻之过实耶？嗟夫！天下有缙绅士大夫所不能言，而野老鄙夫能言之者，往往而然。

【注释】

①慈水：位于浙江省慈溪县。　②祝渡：即祝家渡，该渡口位于慈溪县的西南大约三十华里的地方。　③佣出：出门在外做雇工。　④童子试：明清时科举考试录取秀才的考试。　⑤器：器皿，这里具体指装食物的器皿。　⑥用甲第为相国：因为考取了一甲进士而官做到宰相的位置。　⑦丞、尉：县官的副职和助理官员。　⑧讲钧礼：也就是行平等之礼。钧，通"均"。　⑨调和：烹调的做法。　⑩移人：影响、转变人的性情。　⑪炼珍：制作十分精美的食品。语出宋代陶穀《清异录》："段文昌精食事，第中庖所，榜之曰炼珍堂。"　⑫朝分尚食：在朝廷中分到了皇帝赏赐的食物。尚食，指皇帝赏赐的食物。　⑬列鼎：古代王侯将相是要列鼎而食。后用来表示食物的丰美。　⑭止于芋：意思是仅仅只是吃芋的味道感觉有改变（而其他的都没有变）。　⑮井臼：汲水和舂米。这里用"织纺井臼"来表达两夫妇勤劳持家，什么事都是自己来做。　⑯芋视乃妇：对待芋一样的态度看待这个妇人。　⑰不饬：不守规矩。　⑱西塾：即学塾。根据古代的礼仪，东为主位，西为宾位，所以塾师被称为西宾，学塾被称为西塾。　⑲绾（wǎn）黄纡紫：指官员们身上佩戴着官印。绾，系。黄，指金印。纡，扎着。紫，指系着印的紫色丝带。　⑳揽辔褰帷：形容官员们做出要匡世济民的样子。揽辔，语出《后汉书·范滂传》："滂揽辔登车，慨然有澄清天下之志。"褰帷：语出《后汉书·贾琮传》："琮为冀州刺史。旧典，传车骖驾，垂赤帷裳，迎于州界。及琮之部，升车言曰：'刺史当远视广听，纠察美恶，何以反垂帷裳以自掩塞乎！'乃命御者褰（通'搴'）之。"　㉑事变中起：指宫中发生了政治事变。　㉒衅孽外乘：外来的灾祸趁机发生。　㉓迎款：迎接和归顺。　㉔倾盖不意：没有料到会发生交往。倾盖，意为路上遇到而停下交谈。　㉕作缘：结缘。

【赏析】

从标题《芋老人传》来看，这是一篇人物传记，但实际并非如此，芋老人实际是作者周容虚构出来的一个人物，借以表达自己的思想。在文学史上存在一类这样的文章，比如陶渊明的《五柳先生传》，以及柳宗元的《捕蛇者说》，它们通过虚构的人物和故事来说理，表达作者的经验或者对社会的感触。

这篇文章首先叙述的是芋老人和相国在发迹前后的交往，文章第一段和第二段主要是叙事故事，相国在发迹前在芋老人那里吃过的一次芋头，在自己当上了相国之后仍然不忘，觉得吃什么都不如芋老人的芋头好吃，于是让他再给自己做。但是做出来的仍然觉得不如当时吃的味道好，"何向者之香而甘也！"

第三段是全文的重点，篇幅也几乎占了整篇的二分之一，而且从几段的关系来看，前两段也是为了引出第三段的议论而准备的，主要是芋老人就两次吃芋头味道不同而发的议论，又举出四类社会现象，阐发了"时、位之移人也"的道理。芋老人说，当时相国赶路途中，饥渴难耐，吃什么都觉得香甜无比；而现在珍馐佳肴摆满桌，自然不会觉得一个简单的芋头好吃了。这无非是时间和社会位置变动了之后人也会发生变化。接着，芋老人举出了四个例子来进一步说明，从具体的吃芋这件事来阐发开来，说明了社会上普遍存在的"以今日而忘其昔日者"的不良现象，而这也是本文的主旨所在。这四种不良现象是：富而弃其妇；贵而绝其旧交；为官吏而背其所学；发生变故背弃祖宗、国家、君恩和身名。这些"岂独一箸间哉"以小见大，发人深思，讽喻现实。

最后文章"赞曰"部分提出了一个有趣的疑问："特怪老人虽知书，又何长于言至是，岂果知道者欤？或传闻之过实耶？"其实作者已经给出了答案："天下有缙绅士大夫所不能言，而野老鄙夫能言之者，往往而然。"没错，往往士大夫所不敢言的真理，村鄙野夫却能说出，讽刺之意显而易见。

【论梁元帝读书】

王夫之

江陵陷，元帝焚古今图书十四万卷。或问之，答曰："读书万卷，犹有今日，故焚之。"未有不恶其不悔不仁而归咎于读书者，曰："书何负于帝哉？"此非知读书者之言也。帝之自取灭亡，非读书之故，而抑未尝非读书之故也。取帝之所撰著而观之，搜索骈丽，攒集影迹，以夸博记者，非破万卷而不能。于其时也，君父悬命于逆贼，宗社垂丝于割裂；而晨览夕披，疲役于此，义不能振，机不能乘，则与六博投琼①、耽酒渔色也，又何以异哉？夫人心一有所倚，则圣贤之训典，足以锢志气于寻行数墨之中，得纤曲而忘大义，迷影迹而失微言，且为大惑之资也，况百家小道，取青妃白②之区区③者乎？

呜呼！岂徒元帝之不仁，而读书止以导淫哉？宋末胡元之世，名为儒者，与闻格物④之正训，而不念格之也将以何为。数《五经》、《语》、《孟》文字之多少而总记之，辨章句合离呼应之形声而比拟之，饱食终日，以役役⑤于无益之较订，而发为文章，侈筋脉排偶以为工，于身心何与耶？于伦物何与耶？于政教何与耶？自以为密而傲人之疏，自以为专而傲人之散，自以为勤而傲人之惰，若此者，非色取不疑之不仁⑥，好行小慧⑦之不知⑧哉？其穷⑨也，以教而锢人之子弟；其达也，以执而误人之国家；则亦与元帝之兵临城下而讲《老子》⑩，黄潜善之虏骑渡江而参圆悟者⑪奚别哉？抑与萧宝卷、陈叔宝之酣歌恒舞，白刃垂头而不觉者⑫，又奚别哉？故程子⑬斥谢上蔡⑭之玩物丧志，有所玩者，未有不丧者也。梁元、隋炀、陈后主、宋徽宗皆读书者也，宋末胡元之小儒亦读书者也，其迷均也。

或曰："读先圣先儒之书，非雕虫之比，固不失为君子也。"夫先圣先儒之书，岂浮屠氏之言，书写读诵而有功德者乎？读其书，察其迹，析其字句，遂自命为君子，无怪乎为良知之说者起而斥之也。乃为良知之说，迷于其所谓良知，以刻画而仿佛者，其害尤烈也。

夫读书将以何为哉？辨其大义，以立修己治人之体也；察其微言，以善精义入神之用也。乃善读者有得于心而正之以书者鲜矣，下此而如太子弘之读《春秋》而不忍卒读者鲜矣⑮，下此而如穆姜之于《易》⑯，能自反而知愧者鲜矣。不规其大，不研其精，不审其时，且有如汉儒之以《公羊》废大伦⑰，王莽之以讥二名待匈奴⑱，王安石以国服赋青苗者⑲，经且为蠹，而史尤勿论已。读汉高⑳之诛韩、彭㉑而乱萌消，则杀亲贤者益其忮毒㉒；读光武之易太子而国本定，则丧元良者启其偏私㉓；读张良之辟谷以全身，则炉火彼家之术进㉔；读丙吉之杀人而不问㉕，则怠荒废事之陋成。无高明之量以持其大体，无斟酌之权以审于独知，则读书万卷，止以导迷，顾不如不学无术者之尚全其朴也。

故子曰："吾十有五而志于学。"㉖志定而学乃益，未闻无志而以学为志者也。以学而游移其志，异端邪说，流俗之传闻，淫曼之小慧，大以蚀其心思，而小以荒其日月，元帝所为至死而不悟者也。恶得不归咎于万卷之涉猎乎？儒者之徒，而效其卑陋，可勿警哉？

【注释】

①六博投琼：指沉溺于赌博之中。六博，古代博戏名。共十二棋，六黑六白，两人相博，每人六棋，故名。投琼，即投骰子。　②取青妃（pèi）白：即卖弄文字的技巧。　③区区：比喻很少或很小。　④格物：研究事物的真理。格，推究。　⑤役役：辛勤工作的样子。　⑥非色取不疑之不仁：语出《论语·颜渊》："色取仁而行违，居之不疑"。意

思是表面上好像爱好仁德，但实际并不会按照仁的标准去行事，可是自己竟然以仁人自居而不加怀疑。　⑦好行小慧：语出《论语·卫灵公》："群居终日，言不及义，好行小慧，难矣哉！"意思是喜欢卖弄小聪明。　⑧知：通"智"，不知，即不智慧。　⑨穷：穷困不得志。与后面的"达"形成对比。　⑩元帝之兵临城下而讲《老子》：语出《梁书·元帝纪》："（554年）九月辛卯，世祖（即元帝）于龙光殿述《老子》义，尚书左仆射王褒为执经。乙巳，魏遣其柱国万纽于谨率大众来寇。冬十月丙寅，魏军至于襄阳，萧詧率众会之。丁卯停讲，内外戒严。"　⑪黄潜善之虏骑渡江而参圆悟者：黄潜善为宋高宗时期南渡将军。虏骑渡江而参圆悟：语出《宋史·黄潜善传》："郓、濮相继陷没，宿、泗屡警，右丞许景衡以扈卫单弱，请帝避其锋，潜善以为不足虑，率同列听浮屠克勤说法。"　⑫"抑与"二句：萧宝卷：即南朝齐东昏侯，荒淫无度，梁兵围困京城时，他仍在含德殿吹笙歌作《女儿子》。当夜还未睡熟，为部下所杀。陈叔宝，即陈后主。在位时广修宫室，君臣酣饮，通宵达旦，常常以此取乐。他宠幸贵妃张丽华。隋兵临江的时候，仍然奏乐纵酒，作诗不辍。后来与贵妃逃于井中，被俘虏。　⑬程子：即程颢，学者称为明道先生，北宋时期理学家。　⑭谢上蔡：即谢良佐，字显道，上蔡人，为程门之弟子，学者称其为上蔡先生。程子斥谢上蔡玩物丧志语出。《宋元学案》卷十四《明道学案下》："《程氏遗书》曰：良佐昔录五经语作一册，伯淳见之，谓曰'玩物丧志'。"　⑮太子弘之读《春秋》而不忍卒读者鲜矣：语出《新唐书·三宗诸子传》："孝敬皇帝弘，显庆元年立为皇太子。受《春秋左氏》于率更令郭瑜，至楚世子商臣弑其君，喟而废卷曰：'圣人垂训，何书此耶？'瑜曰：'孔子作《春秋》，善恶必书，褒善以劝，贬恶以诫，故商臣之罪，虽千载犹不得灭。'弘曰：'然所不忍闻，愿读他书。'"太子弘，唐高宗的儿子，为武后所生，675年（上元二年）从幸合璧宫，被毒死，年二十四，谥为孝敬皇帝。　⑯穆姜之于《易》：穆姜：即春秋时鲁宣公夫人，鲁成公之母。穆姜和叔孙侨如私通，想驱逐鲁国执政季文子、孟献子而占其家财，又想废掉成公而立其庶弟。成公死后，儿子鲁襄公即位，将其迁于东宫。曾命卜史占卦，得《艮》中的《随》卦，有出走的卦象，卜史劝她赶紧逃走，可以免去灾祸。但她认为："有四德者，《随》而无咎。我皆无之，岂《随》也哉？我则取恶，能无咎乎？必死于此，弗得出矣。"后来死于东宫。　⑰汉儒之以《公羊》废大伦：《后汉书·光武帝纪》："（41年，即建武十七年）废皇后郭氏为中山太后，立贵人阴氏为皇后。（42年，即建武十八年）诏曰：'《春秋》之义，立子以贵。东海王阳，皇后之子，宜承大统。皇太子疆，崇执谦退，愿备藩国，父子之情，重久违之。其以疆为东海王，立阳为皇太子，改名庄。'"刘庄即是后来的汉明帝。所谓"《春秋》之义，立子以贵"，说见于《公羊传》。《公羊传·隐公元年》："立嫡以长不以贤，立子以贵不以长。恒（鲁恒公）何以贵？母贵也。母贵则子何以贵？子以母贵，母以子贵。"汉光武帝将原来的皇太子刘疆降为藩王，而立刘庄为皇太子，这是由于他的母亲贵为皇后的缘故，即依循《公羊传》中"立子以贵"的含义。大伦：《孟子·滕文公上》："教以人伦：父子有亲，君臣有义，夫妇有别，长幼有叙，朋友有信"。又《论语·微子》："子路曰：'不仕无义。长幼之节，不可废也；君臣之义，如之何其废之？欲洁其身，而乱大伦。'"可见，大伦即"人伦"。　⑱王莽之以讥二名待匈奴：语出：《汉书·匈奴传》："莽奏令中国不得有二名（两个字的名），因使使者以讽单于，宜上书慕化为一名，汉必加厚赏。单于从之，上书言：'幸得备藩臣，窃乐太平圣制。臣故名囊知牙斯，今谨更名曰知。'莽大悦。"《公羊传·定公六年》："季孙斯、仲孙忌帅师围运。此仲孙何忌也,曷为谓之仲孙忌?讥二名。二名,非礼也。"讥,非议。 ⑲王安石以国服赋青苗者:《周礼·地官司徒泉府》:"凡民之贷者,与其有司辨而授之,以国服为之息,凡国之财用取具焉。岁终,则会其出入而纳其余。"国服,为一地区所出产品。王安石用此经文推行青苗法。《宋史·王安石传》:"青苗法者,以常平籴本作青苗钱,散与人户,令出息二分,春散敛。"苏辙《再论青苗状》中也记录了此事:"熙宁之初,王安石、吕惠卿用事,首建青苗之法,其实放债取利,而妄引《周官泉府》之言,以文饰其事。" ⑳汉高:指汉高祖刘邦。 ㉑韩、彭:指韩信和彭越。 ㉒忮毒:即狠毒。 ㉓"读光武"二句:指汉光武帝废太子刘疆,另立刘庄为太子事。元良:《礼记·王世子》:"'有元良,万国以贞,世子之谓也。"后因以元良为太子的代称。 ㉔"读张良"二句:"张良辟谷以全身"的事语出《史记·留侯世家》:"留侯曰:'愿弃人间事,欲从赤松子游耳。'乃学辟谷,道引轻身。"辟谷:指不食五谷;及行道引之术:指古人以为可以长生的方法。炉火,指道家烧丹之术。彼家,儒家指佛、道为彼家。 ㉕丙吉之杀人而不问:《汉书·丙吉传》:"吉又尝出,逢清道,群斗者死伤横道,吉过之不问。掾史独怪之。吉前行,逢人逐牛,牛喘吐舌。吉止驻,使骑吏问:'逐牛行几里矣?'掾史独谓丞相前后失问。或以讥吉,吉曰:'民斗相杀伤,长安令、京兆尹职所当禁备逐捕……宰相不亲小事,非所当于道路问也。方春少阳用事,未可大热,恐牛近行用暑故喘,此时气失节,恐有所伤害也。三公典调和阴阳,职当忧,是以问之。'掾史乃服,以吉知大体。" ㉖吾十有五而志于学:语出《论语·为政》。

【赏析】

　　本文选自王夫之的笔记《读通鉴论》,是针对梁元帝刚开始沉溺于读书、后来焚烧书籍、最后国破家亡这样一个史实,在此基础上敷衍成文,对它进行了深刻的思考,认为读书既不能够"玩物丧志",又不能够不知道分别而走向错误的道路,读书之人要有"高明之量"和"斟酌之权",表现了作者在读书这个问题上思考之深刻,有自己的真知灼见。

　　关于梁元帝焚书这件事,历史上已经有许多人进行了尖锐的批判和谴责,而王夫之没有固步自封,虽然以此事为文章的缘起,却没有像前人那样针对焚书这件事大行批判,而是更加深入一层,从读书的根本方法这样一个层面来着手,对梁元帝进行了深刻的分析,剖析其成败之理由。

　　全文可以分为三个层次,前两段为第一个层次,主要说明读书如果只是沉溺于讲求文字的工巧,追求骈俪,只能是属于舍本逐末、玩物丧志的举动。作者以梁元帝焚书为基础,引出了"读书"这样一个大话题,接着指出"帝之自取灭亡,非读书之故,而抑未尝非读书之故也",提出了本文的论点。继而从梁元帝所写的作品来分析,他在"父悬命于逆贼,宗社垂丝于割裂"期间仍然沉溺于书籍中,这简直与赌博和沉溺酒色没有任何区别,尖锐地指出了这样读书的危害所在。接着用"岂徒元帝之不仁"一笔宕开,指向了"宋末胡元之世"的那些只知道格物而不考虑这些事用来做什么的所谓儒者,虽饱食终日却没有做出任何有益于社会和身心的事情,这样的事,简直同梁元帝、隋炀帝等昏君的所作所为别无二致。

　　第三、四段为第二层含义,深入地分析了在读书过程中会有人迷恋于所谓的"良知"

而不知道鉴别,将书中所说认为是最高典范,将抽象的"良知"描绘得煞有介事,让人们都按照书中所讲的去行事,不知道辨别,这样的危害更大。读书的目的为"修己治人",但是能够做到真正从书中获得有益教义的人又极少。不光如此,反而还有人专门从书中找例子为自己的错误行径辩护,"汉儒"、王莽等人就是这样做的。这样错误的读书方法后果自然可以想到,那就是祸国殃民。进一步指出,"无高明之量以持其大体,无斟酌之权以审于独知,则读书万卷,止以导迷。"

最后一段为第三层含义,总结整篇文章,指出了正确的读书方法,要自己去定自己的方向,考虑清楚,这样才能避免读书造成的危害。

【戴文进传】

毛先舒

明画手以戴进为第一。进,字文进,钱唐①人也。

宣宗②喜绘事,御制天纵③。一时待诏④有谢廷循⑤、倪端⑥、石锐⑦、李在⑧,皆有名。进入京,众工妒之。一日,在仁智殿呈画,进进《秋江独钓图》,画人红袍垂钓水次。画惟红不易著,进独得古法之妙。宣宗阅之。廷循从旁跪曰:"进画极佳,但赤是朝廷品服,奈何著此钓鱼!"宣宗颔之,遂麾去馀幅不视。故进住京师,颇穷乏。

先是,进,锻工也,为人物花鸟,肖状精奇,直倍常工。进亦自得,以为人且宝贵传之。一日,于市见熔金者,观之,即进所造,怃然⑨自失。归语人曰:"吾瘁吾心力为此,岂徒得糈⑩?意将托此不朽吾名耳。今人烁⑪吾所造,亡所爱,此技不足为也。将安托吾指而后可?"人曰:"子巧托诸金,金饰能为俗习玩爱及儿、妇人御耳。彼惟煌煌⑫是耽⑬,安知工苦?能徒智于缣素⑭,斯必传矣。"进喜,遂学画,名高一时。

然进数奇⑮,虽得待诏,亦辚轲⑯,亡大遇。其画疏而能密,著笔淡远。其画人尤佳,其真亦罕遇云。予钦进,锻工耳,而命意不朽,卒成其名。

【注释】

①钱唐:即钱塘,今杭州。 ②宣宗:这里指明宣宗朱瞻基,1426—1435年在位,年号宣德。 ③御制天纵:充分发挥了上天赋予他的天赋。 ④待诏:是对为皇帝草拟文

件及从事医、卜、画等技术人员的称呼。 ⑤谢廷循：浙江省永嘉人。 ⑥倪端：字仲正。 ⑦石锐：字以明。 ⑧李在：字以正。 ⑨怃（wǔ）然：怅然若失的样子。 ⑩糈（xǔ）：粮食。 ⑪烁：通"铄"，销熔，销毁。 ⑫煌煌：美丽的样子。 ⑬耽：耽迷，沉迷。 ⑭缣素：素绢。这里指在素绢上作画。 ⑮奇（jī）：不顺遂。 ⑯轗轲：古同"坎坷"，道路不平整，比喻人生曲折而不得志。

【赏析】

《戴文进传》文章一开头就定下了基调："明画手以戴进为第一"，直接表明了作者的立场和个人偏好，作者为戴进作传，是因为作者喜爱他身上所表现出的特质，结尾也再次点明了作者的立场："予钦进，锻工耳，而命意不朽，卒成其名。"

文章并没有按照一般传记的顺序来叙述，而是先讲戴进虽为宫廷画师却被冷落，不受重视，第二段才采取倒叙的方式，记录戴进成为画师的经历。

第一段中主要通过一件事情来说明戴进为何画艺精工却不受重视。他所画的《秋江独钓图》，虽然"画惟红不易著，进独得古法之妙"，但是廷循从旁边进言说："进画极佳，但赤是朝廷品服，奈何著此钓鱼！"含蓄而直接地指出了戴进画中让钓者身着红袍，是对朝廷的轻侮，明宣宗虽然也是个赏识有才之人的君主，却也一气之下不再看戴进的其他画作，从此戴进就遭遇到了冷落。这样的事情在历史上有许多，它们都有着惊人的相似之处，从这件事中，即已经可以感受到作者的感慨了。

第二段倒叙的方式插入了戴进成为画师的经历。他本身是一个锻工，制作首饰的匠人，手艺精湛，"为人物花鸟，肖状精奇，直倍常工"，他自己也很自得，认为人们都会把他制作的东西当宝贝；但当他看到自己制作的首饰被熔铸了之后，感到十分痛心，"吾瘁吾心力为此，岂徒得糈"的感慨，这句话是十分动人心魄也是很感人的，可以从中窥见戴进伟大而高尚的内心世界。所以他放弃了锻工的行业，转而作一个画师，成为一名艺术家，通过寄托自己内心的作品，来达到作品的永恒不朽。这种精神，使戴进不同于其他工匠而成为一名真正的艺术家。

全文采用倒叙的手法来展开叙述，展现了戴进虽然怀才不遇，不被重视，但是他有着精湛的画技，更有着一个艺术家所应具有的内心世界，虽命途不平，却内心充实，值得欣慰。

【口　技】

林嗣环

京中有善口技者。会宾客大宴，于厅事①之东北角，施八尺屏幛，口技人坐屏幛中，一桌、一椅、一扇、一抚尺而已。众宾团坐。少顷，但闻屏幛中抚尺一下，满座寂然，无敢哗者。

遥闻深巷中犬吠，便有妇人惊觉欠伸②，其夫呓语③。既而儿醒，大啼。夫亦醒，令妇抚儿乳④，儿含乳啼，妇拍而呜之。夫起溺⑤，妇亦抱儿起溺。床上又一大儿醒，狺狺⑥不止。当是时，妇手拍儿声，口中呜声，儿含乳啼声，大儿初醒声，床声，夫叱大儿声，溺瓶中声，溺桶中声，一齐凑发，众妙毕备。满座宾客，无不伸颈侧目；微笑默叹，以为妙绝也。

　　既而夫上床寝。妇又呼大儿溺，毕，都上床寝。小儿亦渐欲睡。夫齁声起，妇拍儿亦渐拍渐止。微闻有鼠作作索索⑦，盆器倾侧，妇梦中咳嗽之声。宾客意少舒，稍稍正坐。

　　忽一人大呼："火起！"夫起大呼，妇亦起大呼。两儿齐哭。俄而⑧百千人大呼，百千儿哭，百千犬吠。中间⑨力拉崩倒之声，火爆声，呼呼风声，百千齐作；又夹百千求救声，曳屋许许声⑩，抢夺声，泼水声。凡所应有，无所不有。虽⑪人有百手，手有百指，不能指其一端；人有百口，口有百舌，不能名其一处也。于是宾客无不变色离席，奋袖出臂，两股⑫战战⑬，几欲先走⑭。

　　而忽然抚尺一下，众响毕绝。撤屏视之，一人、一桌、一椅、一扇、一抚尺而已。

【注释】

①厅事：大厅，私人住处的堂屋。　②惊觉欠伸：惊醒后打哈欠，伸懒腰。欠伸，打哈欠，伸懒腰。　③呓语：说梦话。　④乳：动词，哺乳，喂奶。　⑤溺：通"尿"。　⑥狺狺（yín）：本意是狗叫声，这里指不断的说话声。　⑦作作索索：老鼠活动的声音。　⑧俄而：一会儿。　⑨中间：中间夹杂着。　⑩许许（hǔ）声：拟声词，拉倒屋子的声音。　⑪虽：即使。　⑫股：大腿。　⑬战战：发抖的样子。　⑭走：跑。

【赏析】

　　《口技》为林嗣环的《<秋声诗>自序》的一部分。作者写《口技》并非仅为了写口技，而是作为《秋声诗》序言的一部分，是用口技之人的"善画声"来说明《秋声诗》的"善画声"的。全文通过具体而详尽的描写，将一场精彩的口技表演生动鲜活地呈现于观众面前，作者林嗣环善用烘托法，同时将正面烘托和侧面烘托相结合，感染力非凡。

　　第一段一开始就亮出了家底："口技人坐屏幛中，一桌、一椅、一扇、一抚尺而已。"为下面精彩的表演做准备，也形成了对比，如此简单的设备和道具，之后竟然可以演绎出如此丰富的内容，可见技艺之高超。

　　接着，就开始描写口技人的表演了。"但闻屏幛中抚尺一下，满座寂然，无敢哗者"，形成了一种寂静而紧张的氛围。下面就开始描写所听到的声音了。

作者从远及近地描写了口技者给听众的感觉，"遥闻深巷中犬吠，便有妇人惊觉欠伸"，到"床上又一大儿醒，猜猜不止"，写得十分有层次，诸声并发，这是第一个高潮。这时候第一个高潮之后并没有接着写下一个高潮，而是笔锋一转，指向了听众们的反应。"满座宾客，无不伸颈侧目；微笑默叹，以为妙绝也。"侧面烘托与之前的正面描写形成一个呼应，加强了之前的描写。

接着又是正面描写，从"既而夫上床寝"到"妇梦中咳嗽之声"，这一段描写的情景渐渐和缓，高潮渐趋平静，这时众宾客的反应是"宾客意少舒，稍稍正坐。"宾客的神经也跟着放松了下来。但是出乎宾客意料的是，到这里口技表演并没有结束，真正的高潮还在后面，"忽一人大呼：'火起！'夫起大呼，妇亦起大呼。"这个高潮来得很突然，简直像突袭的风暴一样，将刚刚松弛下来的宾客着实吓坏了，还以为真的发生了火灾，"于是宾客无不变色离席，奋袖出臂，两股战战，几欲先走。"这个高潮可以说是一个更大的高潮。

当大家都想要逃跑的时候，这时，只听"抚尺一下，众响毕绝"，这到底是怎么回事呢？其实一切都是口技者的精湛技艺所为，"撤屏视之，一人、一桌、一椅、一扇、一抚尺而已。"这与文章刚开头形成了呼应，同时经过文中几个高潮的烘托，更凸显出了口技者技艺之精湛，令人叹为观止。

【大铁椎传】

魏　禧

庚戌①十一月，予自广陵②归，与陈子灿同舟。子灿年二十八，好武事，予授以左氏兵谋兵法③，因问："数游南北，逢异人乎？"子灿为述大铁椎，作《大铁椎传》。

大铁椎，不知何许人，北平陈子灿省④兄河南，与遇宋将军家。宋，怀庆⑤青华镇人，工技击⑥，七省⑦好事者皆来学，人以其雄健，呼宋将军云。宋弟子高信之，亦怀庆人，多力善射，长子灿七岁，少同学⑧，故尝与过⑨宋将军。

时座上有健啖⑩客，貌甚寝⑪，右胁夹大铁椎，重四五十斤，饮食拱揖不暂去。柄铁折叠环复，如锁上练，引之长丈许。与人罕言语，语类楚声⑫。扣⑬其乡及姓字，皆不答。

既同寝，夜半，客曰："吾去矣！"言讫⑭不见。子灿见窗户皆闭，惊问信之。信之曰："客初至，不冠不袜，以蓝手巾裹头，足缠白布，大铁椎外，一物无所持，而腰多白金。吾与将军俱不敢问也。"子灿寐而醒，客则鼾睡炕上矣。

一日，辞宋将军曰："吾始闻汝名，以为豪，然皆不足用。吾去矣！"将军强留之，乃曰："吾数击杀响马贼⑮，夺其物，故仇我。久居，祸且及汝。今夜半，方期⑯我决斗某所。"宋将军欣然曰："吾骑马挟矢以助战。"客曰："止！贼能且众，吾欲护汝，则不快吾意⑰。"宋将军故自负，且欲观客所为，力请客。客不得已，与偕行。将至斗处，送将军登空堡上，曰："但观之，慎弗声，令贼知也。"

时鸡鸣月落，星光照旷野，百步见人。客驰下，吹觱篥⑱数声。顷之，贼二十余骑四面集，步行负弓矢从者百许人。一贼提刀突奔客，客大呼挥椎，贼应声落马，马首裂。众贼环而进，客奋椎左右击，人马仆地，杀三十许人。宋将军屏息观之，股栗⑲欲堕。忽闻客大呼曰："吾去矣。"尘滚滚东向驰去。后遂不复至。

魏禧论曰：子房得力士，椎秦皇帝博浪沙中⑳，大铁椎其人与？天生异人，必有所用之。予读陈同甫㉑《中兴遗传》，豪俊侠烈魁奇之士，泯泯然㉒不见功名于世者又何多也？岂天之生才不必为人用与？抑用之自有时与？子灿遇大铁椎为壬寅㉓岁，视其貌当年三十，然则大铁椎今四十耳。

子灿又尝见其写市物帖子，甚工楷书也。

【注释】

①庚戌：指康熙九年，即1670年。　②广陵：即扬州。　③左氏兵谋兵法：指在《左传》中记录战争的文字。　④省：探望。　⑤怀庆：怀庆府，位于现在河南沁阳。　⑥工技击：擅长武术搏击等。工，擅长。　⑦七省：指离得比较近的河北、山东、山西、陕西、安徽、湖北七省。　⑧少同学：少年时候的同学。　⑨过：拜访。　⑩健啖（dàn）：很能吃的。啖，吃。　⑪寝：丑陋。　⑫楚声：指湖北、湖南一带的方言。　⑬扣：即"叩"，询问。　⑭言讫：说完。　⑮响马贼：是对拦路抢劫盗贼的称呼。　⑯期：约定。　⑰不快吾意：即不能让我痛快地对付对方。　⑱觱篥（bì lì）：即茄管，古簧管乐器，本出自西域龟兹，又名羌管，其声悲，后传入内地。　⑲股栗：大腿打颤。　⑳"子房"二句：子房，即张良，字子房。为汉初政治家，先世是韩国的贵族，秦灭韩，张良欲为韩复仇，想办法谋害秦王，后来找到一名力士，能举起一百二十斤重的铁椎，狙击秦始皇于博浪沙。　㉑陈同甫：即陈亮，字同甫，南宋时期爱国词人，著有《龙川集》、《中兴遗传》等，其所著《中兴遗传》，书凡二十卷，为宋朝南渡前后大臣、大将、死节、能臣、能将各类人物立传。　㉒泯泯然：纷纷消失的样子。　㉓壬寅：康熙元年，即1662年。

【赏析】

　　《大铁椎传》是魏禧所作一篇传记文章，文中描写了一位带有虚构色彩的大侠客形象，作者通过塑造这样一个英雄形象来传达自己对社会的感慨，表达出对当时社会的不满，呼唤像大铁椎这样的英雄出现，以改变社会上的不良之风。

　　第一段点明了本文创作的缘起，可以视为正文开始之前的小序。中间几段洋洋洒洒，不惜笔墨地记录了一个故事，是文章的主体部分。整个部分没有加入作者的任何议论和视角进去，单纯通过叙述和人物之间的言行举止来表现人物的形象特点。作者语言功底深厚，通过寥寥几笔就可以将人物勾勒得鲜活生动，比如写大铁椎身上的神秘色彩："夜半，客曰：'吾去矣！'言讫不见。"寥寥几个字，其身上的神秘感就被烘托了出来。

　　作者塑造大铁椎这样一个形象是有着深刻的社会寓意的，大铁椎同宋将军的一段对话可以说是点破这个疑问的重点。他说："吾始闻汝名，以为豪，然皆不足用。吾去矣！"从这句话中可以看出，大铁椎是一个胸怀大志之人，他本来以为宋将军是一个伯乐，却让他失望了，所以他选择了断然离去。同时结合最后一段作者议论部分的话语，也可以理解："岂天之生才不必为人用与？抑用之自有时与？"英雄和天才很多时候会被埋没，最后只能泯泯众人矣，这也是作者所深刻思考的问题。

　　接下来的部分，主要是描写大铁椎神武的绝技，在旷野一人杀敌的场面描写得绘声绘色，虽然对方势力庞大，"贼二十余骑四面集，步行负弓矢从者百许人"，但是大铁椎仍然以一敌百，神勇抗敌，只见对方"应声落马"，而旁边的宋将军此时已经被吓得胆颤，"股栗欲堕"。最后大铁椎潇洒地独自冲出重围，乘着滚滚沙尘东去，其英雄气概被表现得淋漓尽致。

　　作者最后一段落笔很有新意，"子灿又尝见其写市物帖子，甚工楷书也。"可见，大铁椎不是一个只会拼命的莽夫，而是一个文武兼备的人才，更加凸显了大铁椎的高大形象。

【江天一传】

汪琬

　　江天一，字文石，徽州歙县①人。少丧父，事其母及抚弟天表，具②有至性③。尝语人曰："士不立品者，必无文章。"前明崇祯间，县令傅岩④奇其才，每试辄拔置第一。年三十六，始得补诸生。家贫屋败，躬亲土筑垣⑤以居。覆瓦不完，盛暑则暴⑥酷日中。雨至，淋漓蛇伏⑦，或张敝盖自蔽。家人且怨且叹，而天一挟书吟诵自若也。

　　天一虽以文士知名，而深沉多智，尤为同郡金佥事公声⑧

所知⑨。当是时，徽人多盗，天一方佐佥事公，用军法团结乡人子弟，为守御计⑩。而会⑪张献忠⑫破武昌，总兵官左良玉⑬东遁，麾下狼兵⑭哗于途，所过焚掠。将抵徽，徽人震恐，佥事公谋往拒之，以委天一。天一腰刀帓首⑮，黑夜跨马，率壮士驰数十里，与狼兵鏖战祁门，斩馘⑯大半，悉夺其马牛器械，徽赖以安。

顺治二年，夏五月，江南大乱⑰，州县望风内附⑱，而徽人犹为明拒守。六月，唐藩⑲自立于福州，闻天一名，授监纪推官。先是，天一言于佥事公曰："徽为形胜之地，诸县皆有阻隘可恃，而绩溪一面当孔道⑳，其地独平坦，是宜筑关于此，多用兵据之，以与他县相掎角㉑。"遂筑丛山关。已而清师攻绩溪，天一日夜援兵登陴不少㉒怠；间出逆战，所杀伤略相当。于是清师以少骑缀天一于绩溪，而别从新岭㉓入。守岭者先溃，城遂陷。

大帅购天一甚急。天一知事不可为，遽归，属㉔其母于天表，出门大呼："我江天一也"。遂被执。有知天一者，欲释之。天一曰："若以我畏死邪？我不死，祸且族㉕矣。"遇佥事公于营门，公目之曰："文石！汝有老母在，不可死。"笑谢曰："焉有与人共事而逃其难者乎！公幸勿为我母虑也。"至江宁，总督㉖者欲不问㉗，天一昂首曰："我为若计，若不如杀我。我不死，必复起兵。"遂牵诣通济门。既至，大呼高皇帝者三，南向再拜讫，坐而受刑。观者无不叹息泣下。越数日，天表往收其尸，瘗㉘之。而佥事公亦于是日死矣。

当狼兵之被杀也，凤阳督马士英㉙怒，疏劾㉚徽人杀官军状，将致佥事公于死。天一为赍㉛辨疏，诣阙上之。复作《吁天说》，流涕诉诸贵人，其事始得白㉜。自兵兴以来，先后治乡兵三年，皆在佥事公幕。是时幕中诸侠客号知兵者以百数，而公独推重天一，凡内外机事悉取决焉。其后竟与公同死，虽古义烈之士无以尚也。

予得其始末于翁君汉津㉝，遂为之传。

汪琬曰：方胜国㉞之末，新安㉟士大夫死忠者有汪公伟㊱、凌公駉㊲与佥事公三人，而天一独以诸生殉国。予闻天一游淮安，淮安民妇冯氏者刲㊳肝活其姑，天一征诸名士作诗文表章之，欲疏于朝，不果。盖其人好奇尚气类如此。天一本名景，别自号石嫁樵夫，翁君汉津云。

【注释】

①歙（shè）县：位于安徽省，清代时属于徽州府。　②具：通"俱"。　③至性：良好的品性。　④傅岩：字野清，浙江义乌人，崇祯（1628-1644）初年进士，授歙县令，官至监察御史。《南疆逸史·江天一传》记载："（天一）年三十六，见知邑令傅公，始得补郡弟子员，令故重天一"。　⑤躬畚（běn）土筑垣：亲自取土来修筑墙壁。畚，本意是竹制或木制撮土工具，这里用作动词。　⑥暴：通"曝"，晒。　⑦蛇伏：像蛇一样蜷伏着。　⑧金金事公声：字正希，休宁人，崇祯年间（1628-1644）进士，授庶吉士，辞归，后授山东佥事，未就。清兵南下，于家乡起兵守御，相持累月，失败被俘，被杀于南京。休宁与歙县同属徽州府，这里故称"同郡"。　⑨知：赏识。　⑩为守御计：作防守抵御的打算。　⑪会：适逢，正赶上。　⑫张献忠：字秉吾，号敬轩，农民起义军领袖。他于1643年（崇祯十六年）五月率军破武昌。　⑬左良玉：字昆山，山东临清人。与清军作战时有功，所以被提升为副将，之后在河南、陕西等地镇压农民起义，并被晋升为总兵官，封为宁南伯。南明福王政权晋封为宁南侯，驻兵武昌。　⑭狼兵：明代时以广西东兰、那地、南丹等地人组成的军队，狼人即俍人，明清时期主要分布于广西一带，该地少数民族强悍善斗。明代后期，该地土司兵可由朝廷调用，世称狼兵。　⑮帓（mò）首：用头巾包头。　⑯斩馘（guó）：杀死。古代战争中以割取敌人的左耳为计数来献功，被称为"馘"。　⑰江南大乱：指清兵渡江，南明王朝覆灭。　⑱内附：归顺到自己这一边，这里指降清。由于汪琬为清朝官员，所以这样说。　⑲唐藩：指明唐王朱聿键。南明王朝覆灭后，原礼部尚书黄道周等在福州拥立唐王为帝，改元隆武。古代称分封各地之王为藩王。朱聿键八世祖为朱元璋第二十二子，分封于南阳，藩号为唐。　⑳孔道：要道。　㉑相掎角：相互牵制和攻击。　㉒少：通"稍"，稍微。　㉓新岭：位于安徽省休宁县南七十里。　㉔属：通"嘱"，叮嘱，嘱托。　㉕族：这里作动词，灭族。《书经·泰誓上》："罪人以族。"孔安国传："一人有罪，刑及父母兄弟妻子。"　㉖总督：即洪承畴，原为明三边总督，被俘降清，总督军务，镇压抗清力量。　㉗不问：不问罪。　㉘瘗（yì）：埋葬。　㉙马士英：字瑶草，贵阳人，明末天启年间（1621-1627）进士，崇祯（1628-1644）末年官兵部侍郎，总督庐州凤阳道军务。　㉚疏劾：上疏弹劾。　㉛赍（jī）：呈递。　㉜白：洗刷清白。　㉝翁君汉津：生平不详。　㉞胜国：指明代。语出《周礼·地官·媒氏》："凡男女之阴讼，听之于胜国之社。"郑玄注："胜国，亡国也。"此指明朝。　㉟新安：新安郡，即徽州府。　㊱汪公伟：汪伟，休宁人，崇祯（1628-1644）末年官翰林院检讨，李自成破北京，自缢死。　㊲凌公駉（jiōng）：凌駉，休宁人，崇祯（1628-1644）末年官兵部主事；在南明王朝中，巡抚河南，守归德，清兵破城，自缢死。　㊳刲（kuī）：割取。

【赏析】

虽然作者汪琬仕清，但是他怀念故国，所以会写一些抗清志士的传记文章来纪念，《江天一传》即为这类文章中比较有代表性的一篇。

文章开篇就点出了江天一的两句话："士不立品者，必无文章。"这可以说是展开了全文的基调，江天一是一个十分重视品行修养的人，之后对江天一的描写，无论是他的好学、智慧，抑或是英勇，都是围绕着这两句话来展开论述的。围绕着这个中心，文章前半部分按照顺序的时间来进行，而后半部分则以倒叙和插叙为主，来表现江天一的几个方面。

作为民族英雄和爱国志士的江天一，他的民族气节可以集中体现他崇高的品德修养和道德水准，于是本文将江天一在抗清战争中的表现作为本文叙述的重点。刚开始描写江天一谋划如何修筑丛山关，表现了他的智谋这一方面。他分析地形地势，将丛山关尽量与附近的诸县连接起来，共同形成一个犄角，抗拒清兵的南下进攻。接下来，战争失败之后，江天一被俘，这时所表现出的英勇就义的场面更加感人。当江天一知道大势已去，战争必然失败的结局之后，大义凛然地接受了这一惨痛的结果，并且十分成熟地处理了各类关系，首先回到家中安顿好自己的母亲，然后出门大呼："我江天一也。"被俘之后，当有人要解救他时，他理智地说："我不死，祸且族矣"，表现出浓重的自我牺牲的悲壮意味。当碰到了同案在系的老朋友金声时，江天一坚决要与朋友共存亡，在关键时刻表现出了对朋友的忠诚。对于这部分的描写是分层次来进行的，逐渐推进层层深入地描写和表现了江天一不同方面的崇高品质。

【传是楼记】

汪琬

昆山徐健庵①先生筑楼于所居之后，凡七楹。间命工斫木为橱，贮书若干万卷，区为经史子集四种。经则传注义疏之书附焉；史则日录、家乘、山经、野史之书附焉；子则附以卜筮、医药之书；集则附以乐府、诗馀之书。凡为橱者七十有二，部居类汇，各以其次，素标缃帙②，启钥灿然。于是先生召诸子登斯楼而诏之曰："吾何以传女曹③哉？吾徐先世故以清白起家，吾耳目濡染旧矣。盖尝慨夫为人之父祖者，每欲传其土田货财，而子孙未必能世富也；欲传其金玉珍玩、鼎彝尊罍④之物，而又未必能世宝也；欲传其园池台榭、舞歌舆马之具，而又未必能世享其娱乐也。吾方以此为鉴，然则吾何以传女曹哉？"因指书而欣然笑曰："所传者惟是矣。"遂名其楼为"传是"，而问记于琬。琬衰病不及为，则先生屡书督之，最后复于先生曰：

甚矣，书之多厄也。由汉氏以来，人主往往重官赏以购之，其下名公贵卿，又往往厚金帛以易之，或亲操翰墨，及分命笔吏以缮录之，然且哀⑤聚未几而辄至于散佚，以是知藏书之难也。琬顾谓藏之之难不若守之之难，守之之难不若读之之难，尤不若躬体而心得之之难。是故藏而弗守，犹勿藏也；守而弗读，犹勿守也。夫既已读之矣，而或口与躬违，心与迹忤⑥，采其华而忘其实，是则呻占记诵之学所为哗众而窃名者也，与弗读奚以异哉！

古之善读书者，始乎博，终乎约。博之而非夸多斗靡也，约之而非保残安陋也。善读书者，根柢⑦于性命⑧而究极于事功。沿流以溯源，无不探也；明体以适用，无不达也。尊所闻，行所知，非善读书者而能如是乎？

今健庵先生既出其所得于书者，上为天子所器重，次为中朝士大夫之所矜式，藉是以润色大业，对扬休命有馀矣。而又推之以训敕其子姓，俾后先跻巍科，取朊仕⑨，翕然有名于当世。琬然后喟焉太息，以为读书之益弘矣哉！循是道也，虽传诸子孙世世，何不可之有？若琬则无以与于此矣。居平质驽才下，患于有书而不能读；延及暮年，则又跧伏⑩穷山僻壤之中，耳目固陋，旧学消亡，盖本不足以记斯楼。不得已勉承先生之命，姑为一言复之。先生亦恕其老悖否耶？

【注释】

①徐健庵：名乾学，字原一，号健庵，昆山人，为顾炎武的甥侄，康熙九年进士，官至刑部尚书，曾经担任《明史》的总裁官，兼编纂《大清一统志》等书目。 ②素标缃帙：白色的标签，浅黄色的书套。缃：浅黄色。 ③女曹：你们。女，通"汝"。 ④鼎彝尊斝（jiǎ）：古代的器具，这里指珍宝古玩。斝，古代青铜制的酒器，圆口。 ⑤哀（póu）：聚集。 ⑥忤（wǔ）：违背。 ⑦柢（dǐ）：树的根部，引申为基础。 ⑧性命：为中国古代哲学的一个概念。《易·乾》中记载："乾道变化，各正性命，保合太和，乃利贞。"意思是大自然的变化，万物各自保存自己的精神，保全太和的元气，来有利于守住正根，等待来年的成长。性命，可以理解为"精神"。 ⑨朊（wǔ）仕：指高官厚禄。朊，厚，肥沃。 ⑩跧伏：即蜷伏，此处指隐居。

【赏析】

这篇文章是用来劝学的，全文围绕着"传是"两个字，提出两个问题，便是为什么传是和传是的作用。"是"指的是书籍。劝学的文章有很多，这一篇，作者借着写作"传是楼"的机会引入了劝学的主题，增强了文章的感染力。

文章的前一个部分用主人徐建庵的话指出：为什么要"传是"。主人传是的理由并不是别的，认为"所传者惟是矣"，主人是骄傲自得的，十分传神。田地、财产、金玉珍玩等等都如浮云般易变，不可永久持久，作者的观点紧接着逐层展开，提出藏与守、守与读，知与行的关系，不仅知，而且践行。这种观点是很难能可贵的。首先，人只有把所学的东西用到生活当中才是好的，而另一方面，善读书者不仅要践行，而且要"博"和"约"，也就是既要博学，又要专业，这二者是相辅相成的。

但是应该看到，作者毕竟是一个封建文人，他的观点还是要受到当时时代的影响。作者认为治学的目的是入世，落入了长久以来对于读书的世俗见解。"书中自有颜如玉，书中自有黄金屋"，这些都一定程度上降低了文章的思想性，这也是很难避免的一个局限。

这是一篇记叙文，但是从行文的思路和文章的形式看，这却是一篇具有议论色彩的文章。以提问的方式引出主题，中间部分论证，正反两面，使文章波澜壮阔。排比句的运用就更增强了文章的气势，夹叙夹议，变幻多彩。

【核工记】

宋起凤

季弟①获桃坠一枚，长五分许，横广四分。全核向背皆山。山坳插一城，雉②历历可数。城巅具层楼，楼门洞敞，中有人，类司更卒③，执桴④鼓，若寒冻不胜者。枕山麓一寺，老松隐蔽三章⑤。松下凿双户，可开阖。户内一僧，侧首倾听。户虚掩，如应门；洞开，如延纳⑥状，左右度之无不宜。松下东来一衲，负卷帙踉跄行，若为佛事夜归者。对林一小陀，似闻足音仆仆前。核侧出浮屠⑦七级，距滩半黍。近滩维⑧一小舟，蓬窗短舷间，有客凭几假寐，形若渐寤然。舟尾一小童，拥炉嘘火，盖供客茗饮也。舣舟⑨处当寺阴，高阜⑩钟阁踞焉。叩钟者貌爽爽自得，睡足徐兴乃尔。山顶月晦半规，杂疏星数点。下则波纹涨起，作潮来候。取诗"姑苏城外寒山寺，夜半钟声到客船"之句。

计人凡七：僧四，客一，童一，卒一。宫室器具凡九：城一，楼一，招提⑪一，浮屠一，舟一，阁一，炉灶一，钟鼓各一。景凡七：山，水，林木，滩石四，星，月，灯火三。而人事如传更，报晓，候门，夜归，隐几，煎茶，统为六，各殊致殊意，且并其愁苦、寒惧、疑思诸态，俱一一肖之。

语云："纳须弥于芥子。"⑫殆谓是欤！

【注释】

①季弟：最小的弟弟。　②雉：城墙。　③司更卒：管理打更的卒吏。　④桴：鼓槌。　⑤章：棵。　⑥延纳：请人进门。　⑦浮屠：佛塔。　⑧维：系着。　⑨舣舟：将船拉拢靠岸。　⑩阜：土山。　⑪招提：即寺院。　⑫"纳须弥于芥子"：语出《维摩经·不思议品》："若菩萨住是解脱者，以须弥之高广，内芥子中，无所增减，须弥山王本相如故。"比喻诸相皆非真的，巨细可以互相容纳。须弥，是佛教中传说的山的名称；芥子，芥的种子，比喻很微小的东西。

【赏析】

　　文中描写的这个桃核工艺品所表现的情景是唐代诗人张继的诗歌《枫桥夜泊》中所描写的情景，张继的诗歌中描写了姑苏城外的枫桥以及寒山寺清冷的自然景色，渲染了旅途孤寂之情。而这一工艺品是对这首诗歌情景的具体化表现，并有更加丰富的内涵。桃核工艺品有两个重点，一个是寒山寺，另一个是小舟。在对寒山寺的描写中自然少不了对僧侣的描写，几个僧侣的雕刻都十分精细，他们的神情甚至心理活动几乎都可以通过这件小小的工艺品看出来。先来看寒山寺，寒山寺依傍着山麓，有古树相掩映，虚掩的房门中有一僧人在侧耳倾听，好像在等人，这从后面的"松下东来一衲，负卷帙跟跄行，若为佛事夜归者。对林一小陀，似闻足音仆仆前"的描写中可以得知。再看画面的另一个部分：小舟。"近滩维一小舟，蓬窗短舷间，有客凭几假寐，形若渐寤然。舟尾一小童，拥炉嘘火，盖供客茗饮也。"描写了客人伏在案几上假寐好像快要醒来的样子，可以感受到行客的内心是满怀着愁闷和孤寂之情的。在桃核这微小的地方，表达了两个突出的主题，将离愁别绪烘托到了极致，极好地体现出了诗歌的意境。

　　作者在行文的过程中不时插入自己的一些话语，使描写的文章不至于流于呆板和无趣，比如在描写僧侣形貌的时候，会加入自己的判断"若寒冻不胜者"，这样顿时使整个画面动了起来。这一桃核上雕刻的景物和人繁多，但作者的行文却井然有序，由上而下，由里而外，条理十分清晰。

【市声说】

沙张白

　　鸟之声聚于林，兽之声聚于山，人之声聚于市。是声也，盖无在无之。而当其所聚，则尤为庞杂沸腾，令听者难为聪焉。今人入山林者，闻鸟兽之声，以为是天籁适然，鸣其自乐之致而已。由市声推之，乌知彼羽毛之族，非多求多冀，哓哓①焉炫其所有，急其所无，以求济夫旦夕之欲者乎？

京师土燥水涩,其声噌以吆②。鬻③百货于市者,类为曼声高呼,夸所挟以求售。肩任担负,络绎孔道,至于穷墟僻巷,无所不到。传呼之声相闻,盖不知几千万人也!祁寒暑雨,莫不自晨迄暮,不肯少④休,抗喉而疾呼,以求济其旦夕之欲耳!

苟谓鸟之呼于林,兽之呼于山者,皆怡然自得,一无所求,而人者独否,是天之恩勤⑤群类,予以自然之乐者,反丰于物而靳于人,此亦理之不可信者也;然使此千百万人者,厌其勤苦,且自悔不鸟兽若,尽弃其业而他业焉,将京师之大,阒然⑥寂然,不特若曹无以赡其生,生民之所需,畴为给之?此又势之必不可者矣。顾使其中有数人焉,耻其所为,而从吾所好,则为圣贤,为仙佛,为贵人,为高士,何不可者。吾惜其自少至老,日夕为抗喉疾呼,而皇皇于道路以死也。甚矣,市声之可哀也。

虽然,市者,声之所聚;京师者,又市之所聚也。揽权者市权,挟势者市势,以至市文章,市技艺,市恩,市谄,市诈,市面首⑦,市颦笑⑧;无非市者。炫其所有,急其所无,汲汲然求济其旦夕之欲,虽不若市声之晓晓然,而无声之声,震于钟鼓矣。甚且暮夜之乞怜无声,中庭之相泣有声,反不若抗声疾呼者之为其事而不讳其名也。君子之所哀,岂仅在市声也哉!

嗟乎!有凤凰焉,而后可以和百鸟之声;有麒麟焉,而后可以谐百兽之声;有圣人焉,而后能使天下之人之声皆得其中,终和且平,而无噍杀嚻陵之患。四灵⑨不至,君子之所为致慨也。若曰厌苦人声,而欲逃之山林,以听夫无所求而自然之鸣焉,是鸟兽同群,而薄斯人之吾与也。

【注释】

①晓晓(xiāo):吵嚷、吵闹的声音。 ②噌(chēng)以吆(hóng):形容声音宏大。 ③鬻:卖。 ④少:通"稍",稍微。 ⑤恩勤:指父母抚养子女的恩情和辛劳,此处指深爱。语出《诗·豳风·鸱鸮》中云:"恩斯勤斯,鬻子之闵斯。" ⑥阒(qù)然:形容很寂静。 ⑦面首:指男宠、男妓。 ⑧市颦笑:指女性出卖颦笑。与上面的"市面首"相呼应。 ⑨四灵:指龙、凤、龟、麟"四灵",象征吉祥清明。

【赏析】

中国长久以来的审美理想就是儒家最重视的"中和"。这种思想起源于人们当时的社会理想,这跟儒家思想的根深蒂固是不可分割的。人们对中和的情感并不是无缘无故的,并不是不切实际的，这篇文章就是从一个侧面让人们去思考关于中和的深刻问题。本文的作者经历了乱世的波折，他的文章揭示了社会的很多现实和弊病，沿裂了唐代的文风，本文虽是散文，但是却与他的诗歌一样讽喻了这个阴暗的社会。乱世之际，风雨飘摇，救国救民族的就只有儒家思想。

文章的入手处是"声"，然后再转而写"市"，笔风迂缓，由声写到了事态的种种丑陋和黑暗，手法委婉曲折。作者认为声音是随处可闻的，这便引起了本文的论题，引发读者的兴趣。作者由人想到了鸟兽，叫声是为了炫耀"以求济"，这便写到了市。这可以说是先铺陈叙事，用声引出市。

在第二自然段转而进入了对于市中声音的描写。这是社会所不可以缺少的现象：走街串巷的小贩，手提肩扛，这是一个社会健康的现象，用这样正常的市声引出不健康的市声，这便是作者行文的一个巧妙之处。

作者运用欲抑先扬的手法，在第三段的结束处还运用了欲取先予的手法，先退一步以求得前进。第四自然段作者在描写种种"市"中的行为，比如出卖礼义廉耻，出卖灵魂和肉体，揭露得很深刻而冷峻。

在最后一个自然段，作者表现了对现在社会的失望和痛心，这时候作者的心情是很沉重的。最后，仍然照应开头，说明这样的市声并不是生活真正需要的。

【《奇零草》①序】

姜宸英

予得此于定海②，命谢子大周③钞别本④以归。凡五、七言近体若干首，今久失之矣。聊忆其大概，为之序以藏之。

呜呼！天地晦冥，风霾昼塞⑤，山河失序，而沉星殒气⑥于穷荒绝岛之间，犹能时出其光焰，以为有目者之悲喜而幸睹。虽其摒抑⑦于一时，然要以俟之百世，虽欲使之终晦焉，不可得也。

客为予言：公在行间⑧，无日不读书，所遗集近十余种，为逻卒⑨取去，或有流落人间者。此集是其甲辰⑩以后，将解散部伍，归隐于落迦山⑪所作也。公自督师，未尝受强藩⑫节制，及九江遁还，渐有掣肘，始邑邑不乐⑬。而其归隐于海南也，自制一椑⑭置寺中，实粮其中，俟粮且尽死。门有两猿守之，有警，猿必跳踯哀鸣。而间⑮之至也，从后门入。既被执会城⑯，远近人士，下及市井屠贩卖饼之儿，无不持纸素⑰至羁所争求翰墨。守卒利其金钱，喜为请乞。公随手挥洒应之，皆

《正气歌》⑱也，读之鲜不泣下者。独士大夫家或颇畏藏其书，以为不祥。不知君臣父子之性，根于人心而征于事业、发于文章，虽历变患，逾不可磨灭。

历观前代，沈约⑲撰《宋书》，疑立《袁粲传》⑳，齐武帝㉑曰："粲自是宋忠臣，何为不可？"欧阳修㉒不为周韩通㉓立传，君子讥之。元听湖南为宋忠臣李芾㉔建祠，明长陵㉕不罪藏方孝孺书者，此帝王盛德事。为人臣子处无讳之朝㉖，宜思引君当道㉗。臣各为其主，凡一切胜国㉘语言，不足避忌。予欲稍掇拾公遗事，成传略一卷，以备惇史㉙之求，犹惧蒐访未遍，将日就放失也。悲夫！

【注释】

①《奇零草》：明末清初抗清英雄张煌言的诗集。　②定海：浙江舟山岛上的定海县。　③谢子大周：指谢大周。　④钞别本：另外抄一本。　⑤风霾（mái）昼塞：大风夹杂着尘土遮蔽了白日。霾，大风夹杂尘土而下。　⑥沉星殒气：指张煌言的牺牲。　⑦揜（yǎn）抑：受到压制而被埋没。　⑧行间：行伍之间。　⑨逻卒：巡逻看守的兵卒。　⑩甲辰：指康熙三年（1664年）。　⑪落迦山：即普陀山，在浙江定海县（今舟山市）东海中。甲辰为张煌言就义之年，并非解散队伍归隐之年。据吴伟业《张煌言殉节始末》，张煌言归隐于浙江象山县南面的悬屿岛，因乏食，遣人至普陀告籴，踪迹始露。　⑫强藩：实力强大的藩镇，这里指郑成功。　⑬及九江遁还，渐有掣肘，始邑邑不乐：顺治十六年（1659年），郑成功从金门率师北伐，以张煌言所部为前锋，连续攻下府、州重镇，直抵金陵城下。张煌言本拟挥师直取九江，但郑成功在金陵战败，撤军入海。张煌言孤军无援，也战败于安徽铜陵，化装潜返舟山。其后郑成功收复台湾，兵势复振。张煌言遣使劝郑成功再出师北伐，郑未同意。邑邑，同"悒悒"，忧郁不乐的样子。　⑭椑（bì）：最里面的一层棺，这里指棺材。　⑮间：间谍。　⑯会城：省会，这里指杭州。　⑰素：白色生绢。　⑱《正气歌》：宋代文天祥被元军所俘，囚于燕京，作《正气歌》，不屈而死。这里指张煌言所写文字一如《正气歌》坚贞不屈。　⑲沈约：南朝梁文学家、历史学家。作《宋书》一百卷，今传于世，为"二十四史"之一。　⑳《袁粲传》：沈约在齐梁时期著《宋书》，因袁粲忠于刘宋，曾谋杀齐帝，事不成而死，故不敢为其立传。　㉑齐武帝：齐高帝萧道成之子萧赜。　㉒欧阳修：宋代著名文学家，其所撰《五代史记》（即《新五代史》）中不为后周的韩通立传。　㉓韩通：后周将领，宋太祖赵匡胤废周自立，韩通率军抵抗，被杀。　㉔李芾：字叔章，宋末任湖南安抚使。德祐元年（1275年）元兵攻破潭州时牺牲。　㉕长陵：为明成祖朱棣的陵墓，这里以长陵代称明成祖。朱棣率军南下，攻灭建文帝，命方孝孺草诏告天下，由他继位，方孝孺抗命不作，被灭十族。　㉖处无讳之朝：处在不必讲忌讳的朝代。　㉗引君当道：引导君主走正道。当道，谓合于事理。　㉘胜国：前朝。这里指明代。　㉙惇史：指忠实而公正的史官。惇史，敦厚、笃实。

【赏析】

姜宸英长于诗歌、古文，并精于书法，与朱彝尊、严绳孙齐名，合被称为"江南三布衣"。著有《湛园未定稿》、《苇间诗集》、《西溟文钞》等。本文选自《湛园未定稿》卷二。

《奇零草》是明末张煌言的诗集。清兵南下，他屡次举兵抗清，后因寡不敌众，被迫解散队伍，隐居海岛，被俘后，不屈而死。《奇零草》继而被列为禁书。在这种背景下，姜宸英敢于为它作序，还热烈地赞扬这部诗集的光辉价值，大胆肯定张煌言的英雄业绩，实在是勇敢的之举。

作者认为张煌言其人得人心，其作得人心，得人心者禁而不绝。全篇始终围绕着"人心"二字展开。第二段的"虽其掩抑于一时，然要以俟之百世"两句有警策之意，即便"天地晦冥"、"山河失序"，但人心不可欺。第三段讲"不知君臣父子之性，根于人心"，张煌言之"性"就是忠于明朝的君臣之"性"，是不可磨灭的人心。

这在当时可以说是颇为大胆的言论。但出于传世的考虑，作者在行文时也有所避忌，这种迂回的策略主要体现在第四段。这一段列举的四个事例都展示了统治者对前朝或敌对势力的既往不咎，并将这种做法定义为"帝王盛德事"。而不敢为后周韩通立传的欧阳修，则为"君子讥之"，紧接着引出"臣各为其主，凡一切胜国语言，不足避忌"，可谓用心良苦。

无论是姜宸英狷介狂放、不畏权贵的人格，还是其峭拔挺劲的文风，都可以从这篇绵里藏针、笔力遒劲的序文中窥见一二。

【游姑苏台①记】

宋荦

予再莅吴将四载②，欲访姑苏台未果。丙子③五月廿四日，雨后，自胥江④泛小舟出日晖桥，观农夫插莳⑤，妇子满田塍⑥，泥滓被体，桔槔⑦与歌声相答，其劳苦殊甚。

迤逦⑧过横塘⑨，群峰翠色欲滴。未至木渎⑩二里许，由别港过两小桥，遂抵台下。山高尚不敌虎丘⑪，望之仅一荒阜⑫耳。舍舟乘竹舆，缘山麓而东，稍见村落，竹树森蔚，稻畦相错如绣。山腰小赤壁，水石颇幽，仿佛虎丘剑池。夹道稚松丛棘，蘑菇⑬点缀其间如残雪，香气扑鼻。时正午，赤日炎歊⑭，从者皆喘汗。予兴愈豪，褰衣贾勇⑮如猿猱⑯腾踏而上。陟其巅，黄沙平衍⑰，南北十馀丈，阔数丈，相传即胥台⑱故址也，颇讶不逮所闻。吾友汪钝翁⁽¹⁹⁾《记》⁽²⁰⁾称："方石中穿，传为吴王用以竿旌⁽²¹⁾者"。又"矮松寿藤，类一二百年物"。今皆无有。独见震泽⁽²²⁾掀天陷日，七十二峰⁽²³⁾出没于晴云潋滟⁽²⁴⁾中。环望穹窿⁽²⁵⁾、灵岩⁽²⁶⁾、高峰、尧峰⁽²⁷⁾诸山，一一献奇于台之左右。而霸业销沉，美人黄土，欲问夫差之遗迹，而山中人无能言之者，不禁三叹。

从山北下，抵留云庵。庵小，有泉石，僧贫而无世法⁽²⁸⁾，酌泉烹茗以进。山中方采杨梅，买得一筐，众皆饱啖⁽²⁹⁾，仍携其馀返舟中。时已薄暮，饭罢，乘风容与而归。

侍行者，幼子筠⁽³⁰⁾、孙韦金、外孙侯葰。六日前，子至⁽³¹⁾方应试北上，不得与同游。赋诗纪事，怅然者久之。

【注释】

①姑苏台：位于姑苏山上，为吴王夫差所造，又称胥台。 ②再莅吴将四载：宋荦于康熙二十六年（1687年）曾任江苏布政使，三十一年由江西巡抚调任江苏巡抚，任职地点皆在苏州，故称"再莅吴"。距作此文将近四年。 ③丙子：康熙三十五年（1696年）。 ④胥江：苏州胥门外的一条河。 ⑤莳（shì）：移植，栽种。 ⑥田塍（chéng）：稻田间的路界。 ⑦桔（jié）槔（gāo）：汲水的工具。 ⑧迤（yǐ）逦（lǐ）：曲折连绵貌。 ⑨横塘：在吴县胥门外。 ⑩木渎：镇名，在吴县西南。 ⑪虎丘：山名，在吴县西北。上有虎丘塔、剑池、千人石、真娘墓等古迹。 ⑫阜：山岗。 ⑬薝（zhān詹）葡：佛经中记载的一种花。色黄，香浓，树身高大。或即栀子花。 ⑭炎歊（xiāo）：热气上升的样子。 ⑮贾勇：有勇气可出售。形容很有勇气。 ⑯猱猱：猿属。体矮小，尾金色，臂长柔软，善攀缘而轻捷。 ⑰平衍：平坦宽广。 ⑱胥台：即姑苏台，在姑苏山上。 ⑲汪钝翁：汪琬。 ⑳《记》：指《姑苏台记》。 ㉑竿旌：插旗。 ㉒震泽：即太湖。 ㉓七十二峰：太湖中有七十二座山峰。 ㉔潋滟（xiào miǎo校秒）：形容湖水深远广阔。 ㉕穹窿：山甸，在苏州西南。 ㉖灵岩：山名，在吴县木渎镇西北。吴王夫差作馆娃宫于此，以安置西施。另有响屧廊、吴王井、西施洞、琴台等古迹。 ㉗高峰、尧峰：均为苏州西南郊太湖畔山峰名。 ㉘无世法：形容没有世俗僧的恶形恶状。世法：世俗的礼法。 ㉙啖（dàn）：吃。 ㉚幼子筠：宋筠，字兰挥，康熙进士，著有《绿波园诗集》。 ㉛子至：儿子宋至，字山言，康熙进士，著有《苇萧草堂诗》。他这一年往北京应顺天府乡试，只中副榜。

【赏析】

宋荦，清代文学家，康熙三年（1664年），授黄州通判，累擢江苏巡抚，官至吏部尚书，以清节著称，能诗善画，诗与王士祯齐名。著有《西陂类稿》、《沧浪小志》、《绵津山人诗集》等。宋荦最有名的散文《游姑苏台记》，是一篇山水游记，淡中见浓，平中寓奇。

全文共三段，按时间顺序，记叙了作者出游姑苏台的全过程。第一段写途中的景致，感叹"其劳苦殊甚"，除了给人以"忙"与"乐"的感觉，还暗示了其中之"苦"。第二段简叙泛舟胥江，出城直抵姑苏台下的情景。第三段描述下山进庵，品茗吃杨梅，以及归途中闲暇自得的心情。

全文所记，皆游山玩水中的日常琐事和个人情怀，似乎平淡无奇，但作为画家的宋荦，其山水游记，总有一种浓郁的诗情画意在其中。如写乘小舟出日晖桥后，描绘了"农夫插漪，妇子满田畦，泥滓被体，桔槔与歌声相答"的春耕图；在留云庵里，又勾勒了一幅小庵贫僧酌泉烹茗以飨宾客的画面。这些都为游记增添了不少的情趣，也为读者提供了驰骋想象的空间。作为诗人的宋荦，不仅善于用画家的审美眼光来观察自然风物，而且擅长于用诗的语言来写景叙事：稻畦交错，竹林蔚密，幼松丛生，水石清幽，令人心旷神怡。所以他的这篇《游姑苏台记》，又像是一篇优美的散文诗。

景随物迁，情因景生是本文写作上的主要特点。由生机盎然的登台之景，到荒芜凄清的台上之景，再到气势雄健的四周之景，作者的思想感情也随之相应变化：从欣喜兴奋，到失望伤感，继而感慨叹息。

【阎典史①传】

邵长蘅

阎典史者，名应元，字丽亨，其先浙江绍兴人也，四世祖某，为锦衣校尉②，始家北直隶之通州③，为通州人。应元起掾史④，官京仓大使⑤。崇祯十四年，迁江阴⑥县典史。始至，有江盗百艘，张帜乘潮阑入内地，将薄城，而会县令摄篆旁邑⑦，丞、簿⑧选愞⑨怖急，男女奔窜。应元带刀鞬⑩出，跃马大呼于市曰："好男子，从我杀贼护家室！"一时从者千人。然苦无械，应元又驰竹行⑪呼曰："事急矣，人假一竿，值取诸我！"千人者，布列江岸，矛若林立，士若堵墙。应元往来驰射，发一矢辄殪⑫一贼。贼连毙者三，气慑，扬帆去。巡抚⑬状闻，以钦依都司掌徼巡县尉⑭，得张黄盖⑮，拥纛⑯，前驱清道而后行。非故事⑰，邑人以为荣。久之，仅循资迁⑱广东英德县主簿，而陈明选⑲代为尉。应元以母病未行，亦会国变⑳，挈家侨居邑东之砂山㉑。是岁乙酉㉒五月也。

当是时，本朝定鼎㉓改元二年矣。豫王㉔大军渡江，金陵㉕降，君臣出走。弘光帝㉖寻被执。分遣贝勒㉗及他将，略定东南郡县。守土吏或降或走，或闭门旅拒㉘，攻之辄拔。速者功在漏刻㉙，迟不过旬日，自京口㉚以南，一月间下名城大县以百数。而江阴以弹丸下邑，死守八十馀日而后下，盖应元之谋计居多。

初，薙发令㉛下，诸生㉜许用德㉝者，以闰六月朔悬明太祖御容于明伦堂㉞，率众拜且哭，士民蛾聚㉟者万人，欲奉新尉陈明选主城守。明选曰："吾智勇不如阎君，此大事，须阎君来。"乃夜驰骑往迎应元。应元投袂㊱起，率家丁四十人夜驰入城。是时城中兵不满千，户裁㊲及万，又饷无所出。应元至，则料尺籍㊳，治楼橹㊴，令户出一男子乘城，馀丁传餐㊵。已乃发前兵备道㊶曾化龙所制火药火器贮堞楼，已乃劝输巨室㊷，令曰："输不必金，出粟、菽㊸、帛、布及他物者听。"国子上舍㊹程壁首捐二万五千金，捐者麇集㊺。于是围城中有火药三百罂㊻，铅丸、铁子千石，大炮百，鸟机㊼千张，钱千万缗㊽，粟、麦、豆万石，他酒、酤、盐、铁、刍、藁称是。已乃分城而守：武举㊾黄略守东门，把总㊿某守南门，陈明选守西门，应元自守北门，仍徼巡四门。部署甫定，而外围合。

时大军薄城下者已十万，列营百数，四面围数十重，引弓仰射，颇伤城上人。而城上礧炮(51)、机弩，乘高下，大军杀伤甚众。乃架大炮击城，城垣裂。应元命用铁叶裹门板，贯铁絙(52)护之，取空棺实以土，障隤处(53)。又攻北城，北城穿。下令："人运一大石块，于城内更筑坚垒。"一夜成。会城中矢少，应元乘月黑，束藁为人，人竿一灯，立陴睨(54)间，匝城，兵士伏垣内，击鼓叫噪，若将缒城斫营者。大军惊，矢发如雨，比晓，获矢无算。又遣壮士夜缒城入营，顺风纵火，军乱，自蹂践相杀死者数千。

大军却，离城三里止营。帅刘良佐(55)拥骑至城下，呼曰："吾与阎君雅故(56)，为我语阎君，欲相见。"应元立城上与语。刘良佐者，故弘光四镇(57)之一，封广昌伯，降本朝总兵者也。遥语应元："弘光已走，江南无主，君早降，可保富贵。"应元曰："某明朝一典史耳，尚知大义，将军胙土分茅(58)，为国重镇，不能保障江淮，乃为敌前驱，何面目见吾邑义士民乎？"良佐惭退。

应元伟躯干，面苍黑，微髭。性严毅，号令明肃，犯法者，鞭笞贯耳(59)，不稍贳(60)。然轻财，赏赐无所吝。伤者手为裹创，死者厚棺殓，酹醊(61)而哭之。与壮士语，必称好兄弟，不呼名。陈明选宽厚呕煦(62)，每巡城，拊循(63)其士卒，相劳苦，或至流涕。故两人皆能得士心，乐为之死。

先是，贝勒统军略地苏、松(64)者，既连破大郡，济师(65)来攻。面缚两降将，跪城下说降，涕泗(66)交颐(67)。应元骂曰："败军之将，被禽不速死，奚喋喋为！"又遣人谕令："斩四门首事各一人，即撤围。"应元厉声曰："宁斩吾头，奈何杀百姓！"叱之去。会中秋，给军民赏月钱，分曹携具，登城痛饮，而许用德制乐府《五更转曲》，令善讴者曼声(68)歌之。歌声与刁斗(69)、笳吹声相应，竟三夜罢。

贝勒既觇知城中无降意，攻愈急。梯冲(70)死士，铠胄皆镔铁，刀斧及之，声铿然，锋口为缺。炮声彻昼夜，百里内，地为之震。城中死伤日积，巷哭声相闻。应元慷慨登陴，意气自若。旦日，大雨如注，至日中，有红光一缕起土桥，直射城西。城俄陷，大军从烟焰雾雨中蜂拥而上。应元率死士百人，驰突巷战者八，所当杀伤以千数。再夺门，门闭不得出，应元度不免，踊身投前湖，水不没顶，而刘良佐令军中，必欲生致应元，遂被缚。良佐箕踞乾明佛殿，见应元至，跃起持之哭，应元笑曰："何哭？事至此，有一死耳！"见贝勒，挺立不屈。一卒持枪刺应元贯胫，胫折踣地。日暮，拥至栖霞禅院，院僧夜闻大呼"速斫我"不绝口。俄而寂然，应元死。

凡攻守八十一日，大军围城者二十四万，死者六万七千，巷战死者又七千，凡损卒七万五千有奇。城中死者，无虑(71)五六万，尸骸枕藉，街巷皆满，然竟无一人降者。

城破时，陈明选下骑搏战，至兵备道前被杀，身负重创，手握刀，僵立倚壁上不仆。或曰阖门投火死。

论曰：《尚书·序》(72)曰："成周既成，迁殷顽民(73)。"而后之论者，谓于周则顽民，殷则义士。夫跖犬吠尧(74)，邻女詈人(75)，彼固各为其主。予童时，则闻人啧啧谈阎典史事，未能记忆也。后五十年，从友人家见黄琋所为死守孤城状，乃摭其事而传之。微夫应元，固明朝一典史也，顾其树立，乃卓卓如是！呜呼！可感也哉！

【注释】

①典史：官名，知县的属官，掌管缉捕、监狱。如无县丞、主薄，典史可代为兼管县署事务。 ②锦衣校尉：隶属刑部，明代掌管侍卫、缉捕、刑狱的官署锦衣卫的下属军吏。 ③北直隶通州：即今北京通县。明代祖迁都燕京后，今河北省地区当时称北直隶。 ④掾（yuàn）史：古代地方官长手下的属官。 ⑤官京仓大使：明代户部管理在京仓库的官吏。 ⑥江阴：今江苏省江阴县。 ⑦会县令摄篆旁邑：恰逢县令到他县代理县令职务。会：恰恰。摄，兼代。篆，官印。 ⑧丞、簿：县丞、主簿，均为知县的属官。 ⑨选愞（nuò）：怯惧、懦弱。选，同“巽”。 ⑩韃：装弓箭的器具。 ⑪竹行：出售竹、木的商店。 ⑫殪（yì）：射杀死。 ⑬巡抚：官名，总揽一省军民政务的官员。 ⑭以钦依都司掌徼（jiào）巡县尉：以皇帝的命令加阁典史都司职衔，掌管全县巡察缉捕的县尉职务。钦，对帝王的敬语。 ⑮黄盖：黄色的伞。 ⑯纛（dào）：古代军队里的大旗。 ⑰非故事：没有先例。这里指一个县典史用都指挥司的仪仗过去是没有的事。 ⑱仅循资迁：仅仅依他的资历迁升。 ⑲陈明选：即《明史》中的陈明遇。 ⑳亦会国变：也因国家发生变更。国变，这里指明朝灭亡。 ㉑砂山：江阴县城东南约三十里处。 ㉒乙酉：南明弘光元年，清顺治二年（1645 年）。 ㉓定鼎：这里指建立清朝。 ㉔豫王：即和硕豫亲王多铎。 ㉕金陵：指南京弘光政权。 ㉖弘光帝：南明的福王朱由崧。 ㉗贝勒：清代封爵次序是亲王、郡王、贝勒、贝子、镇国公等，此处系指平南大将军勒克德浑。 ㉘旅拒：聚众抗拒。 ㉙漏刻：形容时间极短。 ㉚京口：今江苏省镇江市。 ㉛薙（tì）发令：顺治二年，清兵攻入南京，清军命令汉族男人剃掉前额至头顶头发，按满清风俗将头后长发梳成辫子，违者处死。薙，同“剃”。 ㉜诸生：俗称秀才。 ㉝许用德：江阴破后，他上吊自缢，全家自焚而死。 ㉞明伦堂：县学正殿。 ㉟蛾（yì）聚：像蚁群聚一起，形容人密而多。蛾，同“蚁”。 ㊱投袂（mèi）：甩动衣袖，表示奋发之状。 ㊲裁：同“才”。 ㊳料尺籍：整理军中户口名册。 ㊴治楼橹：修整守城的器具。楼橹，城墙上的堞楼。 ㊵传餐：传送食物。 ㊶兵备道：官名，明代在各省要害地方设整饬兵备的道具。 ㊷劝输巨室：劝大户富豪捐献。 ㊸菽：指豆。 ㊹国子上舍：指明代国子监的监生。上舍，班级较高的士子。 ㊺麇（qún）集：群集。 ㊻罂：肚大口小的瓦器。 ㊼鸟机：打鸟的火枪。 ㊽缗：原意为丝，这里指一贯钱。 ㊾武举：武举人。 ㊿把总：武官名，较低一级的兵官。 (51)礧（léi）炮：打石头的炮。 (52)铁絚（gǎo）：大铁链子。 (53)障隤处：堵塞城墙坍塌处。隤（tuí），倒塌。 (54)陴（pí）睨（ní）：城上的女儿墙。 (55)刘良佐：南明四大将领之一，驻守临淮。 (56)雅故：旧交，深交。 (57)弘光四镇：南明弘光帝时，分江北为四镇，刘良佐镇守临淮，刘泽清驻守淮水，黄得功驻守庐州，高杰驻守泗水。 (58)胙（zuò）土分茅：古代帝王用白矛裹着泥土授予被封者，象征授予功臣土地及权力。这里是说刘良佐上有享有诸侯待遇的大官。胙，赐。 (59)贯耳：以短箭插耳示众，是古代军队的一种刑罚。 (60)贳（shì）：宽免。 (61)酹（lèi）醊（chuò）：以酒洒地而祭。 (62)呕（xǚ）煦（xù）：和悦可亲。 (63)拊循：抚慰。 (64)苏、松：苏州、松江两府所属各地。 (65)济师：增加兵源。 (66)涕泗：眼泪鼻涕。 (67)交颐：上下充满两腮。 (68)曼声：抑扬悠长的音调。 (69)刁斗：铜质更鼓。 (70)梯冲：攻城用的云梯或冲车。 (71)无虑：无须计虑即可知。大约的意思。 (72)《尚书·

序》:指《尚书》中《多士》一篇的序。 ⑦③成周既成,迁殷顽民:周灭商后迁殷民到成周,以防殷民判乱。成周:今河南洛阳市东北。周成王时,周公旦曾筑城于此。 ⑦④跖犬吠尧:语出《战国策·齐策六》,比喻人臣各为其主。跖,古代传说中的大盗。 ⑦⑤邻女詈（jì）人:《战国策·秦策一》记载:"楚人有两妻者,人誂其长者,长者詈之；誂其少者,少者许之。居无几何,有两妻者死,客谓誂者曰:'汝取长者乎,少者乎？'曰:'取长者。'客曰:'长者詈汝,少者和汝,汝何为取长者？'曰:'居彼人之所,则欲其许我也；今为我妻,则欲其为我詈人也。'"詈:咒骂。

【赏析】

邵长蘅,束发能诗,弱冠以古文辞名,十岁为诸生,诗文名声大振,著作辑为《青门麓稿》。客于江苏巡抚宋荦幕,以布衣终,一生不得其志。作者七岁时明朝北都灭亡,次年南都颠覆,他亲眼目睹了江南地区发生的那些反抗清军杀掠的民族斗争。作者晚年,清朝政局稳定,康熙帝表扬明末抗清死节的忠臣,邵长蘅便根据见闻和时人的有关记载,满怀深情地为一位即将被正史所抹杀的小人物立传。

从题目看,明清野史的传记,多是直书传主其名,此传用的却是传主的官职——典史。所谓"典史",比县丞和主簿品级更低,连九品十八级的最末一等都不够。传主由于身微官卑而被轻视以至险被埋没,作者选取这个有着思想光辉的小人物,并有意用他卑微的官职为题,隐含着对于明末许多卑躬屈膝的文武大员的讽嘲,高唱了一曲民族气节的正气歌,是一篇不可多得的给小人物立的大传记。

这篇传记以江阴守城的时间为序,以多种不同的表现手法,从各个不同的方面,具体细微地写出了江阴士民惊天地、泣鬼神、悲壮惨烈的英雄壮举,突出了守城的组织者、指挥者典史阎应元这位小人物的令人肃然起敬的完美形象。作者大肆渲染主人公所处形势之紧急,打破海贼时如此,江阴守城时亦是如此,唯在这种情况下,才见得阎应元临危不惧、智勇双全、一呼百应的性格特征。此外,阎应元自己的语言也是作者着力描写之处,"败军之将,被禽不速死,奚喋喋为"等语豪迈有力、斩钉截铁,读来不难想象应元英勇、果决的形象。作者以雕刻的手法将应元的形象立体地呈现在读者眼前,使人如见其人,如闻其声。

【选古文小品①序】

廖燕

大块②铸③人,缩七尺④精神于寸眸之内,呜呼,尽之矣！文非以小为尚,以短为尚,顾⑤小者大之枢,短者长之藏也。若言犹远而不及,与理已至而思加,皆非文之至也。故言及者无繁词,理至者多短调。巍巍泰岱⑥,碎而为嶙砺沙砾⑦,则瘦漏透皱⁸见矣；滔滔黄河，促而为川渎溪涧，则清涟潋滟⁹生矣。盖物之散者多漫，而聚者常敛。照乘粒珠⁰耳，而烛物更远，予取其远而已；匕首寸铁耳，而刺人尤透，予取其透而已。大狮搏象用全力，搏兔亦用全力，小不可忽也；粤西⁰有修蛇，蜈蚣能制之，短不可轻也。

【注释】

①小品：随笔、杂感等短小文章的通称。　②大块：这里指大自然。也指天地、造化。　③铸：铸造。　④七尺：古时七尺相当于一般成人的高度，代称人身。　⑤顾：但。　⑥泰岱：即泰山。　⑦嶙砺沙砾：细石沙粒。嶙：同"磷"，石砾。砺：石声，这里指石。　⑧瘦漏透皱：显露出内在细微的东西。瘦：细微。皱：纹路。　⑨潋滟：形容水波流动。　⑩照乘粒珠：光亮能照明车辆的宝珠。乘：古时一车四马为一乘。　⑪粤西：即广西。

【赏析】

廖燕的散文充满强烈的社会批判精神，小品文随心所欲，纵横自如。《选古文小品序》概括和阐述了小品短而小的特质，强调小品的"刺人"功用，是对晚明小品理论的总结和发展。

盛行于明末清初的小品文，曾以或精悍、或灵动、或诙谐的格调，对空洞的八股式"时文"和冗杂的"古文"给以有力的针砭。然而在正统文人眼中它不过是一种不登大雅之堂的小玩艺。廖燕这篇序文，将古文与小品联成一系，比较全面而科学地揭示了小品的思想艺术特色与性能，大有正本清源之气概。

廖燕此文高度浓缩，"以少总多"，"举重明轻"，善用比喻。起笔说"大块"铸造人的特点是"缩七尺精神于寸眸之内"。这个比喻为"小"之不小的立论奠定基础。后文把小品比为"粒珠"和"匕首"，"烛物更远"，"刺人更透"，揭示出小品所具有的深远度与穿透力，使"小"凝练以至犀利的特点给人以深刻印象。紧接着用形象妙譬，泰山巍巍，自见其雄，但"碎而为嶙砺沙砾"，亦别具"瘦漏透皱"之美；黄河滔滔，自见其势，可是"川渎溪涧"却也涟漪秀丽。因而"小"之可贵在其寓"大"。比喻深入浅出，极具匠心。

作者并非唯"小"是尚，始终没有游离开"大"，很好地把握了说理的辩证法则。作者立论后就宕开一笔，"文非以小为尚，以短为尚"，"小"的价值必须是"大之枢"、"长之藏"。"言犹远而不及"二句，是对大篇文章言不及义的批判，反衬出"理至者多短调"的"小"的功能价值。至此，"小"与"大"的关系及相对意义已经明确，由"散者多漫，而聚者常敛"承上启下，开始对小品之"小"的功能加以论证。结尾用粤西"修蛇"被蜈蚣"制之"一笔，强调"短不可轻"，回到序文本旨上来，照应开头，全文首尾一体，论证严密。

【鸟　说】

戴名世

余读书之室，其旁有桂一株焉，桂之上，日有声嘤嘤①然者。即而视之，则二鸟巢于其枝干之间，去地②不五六尺，人手能及之。巢大如盏③，精密完固，细草盘结而成。鸟雌一雄一，小不能盈掬④，色明洁，娟皎可爱，不知其何鸟也。雏且出矣，雌者覆翼之，雄者往取食，每得食，辄息于屋上，不即下。主人戏以手撼其巢，则下瞰⑤而鸣，小撼之小鸣，大撼之即大鸣，手下，鸣乃已。他日，余从外来，见巢坠于地，觅二鸟及鷇⑥，无有。问之，则某氏僮奴取以去。

嗟乎！以此鸟之羽毛洁而音鸣好也，奚⑦不深山之适⑧而茂林之栖⑨，乃托身非所，见辱于人奴以死。彼其以世路为甚宽也哉！

【注释】

①嘤（guān）嘤：二鸟和鸣。　②去地：离地。　③盏：灯。　④盈掬：满握。掬：两手合捧。　⑤瞰（kàn）：从高的地方向下看，俯视。　⑥鷇（kū）：鸟卵，或已孵出的小鸟。　⑦奚：何，为什么。　⑧适：去住。　⑨栖（qī）：住，歇息。

【赏析】

戴名世是清初有抱负节操的学者。他的著作曲折地表达了对清朝统治者政治压迫的愤恨和怀念明朝的思想感情。后因所著《南山集》用了南明王朝永历的年号，被判处谋反罪遇难，并且株连甚广，成为清代有名的文字狱大案。

这篇寓言式的杂文选自《南山集》。作者借鸟喻人，入木三分，意图在于通过小鸟选择栖身之地不恰当，遭到飞来横祸，这个寓言揭露封建社会使人无法生存的残酷现实。认为有识之士应该选择适合自己的处所去发展，免得"托身非所，见辱于人奴以死"。

全篇二百余字，堪称短篇佳制。将小鸟的曲调、形态、生活习性和不幸遭遇，写得委婉曲折，细腻逼真，读之如身临其境，思之则余味无穷：这结巢人间的小鸟，多像一普通家庭，一雌一雄一雏，雌者护雏，雄者觅食，相濡以沫，营造出一种平和安宁的气氛。这个家庭的结构不可谓不精密，其生活要求却不可谓高。然而即使如此，它们还是被倾巢毁灭，令作者顿生感伤之情。作者在文章末尾用凝重而奔放的笔调，道出了这篇短文的弦外之音：多么美好的鸟儿啊，何不到深山茂林中去栖息而要结巢人间呢？人间岂是托身之地？天真的小鸟原来还以为世路很宽呢，结果却受辱于奴僮以死。末段简洁的议论语言平淡中见锋芒，是对险恶世路、残暴势力的有力抨击，宣泄自己长期积聚的愤懑之情。

《鸟说》写得别具匠心，语言朴质自然，叙事清晰生动，记叙、议论都饱含感情。文中作者认为君子可以避乱远祸，然而这种想法是不切实际的，到后期的作品，比如《蓼庄图记》中"余久怀遁世之思，嗟宇宙无所为桃花源者，何以息影而托足"之语，作者才意识到君子避祸无门的残酷现实。

【醉乡记】

戴名世

昔余尝至一乡，辄颓然靡然①，昏昏冥冥②，天地为之易位，日月为之失明，目为之眩③，心为之荒惑④，体为之败乱⑤。问之人："是何乡也？"曰："酣适⑥之方，甘旨⑦之尝，以徜以徉⑧，是为醉乡。"

呜呼！是为醉乡也欤？古人不余欺⑨也。吾尝闻夫刘伶⑩、阮籍⑪之徒矣。当是时，神州陆沉，中原鼎沸⑫，而天下之人，放纵恣肆，淋漓颠倒，相率入醉乡不已。而以吾所见，其间未尝有可乐者。或以为可以解忧⑬云耳。夫忧之可以解者，非真忧也；夫果有其忧焉，抑亦不必解也，况醉乡实不能解其忧也。然则入醉乡者，皆无有忧也。

呜呼！自刘、阮以来，醉乡遍天下；醉乡有人，天下无人矣。昏昏然，冥冥然，颓堕委靡，入而不知出焉。其不入而迷者，岂无其人者欤⑭？而荒惑败乱者率指以为笑，则真醉乡之徒也已。

【注释】

①颓然靡然：颓唐萎靡的样子。 ②昏昏冥冥：昏暗不明。 ③眩：眼花，看不清。 ④荒惑：恍惚迷惑。荒：同"恍"，恍惚。 ⑤败乱：受到损害、扰乱。 ⑥酣适：畅快舒适。 ⑦甘旨：美味。 ⑧以徜（cháng）以徉（yáng）：安闲自在。 ⑨不余欺：否定句宾语前置，即不欺余。 ⑩刘伶：字伯伦。纵酒放诞，蔑视封建礼法，曾作《酒德颂》。 ⑪阮籍：字嗣宗。蔑视礼教，在政治斗争中常以醉酒保全自己。 ⑫神州陆沉，中原鼎沸：指刘、阮所处的时代动乱不安。公元三世纪中期，司马氏统治集团推翻曹魏政权，建立晋王朝后，为巩固统治地位，滥施杀戮，政治黑暗而恐怖，当时许多士族知识分子心怀不满，纵酒放达，以求解脱。鼎沸：形容局势不安定，好像鼎水沸腾。 ⑬或以为

可以解忧：语出曹操《短歌行》："何以解忧，惟有杜康。" ⑭其不入而迷者，岂无其人者欤：不入醉乡而昏迷荒惑的清醒之士，还是有的。

【赏析】

戴名世是一个愤世嫉俗的人，自谓生当浊世，《醉乡记》就是一篇愤世之作。

作者借刘伶、阮籍所处魏晋之际的史事，指出造成"醉乡"的根本社会原因，在于统治集团昏暴，以致"神州陆沉，中原鼎沸"。他凛然发语："夫忧之可以解者，非真忧也；夫果有其忧焉，抑亦不必解也，况醉乡不能解其忧也。然则入醉乡者，皆无忧也。"他的感叹直率而简明，把那些籍"醉乡"之幻避世而又冀于用世的文士轰出了这个乌有之乡，他的一声长啸："呜呼！自刘、阮以来，醉乡有人，天下无人矣。"足以让许多不遇世用的"才俊"汗颜。至此，"醉乡"之幻，由志趣到劝讽，似乎可以终了。

本文主旨并不是一概反对饮酒，而是痛恨现实中那些颓废消沉，放浪形骸，麻木不仁，借"解忧"之名终日酩酊的无所作为者。作者所赞赏的，是包括自己在内的那些"其不入而迷者"，是那些有进取精神的斗士。因此，本文的思想内涵已不为"醉乡"所局限，它给予人们的是积极生活的启示和不与腐朽社会同流合污的力量，是一剂醒世良药。

作者所处的时代，文人动辄以文字得祸，故戴名世的愤世之作，多取寓言形式。这篇文章，作者以辛辣的笔调讽刺、嘲弄了那群醉生梦死、潦倒颓废的封建士大夫，虽一语不及时事，却指桑骂槐，旁敲侧击，反映了清初社会的某些现实，带有社会批判色彩。

【画网巾①先生传】

戴名世

顺治二年，既定江东南，而明唐王②即皇帝位于福州。其泉国公郑芝龙③，阴受大清督师洪承畴④旨，弃关⑤撤守备，七闽⑥皆没，而新令薙发⑦更衣冠，不从者死。于是士民以违令死者不可胜数，而画网巾先生事尤奇。

先生者，其姓名爵⑧里⑨皆不可得而知也，携仆二人，皆仍明时衣冠，匿迹于邵武、光泽⑩山寺中。事颇闻于外，而光泽守将吴镇使人掩⑪捕之，逮送邵武守将池凤阳。凤阳皆去其网巾，留于军中，戒部卒谨守之。先生既失网巾，盥⑫栉⑬毕，谓二仆曰："衣冠者，历代各有定制，至网巾则我太祖高皇帝⑭创为之也。今吾遭国破即死，讵⑮可忘祖制乎！汝曹⑯取笔墨来，为我画网巾额上。"于是二仆为先生画网巾，画已，乃加冠，二仆亦互相画也，日以为常。军中皆哗笑之，而先生无姓名，人皆呼之曰画网巾云。

当是时，江西、福建间有四营之役。四营者，曰张自盛，曰洪国玉，曰曹大镐，曰李安民。先是自盛隶明建武侯王得仁为裨将⑰，得仁既败死，自盛亡⑱入山，与洪国玉等收召散卒及群盗，号曰恢复⑲，众且逾万人，而明之遗臣如督师兵部右侍郎揭重熙⑳、詹事府正詹事傅鼎铨㉑等皆依之。岁庚寅㉒夏，四营兵溃于邵武之禾坪，池凤阳诡称先生为阵俘，献之提督杨名高㉓。名高视其所画网巾班班然㉔额上，笑而置之。

名高军至泰宁㉕，从槛车㉖中出先生，谓之曰："若及今降我，犹可以免死。"先生曰："吾旧识王之纲㉗，当就彼决之。"王之纲者，福建总兵，破四营有功者也。名高喜，使往之纲所。之纲曰："吾固不识若也。"先生曰："吾亦不识若也，今特就若死耳。"之纲穷诘其姓名，先生曰："吾忠未能报国，留姓名则辱国；智未能保家，留姓名则辱家；危不即致身㉘，留姓名则辱身。军中呼我为画网巾，即以此为吾姓名可矣。"之纲曰："天下事已大定，吾本明朝总兵，徒以识时变，知天命，至今日不失富贵。若一匹夫㉙，倔强死，何益？且夫改制㉚易服，自前世已然。"因指其发而诟之曰："此种种㉛者而不肯去，何也？"先生曰："吾于网巾且不忍去，况发耶！"之纲怒，命卒先斩其二仆。群卒前捽㉜之，二仆瞋㉝目叱曰："吾两人岂惜死者！顾㉞死亦有礼，当一辞吾主人而死耳。"于是向先生拜，且辞㉟曰："奴等得事扫除泉下矣！"乃欣然受刃。之纲复谓先生曰："若岂有所负耶？义死虽亦佳，何执之坚也。"先生曰："吾何负？负吾君耳。一筹莫效而束手就擒，与婢妾何异，又以此易㊱节烈名，吾笑乎古今之循例而负义者，故耻不自述也。"出袖中诗一卷，掷于地，复出白金一封，授行刑者曰："此樵川范先生所赠也，今与汝。"遂被戮于泰宁之杉津。泰宁诸生谢韩葬其骸于郊外杉窝山，题曰"画网巾先生之墓"，而岁时上冢致祭不辍。

当四营之既溃也，杨名高、王之纲复追破之，死逃略尽，而败将有愿降者，率兵受招抚㊲于邵武。行至朱口，一卒独不肯前，伸项谓其伍㊳曰："杀我！杀我！"其伍怪之，且问故，曰："吾熟思之累日夜矣，终不能俯仰事降将，宁死汝手。"其伍难之。乃奋袂裂眦㊴,抽刃相拟㊵曰:"不杀我者,今当杀汝!"其伍乃挥涕斩之,埋其骨而去。

揭重熙、傅鼎铨先后被获,不屈死。张自盛、曹大镐等后就缚于泸溪㊶山中。

赞曰:自古守节之士不肯以姓字落人间者,始于明永乐之世。当是时,一夫守义而祸及九族,故多匿迹而死,以全其宗党㊷。迨崇祯甲申㊸而后,其令未有如是之酷也,而以余所闻,或死或遁,不以姓名里居示人者颇多有,使吊古㊹之士莫能详焉,岂不可惜也夫!如画网巾先生事甚奇。闻当时军中有马耀图者,见而识之曰:"是为冯生舜也。"至其他生平则又不能言焉。余疑其出于附会,故不著于篇。

【注释】

①网巾:以丝结网为巾,戴网巾之俗始于明初。 ②明唐王:明宗室,朱聿键,崇祯五年(1632年)袭封唐王。顺治二年,明礼部尚书黄道周和都督同知郑芝龙拥立唐王于福州。次年,清兵入福建,因郑芝龙降清,他逃到汀州被俘,死于福州。 ③郑芝龙:字飞皇,泉国公为其封号。福建南安人,郑成功之父,明都督同知。顺治二年拥立唐王在福州即位,不久,因清统治者离间诱降,反明降清。 ④洪承畴:字彦演,福建南安人,明末任兵部尚书,崇祯十四年(1614年)为清军所败,翌年被捕降清。 ⑤关:枫岭关,位于仙霞岭,为福建北部屏障。 ⑥七闽:因居七族而得名,古指今福建和浙江南部一带少数民族地区,后称福建为七闽。 ⑦薙发:剃发。顺治二年,清廷下令江南人民剃发。蓄发为汉族风俗,江南反剃发的斗争此起彼伏,不少人为此遭到清军的屠杀。 ⑧爵:官职。 ⑨里:籍贯。 ⑩邵武、光泽:两个县名,在福建西北山区。 ⑪掩:乘人不备进行袭击逮捕。 ⑫盥:洗手洗脸。 ⑬栉:原指梳子,这里指梳头。 ⑭太祖高皇帝:朱元璋。 ⑮讵:岂。 ⑯汝曹:你们。 ⑰裨将:副将。 ⑱亡:逃。 ⑲恢复:复辟明朝。 ⑳揭重熙:江西临川人。崇祯时为福宁州知州,弘光时任吏部主事,永历年间封为兵部尚书,被俘不屈而死。 ㉑傅鼎铨:江西临川人,崇祯年间进士,永历时任兵部右侍郎,坚持抗清,被俘不屈而死。 ㉒庚寅:顺治七年(1650年)。 ㉓杨名高:辽东人,属镶黄旗汉军,顺治间任福建漳州提督。 ㉔班班然:杂色的网状花纹。 ㉕泰宁:县名,位于福建省西北部。 ㉖槛车:囚禁押解犯人的车。 ㉗王之纲:宛平人,明总兵,降清后授福建云霄总兵,加都督佥事,镇守汀州。 ㉘危不即致身:国家危难之时不能立即献身于国。危,危难。 ㉙匹夫:平民男子。 ㉚改制:朝代的改变。制:制度。 ㉛种种:头发短的样子。 ㉜捽:揪。 ㉝瞋:怒睁眼睛。 ㉞顾:但是。 ㉟辞:辞行。 ㊱易:擅取。 ㊲招抚:经过劝说,归顺投降。 ㊳伍:同队伍中的士兵。 ㊴奋袂裂眦:愤然甩袖,怒目圆睁。 ㊵相拟:作出杀人的样子。 ㊶泸溪:县名,在今湖南省境内。 ㊷宗党:家族。 ㊸崇祯甲申:崇祯十七年(1644年)。明朝灭亡之年。 ㊹吊古:凭吊历史旧事。

【赏析】

戴名世，清代散文家，作文主张以"精、气、神"为主。他以修《明史》为毕生心愿，可惜未能实现，但他为此搜集了大量史料，其驾驭史料的能力和生动洗练而又述事周详的笔法堪称一绝，被梁启超赞为"史才特绝"。

《画网巾先生传》是他的名篇，堪称史传文学中的佳作。作者用极其生动的笔调，饱含着深厚的感情，刻画了一个"其姓名爵里皆不得而知"的反清英雄形象，虽实录其事而人物个性鲜明，通篇寓庄于谐，情趣盎然。此文以李世雄《画网巾先生传》为蓝本，情节相似，却面目一新，就文学价值和历史内涵看绝非李传的"篡窃"。

首先，戴名世对画网巾先生生活的社会环境作了准确的交待。故事发生于顺治二年，清兵既定江东，而人民仍在不屈地抗争，由明代遗臣与农民军联合组织成的"四营"，号曰恢复，活跃在福建、江西一带。在此起彼伏的抗清斗争中，画网巾先生只是其中一员，这就使得他的形象更富有典型意义。

其次，戴名世善用对比烘托的手法。欣然受刃，愿为主人扫除泉下的二仆，是对画网巾先生形象的正衬；降明将领王之纲，是对画网巾先生形象的反衬。画网巾先生被捕后落入清提督杨名高之手，杨名高企图诱其降清。画网巾先生佯称认识王之纲，相见时，之纲曰："吾固不识若也。"先生曰："吾亦不识若也，今特就若死耳。"画网巾先生是主动找上门去讥讽那个民族败类的。画网巾先生的形象就在正反衬中跃然纸上。

戴名世以司马迁为宗师，"为文得司马子长之神"，恰如其分地将小说手法引进史传写作之中，注重人物性格的描写，真实而艺术地再现人物的精神风采。文中有戏剧性场面和典型化环境的描写，有人物肖像，有心理剖析，有行动，有对话，写得绘声绘色，栩栩如生。

【狱中杂记】

方苞

康熙五十一年①三月，余在刑部狱②，见死而由窦③出者日三四人。有洪洞④令杜君者，作⑤而言曰："此疫作⑥也。今天时顺正⑦，死者尚稀，往岁多至日十数人。"余叩所以⑧。杜君曰："是疾易传染，遘者⑨虽戚属，不敢同卧起。而狱中为老监者四，监五室⑩。禁卒⑪居中央，牖其前⑫以通明，屋极⑬有窗以达气。旁四室则无之，而系囚⑭常二百余。每薄暮⑮下管键⑯，矢溺⑰皆闭其中，与饮食之气相薄⑱。又隆冬，贫者席地而卧，春气动，鲜⑲不疫矣。狱中成法，质明⑳启钥㉑。方夜中，生人与死者并踵顶而卧㉒，无可旋避㉓。此所以染者众也。又可怪者，大盗积贼㉔，杀人重囚，气杰旺㉕，染此者十不一二，或随有瘳㉖；其骈死㉗，皆轻系㉘及牵连佐证法所不及者。”

余曰：“京师有京兆狱㉙，有五城御史司坊㉚，何故刑部系囚之多至此？”杜君曰：“迩年㉛狱讼，情稍重，京兆、五城即不敢专决；又九门提督㉜所访缉纠诘，皆归刑部；而十四司正副郎㉝好事者，及书吏㉞、狱官、禁卒，皆利系者之多，少有连，必多方钩致㉟。苟入狱，不问罪之有无，必械手足㊱，置老监，俾㊲困苦不可忍。然后导以取保㊳，出居于外，量其家之所有以为剂㊴，而官与吏剖分焉。中家㊵以上，皆竭资取保。其次，求脱械居监外板屋，费亦数十金。惟极贫无依，则械系不稍宽，为标准以警其馀。或同系㊶，情罪重者反出在外，而轻者、无罪者罹其毒㊷。积忧愤，寝食违节㊸，及病，又无医药，故往往至死。”余伏见㊹圣上㊺好生之德，同于往圣，每质㊻狱辞，必于死中求其生。而无辜者乃至此。倘仁人君子为上昌言㊼，除死刑及发塞外重犯，其轻系及牵连未结正㊽者，别置一所以羁之，手足毋械，所全活可数计哉？或曰：“狱旧有室五，名曰现监，讼而未结正者居之。倘举旧典㊾，可小补也。”杜君曰：“上推恩㊿，凡职官居板屋，今贫者转系老监，而大监有居板屋者，此中可细诘(51)哉！不若别置一所，为拔本塞源(52)之道也。”余同系朱翁(53)、余生(54)及在狱同官(55)僧某(56)，遘疫死，皆不应重罚。又某氏以不孝讼其子，左右邻械系入老监，号呼达旦。余感焉，以杜君言泛讯(57)之，众言同，于是乎书。

凡死刑狱上(58)，行刑者先俟于门外，使其党入索财物，名曰“斯罗(59)”。富者就其戚属，贫则面语之。其极刑(60)，曰：“顺我，即先刺心；否则四肢解尽，心犹不死。”其绞缢(61)，曰：“顺我，始缢即气绝；否则三缢加别械(62)，然后得死。”准大辟(63)无可要(64)，然犹质其首(65)。用此，富者赂数十百金，贫亦罄衣装；绝无有者，则治之如所言(66)。主缚者(67)亦然，不如所欲，缚时即先折筋骨。每岁大决(68)，勾者(69)十四三，留者十六七，皆缚至西市(70)待命。其伤于缚者，即幸留，病数月乃瘳，或竟成痼疾(71)。

余尝就老胥(72)而问焉：“彼于刑者、缚者，非相仇也，期有得耳；果无有，终亦稍宽之，非仁术乎？”曰：“是立法以警其馀，且惩后也；不如此，则人有幸心(73)。”主梏扑者(74)亦然。余同逮以木讯(75)者三人；一人予三十金，骨微伤，病间月(76)；一人倍之，伤肤，兼旬(77)愈；一人六倍，即夕行步如平常。或叩之曰：“罪人有无不均(78)，既各有得，何必更以多寡为差？”曰：“无差，谁为多与者？”孟子曰：“术不可不慎(79)。”信夫！

部中老胥，家藏伪章，文书下行直省(80)，多潜易之，增减要语，奉行者莫辨也。其上闻(81)及移关(82)诸部，犹未敢然。功令(83)：大盗未杀人，及他犯同谋多人者，止主谋一二人立决；馀经秋审，皆减等发配。狱辞上(84)，中有立决者，行刑人先俟于门外。命下，遂缚以出，不羁晷刻(85)。有某姓兄弟，以把持公仓，法应立决。狱具矣，胥某谓曰：“予我千金，吾生若。”叩其术，曰：“是无难，别具本章(86)，狱辞无易，取案末(87)独身无亲戚者二人易汝名，俟封奏时潜易之(88)而已。”其同事者曰：“是可欺死者，而不能欺主谳者(89)；倘复请之，吾辈无生理矣。”胥某笑曰：“复请之，吾辈无生理，而主谳者亦各罢去。彼不能以二人之命易其官，则吾辈终无死道也。”竟行之，案末二人立决。主者口呿舌挢(90)，终不敢诘。余在狱，犹见某姓，狱中人群指曰：“是以某某易其首者。”胥某一夕暴卒，众皆以为冥谪(91)云。

凡杀人，狱辞无谋、故者(92)，经秋审(93)入矜疑(94)，即免死。吏因以巧法(95)。有郭四者，凡四杀人，复以矜疑减等，随遇赦。将出，日与其徒置酒酣歌达曙。或叩以往事，一一详述之，意色扬扬，若自矜诩(96)。噫！渫(97)恶吏忍于鬻狱(98)，无责也；而道之不明(99)，良吏亦多以脱人于死为功，而不求其情。其枉民(100)也，亦甚矣哉！

奸民久于狱，与胥卒表里(101)，颇有奇羡(102)。山阴(103)李姓以杀人系狱，每岁致数百金。康熙四十八年，以赦出。居数月，漠然无所事，其乡人有杀人者，因代承之，盖以律非故杀，必久系，终无死法也。五十一年，复援赦减等(104)谪戍(105)，叹曰：“吾不得复入此矣！”故例，谪戍者移顺天府羁候，时方冬停遣，李具状求在狱，候春发遣，至再三，不得所请，怅然而出。

【注释】

①康熙五十一年：公元1712年。 ②刑部狱：清政府刑部所设的监狱。刑部，在明

清两朝所设六部中掌管刑律狱讼。③窦：洞。④洪洞（tóng）：地名，今山西洪洞县。⑤作：起立。⑥疫作：瘟疫流行。⑦天时顺正：气候正常。⑧叩所以：询问原因。叩，询问。⑨遘（gòu）者：得病的人。遘（gòu），遭遇，指染病。⑩监五室：每个老监，有五间房子。⑪禁卒：狱中管理犯人的公差。⑫牖（yǒu）其前：在前方开一个窗户。牖，窗子。⑬屋极：屋顶。⑭系囚：关押的犯人。⑮薄暮：傍晚。⑯管键：锁。⑰矢溺：大小便。矢，同"屎"。溺，同"尿"。⑱相薄（bó）：相混杂。⑲鲜：少见。⑳质明：天亮时。㉑启钥：开锁。㉒并踵顶而卧：并排躺在一起。踵，脚后跟。顶，头顶。㉓旋避：回避。㉔积贼：惯偷。㉕气杰旺：精力特别旺盛。㉖或随有瘳（chōu）：有的人染上病也随即就痊愈了。瘳，病愈。㉗骈死：接连死去。骈，并列，对偶。这里指接连不断。㉘轻系：轻罪被囚的犯人。㉙京兆狱：京兆府设立的地方监狱。㉚五城御史司坊：五城御史衙门的监狱。京城内分东、西、北、中五区，各有监狱。司坊，拘留所。㉛迩年：近年。㉜九门提督：清代北京外城有九门，即正阳、崇文、宣武、安定、德胜、东直、西直、朝阳、阜成。㉝十四司正副郎：清初刑部设十四司，司的正官司称郎中，副官称员外郎。㉞书吏：掌管文牍的小吏。㉟钩致：钩扯抓获。㊱械手足：手脚戴上刑具。㊲俾：使。㊳导以取保：诱导犯人花钱保释。㊴量其家之所有以为剂：衡量他们家中财产多少作为敲诈的依据。剂：调剂。㊵中家：中产之家。㊶同系：同时被关押的犯人。㊷罹（lí:）其毒：遭受其毒害。㊸寝食违节：睡觉吃饭都不正常。违节，不正常。㊹伏见：看到。伏，表示谦卑。㊺圣上：臣民对皇帝的尊称。这里指康熙。㊻质：询问，评判。㊼昌言：献言。㊽结正：结案、正式判决。㊾旧典：过去的制度。㊿推恩：施恩。51细诘：深究。52拔本塞源：拔除弊端的根本，堵塞弊端的源头。53朱翁：名字不详。或以为即朱书，非是。54余生：即余湛，字石民，童年学于戴名世。两人皆因《南山集》案牵连下狱。55同官：今陕西铜川市。56僧某：姓僧的人，或指僧人某。57泛讯：广泛地询问。58死刑狱上：判处死刑的案件上呈报批。59斯罗：同"撕攞"，北京方言，料理的意思。60极刑：即凌迟。行刑时先割去肢体，然后断喉致死。61绞缢：绞刑。62加别械：加别的刑具。63大辟：斩首。64要：要挟。65质其首：用人头作抵押来勒索。66治之如所言：按照他们说的那样处理犯人。67主缚者：执行捆缚犯人的役吏。68大决：即秋决。清时秋天对判死刑的犯人加以处决。每年八月，刑部会同九卿将死刑犯审核，姓名奏报皇帝，皇帝用朱笔加勾的立即执行，未勾的暂缓。69勾者：每年八月，由刑部会同九卿审判死刑犯人，呈交皇帝御决。皇帝用朱笔勾上的，立即处死；未勾上的为留者，暂缓执行。70西市：清时京师行刑的场所，今北京宣武区菜市口。71痼（gù）疾：积久不易治的疾病。72老胥：多年的老役吏。胥，胥吏，衙门中掌管公文案卷的小吏。73幸心：侥幸心理。74主梏扑者：专管上刑具、打板子的人。75木讯：用木制刑具如板子、夹棍等拷打审讯。76间月：一个多月。间，隔。77兼旬：两旬，二十天。78有无不均：贫富不一。79术不可不慎：语出《孟子·公孙丑上》，意思是选择谋生的手段不可不慎重。80直省：清代各省皆直属中央，因而称为"直省"。81上闻：上奏皇帝。82移关：移文和关文，皆属平行机关之间的来往公文。83功令：政府法令。84狱辞上：审判书已上报。85不羁晷（guǐ）刻：不留片刻。晷刻：很短的时间。86别具本章：另外写奏章上呈。87案末：姓名排列在同一案件后边的从犯。 ⑱俟封奏时潜易之：等加封向皇帝奏请时偷偷地换过。 ⑲主谳（yàn）者：负责审判的官员。谳，审判定罪。 ⑳口呿（qū）舌挢（jiāo）：张口结舌。呿，张口不能说话。挢，翘起舌头。形容惊讶的样子。 ㉑冥谪：受到阴曹地府的惩罚。 ㉒无谋、故者：不是预谋或故意杀人的。谋，预谋杀人。故，故意杀人。 ㉓秋审：每年秋天，刑部会同有关京官审核死刑案件，称秋审。 ㉔矜疑：其情可悯，其罪可疑。清朝规定，审判犯人分为情实、缓决、可矜、可疑四类。矜疑类案件可减罪。 ㉕巧法：取巧枉法，玩弄法令。 ㉖矜诩（xǔ）：炫耀。 ㉗渫（xiè）：污浊。 ㉘鬻狱：出卖官司。 ㉙道之不明：世道是非不明。 ㉚枉民：使百姓蒙受冤屈。 ㉛表里：互为表里，内外勾结。 ㉜奇（jī）羡：赢余。 ㉝山阴：县名，今浙江绍兴县。 ㉞援赦减等：根据大赦条例减刑。援，引用，按照。 ㉟谪戍：发配充军。

【赏析】

方苞，清代著名文学家、桐城派古文的创立者，有《方望溪先生全集》传世。康熙五十年（1711年），戴名世《南山集》案发。方苞在《南山集》序中列名，又将《南山集》的木版存于家中，因而被牵连入狱。最初被判死刑，后经多方救援，编入汉军旗为奴。

方苞入狱后，亲身体验、观察和了解到清王朝刑部监狱的种种黑暗现实，《狱中杂记》是方苞出狱后的追述，所记或为狱中目睹，或为狱中传闻。以严肃、质朴的文笔把狱吏和狱卒暴虐成性的面目展现在读者面前，揭露了刑部狱的种种黑幕，反映了封建君主专制国家司法机构的腐败与恐怖。在触目惊心的叙述中，间有冷峻深沉的议论。

"杂记"，是古代散文中的一种杂文体，因事立义，记述见闻。本文是"杂记"名篇，材料繁富，人物众多，作者善于选择典型事例重点描写，杂而有序，中心突出。方苞主张写文章应讲究"义法"，"义"指文章的内容，要符合封建的纲常伦理；"法"指文章的形式技巧，要结构条理，语言雅洁，从而做到"言之有物"、"言之有序"。如用"义法"来衡量，本文繁富的材料就是"义"，井然有序的记叙就是"法"。

文章揭露了以下三个方面的事实：一，狱中条件恶劣，瘟疫流行。惯犯、重囚生命力旺盛，而且有心理准备，很难被传染。反而是那些"轻系及牵连佐证法所不及者"，精神崩溃，免疫力下降，最容易被传染。二，狱吏的敲诈勒索与贪赃枉法。狱吏们"不问罪之有无，必械手足，置老监，俾困苦不可忍，然后导以取保"，把这些清白无辜的人折磨得无法忍受，接着诱劝倾家荡产交纳大笔保证金。罪魁祸首只要有钱取保，反而逍遥狱外。三，对死刑犯进行偷梁换柱。狱吏对判死罪的贪官说："给我千金，我让你活！"他们暴虐成性的嚣张气焰，简直难以想象。

据传方苞出狱后，曾为老监开窗出资，由于得到刑部主事龚梦熊的支持而得以实现；文中揭露的多种状况也引起主管官吏的重视。若果真如此，此文的社会意义不可谓不大。

【左忠毅公①逸事】

方苞

先君子②尝言：乡先辈左忠毅公视学京畿③，一日风雪严寒，从数骑④出，微行⑤入古寺，庑下⑥一生伏案卧，文方成草⑦。公阅毕，即解貂覆生，为掩户。叩⑧之寺僧，则史公可法也。及试⑨，吏呼名至史公，公瞿然⑩注视；呈卷，即面⑪署第一。召入使拜夫人，曰："吾诸儿碌碌，他日继吾志事⑫，惟此生耳。"

及左公下厂狱⑬，史朝夕狱门外。逆阉防伺⑭甚严，虽家仆不得近。久之，闻左公被炮烙⑮，旦夕且死，持五十金，涕泣谋于禁卒，卒感焉。一日使史更敝衣⑯草屦，背筐，手长镵⑰，为除不洁者⑱。引入，微指⑲左公处，则席地倚墙而坐，面额焦烂不可辨，左膝以下，筋骨尽脱矣。史前跪，抱公膝而呜咽。公辨其声，而目不可开，乃奋臂以指拨眦⑳，目光如炬，怒曰："庸奴！此何地也？而汝来前。国家之事，糜烂至此，老夫已矣，汝复轻身而昧大义㉑，天下事谁可支拄者？不速去，无俟奸人㉒构陷㉓，吾今即扑杀汝！"因摸地上刑械，作投击势。史噤㉔不敢发声，趋而出。后常流涕述其事以语㉕人曰："吾师肺肝，皆铁石所铸造也！"

崇祯末，流贼张献忠㉖出没蕲、黄、潜、桐间㉗，史公以凤庐道㉘奉檄㉙守御。每有警，辄数月不就寝，使将士更休，而自坐幄幕外，择健卒十人，令二人蹲踞㉚而背倚之㉛，漏鼓移则番代㉜。每寒夜起立，振衣裳㉝，甲上冰霜迸落，铿然㉞有声。或劝以少休，公曰："吾上恐负朝廷，下恐愧吾师也。"

史公治兵㉟，往来桐城，必躬造左公第，候太公、太母起居，拜夫人于堂上。

余宗老涂山㊱，左公甥㊲也，与先君子善㊳，谓狱中语乃亲得之于史公云。

【注释】

①左忠毅公：左光斗，字遗直，号浮丘，万历三十五年（1607年）进士，官至左佥

都御史。天启间为魏忠贤所害,死于狱中。追谥忠毅。 ②先君子:对已故父亲的敬称。 ③京畿(jī):京城,国都及其附近。 ④从数骑:让几个骑马的随从跟着。从:使动用法,让……跟从。 ⑤微行:小路。一说隐藏身份改装出行。 ⑥庑(wǔ)下:厢房里。 ⑦成草:完成了草稿。 ⑧叩:询问。 ⑨试:考试,这里指童生的岁考。 ⑩瞿然:惊讶的样子。 ⑪面:名词作状语,当面。 ⑫志事:志向事业。 ⑬厂狱:明朝设东厂,从事特务活动,镇压人民和官员中的反对派,由亲信宦官掌管。左光斗也被诬下狱。 ⑭防伺:看守窥伺。 ⑮炮烙(luò):古代的一种烧烫犯人的酷刑。 ⑯敝衣:破衣服。 ⑰手长镵(chán):拿着长镵。镵,古代一种犁头,用以掘土。 ⑱为除不洁者:装作打扫垃圾的人。为,装作。 ⑲微指:悄悄的指。 ⑳以指拨眥:用手指拨开眼眶。 ㉑昧大义:不明白事理。 ㉒奸人:指魏忠贤的爪牙。 ㉓构陷:编造罪名来陷害。 ㉔噤(jìn):闭口。 ㉕语(yù):告诉。 ㉖流贼张献忠:明末农民起义领袖之一,起兵于陕西,攻占四川,建大西国,称大西王,后为清兵所杀。流贼,旧时士大夫对起义军的污蔑称呼。 ㉗蕲、黄、潜、桐间:今湖北、安徽一带。蕲,今湖北蕲春;黄,今湖北黄冈;潜:今安徽潜山;桐:今安徽桐城。 ㉘凤庐道:管理凤阳府、庐州府的官。明朝在省下设分巡道、兵巡道、兵备道等官,管辖几个府的军政等事。 ㉙奉檄(xí):奉上级的命令。 ㉚蹲踞(jù):踞有蹲或坐的意思。 ㉛背倚之:相互背靠着。背,名词作状语,用背。 ㉜漏鼓移则番代:过了一更鼓时间就轮流替换。漏,古代用滴水以计时间的器具,名铜壶滴漏。鼓,打更的鼓。番代,轮换。 ㉝振衣裳:抖动衣裳。 ㉞铿然:清脆响亮的声音。 ㉟治兵:训练军队。 ㊱宗老涂山:同族的长辈号涂山的。涂山,方文,字尔止,号嵞山,一作涂山。方苞本族祖父。明诸生,入清不仕,为著名遗民诗人。 ㊲甥:女婿。 ㊳善:形容词作动词,交好。

【赏析】

本文记叙左公为国选才、狱中忧国,史公勤於公务、敬事长辈等轶事,赞扬左公爱护人才、不畏奸党、忠义为国的高尚精神,并见左公知人之明及感召之深。

记"逸事"的文章,不是全面地记述人物一生的生平事迹,而是选取其中的一些典型事件,表现人物的思想和品格。文章写左光斗从发现人才到选拔人才,只用了89个字,大致可分为四个环节:觅才-惜才-选才-誉才。觅才:"风雪严寒,从数骑出",略略几笔先描画出左光斗四处奔波、寻觅人才的急切心情。微服间行,是要洞察真情,径入古寺,唯恐错过良材。惜才:作者写左光斗见古寺庑下,"一生伏案而卧,文方成草",可见此生发奋苦读。作者撰写了左光斗的两个举动,"解貂覆生","为掩户"。意犹未足,作者再加一笔,左光斗为询问史可法姓名竟"叩之寺僧",原来是不忍惊醒酣睡中的史可法。选才:左光斗偶访古寺,当时史可法卧伏案上,未见其容貌。今日吏人直呼姓名,又惊又喜,所以"瞿然注视";"面署第一"则生动地反映了左公对史可法的赏识。誉才:录用以后,左光斗特意将史可法召入,使拜见夫人,这不同寻常之举,流露了对史可法的厚爱,一番赞誉,更写出了左光斗得才的喜悦心情。纵观左光斗选用、提拔史可法的全过程,其为国求才,思贤若渴,知人善任的品质给人留下了深刻印象。

左忠毅公一生,可传之事很多,文中只是叙说世人不知的一点内容。唯其不为人知,因而撰文也难免使人生疑。全篇起首一句"先君子尝言",说明是记载先父之言,予人以亲切感、真实感。篇末一段注明这些未载入正史的逸事并非街谈巷议，"狱中语"乃左公甥亲自得之史可法，而左公甥又是"余宗老涂山"、"与先君子善"，证实"先君子尝言"确凿无误。结尾一段补说了逸事的由来，强调了材料的详实可靠，更加令人信服。

【高阳孙文正公逸事】

方　苞

杜先生岕尝言：归安①茅止生习于高阳孙少师。道公天启二年，以大学士经略蓟、辽，置酒别亲宾，会者百人。有客中坐，前席而言曰："公之出，始吾为国庆，而今重有忧。封疆社稷，寄公一身，公能堪，备物自奉，人莫之非；如不能，虽毁身家，责难逭②，况俭觳③乎？吾见客食皆凿④，而公独饭粗，饰小名以镇物，非所以负天下之重也。"

公揖而谢曰："先生诲我甚当，然非敢以为名也。好衣甘食，吾为秀才时固不厌，自成进士，释褐而归，念此身已不为己有，而朝廷多故，边关日骇，恐一旦肩事任，非忍饥劳，不能以身率众。自是不敢适口体，强自勖厉，以至于今，十有九年矣。"

呜呼！公之气折逆奄⑤，明周万事，合智谋忠勇之士以尽其材，用危困疮痍之卒以致其武，唐、宋名贤中犹有伦比；至于诚能动物，所纠所斥，退无怨言，叛将远人咸喻其志，而革心⑥无贰，则自汉诸葛武侯而后，规模气象，惟公有焉。是乃克己省身忧民体国之实心自然而忾⑦乎天下者，非躬豪杰之才，而概乎有闻于圣人之道，孰能与于此？然惟二三执政与中枢边境事同一体之人实不能容；《易》曰："信及豚鱼。"媢嫉⑧之臣乃不若豚鱼之可格，可不惧哉！

【注释】

①归安：旧县名，治所在今浙江湖州。　②逭（huàn）：逃避。　③觳（què）：简陋。　④凿：精米。　⑤奄：同"阉"，指魏忠贤阉党。　⑥革心：叛将远人洗心改过。　⑦忾（qì）：同"迄"，通行，遍及。　⑧媢（mào）嫉：嫉妒。

【赏析】

方苞的古文以叙事和议论见长。《左忠毅公逸事》、《石斋黄公逸事》和本文都是脍炙人口的名篇。所谓"逸事",指未见于史传的,一般人所不了解的某些事迹。

孙文正即孙承宗,是明末著名的忠义之臣。方苞对孙承宗非常钦佩,他在《书〈孙文正传〉后》中写道:"当明之将亡,其事最偾者,莫若杀死袁崇焕与置公闲地。"由此不难看出方苞对孙承宗的崇敬之情。

这篇文章分两个部分。前一部分叙述。其中,客人的一段责备极富起伏,先用对比表示对孙的否定,吸引住听众。然后分析理由,最后举出例证仅是"客食皆凿,而公独饭粗",客人硬说是孙故意做作,"饰小名以镇物,非所以负天下之重也。"这个批评,分量非常重,而孙承宗听后,首先是"揖而谢,"称"先生诲我甚当",然后交代出这样做的原因。孙承宗的修养气度以及为国家分忧的赤胆忠心,跃然纸上,文字极其简练。第二部分抒情。全面评价了孙承宗的同时还鞭挞那些奸佞小人。作者总结孙承宗终有成就的原因:"是乃克己省身忧民体国之实心自然而忾乎天下者,非躬豪杰之才,而根式乎有闻于圣人之道,孰能与于此?"抒发感慨,层次严密,以"可不惧哉"四字作结,实际是提醒皇帝不要被这样的人所蒙蔽,余味无穷。

方苞主张义法。这篇短文从选材到组织再到议论都可看出方苞为文的这一特点。

【范县署中寄舍弟墨第四书】

郑燮

十月二十六日得家书,知新置田获秋稼五百斛,甚喜。而今而后,堪为农夫以没世矣。要须制碓①制磨,制筛罗簸箕,制大小扫帚、制升斗斛。家中妇女,率诸婢妾,皆令习舂揄蹂簸②之事,便是一种靠田园长子孙气象。天寒冰冻时,穷亲戚朋友到门,先泡一大碗炒米送手中,佐以酱姜一小碟,最是暖老温贫之具。暇日咽碎米饼,煮糊涂粥,双手捧碗,缩颈而啜之,霜晨雪早,得此周身俱暖。嗟乎!嗟乎!吾其长为农夫以没世乎!

我想天地间第一等人,只有农夫,而士为四民③之末。农夫上者种地百亩,其次七八十亩,其次五六十亩,皆苦其身,勤其力,耕种收获,以养天下之人。使天下无农夫,举世皆饿死矣。我辈读书人,入则孝,出则弟④,守先待后,得志泽加于民,不得志修身见于世⑤,所以又高于农夫一等。今则不然,一捧书本,便想中举,中进士,作官,如何攫取金钱,造大房屋,置多田产。起手便错走了路头,后来越做越坏,总没有个好结果。其不能发达者，乡里作恶，小头锐面⑥，更不可当。夫束修⑦自好者，岂无其人；经济⑧自期，抗怀⑨千古者，亦所在多有。而好人为坏人所累，遂令我辈开不得口；一开口，人便笑曰："汝辈书生，总是会说；他日居官，便不如此说了。"所以忍气吞声，只得捱人笑骂。工人制器利用，贾人搬有运无，皆有便民之处。而士独于民大不便，无怪乎居四民之末也。且求居四民之末而亦不可得也！

　　愚兄平生最重农夫。新招佃地人，必须待之以礼。彼称我为主人，我称彼为客户，主客原是对待之义，我何贵而彼何贱乎？要体貌⑩他，要怜悯他；有所借贷，要周全他；不能偿还，要宽让他。尝笑唐人《七夕》诗，咏牛郎织女，皆作会别可怜之语，殊失命名本旨。织女，衣之源也，牵牛，食之本也，在天星为最贵。天顾重之，而人反不重乎？其务本勤民，呈象⑪昭昭可鉴矣。吾邑妇人，不能织绸织布，然而主中馈⑫，习针线，犹不失为勤谨。近日颇有听鼓儿词，以斗叶为戏⑬者，风俗荡轶⑭，亟宜戒之。

　　吾家业地虽有三百亩，总是典产⑮，不可久恃。将来须买田二百亩，予兄弟二人，各得百亩足矣，亦古者一夫受田百亩之义也。若再求多，便是占人产业，莫大罪过。天下无田无业者多矣，我独何人，贪求无厌，穷民将何所措足⑯乎！或曰：世上连阡越陌，数百顷有馀者，子将奈何？应之曰：他自做他家事，我自做我家事，世道盛则一德遵王，风俗偷则不同为恶⑰，亦板桥之家法也。哥哥字。

【注释】

①碓（duì）：舂米器具。　②舂揄（yóu）踩簸：语出《诗经·生民》："或舂或揄，或踩或簸。"舂：用杵臼捣去谷物的皮壳。揄，舀取。踩，搓。　③四民：指士、农、工、商。　④弟：同"悌"。原义为敬爱兄长，引申为服从长上。　⑤得志泽加于民，不得志修身见于世：语出《孟子·尽心上》："古之人，得志，泽加于民；不得志，修身见于世。穷则独善其身，达则兼善天下。"见，同"现"，显露。　⑥小头锐面：尖头小面，形容善于经营。　⑦束修：约束自己，不放纵。　⑧经济：经世济民。　⑨抗怀：坚持高尚情操。　⑩体貌：相待以礼。　⑪呈象：天所呈现的现象。　⑫中馈：妇女在家主持家务。　⑬斗叶为戏：玩叶子戏。叶子戏为古代博戏的一种。　⑭荡轶：放荡纵逸。　⑮典产：指支付典价而占有的土地。原主可以赎回。　⑯措足：立足。　⑰世道盛则一德遵王，风俗偷则不同为恶：社会风气昌盛就一心遵守王法，风俗不正也不参与做坏事。一：使动

用法。

【赏析】

郑燮，清代画家、书法家、文学家，"扬州八怪"之一。他性格旷达，不拘小节，喜高谈阔论，臧否人物，当时即被人称"狂"和"怪"，罢官后居于扬州，以卖画为生。本文选自《板桥家书》，是郑燮在乾隆九年（1741年）任山东范县知县时所作。

《清史列传·郑燮传》曾记载："官潍县时，岁歉，人相食。燮大兴修筑，招远近饥民赴工就食，籍邑中大户，令开厂煮粥轮饲之，有积粟责其平粜，活者无算。时有循吏之目。"文中板桥提出农民的重要性："我想天地间第一等人，只有农夫，而士为四民之末。农夫……皆苦其身，勤其力，耕种收获，以养天下之人。使天下无农夫，举世皆饿死。"并要求在兴化老家代理家业的堂弟郑墨，善待农民，"愚兄平生最重农夫，新招佃地人，必须待之以礼。彼称我为主人，我称彼为客户，主客原是对待之义，我何贵而彼何贱乎？要体貌他，要怜悯他；有所借贷，要周全他；不能偿还，要宽让他。"他还借尊重天星，来尊重劳动人民，"织女，衣之源也，牵牛，食之本也，在天星为最贵；天顾重之，而人反不重乎！其务本勤民，呈象昭昭可鉴矣。"所以，他要求全家"堪为农夫以没世"，学会使用农具，并表达了自己想当一辈子农民的想法，"吾其长为农夫以没世乎"。板桥这种重农爱农的思想，无论是在当时，还是在今天，都是难能可贵的。

板桥不仅仁慈为怀，博爱众生，还主张以中庸之德，按照"用中"的方法消融矛盾，实现社会的文明和谐。对"世上连阡越陌，数百顷有余者"的土地掠夺、兼并现象，板桥本人也无可奈何，但他坚持自己的经济原则、政治立场，"他自做他家事，我自做我家事，世道盛则一德尊王，风俗偷则不同为恶"，并将此规定为"板桥之家法"，反映了板桥不同于一般读书人的"经济自期，抗怀千古"的可贵情怀。

作为一封"家书"，全文平实生动，真挚恳切，文字如行云流水，信手拈来，意到笔随，在款款道家常中充分表述了作者的主张。

【游三游洞记】

刘大櫆

出夷陵①州治，西北陆行二十里，濒大江之左，所谓下牢之关②也。路狭不可行，舍舆③登舟。舟行里许，闻水声汤汤④，出于两崖之间。复舍舟登陆，循仄径曲折以上⑤。穷山之巅，则又自上縋⑥危⑦滑以下。其下地渐平，有大石覆压当道，乃伛⑧俯径石腹以出。出则豁然平旷，而石洞穹起，高六十馀尺，广可十二丈。二石柱屹立其口，分为三门，如三楹之室焉。

中室如堂，右室如厨，左室如别馆。其中一石，乳而下垂，扣之，其声如钟。而左室外小石突立正方，扣之如磬⑨。其地石杂以土，撞之则逢逢然⑩鼓音。背有石如床，可坐，予与二三子浩歌其间，其声轰然，如钟磬助之响者。下视深溪，水声泠然出地底。溪之外翠壁千寻⑪，其下有径，薪采者负薪行歌，缕缕不绝焉。

昔白乐天⑫自江州⑬司马徙为忠州⑭刺史，而元微之⑮适自通州⑯将北还⑰，乐天携其弟知退⑱，与微之会于夷陵，饮酒欢甚，留连不忍别去，因共游此洞，洞以此三人得名。其后欧阳永叔⑲暨黄鲁直⑳二公皆以摈斥流离，相继而履其地，或为诗文以纪之。予自顾而嘻，谁摈斥予乎？谁使予之流离而至于此乎？偕予而来者，学使陈公㉑之子曰伯思、仲思㉒。予非陈公，虽欲至此无由，而陈公以守其官未能至，然则其至也，其又有幸有不幸邪㉓？

夫乐天、微之辈，世俗之所谓伟人，能赫然㉔取名位于一时，故凡其足迹所经，皆有以传于后世，而地得因人以显。若予者，虽其穷幽陟㉕险，与虫鸟之适去适来何异？虽然，山川之胜，使其生于通都㉖大邑；则好游者踵相接也；顾乃置之于荒遐僻陋之区，美好不外见，而人亦无以亲炙㉗其光。呜呼！此岂一人之不幸也哉？

【注释】

①夷陵：今湖北省宜昌市。　②下牢之关：在今宜昌市西北。　③舆：轿子。　④汤(shāng)汤：水流的声音。　⑤曲折以上：曲折盘绕而上。　⑥缒(zhuì)：以绳索悬绑物体往下坠送。　⑦危：高。　⑧伛：弯腰。　⑨磬：古代用玉石或金属制成的打击乐器。形状像曲尺，可悬挂在架上。　⑩逢逢然：拟声词，形容鼓声。　⑪千寻：形容极长。古代八尺为一寻。　⑫白乐天：白居易，字乐天。　⑬江州：今江西九江。　⑭忠州：今四川忠县。　⑮元微之：元稹，字微之。　⑯通州：今四川达县。　⑰将北还：指由通州司马改任虢州长史。　⑱知退：白行简的字。　⑲欧阳永叔：欧阳修，字永叔。　⑳黄鲁直：黄庭坚，字鲁直。　㉑学使陈公：指陈浩。学使：提督学政，也称提学使。　㉒伯思、仲思：指陈浩之长子本忠，次子本敬。　㉓然则其至也，其又有幸有不幸邪：自己不幸被贬官为闲人，反而有幸能游此胜景。　㉔赫然：显盛的样子。　㉕陟：攀登。　㉖通都：四通八达的都会。　㉗亲炙：亲身领略。

【赏析】

刘大櫆，清代散文家。字才甫，一字耕南，号海峰，安徽桐城人。他作为桐城文派"三祖"之一，是方苞的得意门生，也是姚鼐的老师。着有《海峰诗文集》、《论文偶记》、

《评选唐宋八家文钞》。

这篇文章是作者游览三游洞后所作的一篇游记。文中描绘了三游洞的美景，追忆了唐宋时期多位诗人来此游览的经历，然后由历史人物联想到作者自身被贬的际遇，表达了他郁郁不得志的感慨。

文章第二段生动地描写了三游洞的景物特点。从游者的所见（视觉）所闻（听觉）来写，表现石洞触目皆石、高大空旷的特点。同时运用比喻手法，如"中室如堂，右室如厨，左室如别馆""背有石如床""浩歌其间，其声轰然，如钟磬助之响者"，表现出石洞造型奇特、深邃幽静的特点。先见后闻，见闻结合，由外而内，从上到下，表现出石洞的奇特、空旷、幽深。

作者介绍了三游洞的得名缘由，即"昔白乐天自江州司马徙为忠州刺史，而元微之适自通州将北还，乐天携其弟知退与微之会于夷陵，饮酒欢甚，留连不忍别去，因共游此洞，洞以此三人得名"，并借此抒发了作者独特而丰富的情怀。首先，文人贤士往往因贬斥流离而寄情山水，有失有得，恰因不幸而有幸。其次，三游洞因乐天等到此而出名，与乐天等人相比，自己无异于虫鸟，为怀才不遇深感不平。此外，三游洞处于"荒遐僻陋之区，美好不外见"，"使其生于通都大邑，则好游者踵相接也"，美好的事物，往往因其处境不利而被埋没，杰出的人才也是如此，作者为此感到深深惋惜。

【为学一首示子侄】

彭端淑

天下事有难易乎？为之，则难者亦易矣；不为，则易者亦难矣。人之为学有难易乎？学之，则难者亦易矣；不学，则易者亦难矣。吾资①之昏②，不逮③人也；吾材之庸，不逮人也；旦旦④而学之，久而不怠焉，迄乎成⑤，而亦不知其昏与庸也。吾资之聪，倍人⑥也；吾材之敏，倍人也；屏弃⑦而不用，其与昏与庸无以异也。圣人之道，卒于鲁⑧也传之。然则昏庸聪敏之用，岂有常哉！

蜀⑨之鄙⑩有二僧，其一贫，其一富。贫者语于富者曰："吾欲之南海⑪，何如？"富者曰："子何恃而往⑫？"曰："吾一瓶一钵⑬足矣。"富者曰："吾数年来欲买舟⑭而下，犹未能也。子何恃而往！"越明年，贫者自南海还，以告富者，富者有惭色⑮。西蜀之去南海，不知几千里也，僧之富者不能至，而贫者至焉。人之立志，顾⑯不如蜀鄙之僧哉！

是故聪与敏，可恃而不可恃也⑰；自恃其聪与敏而不学者，自败者⑱也。昏与庸，可限而不可限也；不自限其昏与庸而力学不倦者，自力者⑲也。

【注释】

①资：天资。 ②昏：愚钝。 ③逮（dāi）：及，比得上。 ④旦旦：天天。 ⑤迄乎成：直到成功。 ⑥倍人：高出他人。 ⑦屏（bǐng）弃：放弃。 ⑧鲁：迟钝，这里指孔子的弟子曾参。 ⑨蜀：地名，今四川一带。 ⑩鄙：边远的地方。 ⑪南海：这里指佛教圣地普陀山（在今浙江舟山）。 ⑫子何恃而往：您凭着什么去？恃，凭借。 ⑬钵：和尚盛食物的碗，底平，口略小，型稍扁。 ⑭买舟：雇船。 ⑮有惭色：感到羞愧。惭色：惭愧的神色。 ⑯顾：难道、反而。 ⑰可恃而不可恃也：又可依靠又不可依靠的。 ⑱自败者：自甘失败的人。 ⑲自力者：自求上进的人。

【赏析】

彭端淑十岁即能写时文，乡人说他从小聪慧异常，其实这主要在于他后天格外的勤奋好学。雍正十一年（1733年）中进士，历任吏部郎中、顺天乡试同考官、广东肇罗道等职。后辞官家居，主讲于四川锦江书院，直至生命的终止。他用广博的学识专心于教书育人。此外，他苦心于诗文创作，文章笔力刚劲，激昂奋进，给人以鼓舞和教益。

《为学一首示子侄》作于乾隆九年（1744年），彭端淑时年四十六岁。查彭氏家谱，见竟无一举人，甚为忧心，故作此篇。全文共305个字，围绕资昏材庸"学"，"难者""易"和资聪材敏"不学"，"易者""难"的对比选材和结构文章。

文章的题目给我们三方面的信息：内容明确，是读书求学；对象明确，是子侄或晚辈；语气明确，是长辈的训示，庄重严肃。

文章选材的角度新颖。历史上劝学的文章很多，但结合实际，从人的天资昏聪，能力庸敏来训示劝学的则寥寥无几。作者精心挑选一个真实的二僧朝南海的故事作喻，对子侄更有说服力，更利于子侄切身领会。经过作者的艺术加工，编织成一篇具有形象思维的文学作品，更易于子侄接受。从精心选例到写成故事，可见作者真是煞费苦心。

文章在论证方法上最大的特点是对比论证和比喻论证。以四川两个和尚朝南海的故事作比喻，生动而扼要地论述了难与易、聪敏与昏庸之间的辩证关系。作者指出，难与易、聪敏与昏庸都是可以转化的，转化的条件就是人们的主观努力。好学不倦，则天资不高的人也会突破"昏""庸"的限制而有所成就；反之，即使天资很高也无济于事。勉励人们发挥主观能动性，努力学习，立志成才。

【梅花岭记】

全祖望

顺治二年乙酉①四月，江都②围急。督相③史忠烈公④知势不可为，集诸将而语之曰："吾誓与城为殉⑤，然仓皇中不可落于敌人之手以死，谁为我临期成此大节者？"副将军史德威⑥慨然任之。忠烈喜曰："吾尚未有子，汝当以同姓为吾后。吾上书太夫人⑦，谱汝诸孙中⑧。"

二十五日，城陷，忠烈拔刀自裁⑨，诸将果争前抱持之。忠烈大呼德威，德威流涕不能执刃，遂为诸将所拥而行。至小东门，大兵如林而至。马副使鸣騄⑩、任太守民育⑪及诸将刘都督肇基⑫等皆死。忠烈乃瞠目曰："我史阁部⑬也。"被执至南门，和硕豫亲王⑭以先生呼之，劝之降。忠烈大骂而死。初，忠烈遗言："我死，当葬梅花岭上。"至是，德威求公之骨不可得，乃以衣冠葬之。

或曰："城之破也，有亲见忠烈青衣乌帽，乘白马，出天宁门投江死者，未尝殒于城中也。"自有是言，大江南北，遂谓忠烈未死。已而英、霍山师大起⑮，皆托忠烈之名，仿佛陈涉之称项燕。吴中⑯孙公兆奎⑰以起兵不克，执至白下⑱。经略⑲洪承畴⑳与之有旧，问曰："先生在兵间，审知㉑故扬州阁部史公果死耶，抑未死耶？"孙公答曰："经略从北来，审知故松山殉难督师洪公果死耶，抑未死耶？"承畴大恚㉒，急呼麾下驱出斩之。

呜呼！神仙诡诞㉓之说，谓颜太师㉔以兵解，文少保㉕亦以悟大光明法蝉蜕㉖，实未尝死。不知忠义者圣贤家法，其气浩然，常留天地之间，何必出世㉗入世㉘之面目？神仙之说，所谓为蛇画足。即如忠烈遗骸，不可问矣。百年而后，予登岭上，与客述忠烈遗言，无不泪下如雨，想见当日围城光景。此即忠烈之面目，宛然可遇，是不必问其果解脱否也，而况冒其未死之名者哉！

墓旁有丹徒㉙钱烈女之冢，亦以乙酉在扬，凡五死而得绝，特告其父母火之㉚，无留骨秽地，扬人葬之于此。江右㉛王猷定㉜、关中㉝黄遵岩、粤东㉞屈大均㉟为作传铭㊱哀辞。

顾㊲尚有未尽表章者：予闻忠烈兄弟，自翰林可程㊳下，尚有数人，其后皆来江都省墓。适英、霍山师败，捕得冒称忠烈者，大将发㊴至江都，令史氏男女来认之。忠烈之第八弟㊵已亡，其夫人年少有色，守节，亦出视之。大将艳其色，欲强娶之，夫人自裁而死。时以其出于大将之所逼也，莫敢为之表章者。忠烈尝恨可程在北,当易姓之间㊶,不能仗节㊷,出疏㊸纠之㊹。岂知身后乃有弟妇以女子而踵㊺兄公㊻之馀烈㊼乎!梅花如雪,芳香不染,异日有作忠烈祠者,副使诸公谅㊽在从祀㊾之列,当另为别室以祀夫人,附以烈女一辈也。

【注释】

①顺治二年乙酉:1645年。顺治:清世祖福临的年号。 ②江都:今江苏省扬州市。 ③督相:史可法当时以内阁大学士兼兵部尚书督师扬州,故称"督相"。 ④史忠烈公:即史可法。"忠烈"是他的谥号。 ⑤誓与城为殉(xùn):决心死难,与城共存亡。殉:为达到某种目的而牺牲生命。 ⑥史德威:山西平阳(今临汾)人,扬州破,被俘不屈。 ⑦太夫人:指史可法的母亲尹氏。 ⑧谱汝诸孙中:把你作为孙辈列入家谱。 ⑨自裁:自杀。 ⑩马副使鸣騄:陕西襄城人,曾任后备道。 ⑪任太守民育:山东济宁人,时任扬州知府。 ⑫刘都督肇基:辽东人,崇祯中任辽东副总兵,时为史可法部下总兵加左都督。 ⑬史阁部:史可法时任内阁大学士,因此自称"阁部"。 ⑭和硕豫亲王:清军大将多铎的封爵。 ⑮英、霍山师大起:顺治五、六年(1648、1649年)间,侯应龙、张图容、杨国士、冯弘图等纷纷在英山、霍山(均属今安徽省)起义抗清。其中冯弘图倡言史可法实未死,以可法名义号召起义,聚众数千,于顺治五年春攻占英山、霍山、六安等县。后为清军击败。 ⑯吴中:今江苏吴县一带。 ⑰孙公兆奎:吴江举人。扬州失守后,他于同年六月,与同县进士吴易起兵抗清,八月兵败,为清将吴胜兆所俘。 ⑱白下:今江苏南京市。 ⑲经略:明代有重要军事任务时特设的官职,执掌一方军政。 ⑳洪承畴:福建南安人,崇祯十二年(1639年)任蓟辽总督,防守关外。时清军入侵,明军不利,洪据守松山(今辽宁锦州南)。崇祯十五年清军破松山,洪承畴被俘降清。当时或传洪承畴已死难,崇祯帝甚表哀悼,下令建坛,准备亲自奠祭,后闻其已降清。 ㉑审知:确实知道。 ㉒恚(huì):恨。 ㉓诡诞:荒谬虚妄。 ㉔颜太师:颜真卿,唐德宗时官太子太师,建中三年(782)淮宁节度使李希烈反叛,次年朝廷派真卿前往晓谕,被杀。 ㉕文少保:文天祥,宋末抗元领袖,官右丞相加少保。 ㉖蝉蜕(tuì):人留下形骸故去,如蝉脱皮一般。 ㉗出世:成仙。 ㉘入世:还在人世。 ㉙丹徒:今江苏镇江。 ㉚火之:将她火葬。 ㉛江右:指长江下游西部之地。 ㉜王猷定:字于一,江西南昌人,工诗古文。 ㉝关中:今陕西。 ㉞粤东:今广东。 ㉟屈大均:字翁山,广东番禺人,以诗文著名。 ㊱铭:墓志铭的结尾部分,一般采用韵文。 ㊲顾:但是。 ㊳可程:史可法之弟。李自成攻占北京时,可程一度归附农民军,旋又降清,不久南归。史可法曾上书朝廷,要求予以惩处。 ㊴发:押送。 ㊵八弟:史可刚。 ㊶易姓之间:改朝换代的时期。 ㊷仗节:保持气节。仗,持。 ㊸疏:奏章。 ㊹纠之:弹劾他(史可程)。 ㊺踵:追随。 ㊻兄公:旧指夫之兄。 ㊼馀烈:遗志。 ㊽谅:推想。 ㊾从祀:陪祭。

【赏析】

全祖望,清代史学家,乾隆元年(1736年)进士,被选入翰林院任职,受权贵排斥,左迁外补,以知县任用,他弃官不做,回家安于贫困生活。他的祖父和父亲都是明末遗民,他也富有民族意识和爱国之心,注意收集史料,撰写文章,对明、清之际的抗清志士多有赞扬,本篇就是他的代表作。

作者以《梅花岭记》为题,除了记叙史可法殉国的史实,还要借凭吊梅花岭上的史可法墓来抒发自己的感慨,否定了画蛇添足的"神仙之说",赞扬史可法精神永驻。同时取梅花"傲霜怒放,冰清玉洁,芳香不染"的象征意义,歌颂史可法坚强不屈的民族气节。

作者首先用洗练的笔墨交代史可法慷慨就义的经过和梅花岭衣冠冢的由来。然后叙述有关史可法未死的传说,借以赞扬忠义之士"其气浩然,长留天地之间。"最后写丹徒民女钱氏和史可法玄虚妇亦不屈殉难。通篇夹叙夹议,层次井然有序。

作者通过正面描述、侧面烘托和反面对比来塑造史可法的英雄形象。前两段是正面描述。比如城陷时,史可法首先"拔刀自裁";诸将抱持时,他又"大呼德威";面对强大的敌人,他"瞋目曰:'我史阁部也'";当"和硕豫亲王以先生呼之,劝之降"时,他"大骂而死"。寥寥几笔,一个忠烈刚强的英雄形象跃然纸上。第三段写了三件事。一是"忠烈未死"的传闻,反映了人民对史可法的爱戴。二是英、霍山的义军假托史可法的名义抗清,说明史可法已经成为反抗异族侵略的光辉旗帜。这两件事都从侧面烘托了史可法的英雄形象。第三件事是孙兆奎同洪承畴的交锋。寥寥几笔,却把一个大汉奸虚伪狡诈而又狼狈不堪的丑态刻画得入木三分。通过史可法同洪承畴的正反对比,突出了史可法的伟大。

本文按史可法就义前、就义时、就义后的顺序展开,最后对就义加以议论,显得含蓄,言近旨远,令人回味。

【亭林先生神道表】

全祖望

顾氏世为江东四姓之一,五代时由吴郡①徙徐州②,南宋时迁海门③,已而复归于吴,遂为昆山县④之花浦村人。其达者,始自明正德⑤间曰工科给事中广东按察使司佥事溱,及刑科给事中济。刑科生兵部侍郎章志,侍郎生左赞善绍芳及国子生绍芾,赞善生官荫生同应,同应之仲子曰绛,即先生也。绍芾生同吉,早卒,聘王氏,未婚守节,以先生为之后。

先生字曰宁人,乙酉⑥改名炎武,亦或自署曰蒋山佣,学者称为亭林先生。少落落有大志,不与人苟同,耿介绝俗。其双瞳子中白而边黑,见者异之。最与里中归庄⑦相善,共游复社⑧，相传有"归奇顾怪"之目。于书无所不窥，尤留心经世之学。其时四国多虞，太息天下乏材以至败坏，自崇祯己卯⑨后，历览《二十一史》⑩、十三朝《实录》⑪、天下图经⑫、前辈文编说部，以至公移邸抄之类，有关于民生之利害者随录之，旁推互证，务质之今日所可行，而不为泥古之空言，曰《天下郡国利病书》⑬；然犹未敢自信，其后周流西北且二十年，遍行边塞亭障，无不了了而始成。其别有一编曰《肇域志》⑭，则考索利病之馀，合图经而成者。予观宋乾、淳⑮诸老，以经世自命者，莫如薛艮斋⑯，而王道夫⑰、倪石林⑱继之，叶水心⑲尤精悍，然当南北分裂，闻而得之者多于见，若陈同甫⑳则皆欺人无实之大言，故永嘉、永康之学㉑，皆未甚粹，未有若先生之探原竟委，言言可以见之施行，又一禀于王道而不少参以功利之说者也。最精韵学，能据遗经以正六朝唐人之失，据唐人以正宋人之失，欲追复三代以来之音，分部正帙，而究其所以不同，以知古今音学之变。其自吴才老㉒而下，廓如也，则有曰《音学五书》㉓。性喜金石之文㉔，到处即搜访，谓其在汉唐以前者，足与古经相参考，唐以后者，亦足与诸史相证明，盖自欧、赵、洪、王㉕后，未有若先生之精者，则有曰《金石文字记》㉖。晚益笃志《六经》，谓古今安得别有所谓理学者，经学即理学也。自有舍经学以言理学㉗者，而邪说以起，不知舍经学，则其所谓理学者禅学㉘也。故其本朱子㉙之说，参之以慈溪黄东发㉚《日抄》，所以归咎于上蔡㉛、横浦㉜、象山㉝者甚峻，于同时诸公，虽以苦节推百泉㉞、二曲㉟，以经世之学推梨洲㊱，而论学则皆不合。其书曰《下学指南》㊲。或疑其言太过，是固非吾辈所敢遽定，然其谓经学即理学，则名言也。而《日知录》㊳三十卷，尤为先生终身精诣之书，凡经史之粹言具在焉。盖先生书尚多，予不悉详，但详其平生学业之所最重者。

初太安人㊴王氏之守节也，养先生于襁褓中。太安人最孝，尝断指以疗君姑㊵之疾。崇祯九年，直指㊶王一鹗请旌于朝，报可。乙酉之夏，太安人六十，避兵常熟之郊，谓先生曰："我虽妇人哉，然受国恩㊷矣，果有大故，我则死之。"于是先生方应昆山令杨永言㊸之辟，与嘉定㊹诸生吴其沆㊺及归庄共起兵，奉故郧㊻抚王永祚㊼，以从夏文忠公㊽于吴，江东㊾授公兵部司务㊿。事既不克，永言行遁去，其沆死之，先生与庄幸得脱，而太安人遂不食卒，遗言后人莫事二姓。次年，闽中㊿使至，以职方郎㊶召，欲与族父延安推官㊷咸正赴之，念太安人尚未葬，不果。次年，几豫吴胜兆㊸之祸，更欲赴海上，道梗不前。

先生虽世籍江南，顾其姿禀颇不类吴会人，以是不为乡里所喜，而先生亦甚厌裙屐㊹浮华之习。尝言："古之疑众者，行伪而坚㊺，今之疑众者，行伪而脆，了不足恃。"既抱故国之戚，焦原㊻毒浪㊼，日无宁晷。庚寅㊽，有怨家欲陷之，乃变衣冠作商贾，游京口㊾，又游禾中㊿。次年，之旧都㉕拜谒孝陵㉖，癸巳㉗再谒，是冬又谒而图焉。次年，遂侨居神烈山㉘下，遍游沿江一带，以观旧都畿辅㉙之胜。顾氏有三世仆曰陆恩，见先生日出游，家中落，叛投里豪。丁酉㉚，先生四谒孝陵归，持之急，乃欲告先生通海㉛，先生亟往禽之，数其罪，湛之水。仆婿复投里豪，以千金贿太守，求杀先生，不系讼曹，而即系之奴之家，危甚。狱日急，有为先生求救于□□㉜者，□□欲先生自称门下而后许之，其人知先生必不可，而惧失□□之援，乃私自书一刺以与之，先生闻之，急索刺还，不得，列揭于通衢以自白。□□亦笑曰："宁人之下㉝也！"曲周㉞路舍人泽溥者，故相文贞公振飞子也。侨居洞庭㉟之东山，识兵备使者，乃为诉之，始得移讯松江㊱而事解。于是先生浩然有去志，五谒孝陵，始东行，垦田于章丘㊲之长白山下以自给。戊戌㊳，遍游北都㊴诸畿甸㊵，直抵山海关㊶外，以观大东㊷。归至昌平㊸，拜谒长陵㊹以下，图而记之。次年再谒。既而念江南山水有未尽者，复归，六谒孝陵。东游直至会稽㊺。次年，复北谒思陵㊻。由太原、大同㊼以入关中㊽，直至榆林㊾。是年，浙中史祸㊿作，先生之故人吴、潘二子㉕死之，先生又幸而脱。甲辰㉖，四谒思陵。事毕，垦田于雁门㉗之北，五台㉘之东。初先生之居东也，以其地湿，不欲久留，每言马伏波㉙田畴，皆从塞上立业，欲居代北㉚。尝曰："使吾泽中有牛羊千，则江南不足怀也。"然又苦其地寒，乃但经营创始，使门人辈司之，而身出游。丁未㉛之淮上。次年自山东入京师。莱㉜之黄氏，有奴告其主所作诗者，多株连，自以为得，乃以吴人陈济生㉝所辑《忠义录》，指为先生所作，首㉞之，书中有名者三百馀人。先生在京闻之，驰赴山东自请勘㉟，讼系半年，富平李因笃㊱自京师为告急于有力者，亲至历下㊲解之，狱始白。复入京师，五谒思陵。自是还往河北诸边塞者几十年。丁巳[102]，六谒思陵，始卜居陕之华阴[103]。初先生遍观四方，其心耿耿未下，谓"秦人[104]慕经学，重处士，持清议，实他邦所少；而华阴绾毂关、河之口，虽足不出户，而能见天下之人，闻天下之事，一旦有警，入山守险，不过十里之遥，若志在四方，则一出关门，亦有建瓴之便"，乃定居焉。王征君山史[105]筑斋延之。先生置五十亩田于华下供晨夕，而东西开垦所入，别贮之以备有事。又饵沙苑蒺藜而甘之曰："啖此久，不肉不茗可也。"凡先生之游，以二马二骡，载书自随。所至厄塞，即呼老兵退卒，询其曲折，或与平日所闻不合，则即坊肆中发书而对勘之。或径行平原大野，无足留意，则于鞍上默诵诸经注疏，偶有遗忘，则即坊肆中发书而熟复之。

方大学士[106]孝感熊公之自任史事也，以书招先生为助，答曰："愿以一死谢公，最下则逃之世外。"孝感惧而止。戊午[107]大科，诏下，诸公争欲致之，先生豫令诸门人之在京者辞曰："刀绳具在，无速我死！"次年大修《明史》，诸公又欲特荐之，贻书叶学士讱庵[108]，请以身殉得免。或曰："先生盍亦听人一荐，荐而不出，其名愈高矣。"先生笑曰："此所谓钓名者也。今夫妇人之失所天也，从一而终，之死靡它[109]，其心岂欲见知于人？若曰盍亦令人强委禽[110]焉，而力拒之以明节，则吾未之闻矣。"华下诸生请讲学，谢之曰："近日二曲亦徒以讲学故得名，遂招逼迫，几致凶死，虽曰威武不屈，然而名之为累，则已甚矣！又况东林[111]覆辙，有进于此者乎？"有求文者，告之曰："文不关于经术政理之大，不足为也。韩文公[112]起八代衰，若但作《原道》、《谏佛骨表》、《平淮西碑》、《张中丞传后》诸篇，而一切谀墓之文不作，岂不诚山斗[113]乎！今犹未也。"其论为学，则曰："诸君关学[114]之馀也。横渠[115]、蓝田[116]之教，以礼为先，孔子尝言博我以文，约之以礼，而刘康公[117]亦云'民受天地之中以生，所谓命也，是以有动作礼义威仪之则以定命'，然则君子为学，舍礼何由？近来讲学之师，专以聚徒立帜为心，而其教不肃，方将赋《茅鸱》[118]之不暇，何问其馀！"寻以己未[119]出关，观伊洛[120]，历嵩少[121]，曰："五岳[122]游其四矣。"会年饥，不欲久留，渡河至代北，复还华下。先生既负用世之略，不得一遂，而所至每小试之，垦田度地，累致千金，故随寓即饶足。徐尚书乾学兄弟㉓,甥也,当其未遇,先生振其乏。至是鼎贵,为东南人士宗,四方从之者如云,累书迎先生南归,愿以别业居之,且为买田以养,皆不至。或叩之,答曰:"昔岁孤生,飘摇风雨,今兹亲串,崛起云霄,思归尼父之辕,恐近伯鸾之灶㉔;且天仍梦梦,世尚滔滔,犹吾大夫㉕,未见君子,徘徊渭川,以毕馀年足矣。"

庚申㉖,其安人卒于昆山,寄诗挽之而已。次年,卒于华阴,无子,徐尚书为立从孙洪慎以承其祀。年六十九。门人奉丧归葬昆山之千墩。高弟㉗吴江潘耒㉘收其遗书,序而行之,又别辑《亭林诗文集》十卷,而《日知录》最盛传。历年渐远,读先生之书者虽多,而能言其大节者已罕,且有不知而妄为立传者,以先生为长洲人,可哂也。徐尚书之冢孙涵持节粤中,数千里贻书,以表见属,予沉吟久之。及读王高士不庵之言曰:"宁人身负沉痛,思大揭其亲之志于天下,奔走流离,老而无子,其幽隐莫发,数十年靡诉之衷,曾不得快然一吐,而使后起少年,推以多闻博学,其辱已甚,安得不掉首故乡,甘于客死!噫,可痛也!"斯言也,其足以表先生之墓矣夫。其铭曰:

先生兀兀㉙,佐王之学。云雷经纶㉚,以屯㉛被缚。渺然高风,寥天一鹤。重泉拜母,庶无愧怍。

【注释】

①吴郡:古郡名,治所在今江苏苏州。 ②徐州:今属江苏。 ③海门:今属江苏。 ④昆山县:今属江苏。 ⑤正德:明武宗朱厚照年号。 ⑥乙酉:清代顺治二年(1645年)。 ⑦归庄:明末清初文学家,一名祚明,字尔礼,又字玄恭,号恒轩,昆山人。归有光的曾孙。为明末复社成员,曾参加抗清斗争。 ⑧复社:明末由江南地区士大夫知识分子所组成的政治集团,主张改良政治,拯救明朝。清兵南下时,部分成员曾参加抗清斗争。清顺治九年(1652年)被清政府取缔。 ⑨崇祯己卯:崇祯十二年(1639年)。 ⑩《二十一史》:明嘉靖时校刻的史书,在宋人《十七史》之外,加入宋、辽、金、元四史。 ⑪实录:编年史的一种,专记某一皇帝统治时期的大事。 ⑫图经:文字外附有图画的书籍,这里指附有地图的地理志。 ⑬《天下郡国利病书》:一百二十卷,详细记录了各地疆域、形胜、水利、兵防、物产、赋税。 ⑭《肇域志》:现存传钞本,不分卷,着重记述各地地理形势及山川要塞,附有地图。 ⑮乾、淳:宋孝宗赵昚年号乾道(1165年-1173年)和淳熙(1174年-1189年)。 ⑯薛艮斋:薛季宣,字士龙,号艮斋,南宋哲学家。治学讲求事功,反对空谈性命,为"永嘉学派"先声。 ⑰王道夫:王自中,字道甫,学者称厚轩先生。 ⑱倪石林:名朴,字文卿,学者称石陵先生。 ⑲叶水心:叶适,字正刚,学者称水心先生,南宋哲学家。主张功利之学,反对朱熹的性理之学,是

南宋“永嘉学派”的集大成者。 ⑳陈同甫：陈亮，字同甫，学者称龙川先生，南宋思想家，治学注重事功，反对空谈义理。 ㉑永嘉、永康之学：南宋永嘉学派，创于吕祖谦，其代表人物薛季宣、陈傅良、叶适、均为永嘉（今浙江温州）人，故名，南宋永康学派，又名浙学，为永康（今属浙江）人陈亮所创立。 ㉒吴才老：吴棫，字才老，宋代学者。著有《韵补》五卷，分古韵为九部，并提出古韵通转之说，为后来研究古韵的先驱。 ㉓《音学五书》：三十八卷，包括《古音表》二卷，《易音》三卷，《诗本音》十卷，《唐韵正》二十卷，《音论》三卷。 ㉔金石之文：指古代在钟鼎碑碣上刻的文字。 ㉕欧、赵、洪、王：欧阳修著有《集古录跋尾》，赵明诚著有《金石录》，洪适著有《隶释》、《隶续》，王俅著有《啸堂集古录》，都是研究金石之文的著作。 ㉖《金石文字记》：六卷，收录汉以来碑刻凡三百余种。 ㉗理学：指宋代儒家哲学思想，也称性理学、道学，多附会经义而说天人性命之理。 ㉘禅学：指佛教禅宗教理，重在人心自悟。 ㉙朱子：朱熹，字元晦，一字仲晦，号晦庵，遯翁，婺源人，宋代著名理学家。 ㉚黄东发：黄震，字东发，慈溪人，南宋学者，著有《黄氏日钞》九十五卷。 ㉛上蔡：谢良佐，程门弟子，上蔡人，学者称上蔡先生。 ㉜横浦：指张九成，钱塘人，宋代学者，著有《横浦集》故称。 ㉝象山：指陆九渊，字子静，自号存斋、象山翁，金溪人学者称象山先生，南宋哲学家。 ㉞百泉：即孙奇逢，字启泰，号钟元，容城人，学者称夏峰先生，儒学名士，与李颙、黄宗羲齐名，并称“清代三大儒”。 ㉟二曲：李颙，字中孚，号二曲。周至人，学者称二曲先生，清初理学家。 ㊱梨洲：即黄宗羲，字太冲，号南雷，余姚人，学者称梨洲先生。明末清初著名思想家，朴学大师。 ㊲《下学指南》：一卷，主张通经致用。 ㊳《日知录》：三十二卷，为顾炎武“稽古所得，随时札记”的意在经世致用的著作，内容广泛，考证精祥。 ㊴太安人：这里指顾炎武的母亲。 ㊵君姑：丈夫的母亲。 ㊶直指：朝廷使者。 ㊷国恩：指上文请旌于朝事。 ㊸杨永言：字岑立，昆明人，任昆山知县。清兵至，与顾炎武、归庄、吴其沆等拒守，事败为僧。 ㊹嘉定：今属上海市。 ㊺吴其沆：字同初，嘉定县学生员，居昆山。顺治二年七月六日，清兵攻陷昆山城，他抗敌守城，不屈而死。 ㊻郧：郧阳，在今湖北。 ㊼王永祚：曾为明郧阳巡抚、都御史，李自成入襄阳，分攻属邑，他遁走。归昆山，领导抗清义军。约同各路分攻苏州、南京、杭州及沿海各地，但因攻苏州军先溃，牵动全局民而失败。 ㊽夏文忠公：夏允彝。 ㊾江东：指南明福王（朱由崧）政权 ㊿兵部司务：明代中央政权各部均置司务厅司务，主省署抄目，出纳文书。 (51)闽中：指南明唐王（朱聿键）政权。 (52)职方郎：兵部属官。 (53)推官：各府属官，专管一府刑狱。 (54)咸正：姓顾，字端木，号般庵，昆山人，大学士顾鼎臣曾孙。为延安府推官。丙戌（顺治三年）四月，自关中归，闻唐王立于闽，草密疏，附寄舟山黄斌卿，托共转达，为逻卒所获，以告清吴淞提督吴胜兆，吴秘不发。丁亥四月，吴密谋反清，事泄失败，密疏遂发，逮至金陵，为洪承畴所杀。 (55)吴胜兆：本为明将，后降清，为吴淞提督，密谋反清，事败被捕，死于狱中。 (56)裙屐：六朝贵游子弟的衣着，这里指不懂政务，只知逸乐的贵族子弟。裙，下裳。屐，木鞋。 (57)行伪而坚：行为虚伪且固执。 (58)焦原：焦枯的大地。 (59)毒浪：遭受蹂躏。 (60)庚寅：顺治七年（1650 年）。 (61)京口：今江苏镇江。 (62)禾中：即“嘉禾”，今浙江嘉兴。 (63)旧都：南京。 (64)孝陵：明太祖朱元璋陵墓。 (65)癸巳：清顺治十年（1653 年）。 (66)神烈山：明孝陵所在之山，即南京紫金山。 (67)畿辅：京城地区，这里指南京。 ⑱丁酉：清顺治十四年（1657年）。 ⑲通海：指与沿海一带郑成功反清义军有联系。 ⑳□□：指钱谦益。 ㉑卞：急躁。 ㉒曲周：在今河北。 ㉓洞庭：山名，在江苏太湖中。 ㉔松江：今属上海。 ㉕章丘：今属山东。 ㉖戊戌：顺治十五年（1658年）。 ㉗北都：北京。 ㉘畿甸：京城地区。 ㉙山海关：今属河北。 ㉚大东：指极东之地。 ㉛昌平：今属北京市。 ㉜长陵：明成祖（朱棣）的陵墓。 ㉝会稽：今浙江始兴。 ㉞思陵：明思宗（朱由检）的陵墓。 ㉟太原、大同：今属山西。 ㊱关中：古代称函谷关以西、散关以东、武关以萧关以南为关中，相当于今陕西。 ㊲榆林：今属陕西。 ㊳浙中史祸：浙江乌程人庄廷鑨刊刻明史，书中流露了思明反清情绪，康熙二年（1663年）清政府下令将其族人、作序人、参校者、卖书者、买书者、地方官七十余人全部诛杀。 ㊴吴潘二子：吴炎、潘柽章。 ㊵甲辰：康熙三年（1664年）。 ㊶雁门：今山西代县北。 ㊷五台：今山西。 ㊸马伏波：东汉人，封伏波将军。 ㊹代北：代州以北，今山西北部一带。 ㊺丁未：康熙六年（1667年）。 ㊻莱：莱州，治所在今山东掖县。 ㊼陈济生：字皇士，长洲人，官至太仆寺丞，辑有《启祯诗选》。 ㊽首：告发。 ㊾勘：审问。 ㊿李因笃：字天生，又字子德，富平人，明庠生，清康熙十八年举博学鸿词授检讨。深于经学，著《诗说》。 ⑩①历下：今山东济南市。 ⑩②丁巳：康熙十六年（1677年）。 ⑩③华阴：在今陕西。 ⑩④秦人：指关中一带的人，关中为古秦地。 ⑩⑤王征君山史：王弘撰，字无异，一字山史，明诸生。清康熙十七年，以博学鸿词征，不赴。顾亭林尝寓居其家。 ⑩⑥大学士：为内阁长官，起草诏令，批答奏章，实掌宰相之权。 ⑩⑦戊午：康熙十七年（1678年）。 ⑩⑧讱庵：叶方蔼，字子吉，号讱庵，昆山人。康熙十七年充《明史》总裁。 ⑩⑨之死靡慝：至死不改变。 ⑩⑩委禽：下聘礼。 ⑪⑪东林：东林党，明万历年间由江南士大夫组成的政治集团。东林党人议论朝政，主张改革，遭到在翰权贵的嫉恨，多人受打击迫害。 ⑪⑫韩文公：韩愈。 ⑪⑬山斗：泰山北斗，喻因德高望重或成就卓越而为大众所敬仰的人。 ⑪⑭关学：北宋唯物主义思想家张载所创理学学派。 ⑪⑮横渠：张载。张载家居横渠。 ⑪⑯蓝田：吕大临为蓝田人。 ⑪⑰刘康公：即王季子，春秋时周王朝卿士。 ⑪⑱《茅鸱》：古逸诗篇名，内容讽刺不敬。 ⑪⑲己未：清康熙十八年（1679年）。 ⑫⑳伊洛：伊河、洛河，均在今河南。 ⑫㉑嵩少：嵩山、少室山，均在今河南。 ⑫㉒五岳：中国五大名山的总称，即东岳泰山、南岳衡山、西岳华山、北岳恒山、中岳嵩山。 ⑫㉓徐尚书乾学兄弟：指徐乾学、徐元文，顾炎武外甥。 ⑫㉔伯鸾之灶：东汉梁鸿（伯鸾）少孤独钦，邻人先炊，让他就热灶煮食，他婉言谢绝。 ⑫㉕犹吾大夫：春秋时代，齐国崔杼杀了国君齐庄公，陈文子避难来到别的国家，所看到的执政者都和崔杼一样，说"犹吾大夫崔子也"。 ⑫㉖庚申：康熙十九年（1680年）。 ⑫㉗高弟：高足弟子。 ⑫㉘潘耒：字次耕，又字稼堂，吴江人，清代学者。 ⑫㉙兀（wù）兀：用心勤苦的样子。 ⑬㉚云雷经纶：比喻贤才善于兼用恩泽与刑与刑罚来治理国家。 ⑬㉛屯（zhūn）：六十四卦之一，指艰难，艰险的意思。

【赏析】

全祖望，年十六能为古文。初为翰林，即受权贵排斥，于是辞官归家，专心著述。学术上推崇黄宗羲，并受万斯同的影响，注重史料校订，精研宋末及南明史事。

神道表主要记载死者事迹，并刻在死者墓道前的石碑上。这种文体自古多"谀墓"

之作，但这篇《亭林先生神道表》却显得有血有肉。文章简洁而又鲜明地记述了大师顾炎武的一生，讴歌了他崇高的民族气节，赞扬了他经世致用与孜孜不倦的治学精神，字里行间洋溢着作者深深的仰慕之情，是不可多得的人物传记。

顾炎武，既是明清之际富有民族意识的节义之士，又是大学问家、思想家、诗人。文章对这两方面的记述，形成了两条线索，分别展开又不断交错。第二段写他的学问与著述，而以"尤留心经世之学"笼罩之。第四段记仓皇出游与谒陵，又以"载书自随"并常发书"对勘"作结。第五段写辞聘拒荐，中间却又穿插畅论为学。两条线索交互得天衣无缝。

全祖望生于康乾盛世，却要表彰明清之际富有崇高民族气节的抗清复明的英杰，需要极大的勇气与技巧。"少落落有大志"，"其时四国多虞，太息天下乏材以至败坏"，"既抱故国之戚"，"志在四方"，"思大揭其亲之志于天下"等句，反复交代了顾炎武的政治态度。文章行文委婉含蓄，虽未着一"清"字，但其中的内涵清晰可见。

【黄生①借书说】

袁　枚

黄生允修借书，随园主人②授③以书而告之曰：书非借不能读也。子不闻藏书者乎？七略、四库④，天子之书，然天子读书者有几？汗牛塞屋，富贵家之书⑤，然富贵人读书者有几？其他祖父⑥积、子孙弃者⑦无论焉。

非独书为然，天下物皆然。非夫人⑧之物而强⑨假焉，必虑人逼取，而惴惴⑩焉摩玩⑪之不已，曰："今日存，明日去，吾不得而见之矣！"若业⑫为吾所有，必高束焉，庋藏焉⑬，曰"姑俟异日观⑭"云尔。

予幼好书，家贫难致。有张氏藏书甚富，往借不与，归而形诸梦⑮，其切如是。故有所览，辄省记⑯。通籍⑰后，俸去书来，落落⑱大满，素蟫⑲灰丝⑳，时蒙卷轴㉑。然后叹借者之用心专，而少时之岁月为可惜㉒也。

今黄生贫类予，其借书亦类予。惟予之公书㉓与张氏之吝书，若不相类。然则予固不幸而遇张乎？生固幸而遇予乎？知幸与不幸，则其读书也必专，而其归书也必速。为一说，使与书俱㉔。

【注释】

①生：年轻人。 ②随园主人：作者自称。作者于乾隆十三年（1752年）购得位于江宁（今江苏南京）小仓山的"隋织造园"，改为"随园"。同年辞官后一直隐居于此。 ③授：交给，交付。 ④七略、四库：指内府藏书。七略，汉成帝命刘向、刘歆父子先后校录群书，编辑宫廷藏书，分为辑略、六艺略、诸子略、诗赋略、兵书略、术数略、方技略七部，总称"七略"，是我国最早的图书目录分类著作。四库，唐朝京师长安和东都洛阳的藏书，有经、史、子、集四库。 ⑤汗牛塞屋，富贵家之书：那汗牛塞屋的是富贵人家的藏书。这里说富贵人家藏书很多，搬运起来就累得牛马流汗，放置在家里就塞满屋子。汗，名词用做动词，使……流汗。 ⑥祖父：祖父和父亲（祖辈和父辈）。 ⑦弃者：丢弃的情况。 ⑧夫（fú）人：那人。指向别人借书的人。 ⑨强（qiǎng）：勉强。 ⑩惴惴（zhuì）：提心吊胆，忧惧的样子。 ⑪摩玩：抚弄摩挲，观摩玩赏。 ⑫业：已经。 ⑬必高束焉，庋（guǐ）藏焉：一定捆起来挂在高处，收藏起来。束，捆、扎。庋，放置、保存。 ⑭姑俟（sì）异日观：姑且等到以后的日子再来看吧。姑，姑且。俟，等待。异日，日后，将来。 ⑮形诸梦：即形之于梦，在梦中现出那种情形。形，用作，动词，现出。 ⑯故有所览，辄省（xǐng）记：（因为迫切地要读书，又得不到书，）所以看过的就记在心里。省，记。 ⑰通籍：指初作官。籍，二尺长的竹片，上写姓名、年龄、身份等，挂在宫门口，以便进出宫门时查对。通籍是说记名于竹片上，可以出入宫门。 ⑱落落：形容多而连续不断的堆积。 ⑲素蟫（yín）：蛀蚀书籍的蠹虫。因其为银白色，故称"素"。 ⑳灰丝：指灰尘和虫丝。㉑卷（juàn）轴：书册。古代还没有线装书的时期，书的形式是横幅长卷，有轴以便卷起来。后世沿用"卷轴"称书册。卷轴，指书卷，古代文籍装轴卷藏。㉒可惜：值得珍惜。㉓公书：把书公开，慷慨出借。㉔为一说，使与书俱：作一篇说，让（它）同（出借）的书一起（交给黄生）。俱，一起。

【赏析】

袁枚所作诗，多抒发闲情逸致，所为文，也颇具特色。本文是一篇就事论理的文章，勉励弟子黄允修要珍惜光阴，努力读书。

劝学一类作品，历来熟闻习见。袁枚大胆提出"书非借不能读"这一观点，可谓别出心裁。作者劝勉人们不要因为条件不利而却步不前，只要有志向，有决心，外来的压力，就会化为鞭策自己的动力，有力地证明了"书非借不能读"的观点。同时提醒人们不要因为学习条件优越，而贪图安逸，养成不求进步的恶习，要珍惜时间，珍惜拥有的学习条件，奋发努力。

行文多处运用对比方法，从正反两方面去阐明事理。天子、富贵者藏书很多而读书人很少的对比；祖辈收藏书籍而子孙丢弃书籍的对比；藏书者"高束焉，庋藏焉"与借书者"惴惴焉摩玩不已"的行为对比；藏书者"姑俟异日观"与借书者"今日来，明日去，吾不得而见之矣"的心理对比；我今日"落落大满，素蟫灰丝时蒙卷轴"与昔日"往借，不与，归而形诸梦"的对比；"张氏之吝书"与"予之公书"的对比；黄生"幸"与我"不幸"的对比；天子、富贵者藏书很多，我年轻时、黄生现在无书的对比。论据精要贴切，论证充分入扣，证明了这个论断的普遍意义。

"说"不同于正统的论说文，作者袁枚又是一位任性适情的才子，因此，我们可把本文视为作者率性而为的一篇带有游戏性质的小文，其中包含着对逝去的青年光阴的怀念、对如今自己的自嘲，而主旨则在鼓励、教育黄生。

【游黄山记】

袁 枚

癸卯①四月二日，余游白岳②毕，遂浴黄山③之汤泉④。泉甘且洌⑤，在悬崖⑥下。夕宿慈光寺⑦。

次早，僧告曰："从此山径仄⑧险，虽兜笼⑨不能容。公步行良苦，幸有土人惯负客者，号海马，可用也。"引五六壮佼⑩者来，俱手数丈布。余自笑羸老⑪乃复作襁褓⑫儿耶！初犹自强，至愈甚，乃缚跨其背。于是且步且负各半。行至云巢⑬，路绝矣，蹑⑭木梯而上，万峰刺天，慈光寺已落釜底。是夕至文殊院⑮宿焉。

天雨寒甚，端午犹披重裘拥火。云走入夺舍，顷刻混沌⑯，两人坐，辨声而已。散后，步至立雪台，有古松，根生于东，身仆于西，头向于南，穿入石中，裂出石外。石似活，似中空，故能伏匿其中，而与之相化。又似畏天不敢上长，大十围，高无二尺也。他松类是者多，不可胜记。晚，云气更清，诸峰如儿孙俯伏。黄山有前、后海⑰之名。左右视，两海并见。

次日，从台左折而下，过百步云梯⑱，路又绝矣。忽见一石如大鳌鱼⑲，张其口。不得已走入鱼口中，穿腹出背，别是一天。登丹台⑳，上光明顶㉑。与莲花㉒、天都㉓二峰为三鼎足，高相峙。天风撼人，不可立。幸松针铺地二尺厚，甚软，可坐。晚至狮林寺㉔宿焉。趁日未落，登始信峰㉕。峰有三，远望两峰夹峙，逼视之尚有一峰隐身落后。峰高且险，下临无底之溪。余立其巅，垂趾二分在外。僧惧挽之。余笑谓"坠亦无妨"。问："何也？"曰："溪无底，则人坠当亦无底，飘飘然知泊何所？纵有底，亦须许久方到，尽可须臾求活。惜未挈长绳缒㉖精铁量之，果若干尺耳。"僧大笑。

次日登大小清凉台㉗。台下峰如笔，如矢，如笋，如竹林，如刀戟，如船上桅，又如天帝戏将武库兵仗布散地上。食顷，有白练㉘绕树。僧喜告曰："此云铺海也。"初濛濛然，熔银散绵，良久浑成一片。青山群露角尖，类大盘凝脂中有笋脯㉙蠡现状。俄而离散，则万峰簇簇，仍还原形。余坐松顶，苦日炙，忽有片云起为荫遮，方知云有高下，迥非一族。薄暮往西海门㉚观落日。草高于人，路又绝矣。唤数十夫芟夷㉛之而后行。东峰屏列，西峰插地怒起，中间鹘突数十峰，类天台琼台㉜。红日将坠，一峰以首承之，似吞似捧。余不能冠，被风掀落；不能袜，被水沃透；不敢杖，动陷软沙；不敢仰，虑石崩压。左顾右睨㉝，前探后瞩，恨不能化千亿身，逐峰皆到。当海马负时，捷若猱猿，冲突急走，千万山亦学人奔，状如潮涌。俯视深坑、怪峰，在脚底相待。倘一失足，不堪置想。然事已至此，惴栗㉞无益。若禁缓之，自觉无勇。不得已，托孤寄命㉟，凭渠所往，觉此身便已羽化。《淮南子》有"胆为云㊱"之说，信然。

初九日，从天柱峰㊲后转下，过白沙矼㊳，至云谷㊴。家人以肩舆相迎。计步行五十馀里，入山凡七日。

【注释】

①癸卯：这里指乾隆四十八年（1783年）。　②白岳：即白岳岭，在安徽省休宁县。位于黄山之南，奇峰四起，山路盘回，山势险峻。乾隆誉为"天下无双胜景，江南第一名山"。　③黄山：传说黄帝在此修身炼丹，因而得名。位于安徽歙县、太平、休宁、黟县间，山势奇险，云雾缥缈，苍松、怪石密布，温泉喷涌。　④汤泉：温泉名，古名朱砂泉，在山下。泉水清润纯净，无硫磺气。　⑤冽：同"洌"，清醇。　⑥悬崖：即悬崖。这里指紫云峰。　⑦慈光寺：又称朱砂庵，在朱砂峰下。明万历年间僧普门改建，称法海禅院，寻敕封"护国慈光寺"，盛极一时。　⑧仄：狭窄。　⑨兜笼：即兜子，供游客乘坐、由人抬着上山的竹制便轿。　⑩壮佼：壮健；壮美。　⑪羸(léi)老：衰弱的老人。　⑫襁褓：襁保，襁葆。背负婴儿用的宽带和包裹婴儿的被子。后亦指婴儿包。　⑬云巢：即云巢洞，在文殊院下。　⑭蹑：踩，踏。　⑮文殊院：寺名，在天都、莲花二峰之间。传为明万历年间普门和尚所构建。院左侧下方有文殊池。前有一线天、文殊洞，西有立雪台等。　⑯混沌：天地未开辟以前的元气状态。这里指笼罩在云雾之中。　⑰前、后海：黄山多云海，因称南为前海，北为后海，指光明顶前后两处云海绝妙的风景。　⑱百步云梯：莲花峰下小道，山路险峻，下临绝壑。　⑲大鳌鱼：指鳌鱼背，在鳌鱼峰前，状似鳌鱼。　⑳丹台：即炼丹台，在黄山中部炼丹峰前，传为浮丘公为黄帝炼丹处。　㉑光明顶：黄山三大主峰之一。状如覆钵，无所依傍，山顶平坦。　㉒莲花：莲花峰，黄山最

高峰。小峰簇拥，山形如初绽莲花。 ㉓天都：黄山三大主峰之一。山势最为险峻，古人尊之为天帝神都，故名。 ㉔狮林寺：即狮子林，在狮子峰下。 ㉕始信峰：在黄山东部，峰凸起在绝壑之上。传说一位古人持怀疑态度游山，到此始信黄山可爱，故名。 ㉖缒（zhuì）：用绳索拴住人或物从上往下放。 ㉗清凉台：原名法台，在狮子峰下，为观日出、铺海之地。 ㉘白练：喻指像白绢一样的东西。 ㉙笋脯：把笋煮熟晾晒、加以调料的食物。 ㉚西海门：在狮子峰、石鼓峰西的悬崖峭壁处，可凭眺西海群峰与落日美景。 ㉛芟（shān）夷：割除。 ㉜天台琼台：在浙江天台县。琼台似马鞍状，下临龙潭，三面绝壁。 ㉝睨：斜视。 ㉞惴（zhuì）栗：恐惧。 ㉟托孤寄命：以后代及生命相托。《论语·泰伯》："可以托六尺之孤，可以寄百里之命。"这里比喻把一切都交给背他的人，听之任之。 ㊱胆为云：语出《淮南子·精神训》："故胆为云。"高诱注："胆，金也。金石，云之所出，故为云。" ㊲天柱峰：在安徽潜山县西北。状如柱倚天，因而得名。 ㊳白沙矼（gāng）：在后山皮篷与云谷寺之间，沙色纯白，因而得名。 ㊴云谷：寺名，在香炉峰下。溪谷蜿蜒，云雾吞吐。

【赏析】

　　黄山奇景在明清两代文人笔下可以说司空见惯了。袁枚的这篇《游黄山记》写于乾隆四十八年（1783年）。时年七十的作者，从慈光寺登山，寻奇探险，"左顾右睨，前探后瞩，恨不能化千亿身，极峰皆到"，既显示出黄山无穷的魅力，又反映出袁枚对大自然的酷爱之情。

　　袁枚这篇游记采取了传统的写法，以时间为顺序逐一展开，畅游七日后辗转经白砂矼、云谷寺下山，重点在前三日的所见所闻。虽然山陡道险，历尽艰辛，他只得以"海马"代步，"自觉无勇，不得已托孤寄命，凭渠所往"，却游兴极高。作者在游记中，描景记胜，对所见之奇险赞不绝口。

　　袁枚倡导"性灵说"。这篇游记就体现了他主性灵的美学思想，即以新鲜、灵活、风趣的语言抒发真情实感，描绘艺术形象，充分彰显个性。作者写游记不在于模山范水，而重在表现自己的审美情趣，体现自己阔达、超拔的性格与酷爱自然的天性。因而写景时文字详略得当，对象典型生动，紧紧扣住黄山最引人入胜的景物：怪松、云海、奇峰，作细微具体的描写，充分调动读者的视觉、听觉、感觉，全方位地进行渲染，使人读后充满新鲜感，绝无重复冗沓之感。全文大量采用新颖奇妙的比喻，出色地完成了描写黄山景物与表现作者性灵的双重任务。

　　袁枚游黄山所写的几十首诗，莫不笔酣墨舞，极尽铺张之能事。本文同样写黄山，却素净简洁，纯用比喻、白描。袁枚诗与文风格之不同，由此可见一斑。

【祭妹文】

袁 枚

乾隆丁亥①冬，葬三妹素文②于上元③之羊山④，而奠以文曰：

呜呼！汝生于浙⑤而葬于斯⑥，离吾乡⑦七百里矣。当时虽觭梦⑧幻想，宁知⑨此为归骨所⑩耶！

汝以一念之贞⑪，遇人仳离⑫，致孤危⑬托落⑭。虽命之所存⑮，天实为之；然而累⑯汝至此者，未尝非予之过也。予幼从先生授经，汝差肩而坐⑰，爱听古人节义事⑱；一旦长成，遽躬⑲蹈⑳之。呜呼！使汝不识诗书，或未必艰贞㉑若是。

予捉蟋蟀，汝奋臂出其间；岁寒虫僵㉒，同临其穴㉓。今予殓汝葬汝，而当日之情形，憬然赴目㉔。予九岁憩书斋，汝梳双髻㉕，披单缣㉖来，温《缁衣》㉗一章。适先生奓户㉘入，闻两童子音琅琅然，不觉莞尔㉙，连呼则则㉚。此七月望日㉛事也。汝在九原㉜，当分明记之。予弱冠㉝粤行㉞，汝掎裳㉟悲恸。逾三年，予披宫锦㊱还家，汝从东厢㊲扶案出，一家瞠视而笑㊳，不记语从何起，大概说长安登科，函使㊴报信迟早云尔。凡此琐琐，虽为陈迹，然我一日未死，则一日不能忘。旧事填膺㊵，思之凄梗㊶，如影历历，逼取便逝。悔当时不将嫛婗㊷情状，罗缕纪存㊸。然而汝已不在人间，则虽年光倒流，儿时可再，而亦无与为证印者矣。

汝之义绝高氏而归也，堂上阿奶㊹，仗汝扶持，家中文墨，眣㊺汝办治。尝谓女流中最少明经义、谙雅故㊻者，汝嫂非不婉嫕㊼，而于此微缺然。故自汝归后，虽为汝悲，实为予喜。予又长汝四岁，或人间长者先亡，可将身后托汝，而不谓汝之先予以去也。前年予病，汝终宵刺探㊽，减一分则喜，增一分则忧。后虽小差㊾，犹尚殗殜㊿，无所娱遣，汝来床前，为说稗官野史(51)可喜可愕之事，聊资(52)一欢。呜呼！今而后，吾将再病，教从何处呼汝耶？

汝之疾也，予信医言无害，远吊扬州。汝又虑戚吾心，阻人走报㊿。及至绵惙㊿已极，阿奶问："望兄归否？"强应曰："诺！"予已先一日梦汝来诀㊿，心知不祥，飞舟渡江。果予以未时㊿还家，而汝以辰时㊿气绝。四支㊿犹温，一目未瞑㊿，盖犹忍死待予也。呜呼痛哉！早知诀汝，则予岂肯远游？即游，亦尚有几许心中言，要汝知闻，共汝筹画也！而今已矣！除吾死外，当无见期。吾又不知何日死，可以见汝；而死后之有知无知，与得见不得见，又卒难明也。然则抱此无涯之憾，天乎人乎！而竟已乎！

汝之诗，吾已付梓㊿；汝之女，吾已代嫁㊿；汝之生平，吾已作传㊿；惟汝之窀穸㊿，尚未谋耳。先茔㊿在杭，江广河深，势难归葬，故请母命而宁汝于斯，便祭扫也。其旁葬汝女阿印㊿，其下两冢，一为阿爷侍者㊿朱氏，一为阿兄侍者㊿陶氏。羊山旷渺，南望原隰㊿，西望栖霞㊿，风雨晨昏，羁魂㊿有伴，当不孤寂。所怜者，吾自戊寅年读汝哭侄诗后，至今无男；两女牙牙㊿，生汝死后，才周晬㊿耳。予虽亲在未敢言老㊿，而齿危㊿发秃，暗里自知，知在人间，尚复几日？阿品选官河南㊿，亦无子女，九族㊿无可继者。汝死我葬，我死谁埋！汝倘有灵，可能告我？

呜呼！身前既不可想，身后又不可知；哭汝既不闻汝言，奠汝又不见汝食。纸灰飞扬，朔风野大㊿，阿兄归矣，犹屡屡回头望汝也。呜呼哀哉！呜呼哀哉！

【注释】

①乾隆丁亥：即公元1767年。丁亥：纪年的干支。　②素文：名机，字素文，别号青琳居士。1719年（康熙五十八年）生，1759年（乾隆二十四年）卒。　③上元：旧县名，在今南京市。　④羊山：在今南京市东。　⑤浙：浙江省。　⑥斯：这里，指羊山。　⑦吾乡：袁枚的枚乡，在浙江钱塘（今杭州市）。　⑧觭（jī）梦：做梦。觭，得。语出《周礼·春官·太卜》："太卜滨三梦之法，二曰觭梦。"　⑨宁知：怎么知道。　⑩归骨所：指葬地。　⑪一念之贞：一时信念中的贞节观。贞，封建礼教对女子的一种要求，要求女子忠诚地附属于丈夫，在任何情况下，都要从一而终。　⑫遇人仳（pǐ）离：语出《诗经·王风·山谷有蓷》："有女仳离，慨其叹矣。"这里意指遇到了不好的男人而终被离弃。仳离：分离，特指妇女被丈夫遗弃。　⑬孤危：孤单困苦。　⑭托落：同"落拓"，寂寞、冷落。　⑮存：注定。　⑯累：连累，使之受罪。　⑰差（cī）肩而坐：兄妹并肩坐在一起。二人年龄有大小，所以肩膀高低不一。　⑱节义事：封建社会里妇女单

方面、无条件地忠于丈夫的事例。⑲躬：身体。引申为亲自。⑳蹈：踏，踩。这里指实行。㉑艰贞：困苦而又坚决。㉒僵：死亡。㉓临其穴：指到埋葬蟋蟀处凭吊。㉔憬然赴目：清醒地来到眼前。憬然，醒悟的样子。㉕双髻（jì）：挽束在头顶上的两个辫子。㉖单缣（jiān）：这里指用缣制成的单层衣衫。缣，双丝织成的细绢。㉗《缁衣》：《诗经·郑风》篇名。㉘奓（zhà）户：开门。㉙莞（guān）尔：微笑的样子。㉚则则：即"啧啧"，赞叹声。㉛望日：阴历每月十五，日月相对，月亮圆满，故称"望日"。㉜九原：春秋时晋国卿大夫的墓地，后泛指墓地。㉝弱冠（guàn）：古代男子二十岁行冠礼，表示已经成年。㉞粤行：到广东去。袁枚二十一岁时经广东到了广西他叔父袁鸿那里。袁鸿是文档巡抚金鉷的幕客。㉟掎（jǐ）裳：拉着衣裳。㊱披宫锦：唐代进士及第以后，披宫袍以示荣耀，后遂称中进士为"披宫锦"。这里指袁枚于1738年（乾隆三年）考中进士，选授翰林院庶吉士，请假南归省亲的事。㊲厢：边屋。㊳瞠（chēng）视而笑：瞪眼看着笑，形容惊喜激动的样子。㊴函使：递送信件的人。唐时新进士及第，以泥金书帖，报登科之喜。㊵填膺（yīng）：充满胸怀。㊶凄梗：悲伤凄切，心头像堵塞了一样。㊷婴（yī）婗（ní）：婴儿，引申为幼年。㊸罗缕纪存：有条理地记录保存。㊹阿奶：指袁枚的母亲章氏。㊺眣（shùn）：用眼色示意。这里指期望。㊻谙（ān）雅故：了解古书古事，知道前言往行的意思。谙，熟闻熟知。㊼婉嫕（yì）：柔顺。㊽刺探：打听、探望。㊾小差（chài）：病情稍有好转。差，同"瘥"。㊿殗（yè）殜（dié）病情不太厉害，可半卧半坐。(51)稗（bài）官野史：指私人编定的笔记、小说之类的历史记载，与官方编号的正史相对而言。(52)聊资：姑且作为一时的快乐。(53)走报：报急讯。走，跑。(54)绵惙（chuò）：病势危急。(55)诀：诀别。(56)未时：下午一至三时。(57)辰时：上午七时至九时。(58)支：同"肢"。(59)瞑：闭紧。(60)付梓（zǐ）：付印。梓，刻字印刷的板子。素文的遗稿，附印在袁枚的《小仓山房全集》中，题为《素文女子遗稿》。(61)代嫁：指代妹妹作主把外甥女嫁出去。(62)作传（zhuàn）：即袁枚所作《女弟素文传》。(63)窀（zhūn）穸（xī）：墓穴。(64)先茔（yíng）：祖先的墓地。(65)阿印：素文有两女，一名阿印，早死；一由袁枚安排出嫁。(66)阿爷侍者：指作者父亲袁滨的侍者。(67)阿兄侍者：指作者的侍妾。(68)原隰（xí）：平广的高地。高而平的地叫原，低下而潮湿的地为隰。(69)栖霞：山名，在南京市东。(70)羁（jī）魂：飘荡在他乡的魂魄。(71)牙牙：婴儿学话的声音。这里指两个女儿还很小。(72)周晬（zuì）：周岁。(73)亲在未敢言老：出《礼记·坊记》："父母在，不称老。"封建社会，凡父母长辈在世，子女即使老了也不得说老。袁枚说这句话时六十一岁，是婉转地表示自己已经老了。(74)齿危：牙齿摇摇欲坠。(75)阿品远官河南：袁枚的堂弟袁树由进士任河南正阳县县令。(76)九族：指高祖、曾祖、祖父、父亲、本身、儿子、孙子、曾孙和玄孙。这里指血缘关系较近的许多宗属。(77)朔风野大：旷野上，北风显得更大。

【赏析】

袁枚的《祭妹文》、韩愈的《祭十二郎文》、欧阳修的《泷冈阡表》，历来被认为是祭文中的绝唱。《祭妹文》抒写对亡妹的悼念，着重写兄妹之间的亲密关系，情真意切，语出肺腑，读来哀惋真切，有很强的感染力。

作者从素文墓地入笔，然后按照时间顺序，从亡妹儿时的情状直写到气绝后"四支犹温，一目未瞑，盖犹忍死待予"，把她的一生经历以及他们兄妹之间亲密情谊生动地表达出来。作者在回忆童年与妹妹共度的琐事时，信手拈来，从野外同捉蟋蟀到书斋共读诗经，从胞妹送哥眼泪流到把盏喜迎兄长归，从离家出嫁到中道归返，从侍奉母亲以示其德到关爱长兄以显其情，从素文之死到后事料理，情节层层推进，感情波起浪涌，文情并茂，浑然一体。

本文用了寓情于事、情见于辞的写法。在叙事中寄寓哀痛，行文中饱含真情，同时还穿插些许景物描绘，从而使痛惜、哀伤、悔恨、无可奈何之情有机地揉和在一起。故所叙之事，愈是琐屑，愈见真切；所抒之情，愈是缠绵，愈见深挚。袁素文是封建礼教的牺牲品。袁枚由衷同情妹妹的不幸遭遇，但对她盲从封建贞节的观念却不以为然。"使汝不识诗书，或未必艰贞若是"。作者的痛伤不单单是因为对胞妹的挚爱，还饱含着对她的同情和怜悯，对邪恶不公的愤懑，对自己未尽职责的无限悔恨，这使得文章包蕴了丰富的思想内容，增强了震撼读者心灵的力量。

祭文通常有固定的格式，其内容和形式都容易公式化。但袁枚的《祭妹文》却不拘格式，写得情真意切，生动感人，为后人传诵。祭文多用骈体，讲求声韵和对仗。袁枚此文却别出机杼，纯用散体，直抒胸臆，和韩愈的《祭十二郎文》有明显的继承关系。

【与余存吾太史书】

纪　昀

昀再拜启，存吾太史阁下：承示《戴东原①事略》，具见表章古学之深心，所举著书大旨，亦具得作者本意。惟中有一条，略须商榷。

东原与昀交二十馀年，主昀家前后几十年，凡所撰录，不以昀为奔陋②，颇相质证③，无不犁然④有当于心者。独《声韵考》⑤一编，东原计⑥昀必异论，竟不谋而付刻。刻成昀乃见之，遂为平生之遗憾。

盖东原研究古义，务求精核，于诸家无所偏主。其坚持成见者，则在不使外国之学胜中国，不使后人之学胜古人。故于等韵之学⑦，以孙炎反切⑧为鼻祖，而排斥神珙⑨反纽为元和以后之说。夫神珙为元和⑩中人，固无疑义，然《隋书·经籍志》明载梵书以十四字贯一切音⑪，汉明帝时与佛经同入中国，实在孙炎以前百馀年。且《志》为唐人所撰，远有端绪⑫，非宋以后臆揣⑬者比，安得以等韵之学归诸神珙，反谓为孙炎之末派旁支哉！东原博极群书，此条不应不见；昀尝举此条诘东原，东原亦不应不记。而刻是书时仍讳⑭而不言，务伸己说，遂类西河毛氏⑮之所为，是亦通人之一蔽也。

若姑⑯置此书不言，而括其与江慎修⑰论古音者为一条，则东原平生著作遂粹然⑱无瑕，似亦爱人以德之一端。昀于东原交不薄，尝自恨当时不能与力争，失朋友规过⑲之义。故今日特布⑳腹心于左右，祈刊改此条，勿彰其短，以尽平生相与之情。刍荛之言㉑，是否可采，惟高明详裁㉒之。

【注释】

①戴东原：戴震，字东原，安徽休宁人，清代著名思想家、学者。深通天文、历算、史地、音韵、训诂、考据等，对经学、语言学有卓越贡献。　②弇陋：见识浅陋。　③质证：对质证明，核实验证。　④犁然：坚确的样子。语出《庄子·山木》："木声与人声，犁然有当于人之心。"　⑤《声韵考》：戴震所著，共四卷。　⑥计：谋划，筹算。　⑦等韵之学：中国古代研究汉语发音原理、发音方法和音韵结构的学科。　⑧孙炎：中国三国时期经学家。字叔然，乐安（今山东广饶）人。受业于郑玄，时人称为"东州大儒"。所著《尔雅音义》影响较大。北齐颜之推《颜氏家训·音辞》说："孙叔然创《尔雅音义》，是汉末人独知反语。至于魏世，此事大行。"后人据此以为孙炎首创反切，但后来发现，开始使用反切的时间早于孙炎。　⑨神珙：唐时僧人，著有《四声五音九弄反纽图》。　⑩元和：唐宪宗年号，806年—820年。　⑪十四字贯一切音：通行于东汉至六朝间的一种梵、汉字音对照方法，来源于佛经（梵书），即十四个元音字母。　⑫端绪：头绪，端倪，些微的认识或模糊的想法。　⑬臆揣：犹"臆测"。　⑭讳：避忌，有顾忌不敢说或不愿说。　⑮西河毛氏：毛奇龄，字大可，号初晴，人称西河先生，浙江萧山人。著有《古今通韵》等。　⑯姑：暂且，苟且。　⑰江慎修：江永，字慎修，江西婺源人。经学家，音韵学家。著有《古韵标准》、《音学辨微》、《四声切韵表》等。　⑱粹然：纯正貌。　⑲规过：规正过失。　⑳布：宣告，对众陈述。　㉑刍荛：刍荛：割草打柴的人。割草打柴人的话。指普遍百姓的浅陋言辞。也用作讲话者的谦词。　㉒裁：决定，判断。

【赏析】

纪昀曾任《四库全书》总编，是清代著名学者。余存吾，即余廷灿，"太史"为其官名，这篇文章是作者写给友人余存吾的一封书信。

乾隆二十年的相识，使戴震和纪昀成为莫逆之交。戴震每赴京师，必居于纪昀府邸，与他把酒言欢，切磋学问。纪昀在文中记叙这一情形说："东原与昀交往二十八年，主昀家前后几十年。凡所撰录不以均为弇陋，颇相质证，无不犁然有当于心者"。纪昀也常常以所著文章问教于戴震。二人在学术上多数观点是一致的。当然，在多年的学术交流中也不免有意见分歧，较大的一次冲突便是围绕戴震《声韵考》一书的某些观点产生的。由于戴震拟刻《声韵考》时，"计昀必异论，竟不谋而付刻。刻成昀乃见之，遂为平生之遗憾"，"自恨当时不能与力争，失朋友规过之义"。戴震没有接受他的观点，随后在文中刊出。这番争执无疑是纪、戴关系上最不愉快的一事。余存吾在《戴东原事略》中，依照戴震的说法加以评点介绍，并将这篇文章寄给纪昀。纪昀认为戴震之说有明显偏见，不能不加以纠正，于是就余存吾所著《戴东原事略》一书写信给余氏，对戴震著作有不妥之处予以纠正。

戴震的学术成就当时已得到包括余存吾在内的学者文人的广泛赞誉，纪昀无须锦上添花。因而纪昀没有因为与戴震相交甚厚，而忽略学术上的是非。文中体现了他对朋友高度尽责的精神和诚挚的感情，这种求实求是做学问的精神也令世人敬仰。

【《鸣机夜课图》记】

蒋士铨

吾母姓钟氏，名令嘉，字守箴，出南昌名族，行①九。幼与诸兄从先外祖滋生公读书，十八归②先府君③。时府君年四十馀，任侠好客，乐施与，散数千金，囊箧萧然，宾从辄满座。吾母脱簪珥，治酒浆，盘罍④间未尝有俭色⑤。越二载，生铨，家益落。历困苦穷乏，人所不能堪者，吾母怡然无愁蹙状，戚党⑥人争贤之。府君由是得复游燕、赵间⑦，而归吾母及铨，寄食外祖家。

铨四龄，母日授四子书⑧数句。苦儿幼不能执笔，乃镂竹枝为丝，断之，诘屈作波磔点画⑨，合而成字，抱铨坐膝上教之。既识，即拆去。日训十字，明日令铨持竹丝合所识字，无误乃已。至六龄，始令执笔学书。

先外祖家素不润⑩，历年饥，大凶⑪，益窘乏。时铨及小奴衣服冠履，皆出于母。母工纂绣组织⑫，凡所为女红，令小奴携于市，人辄争购之。以是铨及小奴无褴褛状。

先外祖长身白髯，喜饮酒。酒酣，辄大声吟所作诗，令吾母指其疵。母每指一字，先外祖则满引一觥；数指之后，乃陶然捋须大笑，举觞自呼曰："不意阿丈乃有此女！"既而摩铨顶曰："好儿子！尔他日何以报尔母？"铨稚，不能答，投母怀，泪涔涔下。母亦抱儿而悲，檐风几烛，若愀然助人以哀者。

记母教铨时，组⑬纴绩纺之具，毕陈左右，膝置书，令铨坐膝下读之。母手任操作，口授句读，咿唔之声，与轧轧相间。儿怠，则少加夏楚⑭，旋⑮复持儿而泣曰："儿及此不学，我何以见汝父！"至夜分寒甚，母坐于床，拥被覆双足，解衣以胸温儿背，共铨朗诵之。读倦，睡母怀。俄而母摇铨曰："可以醒矣！"铨张目视母面，泪方纵横落，铨亦泣。少间，复令读。鸡鸣卧焉。诸姨尝谓母曰："妹一儿也，何苦乃尔？"对曰："子众可矣！儿一，不肖，妹何托焉？"

庚戌，外祖母病且笃⑯，母侍之，凡汤药饮食，必亲尝之而后进。历四十昼夜，无倦容。外祖母濒危，泣曰："女本弱，今劳瘁过诸兄，愈矣。他日婿归，为我言：'我死无恨，恨不见女子成立⑰。'其善诱之！"语讫⑱而卒。母哀毁骨立⑲，水浆不入口者七日。同党⑳姻娅㉑，一时咸以孝女称，至今弗衰也。

铨九龄，母授以《礼记》、《周易》、《毛诗》，皆成诵。暇更录唐、宋人诗，教之为吟哦声。母与铨皆弱而多病。铨每病，母即抱铨行一室中，未尝寝；少瘥，辄指壁间诗歌，教儿低吟之以为戏。母有病，铨则坐枕侧不去。母视铨，辄无言而悲。铨亦凄楚依恋之。尝问曰："母有忧乎？"曰："然。""然则何以解忧？"曰："儿能背诵所读书，斯㉒解也！"铨诵声琅琅然，争㉓药鼎沸。母微笑曰："病少差㉔矣。"由是母有病，铨即持书诵于侧，而病辄能愈。

十岁，父归，越一载，复携母及铨，偕游燕、赵、秦、魏、齐、梁、吴、楚间。先府君苟有过，母必正色婉言规。或怒，不听，则必屏息，俟怒少解，复力争之，听而后止。先府君每决大狱，母辄携儿立席前曰："幸以此儿为念！"府君数颔㉕之。先府君在客邸，督铨学甚急，稍息，即怒而弃之，数日不及一言。吾母垂涕扑之，令跪读至熟乃已，未尝倦也。铨故不能荒于嬉，而母教亦益是以严。

又十载归，卜居于鄱阳，铨年且二十。明年娶妇张氏，母女视之，训以纺绩织纴事，一如教儿时。铨年二十有二，未尝去母前，以应童子试，归铅山，母略无离别可怜之色。旋补弟子员。明年丁卯，食廪饩㉖。秋，荐于乡。归拜母，母色喜。依膝下廿日，遂北行。母念儿辄有诗，未一寄也。明年落第，九月归。十二月，先府君即世㉗，母哭，濒死者十馀次。自为文祭之，凡百馀言，朴婉沉痛，闻者无亲疏老幼，皆呜咽失声。

时行年四十有三也。

己巳，有南昌老画师游鄱阳，八十馀，白发垂耳，能图人状貌。铨延之为母写小像，因以位置景物请于母，且问："母何以行乐，当图之以为娱。"母愀然曰："呜呼！自为蒋氏妇，常以不及奉舅姑㉘盘匜㉙为恨，而处忧患哀恸间数十年，凡哭父，哭母，哭儿，哭女夭折，今且哭夫矣。未亡人欠一死耳，何乐为！"铨跪曰："虽然，母志有乐得未致者，请寄斯图也，可乎？"母曰："苟吾儿及新妇能习于勤，不亦可乎！鸣机夜课，老妇之愿足矣，乐何有焉？"铨于是退而语画士，乃图秋夜之景；虚堂四敞，一灯荧荧，高梧萧疏，影落檐际。堂中列一机，画吾母坐而织之，妇执纺车坐母侧；檐底横列一几，剪烛自照，凭画栏而读者，则铨也。阶下假山一，砌花㉚盆兰，婀娜相倚，动摇于微风凉月之中。其童子蹲树根捕促织为戏，及垂短发持羽扇煮茶石上者，则奴子阿童、小婢阿昭。图成，母视之而欢。

铨谨按吾母生平勤劳，为之略，以进求诸大人先生之立言㉛而与人为善者。

【注释】

①行：排行。　②归：出嫁，嫁。　③府君：这里指父亲。　④盘罍（léi）：指菜色。罍：酒杯。　⑤俭色：吝啬的样子。　⑥戚党：亲族。　⑦游燕、赵间：到北方去做官。游：外出求学、求官。　⑧四子书：《论语》《孟子》《大学》《中庸》四书。　⑨波磔（zhé）点画：字的笔画。波，撇。磔，捺。　⑩润：富裕。　⑪大凶：灾荒。　⑫纂绣组织：刺绣纺织。　⑬组：阔带，这里指织带。　⑭夏（jiǎ）楚：古代学校体罚用具。夏，榎木。楚，荆条。　⑮旋：随即。　⑯笃：重，病重。　⑰成立：成家立业。　⑱讫：终止，完毕。　⑲哀毁骨立：因为过度悲伤而面容憔悴，瘦削以致骨头突出。　⑳间党：邻居。　㉑姻娅：亲戚。　㉒斯：则，乃。　㉓争：规劝。　㉔差（chài）：同"瘥"，病愈。　㉕颔：下巴，这里指点头同意。　㉖廪饩（xì）：粮仓中的粮食，特指由官府供给粮食。　㉗即世：去世。　㉘舅姑：公婆。　㉙匜（yí）：盥洗时舀水用的瓢状器皿。　㉚砌花：台阶上的花。　㉛立言：著书立说。

【赏析】

与袁枚并列"江右三大家"的清朝文学家蒋士铨，文笔细腻纤丽，富有人情味，主张抒写真情，不假雕饰。著作有《忠雅堂文集》。

作者幼时与母亲相依为命。母亲勤劳朴实，并严格管教他读书。作者成婚后，请了一位画师为母亲画像，问母亲画些什么背景，母亲说她最喜欢的就是晚上她和儿媳纺纱，儿子在旁边读书的场景，于是就有了传之千古的《鸣机夜课图》。作者为此图写了这篇记，把许多感人的往事记述下来，让我们看到作者成才的道路上，不仅浸透了自己的汗水，更饱含着母亲钟令嘉的苦心教导。

　　作者在文章中用白描的手法方方面面尽力描写了母亲的言谈举止、音容笑貌，极力表现了母亲为女、为媳、为妻、为母的聪颖、忠孝、和顺、慈爱和严格，所记之事大小有十件之多。比如，作者幼年感到很冷时，母亲就坐在床上，用被子盖住儿子的双脚，解开她的衣服，用她温暖的胸膛贴着儿子的背，和儿子一起朗读诗文，儿子读累了，就在母亲怀中睡着了。一会儿，母亲摇着儿子叫他："可以醒来了！"儿子睁开眼睛看看母亲的脸，只见母亲正泪流满面，于是儿子也哭了。母亲以身作则、身传言教，对儿子的期望和教诲，既心痛又严厉的态度，给读者留下了深刻的印象。

　　母亲纺纱儿读书的画图，是世界上最美丽的图画。本文叙事具体生动，行文简洁流畅，母亲的形象就在一件件动人的小事中具象化，让读者深切地感受到作者对母亲的热爱与赞美之情。

【弈　喻①】

钱大昕

　　予观弈于友人所②，一客数③败，嗤其失算④，辄欲易置之⑤，以为不逮⑥已也。顷之⑦，客请与予对局⑧，予颇易之⑨。甫⑩下数子，客已得先手⑪。局将半，予思益苦⑫，而客之智尚有余。竟局⑬数之，客胜予十三子，予赧甚⑭，不能出一言。后有招予观弈者，终日默坐而已。

　　今之学者，读古人书，多訾⑮古人之失；与今人居⑯，亦乐称人失。人固不能无失，然试易地⑰以处，平心而度⑱之，吾果⑲无一失乎？吾能知人之失而不能见吾之失，吾能指人之小失而不能见吾之大失。吾求吾失且不暇⑳，何暇论人哉！弈之优劣有定㉑也，一著㉒之失，人皆见之，虽护前㉓者不能讳也。理之所在，各是其所是，各非其所非㉔，世无孔子，谁能定是非之真㉕？然则人之失㉖者未必非得㉗也，吾之无失者未必非大失也，而彼此相嗤无有已时，曾观弈者之不若已㉘。

【注释】

①弈喻：即用下棋打比方，借下棋的事情讲道理。弈，下棋。　②所：处所，住的地方。　③数（shuò）：多次。　④嗤（chī）其失算：讥笑他谋划不当。嗤，讥笑。　⑤

辄欲易置之：就想替换他去下棋，意思是替人下。易，变易、取代。 ⑥逮（dài）：及，赶上。 ⑦顷之：过一会儿。 ⑧对局：下棋。局，棋盘。 ⑨易之：认为它很容易。 ⑩甫：刚刚。 ⑪先手：下棋时主动的形势。 ⑫益苦：更加艰苦。意思是难于想出招数。 ⑬竟局：终盘。竟，完了。 ⑭赧（nǎn）甚：很惭愧。赧，脸红，羞愧，难堪。 ⑮訾（zǐ）：诋毁。 ⑯居：相处。 ⑰易地：彼此交换地位。 ⑱平心而度（duó）：心平气和、冷静地推测。度，估量，揣度。 ⑲果：真。 ⑳不暇：没时间，忙不过来。 ㉑定：定准，公认的准则。 ㉒一著（zhāo）：走一步棋。 ㉓护前：袒护所为，绝不认错。《三国志·朱桓传》："桓性护前，耻为人下。" ㉔各是其所是，各非其所非：赞成自以为正确的，反对自以为不正确的。 ㉕是非之真：真正的是非。 ㉖失：意思是表面看来是错误。 ㉗得：意思是道理正确。 ㉘曾（zēng）观弈者之不若已：简直连看棋的人都赶不上了。曾，乃，竟。不若，不如。已，同"矣"。

【赏析】

《弈喻》选自钱大昕《潜研堂文集》。以弈为喻，并不少见，如"世事如棋"、"常恨人生不如棋"等等，孟子也曾以弈为喻，指出"不专心致志不得也。"钱大昕的《弈喻》一文设喻相譬，规训其子弟必须善于"见吾之失"，正确认识自己的同时，正确对待别人的过失，切莫自以为是，学习大学者反躬自省的品德。

文章开头生动地叙述了一次观弈、对弈的经历。观弈时，作者对客时"嗤其失算"、"欲易置之"、"以为不逮已"；对弈时却先失数子，中盘苦思冥想，最终惨败。落得个"赧甚，不能出一言"的结果。观弈和对弈时，作者对自己和客人的棋技判断差距如此之大，这引起了作者的深思。"后有招予观弈者，终日默坐而已"，正是作者败弈后冷静反思的表现。

接下来作者以"弈"喻"学"，提出学者应辩证客观地看问题，多从对方的角度考虑，冷静思考。作者首先列举"今之学者"不正确的治学态度，"多訾古人之失"、"乐称今人失"，形象地刻画了那些"能知人之失，而不能见吾之失"的学者浮躁的情态。紧扣弈棋作者进一步指出，事理方面的问题由于各人都认为自己正确，是非标准就难定了，"世无孔子，谁能定是非之真"，与其争论不休，各损心力，还不如各自内省。如果发现是自己之"失"，不正是"得"吗？即便自己"无失"，如果以之傲人，结果"未必非大失"，进而批判了那种"彼此相嗤，无有已时"的错误作风。

本文的弈喻，依事取警，非常生动地说明了观人之失易，观己之失难，应当"易地以处平心而度之"才能客观公正地评价客观实物的哲理，道出了为人治学的重要准则，令读者有豁然开朗的感觉。

【岳 飞】

毕 沅

飞事亲①至②孝，家无姬侍。吴玠③素④服飞，愿与交欢，饰名姝遗之⑤，飞曰："主上宵旰⑥，宁⑦大将安乐时耶⑧！"却⑨不受。玠大叹服。或⑩问："天下何时太平？"飞曰："文臣不爱钱，武臣不惜死⑪，天下太平矣！"师每休舍⑫，课将士注坡⑬跳壕，皆重铠以习之。卒有取民麻一缕以束刍⑭者，立斩以徇⑮。卒夜宿，民开门愿纳，无敢入者。军号"冻死不拆屋，饿死不掳掠"。卒有疾，亲为调药。诸将远戍，飞妻问劳其家；死事者，哭之而育其孤⑯。有颁⑰犒⑱，均给军吏，秋毫⑲无犯。善以少击众。凡有所举，尽召诸统制⑳，谋定而后战，故所向克捷㉑。猝遇敌不动。故敌为之语曰："撼山易，撼岳家军难㉒。"张俊尝问用兵之术，飞曰："仁，信，智，勇，严，阙㉓一不可。"每调军食㉔，必蹙额曰："东南民力竭矣！"好贤礼士㉕，雅歌投壶㉖，恂恂㉗如儒生。每辞官，必曰："将士效力，飞何功之有㉘！"

【注释】

①事亲：侍奉父母。亲：父母，这里指母亲。 ②至：十分，很。 ③吴玠：南宋名将，善骑射，从军后屡次击败金军，官拜四川宣抚使。 ④素：平素，平时。 ⑤饰名姝遗之：把著名的美女打扮起来送给他。 ⑥宵旰：宵衣旰食，天未亮就穿衣起床，天很晚了才吃饭，形容勤于政事。 ⑦宁：难道。 ⑧耶：语气助词，相当与"吗"。 ⑨却：推脱，推却。 ⑩或：有的人。 ⑪文臣不爱钱，武臣不惜死：文臣不爱民钱财，武臣不害怕死亡。 ⑫师每休舍：军队每次休整。舍，停留，休息。 ⑬注坡：从斜坡上急驰而下。和"跳壕"均属军事训练科目。 ⑭束刍：捆扎喂牲口的草料。束，捆。刍，喂牲口的草料。 ⑮立斩以徇：立刻斩首加以示众。 ⑯育其孤：抚育他们的遗孤。 ⑰颁：颁发。 ⑱犒：用酒食或财物慰劳。 ⑲秋毫：比喻细小的事物。 ⑳统制：南宋军官名，隶属于都统制。 ㉑克捷：获胜。克，能胜之意。 ㉒撼山易，撼岳家军难：摇动一座山容易，摇动岳家军却很难。撼，摇动。 ㉓阙：缺少。 ㉔调军食：调集军粮。 ㉕好贤礼士：爱好贤人，尊敬士人。 ㉖雅歌投壶：唱雅诗，做投壶的游戏。这里形容岳飞有儒将风度。 ㉗恂恂：小心谨慎的样子。 ㉘何功之有：有什么功绩。

【赏析】

　　本文选自清代史学家毕沅所编《续资治通鉴》。《续资治通鉴》上承《资治通鉴》，以编年体形式记载了宋、辽、金、元的历史，取材宏博，考证谨严，编排合理。《岳飞》是作者根据《宋史》三六五卷《岳飞传》的评述改写的，行文简洁，是一篇准确而生动的人物传记。

　　岳飞在其二十年的戎马生涯中屡建奇功，其为世人称颂的故事不胜枚举。作者没有流于事件的堆砌，而是围绕岳飞三个方面的品格组织材料，谋篇布局。第一层，从开始到"师每休舍"前，写岳飞对亲（父母）上（皇帝）至孝至忠。第二层，从"师每休舍"至"每调军食"前，写岳飞治军有方，军队所向披靡。第三层，从"每调军食"到结束，写岳飞关心百姓和将士的疾苦。作者分别从孝亲忠君、治军有方、爱民恤士三个角度赞扬了岳飞的高尚情操。

　　这篇传记写法上颇为考究，既采用了详略结合的手法，又注重正面描写、侧面描写的结合。考虑到岳飞是一员武将，在领兵打仗方面最有做为，因而作者将笔力集中在第二层，即岳飞的治军有方上。岳飞的用兵之术概括为五个字，"仁、信、智、勇、严"，这五方面在文中都有体现。"卒有疾，亲为调药，诸将远戍，飞妻问劳其家；死事者，哭之而育其孤"表现"仁"；"有颁犒，均给军吏，秋毫无犯"表现"信"；"凡有所举，尽召诸统制，谋定而后战，故所向克捷"表现"智"；"猝遇敌不动"表现"勇"；"师每休舍，课将士注坡跳壕，皆重铠以习之，卒有取民麻一缕以束刍者，立斩徇，卒夜宿，民开门愿纳，无敢入者，军号'冻死不拆屋，饿死不掳掠'"，表现"严"。训练士兵、关心士兵的疾苦等内容属于正面描写；而"敌为之语曰：'撼山易，撼岳家军难。'"又从侧面进行了烘托，作者从多个角度将一个真实而丰满的艺术形象跃然纸上。

【《古文辞类纂》序】

姚　鼐

　　鼐少闻①古文法于伯父薑坞②先生及同乡刘耕南③先生，少究其义，未之深学也。其后游宦④数十年，益不得暇，独以幼所闻者，置之胸臆而已。乾隆四十年，以疾请归，伯父前卒⑤，不得见矣。刘先生年八十，犹善谈说，见则必论古文。后又二年，余来扬州，少年或从问古文法。

　　夫文无所谓古今也，惟其当而已。得其当，则六经至于今日，其为道也一。知其所以当，则于古虽远，而于今取法，如衣食之不可释；不知其所以当，而敝弃于时，则存一家之言，以资⑥来者，容有俟⑦焉。

于是以所闻习者，编次论说为《古文辞类纂》。其类十三，曰：论辨类、序跋类、奏议类、书说类、赠序类、诏令类、传状类、碑志类、杂记类、箴铭类、颂赞类、辞赋类、哀祭类。一类内而为用不同者，别之为上下编云。

论辨类者，盖⑧原于古之诸子，各以所学著书诏后世。孔孟之道与文，至矣。自老、庄⑨以降⑩，道有是非，文有工拙⑪。今悉以子家不录，录自贾生⑫始。盖退之⑬著论，取于六经、孟子；子厚⑭取于韩非、贾生；明允⑮杂以苏、张之流⑯；子瞻⑰兼及于《庄子》。学之至善者，神合焉；善而不至者，貌存焉。惜乎！子厚之才，可以为其至，而不及至者，年为之也⑱。

序跋类者，昔前圣作《易》，孔子为作《系辞》、《说卦》、《文言》、《序卦》、《杂卦》⑲之传⑳，以推论本原，广大其义。《诗》、《书》皆有《序》，而《仪礼》篇后有《记》，皆儒者所为。其馀诸子，或自序其意，或弟子作之，《庄子·天下》篇、《荀子》末篇，皆是也。余撰次㉑古文辞，不载史传，以不可胜录也。惟载太史公㉒、欧阳永叔㉓表志叙论数首，序之最工者也。向、歆㉔奏校书各有序，世不尽传，传者或伪㉕，今存子政㉖《战国策序》一篇，著其概。其后目录之序，子固㉗独优已。

奏议类者，盖唐、虞、三代圣贤陈说其君之辞，《尚书》具之矣。周衰㉘，列国臣子为国谋者，谊忠而辞美，皆本谟诰㉙之遗，学者多诵之。其载《春秋》内外传㉚者不录，录自战国以下。汉以来有表、奏、疏、议、上书、封事㉛之异名，其实一类。惟对策㉜虽亦臣下告君之辞，而其体少别，故置之下编。两苏㉝应制举㉞时所进时务策，又以附对策之后。

书说㉟类者，昔周公之告召公，有《君奭》㊱之篇。春秋之世，列国士大夫或面相告语，或为书相遗，其义一也。战国说士，说其时主，当委质㊲为臣，则入之奏议；其已去国，或说异国之君，则入此编。

赠序类者，老子曰："君子赠人以言。"颜渊、子路之相违，则以言相赠处㊳。梁王㊴觞诸侯于范台，鲁君择言㊵而进，所以致敬爱、陈忠告之谊也。唐初赠人，始以序名，作者亦众。至于昌黎，乃得古人之意，其文冠绝前后作者。苏明允之考名序，故苏氏讳序，或曰引，或曰说。今悉依其体，编之于此。

诏令类者，原于《尚书》之《誓诰》。周之衰也，文诰犹存。昭王制，肃强侯，所以悦人心而胜于三军[41]之众，犹有赖焉。秦最无道，而辞则伟。汉至文、景，意与辞俱美矣，后世无以逮之。光武以降，人主虽有善意，而辞气何其衰薄也！檄令皆谕下之辞，韩退之《鳄鱼文》，檄令类也，故悉附之。

传状类者，虽原于史氏，而义不同。刘先生[42]云："古之为达官名人传者，史官职之。文士作传，凡为圬者[43]、种树[44]之流而已。其人既稍显，即不当为之传，为之行状，上史氏而已。"余谓先生之言是也。虽然，古之国史立传，不甚拘品位，所纪事犹详。又实录书人臣卒，必撮序[45]其平生贤否。今实录不纪臣下之事，史馆凡仕非赐谥[46]及死事者，不得为传。乾隆四十年，定一品官乃赐谥。然则史之传者，亦无几矣。余录古传状之文，并纪兹义，使后之文士得择之。昌黎《毛颖传》，嬉戏之文，其体传也，故亦附焉。

碑志类者，其体本于诗。歌颂功德，其用施于金石。周之时有石鼓刻文[47]，秦刻石于巡狩所经过，汉人作碑文又加以序，序之体，盖秦刻琅邪[48]具之矣。茅顺甫[49]讥韩文公碑序异史迁，此非知言。金石之文，自与史家异体。如文公作文，岂必以效司马氏为工耶？志者，识也。或立石墓上，或埋之圹中，古人皆曰志。为之铭者，所以识之之辞也。然恐人观之不详，故又为序。世或以石立墓上曰碑曰表，埋乃曰志，及分志铭二之，独呼前序曰志者，皆失其义。盖自欧阳公不能辨矣。墓志文，录者犹多，今别为下编。

杂记类者，亦碑文之属。碑主于称颂功德，记则所纪大小事殊，取义各异，故有作序与铭诗全用碑文体者，又有为纪事而不以刻石者。柳子厚纪事小文，或谓之序，然实记之类也。

箴铭类者，三代以来有其体矣，圣贤所以自戒警之义，其辞尤质而意尤深。若张子[50]作《西铭》，岂独其理之美耶，其文固未易几也。

颂赞类者，亦《诗》颂之流，而不必施之金石者也。

辞赋类者，风雅之变体也。楚人最工为之，盖非独屈子[51]而已。余尝谓《渔父》，及楚人以弋说襄王、宋玉对王问遗行，皆设辞无事实，皆辞赋类耳。太史公、刘子政不辨，而以事载之,盖非是。辞赋固当有韵,然古人亦有无韵者。以义在托讽,亦谓之赋耳。汉世校书有《辞赋略》[52],其所列者甚当。昭明太子[53]《文选》,分体碎杂,其立名多可笑者。后之编集者,或不知其陋而仍之。余今编辞赋,一以汉《略》[54]为法。古文不取六朝[55]人,恶其靡[56]也。独辞赋则晋宋人犹有古人韵格存焉。惟齐梁以下,则辞益俳而气益卑,故不录耳。

哀祭类者,诗有颂,风有《黄鸟》、《二子乘舟》,皆其原也。楚人之辞至工,后世惟退之、介甫[57]而已。

凡文之体类十三,而所以为文者八,曰:神、理、气、味、格、律、声、色。神、理、气、味者,文之精也;格、律、声、色者,文之粗也。然苟舍其粗,则精者亦胡以寓焉。学者之于古人,必始而遇其粗,中而遇其精,终则御其精者而遗其粗者。文士之效法古人莫善于退之,尽变古人之形貌,虽有摹拟,不可得而寻其迹也。其他虽工于学古而迹不能忘,扬子云[58]、柳子厚于斯盖尤甚焉,以其形貌之过于似古人也。而遽摈[59]之,谓不足与于文章之事,则过矣。然遂谓非学者之一病,则不可也。

乾隆四十四年秋七月桐城姚鼐纂集序目。

【注释】

①闻:听见。 ②薑坞:姚范,字南菁,号薑坞,乾隆六年(1741年)进士,是姚鼐之父姚淑的哥哥。 ③刘耕南:刘大櫆,字才甫,一字耕南,号海峰。方苞的弟子,上承方苞义法理论,下启姚鼐文章精粗途辙。 ④游宦:远离家乡在官府任职。 ⑤卒:死亡。 ⑥资:供给,帮助。 ⑦俟:等待。 ⑧盖:表大概如此。 ⑨老、庄:老子、庄子。 ⑩以降:犹言以后,表示时间在后。 ⑪工拙:犹言优劣。 ⑫贾生:指西汉文学家贾谊。 ⑬退之:韩愈,唐代文学家,字退之。 ⑭子厚:柳宗元,唐代文学家,字子厚。 ⑮明允:苏洵,宋代文学家,字明允。 ⑯苏、张之流:指苏秦、张仪等纵横家。 ⑰子瞻:苏轼,宋代文学家,字子瞻。 ⑱年为之也:寿命限制的原故。 ⑲《系辞》、《说卦》、《文言》、《序卦》、《杂卦》:都是《周易》的注解、辅助读物,自司马迁以来,都认为是孔子所作。 ⑳传:经书的解释。 ㉑撰次:编集;编纂。 ㉒太史公:指司马迁。 ㉓欧阳永叔:指宋代文学家欧阳修。 ㉔向、歆:刘向、刘歆。 ㉕伪:假,不真实。 ㉖子政:刘向,字子政。 ㉗子固:曾巩,宋代文学家,字子固。 ㉘衰:事物发展转向微弱,衰微。 ㉙谟诰:谟与诰,《尚书》文体名。《尚书》中有《皋陶谟》、《康王之诰》等篇。 ㉚《春秋》内外传:内传指《左传》,外传指《国语》。 ㉛表、奏、疏、议、上书、封事:都指臣下主动提出的对时务的意见。 ㉜对策:臣下就皇帝提出的关于经义、时事的问题作出的回答。 ㉝两苏:指苏轼、苏辙。 ㉞制举:唐

代科举取士制度之一。除地方贡举外，由皇帝亲自诏试于殿廷称为"制举科"。简称"制举"或"制科"。 ㉟书说：信为书，当面谈话为说。 ㊱《君奭》：《尚书序》认为周公、召公同为成王相，召公不满，周公作《君奭》告召公。 ㊲委质：放下礼物。古代卑幼往见尊长，不敢行宾主授受之礼，把礼物放在地上，然后退出。引申为臣服、归附。 ㊳赠处：语出《礼记檀弓下》：子路去鲁，谓颜渊曰："何以赠我？"颜答后又问子路："何以处我？" ㊴梁王：梁惠王魏罃，曾宴请诸侯于范台。 ㊵择言：选择恰当的言词。 ㊶三军：周代天子六军，大国诸侯三军。 ㊷刘先生：指刘大櫆。 ㊸圬者：指韩愈为之作传的泥瓦工王承福。 ㊹种树：指柳宗元为之作传的种树人郭橐驼。 ㊺撮序：撮要叙述。 ㊻赐谥：大臣死后，天子依其生前事迹评定褒贬给予称号。 ㊼石鼓刻文：即《石鼓文》，相传为周宣王时所作。 ㊽秦刻琅邪：秦始皇多次东巡，登临之地都刻石纪颂统一天下的功业，《琅邪刻石》为其中之一。 ㊾茅顺甫：明代散文家茅坤。 ㊿张子：指北宋哲学家张载。 ㉛屈子：指屈原。 ㉜《辞赋略》：应为《诗赋略》。刘歆继承父亲刘向整理汉朝中央藏书，校秦《七略》，《诗赋略》为其中之一。 ㉝昭明太子：萧统，曾编选《文选》。 ㉞汉《略》：指《七略》。 ㉟六朝：指晋、宋、齐、梁、陈、隋。 ㊱靡：细腻纤丽却缺少气骨。 ㊲介甫：指王安石。 ㊳扬子云：指汉代文学家扬雄。 ㊴摈：排除，抛弃。

【赏析】

姚鼐选编的《古文辞类纂》，是反映桐城派散文观点的代表选本，流传甚广，因此也有力地扩大了桐城派在文坛上的影响。《古文辞类纂》所选文章以唐宋八大家作品为主，也收录了前后各朝代知名作家的一些篇章。全书文体分类达13种，收作品700多篇，共74卷。

从方苞到姚鼐一直都坚持"言有序"，《古文辞类纂》也不例外。其卷首的《序目》简要叙述了各类文体的源流及特点。在《古文辞类纂》之前，诸多文章选本和理论性著述的文体划分多有分歧，对古文是由杂文学向纯文学演变的历史过程也无明确阐发。《古文辞类纂》的文体划分由繁入简，"其类十三，曰：论辩类，序跋类，奏议类，书说类，赠序类，诏令类，传状类，碑志类，杂记类，箴铭类，颂赞类，辞赋类，哀祭类。一类内而为用不同者，别之为上下编云。"姚纂首次以"为用"为标准划分文类，表现出与现代相关文学观念的惊人契合。

此外，姚鼐以"格、律、声、色、神、理、气、味"为美学准则，甄选历代之文。认为学习古人，初步是掌握形式（格、律、声、色），进而是重视精神（神、理、气、味），才能达到最高境界。"凡文之体类十三，而所以为文者八，曰神理气味格律声名。神理气味者，文之精也。格律生名者，文之粗也。然苟舍其粗，则精者亦胡以寓焉。学者之于古文，必始而遇其粗，中而遇其精，终则御其精者而遗其粗者。"作者从思想到气势，从体制到技法，从辞采到韵律，充分注意到了散文的艺术特征，比方苞、刘大櫆的理论更为全面系统，可以说姚鼐是桐城派理论的集大成者。

【左仲郛①浮渡②诗序】

姚鼐

江③水既合彭蠡④，过九江⑤而下，折而少北，益漫衍⑥浩汗⑦，而其西自寿春⑧、合肥以傅⑨淮阴⑩，地皆平原旷野，与江淮⑪极望⑫，无有瑰伟幽邃之奇观。独吾郡潜⑬、霍⑭、司空⑮、龙眠⑯、浮渡，各以其胜名于三楚⑰。而浮渡濒江倚原，登陟⑱者无险峻之阻，而幽深奥曲，览之不穷。是以四方来而往游者，视他山为尤众。然吾闻天下山水，其形势皆以发天地之秘，其情性阖辟⑲，常隐然与人心相通，必有放志形骸之外，冥合⑳于万物者，乃能得其意焉。今以浮渡之近人，而天下往游者之众，则未知旦暮而历者，几皆能得其意，而相遇于眉睫间耶？抑令其意抑遏幽隐榛莽土石之间，寂历㉑空濛，更数千百年，直寄焉以有待而后发耶？余尝疑焉，以质之仲郛。仲郛曰："吾固将往游焉，他日当与君俱。"余曰："诺。"及今年春，仲郛为人所招邀而往，不及余。迨㉒其归，出诗一编，余取观之，则凡山之奇势异态，水石摩荡㉓，烟云林谷之相变灭，悉见于其诗，使余恍惚若有遇也。盖仲郛所云得山水之意者非耶？

昔余尝与仲郛以事同舟，中夜乘流出濡须㉔，下北江㉕，过鸠兹㉖，积虚浮素㉗，云水郁蔼㉘，中流有微风击于波上，发声浪浪，矶碕㉙薄涌，大鱼皆眘然㉚而跃。诸客皆歌呼，举酒更醉。余乃慨然曰："他日从容无事，当裹粮出游。北渡河，东上太山㉛，观乎沧海之外；循塞上而西，历恒山㉜、太行㉝、大岳㉞、嵩㉟、华㊱，而临终南㊲，以吊汉、唐之故墟；然后登岷㊳、峨㊴，揽西极㊵，浮江而下，出三峡㊶，济乎洞庭㊷，窥乎庐㊸、霍，循东海而归，吾志毕矣。"客有戏余者曰："君居里中，一出户辄有难色，尚安尽天下之奇乎？"余笑而不应。今浮渡距余家不百里，而余未尝一往，诚有如客所讥者。嗟乎！设余一旦而获揽宇宙之大，快平生之志，以间执㊹言者之口，舍仲郛，吾谁共此哉？

【注释】

①左仲郛：左世经，字众郛，又称仲郛、仲孚。　②浮渡：山名，也称浮山、浮度山，在今安徽枞阳境内。　③江：指长江。　④彭蠡：鄱阳湖又一名称，在江西省北部，湖水并经湖口入长江。　⑤九江：今属江西。　⑥漫衍：流溢，泛滥。　⑦浩汗：水盛大貌。　⑧寿春：今安徽寿县。　⑨傅：同"附"，连着。　⑩淮阴：今属江苏。　⑪江淮：长江和淮河。　⑫极望：远望，尽目力所及。　⑬潜：潜山，又名皖山，在安徽潜山县西北。　⑭霍：霍山，在安徽霍山西北。　⑮司空：司空山，在安徽岳西城西四十公里的店前冶溪两镇交界区。　⑯龙眠：龙眠山，在安徽桐城县西北，与舒城、六安交界处。　⑰三楚：指战国楚地。今从黄河、淮河至湖南一带，旧有西楚、东楚、南楚之分。　⑱登陟：登上。　⑲阖辟：闭合与开启。　⑳冥合：暗合。　㉑寂历：凋零疏落。　㉒迨：等到，达到。　㉓摩荡：指摩擦振荡。　㉔濡（rú）须：水名。今称运漕河。源出安徽省巢湖，东流至今芜湖市裕溪口入长江。古代当江淮间交通要道，魏晋南北朝时，这里是兵争要地。　㉕北江：长江的下游。　㉖鸠兹：古邑名，故址在今安徽芜湖东。　㉗积虚浮素：指江上积聚着若有若无的薄雾，飘浮着一片茫茫的白色。　㉘郁蔼：沉厚温润。　㉙碕（qí）：同"埼"，弯曲的岸。　㉚砉然：象声词。常用以形容破裂声、折断声、开启声、高呼声等。　㉛太山：即泰山，在今山东泰安县北，五岳之首。　㉜恒山：在山西东北部，五岳之北岳。　㉝太行：太行山脉，绵延山西、河北、河南三省。　㉞大岳：即霍山，又名霍太山，在今山西霍县东南。　㉟嵩：嵩山，在河南登封县并，五岳之中岳。　㊱华：华山，在陕西渭南市东南，五岳之西岳。　㊲终南：终南山，在陕西西安市南。　㊳岷：岷山，在四川省北部，绵延四川、甘肃两省边境。　㊴峨：峨眉山，在四川峨眉县西南。　㊵西极：西方的尽头，极言距离之远。　㊶三峡：指长江三峡，包括瞿塘峡、巫峡、西陵峡。　㊷洞庭：洞庭湖，在湖南省北部，长江南岸。　㊸庐：庐山，在江西九江市南，北临长江。　㊹间执：堵塞。

【赏析】

　　这篇诗序是姚鼐为好友仲郛游浮渡山所作诗集写的序文，具体年代不详，当写在这两人相交酬唱的某个时期。

　　第一段首写"浮渡"之美，起笔奇崛，先写江水之势与名山之胜，缓缓揭开浮渡"幽深奥曲"的神秘面纱。次写"浮渡近人"，犹如"相遇于眉睫间"，作者曾与仲郛相约畅游此山，无奈未果，在哀叹惋惜之间，笔锋一转，将浮渡美景通过仲郛游浮渡诗卷表现出来，正所谓"山川之奇势异态，水石摩荡，烟云林谷之间之相变灭，悉见于其诗"，景色之妙与诗作之妙合二为一。第二段写作者曾与仲郛"以事同舟"，既描述了所见"下北江，过鸠兹，积虚浮素，云水郁蔼"之景象，又写作者欲"北渡河，东上太山"之气魄，如崛石滚雷，纵横驰骋，充分显示了姚鼐文章"雄伟而劲直"的一面，表达了作者游历天下奇观的志向。文章末尾以客之戏语回复到本题，由天下之奇景回到所居之处，抒发自己连距家不到百里的浮渡山也未曾一游的遗憾之情，暗示了作者有澄清天下之志，却困塞于身边琐事的自嘲；又以自己假如能游览天下，必与仲郛同行的期待之语，再次强调浮渡之奇与仲郛浮渡诗之美。

文章题为"诗序",却不重言诗,而是借题发挥,寓情于景,以议论展开,点明作文缘起、主旨,极有韵味;继以回忆旧游,情景交织,雄豪慷慨,深合作者所倡导的"阳刚之美"的艺术趣味。

【登泰山记】

姚鼐

泰山①之阳②,汶水③西流;其阴④,济水⑤东流,阳谷⑥皆入汶,阴谷皆入济。当其南北分者,古长城⑦也。最高日观峰⑧,在长城南十五里。

余以乾隆三十九年⑨十二月,自京师乘风雪,历齐河、长清⑩,穿泰山西北谷,越长城之限⑪,至于泰安⑫。是月丁未⑬,与知府朱孝纯⑭子颍由南麓登。四十五里,道皆砌石为磴,其级七千有余。

泰山正南面有三谷,中谷绕泰安城下,郦道元所谓环水也⑮。余始循以入,道少半,越中岭⑯;复循西谷,遂至其巅。古时登山,循东谷入,道有天门。东谷者,古谓之天门溪水,余所不至也。今所经中岭及山巅崖限⑰当道者,世皆谓之天门云。道中迷雾冰滑,磴几不可登。及既上,苍山负雪,明烛⑱天南;望晚日照城郭,汶水、徂徕⑲如画,而半山居⑳雾若带然。

戊申㉑晦㉒,五鼓㉓,与子颍坐日观亭㉔待日出。大风扬积雪击面。亭东自足下皆云漫㉕,稍见云中白若摴蒱㉖数十立者,山也。极天㉗,云一线异色,须臾成五彩;日上,正赤如丹㉘,下有红光,动摇承㉙之。或曰:此东海㉚也。回视日观以西峰,或得日,或否,绛皓驳色㉛,而皆若偻㉜。

亭西有岱祠㉝,又有碧霞元君㉞祠;皇帝行宫㉟在碧霞元君祠东。是日,观道中石刻,自唐显庆㊱以来,其远古刻尽漫失。僻不当道者,皆不及往。

山多石,少土;石苍黑色,多平方,少圆。少杂树,多松,生石罅㊲,皆平顶。冰雪,无瀑水,无鸟兽音迹。至日观,数里内无树,而雪与人膝齐。

桐城姚鼐记。

【注释】

①泰山：五岳之首，又称东岳，在山东泰安北。　②阳：山的南面为阳。　③汶水：即大汶河，从山东莱芜县东北的原山发源，流经泰安。　④阴：山的北面为阴。　⑤济水：又名沇水。从河南济源附近的王屋山发源，流经山东。　⑥阳谷：南面山谷的水。　⑦古长城：在肥城县西北，为战国时期齐国所建。　⑧日观峰：泰山顶峰之一，可观日出。　⑨乾隆三十九年：即1774年，当时姚鼐四十三岁。　⑩齐河、长清：县名，在山东济南西。　⑪限：阻隔。　⑫泰安：清代泰安府治，今属山东。　⑬丁未：六十甲子的第四十四位，指二十八日。　⑭朱孝纯：字子颖，号思堂，一号海愚。清乾隆二十七年（1762年）中举人。累官两淮盐运使。　⑮郦道元所谓环水也：北魏人郦道元在《水经注·汶水》中说："北合环水，水出泰山南溪。"　⑯中岭：即中溪山，中溪的发源地。　⑰崖限：像门槛一样挡在路上的山崖。　⑱烛：照。　⑲徂（cú）徕（lái）：山名，在泰安城东南。　⑳居：停留。　㉑戊申：当年的十二月二十九日。　㉒晦：每月的最后一天。　㉓五鼓：五更天。　㉔日观亭：在日观峰上。　㉕云漫：云雾弥漫。　㉖樗（chū）蒲（pú）：古时一种类似骰子的赌具。　㉗极天：天边。　㉘正赤如丹：如朱砂般的纯红色。　㉙承：接。　㉚东海：泛指东方的大海。　㉛绛皓（hào）驳色：红白相杂的颜色。绛：红色。皓：白色。驳：掺杂。　㉜偻（lóu）：俯身曲背。　㉝岱祠：泰山之神东岳大帝的祠庙。岱：泰山一名岱宗。　㉞碧霞元君：传说为东岳大帝之女。　㉟皇帝行宫：清朝康熙及乾隆帝都曾到泰山封神祭庙，住在这里。行宫：皇帝外出时的住所。　㊱显庆：唐高宗李治的年号（656年－661年）。　㊲石罅（xià）：石缝。

【赏析】

　　本文是乾隆三十九年姚鼐辞官归里，路过泰安时写下的一篇山水游记，叙述作者和友人冬日登泰山的经过。自古文人墨客就偏爱泰山，留下了许多游览泰山的札记，但姚鼐的文章还是以其突出的特色闪耀其中。

　　首先，姚鼐的散文强调义理、考证、文章三者统一。文中有关泰山的地理形势，登山路径，均确有实据，可见作者确实下了一番考证的工夫。之后，再写日暮登山所见以及日出的景观，日出前："大风扬积雪击面。亭东自足下皆云漫，云中白若摴蒱数十立者，山也"；日出时："极天云一线异色，须臾成五采；日上，正赤如丹，下有红光动摇承之"；日出后："回视日观以西峰，或得日，或否，绛皓驳色，而皆若偻。"真实生动，色彩鲜明的画面立即呈现于读者眼前，足见作者善于观察，更善于描摹。

　　其次，文章紧紧围绕作者的游踪展开，自京师"乘风雪"而来开始，到"观道中石刻"而归作结。从交代泰山位置，记述登山过程，到描绘日出美景，返记人文景观，最后补写自然景观。循序渐进，一线贯穿，思路清晰，层次严谨。

　　再次，文中几处比喻和拟人手法的运用，各具特点。"苍山负雪，明烛天南。"这是初登山顶那一瞬间的感受。作者不言冰雪覆盖青山，却说青山背负着冰雪，赋予静态的青山以动态，用语新颖、传神。"回视日观以西峰，或得日，或否，绛皓驳色，而皆若偻。"

"或得日，或否"的山峰，色彩各有不同，而神态却是相同的，即所谓"皆若偻"，写出了西南诸峰的特点，更显出日观峰的雄峻，同样赋予山峰以人的感情。

这篇游记生动地描写了泰山雪后初晴的瑰丽景色和日出时的雄浑景象，无论其清晰的思路，还是简洁的语言，亦或是色彩鲜明、生动真实的描景，都可见桐城派古文家选词炼字的功力，值得后世学习借鉴。

【游媚笔泉①记】

姚鼐

桐城②之西北，连山③殆④数百里，及⑤县治⑥而迤平⑦。其将平也，两崖忽合，屏蠹墉回⑧，崭横⑨若不可径⑩。龙溪⑪曲流，出乎其间。

以岁⑫三月上旬，步⑬循溪西入。积雨⑭始霁⑮，溪上大声汱然⑯十馀里，旁多奇石、蕙草⑰、松、枞⑱、槐、枫、栗、橡，时有鸣巂⑲。溪有深潭，大石出潭中，若马浴起⑳，振鬣㉑宛首㉒而顾其侣㉓。援㉔石而登，俯视溶云，鸟飞若坠㉕。复西循崖可二里，连石㉖若重楼㉗，翼乎临于溪右㉘，或曰宋李公麟㉙之"垂云沜㉚"也；或曰后人求㉛李公麟地㉜不可识㉝，被而名之。石罅㉞生大树，荫数十人㉟。前出平土，可布席坐㊱。南有泉，明何文端公㊲摩崖㊳书㊴其上曰："媚笔之泉"。泉漫石上为圆池，乃引坠溪内。

左丈学冲㊵于池侧方㊶平地为室㊷，未就㊸，邀客九人饮于是。日暮半阴，山风卒㊹起，肃振岩壁，榛莽群泉、矶石㊺交鸣。游者悚㊻焉，遂还。是日姜坞先生㊼与往，鼐从，使鼐为之记。

【注释】

①媚笔泉：在今安徽省桐城县西北。 ②桐城：县名，位于安徽省中部偏西南。 ③连山：绵延的群山。 ④殆：大概，恐怕。 ⑤及：到。 ⑥县治：县政府所在地，这里指桐城县城。 ⑦迤（yí）平：平缓的样子。 ⑧屏蠹（chù）墉（yōng）回：山崖像屏风一样蠹立，像城墙一样曲折环绕。墉：城墙。 ⑨崭横：高耸陡峭的山崖横挡在前面。 ⑩径：通行。 ⑪龙溪：溪水名。 ⑫以岁：在这一年。 ⑬步：步行。 ⑭积雨：长久下雨。 ⑮霁（jì）：天放晴。 ⑯汱（cóng）然：形容流水声响。 ⑰蕙草：香草名。又名薰草、零陵香。 ⑱枞（cōng）：树木名，又名冷杉。 ⑲巂（guī）：鸟名，即子

规、杜鹃鸟。　⑳浴起：刚洗完澡站起来。　㉑振鬣（liè）：形容马脖子挺伸着。鬣：马、狮子等颈上的长毛。　㉒宛首：转过头去。　㉓侣：伙伴。　㉔援：攀附。　㉕俯视溶云，鸟飞若坠：低头看水中的倒影，空中的云好像溶化在水里，飞鸟好像在向下坠落。㉖连石：崖上连绵不断的岩石。　㉗重（chóng）楼：两层楼房。　㉘翼乎临于溪右：像展翅欲飞的大鸟临立在小河沟的右岸。　㉙李公麟：北宋著名画家。字伯时，号龙眠居士。庐江郡舒县（今属于安徽舒城县）人。好古博学，长于诗，精鉴别古器物。归居龙眠山庄，自作《山庄图》，为世所宝。　㉚泮（pàn）：古代学宫前状如半月的水池。　㉛求：寻找。　㉜公麟地：指垂云泮。　㉝识：辨认。　㉞罅（xià）：裂缝。　㉟荫数十人：树荫之大，足以遮蔽数十人。　㊱可布席坐：可以铺开席子坐在上面。　㊲何文端公：何如宠，字康侯，桐城人。万历二十六年（1598年）进士。曾入阁辅政，卒谥文端。公：古代对他人的尊称。　㊳摩崖：在山崖石壁上铭刻的文字。　㊴书：写。　㊵左丈学冲：左世容，字学冲，乾坤举人，曾任武进县教谕。丈：古代对长者的尊称。　㊶方：正在。　㊷为室：建造住房。　㊸未就：还没有完工。　㊹卒（cù）：同"猝"，忽然。㊺矶（jī）石：水边突出的石头。　㊻悚（sǒng）：恐惧。　㊼薑坞先生：姚范，字南菁，号薑坞，姚鼐的伯父。乾隆六年进士，授编修。后辞官，主讲天津、扬州书院。

【赏析】

　　本文是一篇游记，是姚鼐中进士后，于1764年"从世父自天津归"时所写，记述了姚鼐的龙眠山之游，着重描写了媚笔泉清幽秀丽的景色。本文语言洗练雅致，行文整饬流畅，节奏明快，富有声韵，深得刘大櫆"因声求神"的要领，显示了作者深厚的古文功底。

　　本篇文章依然体现了姚鼐考据、词章、义理三位一体的主张。作者先写桐城西北的地貌；再写循龙溪西入，沿途所见的景色风光；而后自然地聚焦媚笔泉。把媚笔泉和桐城、龙溪沿途的景物连成一幅完整图画的同时，展示了作者访幽探奇的情趣。

　　描写生动、形象也是本文的重要特征。文中既写了山势、溪流、奇石、树木、鸣禽、深潭、泉水、园池、屋舍等自然景物，又涉及李公麟、何如宠诸多名贤。文笔清新，描写生动，对比衬托，形象鲜明，以简洁平实的语言描形绘态，创造真切的环境气氛，产生了引人入胜的艺术效果，如"两崖忽合，屏蠹塘回"、"大石出潭中，若马浴起，振鬣宛首而顾其侣"、"俯视溶云，鸟飞若坠"、"肃振岩壁，榛莽群泉，矶石交鸣"等都是如此。

　　作者对媚笔泉的记述，先是写媚笔泉景致，犹有访古赏奇的情怀，然后写左学冲筑室幽居，盛情邀饮，却以"山风卒起"，令人悚然，扫兴而归，显出此地其实僻野荒冷，不宜久留，含蓄表示出作者不喜隐逸的意向。

【朱竹君先生传】

姚鼐

朱竹君先生，名筠，大兴①人，字美叔，又字竹君，与其弟石君珪②，少皆以能文有名。先生中乾隆十九年进士，授编修③，进至日讲起居注官④，翰林院侍读学士⑤，督安徽学政⑥，以过降级，复为编修。

先生初为诸城刘文正公⑦所知，以为⑧疏俊奇士。及在安徽，会上下诏求遗书，先生奏言翰林院贮有《永乐大典》⑨，内多有古书世未见者，请开局使寻阅，且言搜辑之道甚备。时文正在军机处⑩，顾不喜，谓非政之要而徒为烦⑪，欲议寝⑫之，而金坛于文襄公⑬独善先生奏，与文正固争执，卒用先生说上之，四库全书⑭馆自是启矣。先生入京师，居馆中，纂修《日下旧闻》⑮。未几，文正卒，文襄总裁馆事，尤重先生。先生顾不造谒，又时以持馆中事与意迕，文襄大憾。一日见上，语及先生，上遽称许朱筠学问文章殊过人，文襄默不得发，先生以是获安。其后督福建学政，逾年，上使其弟珪代之，归数月，遂卒。

先生为人，内友于⑯兄弟，而外好交游。称述人善，惟恐不至；即有过，辄复掩之。后进之士多因以得名。室中自晨至夕未尝无客，与客饮酒谈笑穷日夜，而博学强识⑰不衰，时于其间属文。其文才气奇纵，于义理、事物、情态无不备，所欲言者无不尽。尤喜小学⑱，为学政时，遇诸生⑲贤者，与言论若同辈，劝人为学先识字，语意谆勤，去而人爱思之。所欲著书皆未就，有诗文集合若干卷。

姚鼐曰：余始识竹君先生，因昌平陈伯思⑳。是时皆年二十馀，相聚慷慨论事，摩厉㉑讲学，其志诚伟矣，岂第欲为文士已哉！先生与伯思，皆高才耽㉒酒。伯思中年致酒疾，不能极其才。先生以文名海内，豪逸过伯思，而伯思持论稍中焉。先生暮年，宾客转盛，入其门者，皆与交密，然亦劳矣。余南归数年,闻伯思亦衰病,而先生殁年才逾五十,惜哉!当其使安徽、福建,每携宾客饮酒赋诗,游山水,幽险皆至。余间至山中崖谷,辄遇先生题名,为想见之矣。

【注释】

①大兴:县名,今属北京市。 ②石君珏:朱珏,朱筠之弟,字石君,号南崖,晚号盘陀老人。 ③编修:翰林院官职名称,地位仅次于修撰,负责编纂国史。 ④日讲起居注官:清官名。顺治十二年置日讲官。康熙九年设起居注馆,满、汉记注官皆以日讲官兼摄,但仍分为二官。二十五年,停日讲,起居注官仍系衔"日讲"二字。五十七年,省起居注馆并归内阁。雍正七年(1723年),复置日讲起居注官,此后,日讲与起居注合而为一,由翰林院、詹事府官以原衔允任。凡皇帝御门听政、朝会宴享、大祭祀、大典礼、每年勾决重囚及常朝,皆以日讲起居注官侍班。凡谒陵、校猎、巡狩皆随侍扈从。按年编次起居注,送内阁庋藏。 ⑤翰林院侍读学士:为皇帝讲解经书的官职,清朝属于翰林院及内阁。 ⑥学政:提督学政,负责一省考生考课升降。 ⑦刘文正公:刘统勋,字延清,号尔纯,诸城人。雍正进士,官至东阁大学士,加太子太保,卒谥文正。 ⑧以为:将其认为。 ⑨《永乐大典》:编撰于明永乐年间,初名《文献大成》,是中国的百科全书式的文献集,全书目录60卷,正文22877卷,装成11095册,约3.7亿字。大多亡于战火,今存不到800卷。 ⑩军机处:军机处,清代官署名。亦称"军机房"、"总理处"。是清朝中后期的中枢权力机关。雍正时设立。 ⑪烦:"烦"下疑脱"费"字。 ⑫寝:停息。 ⑬于文襄公:于敏中,字叔子,一字重棠,金坛人。乾隆进士,官至文华殿大学士,文渊阁领阁事,卒谥文襄。 ⑭四库全书:乾隆皇帝亲自组织的中国历史上一部规模最大的丛书。1772年开始,经十年编成。丛书分经、史、子、集四部,故名四库。 ⑮《日下旧闻》:清朱彝尊撰,凡四十二卷,记录北京掌故史迹。1774年(乾隆三十九年)令朱筠等人继此书纂成《日下旧闻考》一百二十卷。 ⑯友于:兄弟之爱。语出《尚书君陈》:"惟孝,友于兄弟。" ⑰强识:记忆力强。识,忆。 ⑱小学:汉代开始,对文字音韵、训诂等方面的学问称之为小学。 ⑲诸生:明清时,经省各级考试录取入府、州、县生员有增生、附生、禀生、例生等名目,统称诸生。 ⑳陈伯思:陈本忠,字伯思,昌平人。1769年(乾隆三十四年)进士,历户部郎中,提督贵州学政。㉑摩厉:切磋。语出自于《国语越语上》:"其达士,絜其居,美其服,饮其食,而摩厉之于义。" ㉒耽:沉溺。

【赏析】

朱筠为清朝乾隆时期著名的文人,奖励后学,博学强识。当时,戴震、章学诚、黄景仁等文人雅士均与其有交往,姚鼐更与朱筠渊源深厚,乾隆采纳朱筠之建议开设四库全书馆,姚鼐于1773年被荐入馆充纂修官,两年期间,与朱筠交往颇深。此文即姚鼐为朱筠所写的一篇传记。

姚鼐为清朝桐城派代表人物,其传记文继承了方苞"常事不书"的原则,在传记中只是简要描写传主大节要事,此外,还十分重视生活中琐碎的枝节小事,增加文章表现力，文章温婉动人，一唱三叹，让人动情。

此篇文章叙事严谨，语言简洁。全篇分为两部分，前一部分写朱筠宦海沉浮，后一部分写朱筠与亲朋好友的交往。

第一段简要写朱筠名号、籍贯以及仕途经历，行文简短流畅。第二段主要写朱筠建议开设四库全书馆以及在馆中的事迹。这是其人生主要事件，但是，作者没有重笔渲染，只是简要选出几个事件来描述。通过他与刘文正公和于文襄公之间的事迹反映出其耿介的人格。刘公和于公均是当朝大吏，但是朱筠并没有阿谀奉承，相反据理力争，刚正不屈。第三段主要写朱筠和亲朋好友的交往。作者着重指出其以诚待人和奖励后生的特点。第四段，作者以第一人称讲述自己与朱筠的款款深情，文风摇曳，意韵无穷，体现了作者对朱筠的缅怀之情。

【袁随园①君墓志铭】

姚 鼐

君，钱塘袁氏，讳枚，字子才。其仕在官，有名绩矣。解官后，作园江宁西城居之，曰随园。世称随园先生，乃尤著云。祖讳锜，考讳滨，叔父鸿，皆以贫游幕②四方。君之少也，为学自成。年二十一，自钱塘至广西，省叔父于巡抚幕中。巡抚金公鉷③一见异之，试以《铜鼓④赋》，立就，甚瑰丽。会开博学鸿词科⑤，即举君。时举二百馀人，惟君最少。及试，报罢⑥。中乾隆戊午科顺天乡试⑦，次年成进士，改庶吉士⑧。散馆，又改发江南为知县；最后调江宁⑨知县。江宁故巨邑，难治。时尹文端公⑩为总督，最知君才；君亦遇事尽其能，无所回避，事无不举矣。既而去职家居，再起，发陕西；甫及⑪陕，遭父丧归，终居江宁。

君本以文章入翰林有声⑫，而忽摈外⑬；及为知县，著才矣，而仕卒⑭不进。自陕归，年甫四十，遂绝意仕宦，尽其才以为文辞歌诗。足迹造东南，山水佳处皆遍。其瑰奇幽邈，一发于文章，以自喜其意。四方士至江南，必造随园投诗文，几无虚日。君园馆花竹水石，幽深静丽，至槛楯器具，皆精好，所以待宾客者甚盛。与人留连不倦⑮，见人善，称之不容口。后进少年诗文一言之美，君必能举其词，为人诵焉。

君古文、四六体⑯，皆能自发其思，通乎古法。于为诗，尤纵才力所至，世人心所欲出不能达者，悉为达之；士多仿其体。故《随园诗文集》，上自朝廷公卿，下至市井负贩，皆知贵重之。海外琉球⑰，有来求其书者。君仕虽不显，而世谓百馀年来，极山林之乐，获文章之名，盖未有及君也。

君始出，试为溧水⑱令，其考⑲自远来县治。疑子年少，无吏能，试匿名访诸野。皆曰："吾邑有少年袁知县，乃大好官也。"考乃喜，入官舍。在江宁尝朝治事，夜召士饮酒赋诗，而尤多名迹⑳。江宁市中以所判事㉑作歌曲，刻行四方，君以为不足道，后绝不欲人述其吏治云。

君卒于嘉庆二年十一月十七日，年八十二。夫人王氏无子，抚从父弟㉒树子通为子。既而侧室㉓钟氏又生子迟。孙二：曰初，曰禧。始，君葬父母于所居小仓山㉔北，遗命以己祔㉕。嘉庆三年十二月乙卯，祔葬小仓山墓左。

桐城姚鼐以君与先世有交，而鼐居江宁，从君游最久。君殁，遂为之铭曰：

粤有耆庞，才博以丰。出不可穷，匪雕而工。文士是宗，名越海邦。蔼如其冲，其产越中。载官倚江，以老以终。两世阡同，铭是幽宫。

【注释】

①袁随园：袁枚，号简斋，一号随园，浙江钱塘人。乾隆进士，四十辞官居江宁，造园于小仓山，名随园。 ②游幕：外出做幕僚。 ③金鉷（hóng）：字震方，汉军镶白旗人，登州人，自1728年至1736年任广西巡抚。 ④铜鼓：古代西南少数民族乐器，铜质，形似鼓。 ⑤博学鸿词科：康熙十八年设此科，品学兼优，擅长文辞的文人可以由京外的官员推荐报考。取一等、二等、三等、四等落第，称为"报罢"。 ⑥报罢：落第。 ⑦乾隆戊午科顺天乡试：1738年（乾隆三年），顺天，府名，治所在大兴或宛平。乡试由生员（秀才）应试，考中者称举人。生员一般要在所在的省份参加应试，但是也可以在顺天府应试。 ⑧庶吉士：亦称庶常，语出自《尚书·立政》有"庶常吉士"之语。清代翰林院设庶常馆，新进士文笔、书法优秀者可选为庶吉士，入翰林院庶常馆学习，三年后考试，成绩优良者授翰林院编修、检讨官等，其他分发各部任职，或优先委任知县，称为散馆。 ⑨江宁：今南京。 ⑩尹文端公：尹继善，字元长，满洲镶黄旗人，为袁枚座师。曾任两江总督。 ⑪甫：刚刚到。 ⑫声：声望。 ⑬而忽摈外：但是出人意料的被人排挤。 ⑭卒：最后。 ⑮留连不倦：留连宾客而不知道疲倦。 ⑯古文：与骈文相对而言的，奇句单行、不讲对偶和声律的散体文。四六体：骈文中一体，多以四字、六字相属为句，又常以两组四、六句相对仗，故称"四六体"。 ⑰琉球：旧国名，今为琉球群岛。 ⑱溧水：县名，江苏省西南。 ⑲考：父亲。 ⑳名迹：这里指有名的事迹。

㉑判事：案件审理事件。　㉒从父弟：袁枚堂弟，名树，字乡亭。　㉓侧室：妾。　㉔小仓山：南京清凉山东。　㉕祔：合葬。

【赏析】

袁枚出身贫寒，钱塘人，辞官之后久居江宁。姚鼐的伯父和袁枚是知己，姚鼐中年在江宁居住多年，和袁枚有过交往，此篇墓志铭就是姚鼐精心之作。

作者对袁枚的称谓很值得玩味。袁枚做过翰林院庶吉士，按惯例多称其为袁简斋太史，因为其做过多年县令，也有人称其为"袁大令"。但是，姚鼐偏偏都不取，而称其为"袁随园君"。袁枚因为随园而为天下所知，故称其为袁随园。而姚鼐算是袁枚的晚辈，所以加个"君"字，表示尊敬。

第一段主要写墓主人的姓名、名号、籍贯、世系和仕途经历等。作者在文章中主要挑选能够代表袁枚特点的事件加以描述，例如保荐博学鸿词科以及江宁知县等。第二段，写袁枚从陕西归来之后，无意于仕途，放情山水之间，写诗撰文，热情招待四方宾客，奖掖后进。第三段主要写袁枚诗文享誉盛名。作者谈论袁枚的文章，"能自发其思"是说其文章都有自己的特点，"通乎古法"是指其文章不越乎规矩之上。第四段写袁枚做县令的官吏之才。第五段写卒年与子嗣，葬地。袁枚将父母葬在小仓山，自己也住在附近，而且家人都葬在附近，这是史无前例的。第六段交代自己为袁枚做墓志的原因，交代两世之交。第七段为铭辞，突出了本文主要精神。

【重修盘门双忠祠记】

彭绍升

余观建炎①之事，宋之不亡者幸耳。方金兵破扬州，于时高宗驻平江，去敌尚远，平江固可守也。麋麋焉②去之临安，而越③，而明④，不暇一夕息。已而敌破建康，道广德，趋临安，由越入明，纵掠海上而归。使其时平江诸将帅，以劲旅遏其冲，俾⑤只轮不反⑥无难者，奈何兵不战而溃，城不攻而下，坐使五十万人，并命于锋刃而莫之救。

相传金兵自盘门⑦入。有二士者，拒战于门外，一死于阵，一死于水，而盘门破矣。呜呼，彼守城者，或则侍郎，或则宣抚使，非不显且要也，委而去之，若弃唾涕，而独遗二士者，以殉国之烈，此不可为发愤而深痛者哉。

然自二士之死，里入神而祀之，迄今六百馀年，而灵爽益著。二士俱汴人⑧，从高宗南渡守平江。其一刘姓鼎名，盖死于阵者也；其一张姓鳌名，盖死于水者也。祠有明永乐⑨中俞祯碑，以鼐为顺国明王，职天坛传奏司；以鳌为顺济龙王，职盘溪守御司。其封爵莫知何昉⑩，要其来也则远矣。近者祠久不修，里人醵金⑪千两，新其宇。既成，属予记。祠在盘门外灵岩乡，俗名双土地祠。余更之曰双忠。夫其忠也，乃其所以自神也。遂书而记之。

【注释】

①建炎：宋高宗时年号。 ②蹙（cù）蹙焉：急急忙忙的样子。 ③越：越州，今属浙江绍兴。 ④明：明州，今属浙江宁波。 ⑤俾（bǐ）：使，把。 ⑥只轮不反：语出自《公羊专·僖公三十三年》："晋人与姜戎要之（秦师）殽而击之，匹马只轮无反者。"意为全军覆没。 ⑦盘门：即为平江城南门。 ⑧汴：今为河南开封。 ⑨永乐：明成祖年号。 ⑩昉：刚看到曙光，引申为开始。 ⑪醵（jù）金：凑钱。

【赏析】

此篇文章讲述盘门双忠祠祠内供养的两位忠烈的因缘来由。建炎三年，金兵入侵南宋，宋高宗仓惶南逃，由临安到越州，由越州到明州。是年十二月，兀术攻陷临安，高宗逼走海上，金兵追至海滨，洗劫一空而归。在这段历史中，作者对宋朝统治者只知自己保命，不知道保卫天下黎民苍生深感愤恨。"宋之不亡者幸耳"，宋主能够在金兵南侵中保存一息，苟延残喘实属侥幸。金兵南侵，宋高宗早已不知所踪，平江城固可守，或是侍郎或宣抚使却弃城而走，让五十万黎明百姓遭受屠戮，全无凛然之气。相反，一些平民百姓却表现出一股浩然正气，"有二士者，拒战于门外，一死于阵，一死于水，而盘门破矣。"如此壮烈让人忧愤不平。

两位英烈在人间为国捐躯，在民间造神思维中，慢慢成为两位神明。死于阵中的那位叫刘鼐，死于水者叫张鳌。鼐是大鼎，与祭坛相关，故刘鼐神化为天坛传奏司；鳌是海中巨鱼，张鳌又葬身水中，故神化为顺济龙王，并司职盘溪。篇末，作者讲述这次重修双忠祠事件，将双土地祠更名为双忠祠。

【冉氏烹狗记】

崔述

县人冉氏有狗而猛，遇行人辄搏噬之；往往为所伤。伤，则主人躬诣谢罪，出财救疗之。如是者数矣。冉氏以是颇患苦狗①；然以其猛也，未忍杀，姑置之。

刘位东谓余曰："余尝夜归，去家门里许，群狗狺狺吠②，冉氏狗亦迎而吠焉。余以柳枝横扫之，群狗皆远立，独冉氏狗竟前欲相搏；几伤者数矣。余且斗且行，过冉氏门而东，且数十武，狗乃止。当是时身惫甚，幸狗渐远，憩道傍良久始去；狗犹望而吠也。既归，念此良狗也，藉③令有仇盗夜往劫之，狗拒门而噬，虽数人能入咫尺地哉！闻冉氏颇患苦此狗，旦若遇之于市，必嘱之使勿杀；此狗累千金不可得也。

"居数日，冉氏之邻至。问其狗，曰：'烹之矣！'谅而诘其故，曰：'日者冉氏有盗，主人觉之，呼二子起操械，共逐之；盗惊而遁。主人疑狗之不吠也，呼之不应，遍索之无有也。将寝，闻卧床下若有微息者，烛之，则狗也，卷屈蹲伏，不敢少转侧，垂头闭目，若惟恐人之闻其声息者。主人曰：'嘻，吾向之隐忍而不之杀者为其有仓卒一旦之用也，恶知其搏行人则勇而见盗则怯乎哉！'以是故，遂烹之也。"

嗟乎，天下之勇于搏人而怯于见贼者，岂独此狗也哉！今夫市井无赖之徒，平居使气，暴横闾里间，或窜名县胥，或寄身营卒，侮文弱，陵良懦，行于市，人皆遥避之；怒则呼其群，持械圜斫④之，一方莫敢谁何，若壮士然。一旦有小劫盗，使之持兵仗入府廨防守，不下百数十人，忽厩马夜惊，以为贼至，手颤颤，拔刀不能出鞘；幸而出，犹震震相击有声；发火器，再四皆不燃；闻将出戍⑤地，去贼尚数百里，距家仅一二舍，辄号泣别父母妻子，恐不复相见；其震惧如此，故曰："勇于私斗而怯于公战。"又奚独怪于狗而烹之？嘻，过矣！

虽然，畜猫者欲其捕鼠也，畜狗者欲其防盗也，苟其职之不举，斯固无所用矣；况益之以噬人，庸可留乎！石勒欲杀石虎⑥，其母曰："快牛为犊多能破车，汝小忍之！"其后石氏之宗卒灭于虎。贪牛之快而不顾车之破尚不可，况徒破车而牛实不快乎！然而妇人之仁今古同然。由是言之，冉氏之智过人远矣。

人之材，有所长则必有所短；惟君子则不然。钟毓⑦与参佐射，魏舒⑧常为画筹；后遇朋人不足，以舒满数，发无不中，举坐愕然。俞大猷⑨与人言，恂恂⑩若儒生；及提桴⑪鼓立军门，勇气百倍，战无不克者。若此者固不可多得也。其次，醇谨而不足有为者。其次，跅弛⑫而可以集事者。若但能害人而不足济事，则狗而已矣！

　　虽然，吾又尝闻某氏有狗竟夜不吠，吠则主人知有盗至；是狗亦有过人者。然则搏噬行人而不御贼，虽在狗亦下焉者矣。

【注释】

①以是颇患苦狗：从此之后，以狗为苦。　②狺（yín）狺吠：狗叫的声音。　③藉：假使。　④斫：砍。　⑤戍：军队防守。　⑥石勒欲杀石虎：语出自《晋书·石季龙载记》。　⑦钟毓：三国魏钟繇之子，字稚叔。谈笑有其父风范，累官都督荆州。　⑧魏舒：字阳元，四十多岁时为孝廉，后为尚书郎。朝廷欲淘汰郎官，罢免不合格者，他说："吾即其人也。"裹起衣被就走，同僚有愧色。钟毓辟他为长史。钟毓不知道他善于射箭，一次射箭比赛人数不足，就让他充数，竟发无不中。钟毓十分赞赏，对他说："吾之不足以尽卿才，有如此射矣。"后转相国参军，封剧阳子。见《晋书·魏舒传》。　⑨俞大猷：明代晋江人，字志辅，抗倭名将。　⑩恂恂：恭敬谨慎的样子。　⑪桴：鼓槌。　⑫跅弛：放荡不羁的样子。

【赏析】

　　百姓家中养狗本为寻常之事，但是作者对冉氏养狗的态度前后不一。文章的精妙在于通过冉氏和作者两个人对冉氏之狗的态度变化来表达出作者的观点和看法。

　　冉氏之狗常常袭击行人，家人出钱疗伤，颇以为苦，但是冉氏心恋狗之勇猛，固不忍杀之。作者刚开始对此颇为不解，直到自己出行归来，受到猛狗袭击，亲身感受到狗的凶猛，态度幡然而变，"藉令有仇盗夜往劫之，狗拒门而噬，虽数人能入咫尺地哉！"，从而认为"此狗累千金不可得也。"

　　一日，冉氏家遇到强盗，主人和儿子"共逐之"。事后，冉氏不禁好奇，家中饲养的凶猛之狗，而今安在。最后，在床下发现了颤颤发抖的狗，冉氏不禁长叹，"吾向之隐忍而不之杀者为其有仓卒一旦之用也，恶知其搏行人则勇而见盗则怯乎哉！"

　　作者由此而抒发议论，将横行乡里的市井无赖和军中"勇于私斗而怯于公战"的官兵与冉氏之狗相比，认为其欺负妇孺，完全没有壮士之豪气。作者用石勒与石虎之间的故事，认为妇人之仁，多言其用而不谈其祸患，常常会养虎为患。冉氏开始对其狗有妇人之仁，但是发现其狗徒有其表之后，马上杀死。作者称叹冉氏的机智聪明，却也提出了一个深远的问题，世上有害无用之人大有人在，但是拥有冉氏之智的人何在呀？

　　作者又举出钟毓、魏舒、俞大猷等人为例，认为君子素日平常无奇，待到有用之时，则能震烁古今。

【自　序】

汪　中

　　昔刘孝标①自序平生，以为比迹敬通，三同四异②，后世诵其言而悲之。尝综平原之遗轨，喻我生之靡乐，异同之故，犹可言焉。

　　夫节亮慷慨，率性而行，博极群书，文藻秀出，斯惟天至，非由人力。虽情符曩哲③，未足多矜。余玄发未艾④，野性难驯。麋鹿同游，不嫌摈斥。商瞿生子⑤，一经可遗，凡此四科，无劳举例。

　　孝标婴年失怙⑥，藐是流离，托足桑门，栖寻刘宝⑦。余幼罹穷罚，多能鄙事，赁舂牧豕⑧，一饱无时。此一同也。

　　孝标悍妻在室，家道辅轲。余受诈兴公⑨，勃豀累岁。里烦言于乞火，家构衅于蒸梨⑩，蹀躞⑪东西，终成沟水。此二同也。

　　孝标自少至长，戚戚无欢。余久历艰屯，生人道尽。春朝秋夕，登山临水，极目伤心，非悲则恨。此三同也。

　　孝标夙婴羸疾，虑损天年。余药裹关心，负薪永旷。鲲鱼嗟其不瞑，桐枝惟馀半生；鬼伯在门，四序非我。此四同也。

　　孝标生自将家，期功以上，参朝列者十有馀人；兄典方州，馀光在壁⑫。余衰宗零替，顾影无俦。白屋藜羹，馈而不祭。此一异也。

　　孝标倦游梁楚，两事英王⑬；作赋章华之宫，置酒睢阳之苑；白璧黄金，尊为上客；虽车耳⑭未生，而长裾屡曳。余簪笔佣书，倡优同畜。百里之长，再命之士，苞苴礼绝，问讯不通。此二异也。

　　孝标高蹈东阳，端居遗世，鸿冥蝉蜕，物外天全。余卑栖尘俗，降志辱身。乞食饿鸱之馀，寄命东陵之上。生重义轻，望实交陨。此三异也。

　　孝标身沦道显，藉甚当时。高斋学士之选，安成《类苑》

之编⑮，国门可悬，都人争写。余著书五车，数穷覆瓿。长卿恨不同时，子云见知后世；昔闻其语，今无其事。此四异也。

孝标履道贞吉，不干世议。余天谗司命，赤口烧城⑯。笑齿啼颜，尽成罪状。跬步才蹈，荆棘已生。此五异也。

嗟夫！敬通穷矣，孝标比之，则加酷焉。余于孝标，抑又不逮。是知九渊之下，尚有天衢。秋荼之甘，或云如荠⑰。我辰安在？实命不同。劳者自歌，非求倾听。目瞑意倦，聊复书之。

【注释】

①刘孝标：名峻，平原人，今属山东。《梁书》、《魏书》、《南史》等都有其传记。　②比迹敬通，三同四异：《梁书》云："尝为《自序》，其略曰：余自比冯敬通，而有同之者三，异之者四。何则？敬通雄才冠世，志刚金石；余虽不及之，而节亮慷慨，此一同也。敬通值中兴明君，而终不试用；余逢命世英主，亦摈斥当年，此二同也。敬通有忌妻，至于身操井臼：余有悍室，亦令家道轗轲，此三同也。敬通当更始之世，手握兵符，驱马食肉；余自少至老，戚戚无欢，此一异也。敬通有一子仲文，官成名立；余祸同伯道，永无血胤，此二异也。敬通膂力方刚，老而益壮；余有犬马之疾，溘死无时，此三异也。敬通虽芝残蕙焚，终填沟壑，而为名贤所慕，其风流郁烈芬芳，久而弥盛；余声尘寂寞，世不吾知，魂魄一去，将同秋草，此四异也。所以自力为序，遗之好事云。"冯衍字敬通，《后汉书》卷二十八有传。　③曩哲：先哲。　④艾：灰白。　⑤商瞿生子：商瞿，孔子弟子。三十八岁还未有儿子。孔子派他到齐国，商母不肯。孔子告诉商瞿没关系，年过四十以后会有五个儿子。果然如此。事见《孔子家语》卷九《七十二弟子解》。汪中引来用以说自己有儿子可继承自己的经学。《汉书韦贤传》说："遗子黄金满籝，不如一经。"　⑥婴年失怙：儿时失去父亲。　⑦托足桑门，栖寻刘宝：《南史》说刘峻生才一月，父亲刘璇之就死了。宋泰始初，魏占青州刘峻被人掠去中山为奴，富人刘宝可怜他，用财物赎回来，并且教他写字等，后来魏人知他江南有亲属，更将他徙到代郡（今山西大同），穷得不能过，和母亲一齐出家，母亲为尼，刘峻为僧。桑门即沙门指佛教僧徒。　⑧豕：猪。　⑨兴公：即孙绰。他有一女脾气不好，欺骗王文度说自己女儿善良贤淑，愿意嫁给王弟。成婚之后，才知上当。事见《世说新语假谲》。　⑩里烦言于乞火，家构衅于蒸梨：指媳妇和婆婆关系恶劣。《汉书蒯通传》说到邻居媳妇丢了肉，婆婆以为媳妇偷吃了。邻居知道就跑到这家借火，说是狗夜间衔来一块肉，要借火来烧。婆婆才知道错怪了。《孔子家语七十二弟子解》说到曾参的后母对曾参很不好，曾参妻蒸藜不熟，后母就把她赶走。藜为野菜。汪中这里用"梨"字，应是误记。　⑪蹀躞：徘徊。　⑫兄典方州，徐光在壁：《战国策秦策二》载："夫江上之处女，有家贫而无烛者，处女相与语，欲去之。家贫无烛者，处女相与语，欲去之。家贫无烛者将去矣，谓处女曰：'妾以无烛，故常先至，扫室布席，何爱[吝啬]馀明之照四壁者？幸以赐妾，何妨于处女？妾自以有益于处女，何为去我？'处女相语以为然而留之。"　⑬两事英王：《梁书刘峻传》载，

刘峻请求为齐竟陵王萧子良的国职吏部尚书，未成，为南海王侍郎也没有到职，只被梁荆州刺史安成王萧秀引为户曹参军，撰《类苑》。此应该只是"一事英王"，汪中也许将南海王也算在内。　⑭车耳：车辆旁边用来遮挡泥土，形似耳朵的设置。　⑮安成《类苑》之编：《类苑》一百二十卷，安成王使刘峻类编而成，其书今佚。　⑯天谗司命，赤口烧城：天谗是星名，这外星司命就是逃不开谗言的诋毁。《太玄经》说"赤舌烧城"，指谗言的破坏性。陆龟蒙《杂讽》诗："赤舌可烧城，谗邪易为伍。"　⑰秋荼之甘，或云如荠：《诗经谷风》："谁谓荼苦，其甘如荠"。

【赏析】

汪中此篇《自序》，根据他的儿子汪喜孙《先君年表》，为乾隆五十一年四十三岁时所作，主要倾诉自己不幸遭际，并为此鸣不平。

全文一共有十二段，分为四部分。第一、二段是全文的引子，说明写序的目的和原因。第一部分刘孝标自叙生平，将自己与冯衍相比，以为有三同四异，而作者纵观刘孝标之生平，认为自己和刘孝标之间有同有异，提出"凡此四科，无劳举例。""节亮慷慨，率性而行"，"博极群书，文藻秀出"，"玄发未艾，紧性难驯。麇鹿同游，不嫌摈斥。""商瞿生子，一经可遗。"文章处处表示出自己之悲苦甚于刘孝标，而且将自己的境遇好于他的地方撇开不谈，只是强调自己时运不济。

第三段到第六段为第二部分，强调自己四个不幸和刘孝标的不幸相同。第三段说自己年少之时的贫苦与其相同。第四段写家有悍妻相同。写自己受骗，娶到悍妇，婆媳矛盾不休，没有办法继续家庭生活，最后半途散伙。第五段为对自己一生悲苦的感慨。第六段写自己身体不好，寿命恐怕不会长久。

第七段和第十一段写的是"五异"。第七段写刘孝标家有亲戚做到刺史之职，而自己家族衰弱，家庭贫困，连祖宗都没有办法祭祀。第八段写刘孝标一生遭际也有得意的地方，远远超过自己，虽然没有身为高官，但是过着优裕的幕僚生活，自己却是可怜的下等人。第九段写声望和修养方面，刘孝标能够隐居保全名节，但是自己却没有。第十段写两人著作遭遇不同。刘孝标声望很高，《类苑》流传于世，自己却一无所有。第十一段写刘孝标没有遭到毁谤，但是自己却遭到别人的诽谤。

最后一部分是对全文的总结。先叹息一声，然后层层比较，认为冯敬通已经是"途穷"，但是刘孝标又悲于冯敬通，而自己又悲于刘孝标。

骈文用典贴切，对偶精丽，音节比较和谐，全文气势飞扬，全无骈文板滞的毛病。

【哀盐船文】

汪　中

乾隆三十五年十二月乙卯①，仪征②盐船火，坏船百有三十,焚及溺死者千有四百。是时盐纲③皆直达,东自泰州④,西极于汉阳⑤,转运半天下焉。唯仪征绾其口⑥。列樯蔽空⑦,束江而立,望之隐若城郭。一夕并命⑧,郁为枯腊⑨,烈烈厄运,可不悲邪!

于时,玄冥告成⑩,万物休息,穷阴涸凝⑪,寒威懔栗,黑霄拔来⑫,阳光西匿。群饱方嬉,歌号宴食⑬。死气交缠,视面唯墨⑭。夜漏始下⑮,惊飙⑯勃发。万窍怒号⑰,地脉荡决⑱。大声发于空廓,而水波山立。于斯时也,有火作焉。摩木自生⑲,星星如血⑳,炎光一灼,百舫尽赤。青烟睒睒㉑,熛若沃雪㉒。蒸云气以为霞,炙阴崖而焦蒸㉓。始连樯以下碇㉔,乃焚如以俱没㉕。跳踯火中,明见毛发,痛謈田田㉖,狂呼气竭。转侧张皇㉗,生涂㉘未绝。俟阳焰之腾高㉙,鼓腥风而一啑㉚。洎埃雾之重开㉛,遂声销而形灭㉜。齐千命于一瞬,指人世以长诀。发冤气之焄蒿㉝,合游氛㉞而障日。行当午而迷方㉟,扬沙砾之嫖疾㊱。衣缯败絮㊲,墨查㊳炭屑,浮江而下,至于海不绝。

亦有没者善游,操舟若神。死丧之威,从井有仁㊴。旋入雷渊㊵,并为波臣㊶。又或择音无门㊷,投身急濑㊸。知蹈水之必濡㊹,犹入险而思济㊺。挟惊浪以雷奔,势若陼㊻而终坠,逃灼烂之须臾,乃同归乎死地。积哀怨于灵台㊼,乘精爽而为厉㊽。出寒流以浃辰㊾,目睊睊㊿而犹视。知天属之来抚㉛,憖流血以盈眦㉜。诉强死㉝之悲心,口不言而以意㉞。若其焚剥支离㉟,漫漶㊱莫别。圜者如圈㊲,破者如玦㊳。积埃填窍㊴,捆指失节㊵。嗟狸首之残形㊶,聚谁何而同穴㊷!收然灰之一抔㊸,辨焚余之白骨。

呜呼哀哉!且夫众生乘化㊹,是云天常。妻孥㊺环之,绝气寝床。以死卫上㊻,用登明堂㊼。离而不憝㊽,祀为国殇㊾。兹也无名,又非其命。天乎何辜,罹此冤横!游魂不归,居人㊿心绝。麦饭壶浆㊷,临江呜咽。日堕天昏,凄凄鬼语。守哭迍邅㊸,心期冥遇。唯血嗣㊹之相依,尚腾哀而属路㊺。或举族之沉波,终狐祥而无主㊻。悲夫!丛冢有坎㊼,泰厉有祀㊽。强饮强食,冯其气类㊾。尚群游之乐,而无为妖祟。

人逢其凶也邪?天降其酷也邪?夫何为而至于此极哉!

【注释】

①乾隆三十五年十二月乙卯:《嘉庆扬州府志》作"乾隆三十六年十月",《道光仪征

县志》记为“乾隆三十六年十二月十九日”，记年异。乙卯：即农历十九日。②仪征：清朝长江下游重要转运码头，今属江苏仪征市。③纲：旧时陆运水运中成批货物的组织成为纲。④泰州：清时盐产地，属扬州府，今属江苏泰州市。⑤汉阳：今属武汉汉阳。⑥绾（wǎn）其口：控制盐运之通道。绾，钩联。⑦列樯蔽空：桅杆遮蔽天空。⑧并命：同时丧命。⑨郁为枯腊（xī）：烤成干肉。郁，同“燠”，枯腊，干肉。⑩玄冥告成：冬天马上过去了。玄冥：主冬令之神。《礼记·月令》：“冬季之月，其神玄冥。”⑪穷阴涸凝：穷阴，指极其阴沉之气。涸（hé）凝，指阴气极盛，几至凝结。⑫黑眚拔来：眚（shěng），目生翳，引申为云雾。拔来，突然而来。⑬歌咢（è）：《诗经·大雅·行苇》：“或歌或咢。”高亨《诗经今注》：“唱而有曲调为歌，唱而无曲调为咢。”⑭视面惟墨：脸上有晦气之色。⑮夜漏始下：天刚刚黑。夜漏，古代用铜壶滴漏计时。⑯飙：狂风。⑰万窍怒号：地上千穴万孔都发出吼叫声。⑱地脉荡决：地脉，大地脉络，此处指长江。荡决，震荡涌溢。⑲摩木自生：《庄子·外物篇》：“木与木相摩则然（燃）。”木相互摩擦生成火焰。⑳星星如血：形容星星之火格外刺目。㉑睒（shǎn）睒：光焰闪烁的样子。㉒熛若沃雪：迸飞的火焰迸飞入水，如同沸水浇雪一样。㉓阴崖：阴暗潮湿的堤岸。焦爇（ruò）：烧焦。爇，灼热。㉔连樯以下碇：连樯，船连在一起。樯，船桨，代指船。碇，停泊时为稳定船身用的石墩。㉕焚如以俱没：焚烧完而沉没。㉖痛暑田田：痛苦地哀叫。田田，哀叫的声音。㉗张皇：惊慌失措。㉘生涂：求生之路。㉙倏阳焰之腾高：炽热的火焰马上就窜地很高。㉚鼓腥风而一吷：腥风过去发出一种轻微的声音。吷（xuè），轻微的气流声。㉛洎埃雾之重开：等到烟雾重新消散之后。㉜遂声销而形灭：指大火之后人们已经死去。㉝发冤气之焄蒿：《礼记·祭义》：“众生必死，死必归土，……其气发扬于上为昭明，焄蒿凄怆，此百物之精也。”郑玄注，“焄，谓香臭也；蒿，谓气蒸出貌也。”此指死人的冤气散发。㉞游氛：游荡于空中的凶气。㉟行当午而迷方：正在正午却失去方向。㊱嫖（piāo）疾：轻捷。㊲衣缯（zēng）败絮：指衣服的碎片。缯，丝织品的总称。㊳查：焦木，同“楂”。㊴从井有仁：救人于危难之中。语出《论语·雍也》：“宰我问曰：‘仁者，虽告之曰：井有仁焉。其从之也？’子曰：‘何其为然也？君子可逝也，不可陷也。’”㊵雷渊：此处指深渊。《楚辞·招魂》：“旋入雷渊，靡散而不可止些。”古人认为雷泽中有雷神。㊶波臣：水中的臣仆。此处指死去的人与波臣为伍。《庄子·外物》：“（鲋鱼曰）我东海之波臣也，君岂有升斗之水活我乎？”㊷择音无门：找不到躲避的地方。音，同“荫”，遮蔽。㊸急濑（lài）：急流。㊹濡（rú）：沾湿，此处指淹没。㊺思济：希望得到解救。㊻陗（jī）：上升。㊼灵台：指内心。㊽乘精爽而为厉：死去人的灵魂化为厉鬼。精爽，灵魂。厉，厉鬼。《左传·昭公七年》：“是以有精爽至于神明，匹夫匹妇强死，其魂魄犹能冯依于人，以为淫厉。”㊾出寒流以浃（jiā）辰：尸体从寒冷的江水中漂出来已经有十二天了。浃辰，古代以干支纪日，自子至亥一周为十二天，称之为浃辰。㊿睊（juàn）睊：侧目相视的样子。此处指亡者死不瞑目。(51)知天属之来抚：天属，天性之亲，指父子、兄弟、姐妹等有血缘关系的亲属。抚，悼念。(52)愁流血以盈眦：死者眼眶流满了血。(53)强死：横死。(54)意：表情，示意。(55)焚剥支离：肢体被烧得残缺不全。(56)漫漶（huàn）：模糊不清。(57)圜者如圈：圜同圆。(58)玦（jué）：环形而有缺口的玉器。(59)积埃填窍：尸体七窍充满灰尘。窍，七窍。 ⑥搋指失节：手指和骨节折断。 ⑥狸首之残形：形体残缺。韩愈《残形操序》："《残形操》，曾子所作。曾子梦一狸，不见其首，而作此曲也。" ⑥聚谁何而同穴：和陌生人葬在同一墓穴之中。 ⑥一抔（póu）：一掬，一捧。 ⑥乘化：顺应自然而死。 ⑥妻孥：妻子和儿女。 ⑥以死卫上：保卫皇帝而死。 ⑥用登明堂：用，因而。登明堂，指享祭祀。 ⑥离而不惩：《楚辞·九歌·国殇》："首身离兮心不惩。"不惩，不悔。 ⑥国殇：保家卫国而死。 ⑦居人：指生还的亲人。 ⑦麦饭壶浆：带着酒饭来祭祀。麦饭，麦子做的饭，此处指粗粝的饭食。 ⑦迍（zhūn）邅（zhān）：难行的样子。 ⑦血嗣：有血缘关系的亲人。 ⑦腾哀而属路：在路上连续不断的发生哭泣。 ⑦狐祥而无主：语出《战国策·楚策》："父子老弱俘虏，相随于路，鬼狐祥而无主。"狐祥，谓彷徨，徘徊无依之意。 ⑦丛冢有坎：此处指没有人认领的尸体也有自己的墓穴。 ⑦泰厉：死而无后的鬼。《礼记·祭法》："王为群姓立七祀：曰司命，曰中溜，曰国门，曰国行，曰泰厉……"疏，"曰泰厉者，谓古帝王无后者。此鬼无所依归，好为民作祸，故祀之也。" ⑦强饮强食，冯其气类：勉强吃点东西，凭借着鬼魂之间的气味相投而度日。冯，同"凭"，凭借。

【赏析】

此篇《哀盐船文》是汪中的代表作。乾隆三十五年十二月乙卯日即公元一七七零年十二月十九日夜晚，停泊在江苏仪征境内江面上的盐船突然着火，一夜之间，烧毁盐船一百三十只，死亡一千四百人。惨案发生之后，汪中情不能已，万分悲伤，此文就是作者用来哀悼这场灾难中的遇害者。

全篇文章行文只是围绕一个"哀"字，作者运用各种艺术手段表现对悲剧发生所包含的浓烈情感。如此强烈和真挚的情感，怎能不引起读者共鸣？

第一段是全篇文章的开始，先是交代了悲剧发生的时间、地点以及客观情况。文章开首，略显突兀，读者却能够感受到作者一股悲伤之情。第二段，正面描写惨剧发生的场景。通过描写寒冬中凛冽的寒风，"星星如血"，后是"百舫尽赤"，难民奔走逃命，最后"衣缯败絮，墨查炭屑，浮江而下，至于海不绝。"渲染出悲凉的氛围。第三段则主要描写难民四处逃生以及被淹死和烧死的悲惨状况。第二段主要是宏观描写事件，而第三段则是细致入微的描写整个事件，第四段则主要描写难民惨死和遇难亲属的祭奠，文章的悲哀之情此处达到一种极致。

文章的细节描写很值得称道。"黑昚拔来，阳光西匿。群饱方嬉，歌哭宴食。死气交缠，视面惟墨。"细节描写毫发入微，这些细节描写让人们身临其境，仿佛亲眼看到悲剧的发生，对罹难者产生了恻隐之情。

此篇骈文，能够摆脱骈文古板和呆滞的缺点，丝毫没有感受到对偶和用典等的限制，作者反而能从容抒发自己的情感，可见作者非凡的文笔。

【治平篇】

洪亮吉

人未有不乐为治平之民者也，人未有不乐为治平既久之民者也。治平至百馀年，可谓久矣。然言其户口，则视三十年以前增五倍焉，视六十年以前增十倍焉，视百年、百数十年以前不啻①增二十倍焉。

试以一家计之：高、曾②之时，有屋十间，有田一顷，身一人，娶妇后不过二人。以二人居屋十间，食田一顷，宽然有馀矣。以一人生三计之，至子之世而父子四人，各娶妇即有八人，八人即不能无佣作之助，是不下十人矣。以十人而居屋十间，食田一顷，吾知其居仅仅足，食亦仅仅足也。子又生孙，孙又娶妇，其间衰老者或有代谢，然已不下二十馀人。以二十馀人而居屋十间，食田一顷，即量腹而食，度足而居，吾以知其必不敷矣。又自此而曾③焉，自此而元④焉，视高、曾时口已不下五六十倍，是高、曾时为一户者，至曾、元时不分至十户不止。其间有户口消落之家，即有丁男繁衍之族，势亦足以相敌。

或者曰："高、曾之时，隙地⑤未尽辟，闲廛⑥未尽居也。"然亦不过增一倍而止矣，或增三倍五倍而止矣，而户口则增至十倍二十倍，是田与屋之数常处其不足，而户与口之数常处其有馀也。又况有兼并之家，一人据百人之屋，一户占百户之田，何怪乎遭风雨霜露饥寒颠踣而死者之比比乎⑦？

曰：天地有法乎？曰：水旱疾疫，即天地调剂之法也。然民之遭水旱疾疫而不幸者，不过十之一二矣。曰：君相有法乎？曰：使野无闲田，民无剩力，疆土之新辟者，移种民⑧以居之，赋税之繁重者，酌⑨今昔而减之，禁其浮靡，抑其兼并，遇有水旱疾疫，则开仓廪⑩、悉府库以赈之，如是而已，是亦君相调剂之法也。

要之，治平之久，天地不能不生人，而天地之所以养人者，原不过此数也；治平之久，君相亦不能使人不生，而君相之所以为民计者，亦不过前此数法也。然一家之中有子弟十人，其不率教⑪者常有一二，又况天下之广，其游惰不事者何能一一遵上之约束乎？一人之居以供十人已不足，何况供百人乎？一人之食以供十人已不足，何况供百人乎？此吾所以为治平之民虑也。

【注释】

①不啻：不止。　②高、曾：高祖、曾祖。　③曾：曾孙。　④元：玄孙。清代避康熙帝玄烨的讳，改"玄"为"元"。　⑤隙地：空闲的田地。　⑥闲廛（chán）：空闲的屋子。　⑦比比：接连不断的样子。　⑧种民：农民。　⑨酌：斟酌。　⑩仓廪：仓库。　⑪不率教：不听从教诲。

【赏析】

《治平篇》是清代学者洪亮吉的一篇文章，讨论的是社会繁荣与人口之间的问题。他认为"康乾盛世"人口增长过快会对社会繁荣发展造成负面影响，对经济发展也会带来不安定的因素，因此向清朝统治者提出应适当调剂人口规模。它是我国历史上最早阐述人口问题的文章，结构严谨，文字简单平易，含义深刻，意义深远。

篇首作者提出自己的论点。从康熙、雍正和乾隆三朝之后，天下太平，但是人口繁多。相比三十年前、六十年前和一百年前，人口分别增加五倍、十倍和二十倍。文章开首就揭示出这种人口的激增，表示出情况的危急。下面，作者以一家人为例来计算。高祖或者曾祖之时，一家两人，房十间，田一顷；到儿子一代，人口至十人，房屋和田地不变，生活能自足；到孙子一代，人口至二十人，房和地没有变化，生活就会较为困难，如果算到曾孙和玄孙时候，情况更加艰难。作者以这种通俗易懂的方式介绍人口激增的危险，论述更能为人所理解。

接着，作者针对一些其它社会问题提出自己的见解。先是空地和闲屋的问题，后是"天地"和"君相"的问题，作者认为这些都没有办法解决人口增长过快的问题。

末尾，作者总结文章的观点，认为人口增加过快是潜在的社会危机，统治者应该充分认识到这个问题。

【游翠微峰记（一）】

恽　敬

自宁都①西郭②外北望群山，有虎而踞者，二峰若相负，北峰为翠微峰③，易堂九子讲学之所也。

背郭十里，陟④山西折而北，过前所望虎而踞之南峰，有崖复北，有岩夹磴⑤而上，西折有冈，冈之西为金精洞⑥，北即翠微峰。循冈行，有石门木阖⑦，背扃之，仰视绝壁而已。冈之东望果盒山⑧，有楼阁，于是欲返游果盒山，而阖为从游所排⑨，遂游焉。

过石门，有南北崖，相去以尺数，倚立俯仰相隐闭。北崖为磴以登，级三十有六，道绝，植梯级十有六以出于穴，有木构少息，为第一巢⑩。复登为梯磴之级二十有八，有巢隳于前，巢不可息，为第二巢。级十有七为第三巢。级八十有三为第四巢，皆可息。至此始出崖。日杲杲然射诸峰，峰如相荡矣。复得磴八十有三，有坪为易堂，已毁废。其北有屋，魏氏⑪居之，其旁后无他道，复循故道而下。

魏氏之先⑫为避乱计，故凿山无左右折，上下皆悬身，以难其登，登山极劳弊，无游览之胜。然九子穷居是山，能各有所守，不欺其志，是则不可没者。九子：宁都魏际瑞、际瑞弟禧及礼、李腾蛟、邱维屏、彭任、曾灿、南昌林时益、彭士望。唯际瑞为本朝招吴三桂贼将韩大任被难焉。

【注释】

①宁都：县名，今属江西。　②郭：城墙。　③翠微峰：宁都县西北。　④陟：登高。　⑤磴：石质的台阶。　⑥金精洞：翠微峰山洞之一。　⑦木阖：木质的门。　⑧果盒山：翠微山中的一座小山。　⑨排：推开。　⑩巢：指在石壁上用木钩等制的栖身处。　⑪魏氏：指魏氏三兄弟魏际瑞、魏禧、魏礼。　⑫魏氏之先：魏际瑞的父亲魏兆凤。

【赏析】

明末甲申之变之后，宁都士人魏兆凤因为明朝的覆灭，悲痛万分，剪发为头陀，隐居在翠微峰，将其居所称为"易堂"。后来，他的儿子魏际瑞、魏禧、魏礼与数士共九人避乱聚集在"易堂"。九人高风亮节，躬耕自食，提倡古文和实学，在当时影响力很大。

恽敬距"九子"之时，已经相隔一百三十多年。此文作于嘉庆十五年，其在江西任职时。为官期间，恽敬刚正不阿，文章深入经传，取法韩非与苏洵探寻兴衰之理，同九子有契合之处。这篇文章亦是表达了作者对九子的称赞之情。

大凡游记多是记述风景之秀丽。但是，此文并没有如此，而是多写山峰的险峻，登山的艰难险阻，以此来衬托九子高尚的节操。全文分为三个部分，第一部分先总的来讲宁都西北的山峰，最后将注意力集中到翠微峰来，将九子讲学的处所引出来。第二部分，讲述攀登翠微峰的艰难险阻以及攀登四"巢"的过程，每攀登到一处，都险恶无比，异常艰辛。这一部分，作者极力描述攀登危岩峭壁的险恶而为下一部分做铺垫。第三部分，主要抒发了作者对九子的敬仰之情。

全文谋篇布局，前两部分都为最后一部分铺垫，最后章节揭示全文主旨，风格新颖出奇，在游记作品中并不多见。

【游翠微峰记（二）】

恽　敬

下翠微峰①南，西折至金精洞②。洞北立石三，如古敦甗③。洞构横阁敉之。石之奇，不见阁前。横术④之外，石呀然⑤起于檐际。泉自石落，散如珠，绝境也。洞之南；石山相倚，如服匿地⑥。志称汉仙女张丽英于此上升，其言不经。

下金精洞复西行，石山中小者如屋，大者皆隐天，如铸精镠⑦，如地不能负，浑浑沄沄⑧，首衔尾逮⑨，肩岐腋附⑩，盖三百步所。而北折得平畴数百亩。复折而东五百步所，出翠微峰之北，石山横蔽之，其奇如金精洞之西。复三百步所，至果盒山⑪，石矗起数十丈，如冰相附，自南而西而北，磴而上焉。宁都之山界闽粤，逶迤不可尽，而城西数十里皆石山，益奇古骇心目如此。

余尝行太行、泰山、衡山，多磅礴蕴畜，如圣贤豪杰举事，不与人以一端窥测。若兹山者，其侠徒、隐士之流欤？是亦可观矣。

【注释】

①翠微峰：今江西宁都县西北。　②金精洞：翠微峰中一洞穴。　③敦（duì）甗（yǎn）：敦为古代食器，盖和器身呈半圆球形，上下合成圆不堪形，有三足着地。甗：古饪食器和礼器，上下可分开，上可蒸，下可煮，有三足着地。　④横术：经过洞前横向的。　⑤呀（xiā）然：张口的样子。　⑥服匿地：伏地隐藏。　⑦精镠：精纯的黄金。　⑧沄：水流动。　⑨首衔尾逮：意思是纵向看山石，前后接连。　⑩肩岐腋附：此处指从横向看山石，呈依附并列形状。　⑪果盒山：翠微峰中的一座小山，在其顶峰东北。

【赏析】

此篇游记是《游翠微峰记（一）》的姐妹篇。讲述作者从翠微峰下来之后，游览了金精洞和果盒山。上篇游记侧重描述翠微峰山石的陡峭，此篇则主要写翠微峰千奇百怪的山石。

文章分为三段，第一段先讲出金精洞的大致方位，"洞北立石三，如古敦瓿。"此语奠定文章主调，描述山石主要写它"奇古"。"石呀然"更是将死物一般岩石形容得栩栩如生，而洞南之外，山石重叠，又如同伏地藏匿一般。

第二段主要描写离开金精洞之后到达果盒山一线的奇异山石。中间作者用尽各种形容山荣石态。段末，作者感慨"宁都之山界闽粤，逶迤不可尽，而城西数十里皆石山，益奇古骇心目如此。"此乃画龙点睛之笔，指出翠微峰山石的鲜明个性，给人很强的审美感受。

前两段主要描绘山石之外形，但是最后一段，作者点出来山石的神韵。作者认为，太行山、泰山、衡山，山势雄伟，那种姿态像是英雄圣贤一般，不容别人有些许窥伺。但是，翠微峰像是为人排忧解难的侠客和隐遁山林中的隐士一样，令具一番情致。其实，作者只是将自己对魏际瑞和"易堂九子"的仰慕之情，注入到翠微峰山石之中，"一切景语皆情语"，为山石增添了勃勃生机。

【《词选》序】

张惠言

叙曰：词者，盖出于唐之诗人，采乐府①之音以制新律②，因系③其词，故曰"词"。传④曰："意内而言外⑤谓之词。"其缘情造端⑥，兴于微言⑦，以相感动，极命风谣⑧，里巷男女哀乐，以道贤人君子幽约怨悱⑨不能自言之情，低徊要眇⑩以喻其致⑪。盖诗之比、兴⑫，变风之义，骚人之歌⑬，则近之矣。然以其文小⑭，其声哀，放者⑮为之，或跌荡靡丽⑯，杂以昌狂俳优⑰。然要其至者⑱，莫不恻隐盱愉⑲，感物而发，触类条鬯⑳，各有所归㉑，非苟为雕琢曼辞㉒而已。

自唐之词人，李白㉓为首，其后韦应物㉔、王建㉕、韩翃㉖、白居易㉗、刘禹锡㉘、皇甫松㉙、司空图㉚、韩偓㉛，并有述造㉜。而温庭筠㉝最高，其言深美闳约。五代之际，孟氏㉞、李氏㉟，君臣为谑㊱，竞作新调，词之杂流，由此起矣。至其工者，往往绝伦，亦如齐、梁五言，依托魏、晋，近古然也。

宋之词家，号为极盛。然张先㊲、苏轼㊳、秦观㊴、周邦彦㊵、辛弃疾㊶、姜夔㊷、王沂孙㊸、张炎㊹，渊渊乎文有其质焉㊺。其荡而不反㊻，傲而不理㊼，枝而不物㊽，柳永㊾、黄庭坚㊿、刘过[51]、吴文英[52]之伦，亦各引一端，以取重于当世。而前数子者，又不免有一时放浪通脱之言出于其间。后进弥以驰逐，不务原其指意，破析乖剌㊺，坏乱而不可纪。故自宋之亡而正声绝，元之末而规矩隳㊼。以至于今四百馀年，作者十数，谅其所是，互有繁变，皆可谓安蔽乖方，迷不知门户者也。

今第㊾录此篇，都为二卷。义有幽隐，并为指发㊾。几以塞其下流㊿，导其渊源，无使风雅之士惩于㊿鄙俗之音，不敢与诗赋之流同类而风诵之也。

嘉庆二年八月，武进张惠言。

【注释】

①《乐府》：汉代建立的管理音乐的一个官廷官署。汉武帝时正式设立乐府。后来，人们就把这一机构收集并制谱的诗歌，称为乐府诗，或者简称乐府。到了唐代，这些诗歌的乐谱虽然早已失传，但这种形式却相沿下来，成为一种没有严格格律、近于五七言古体诗的诗歌体裁。　②以制新律：创制新的音律。　③系：联缀。　④《传》：指汉代许慎著的《说文解字》。训释经义叫传，这里借作训释字义的经典著述。　⑤意内而言外：《说文解字》中"词"的释义。段玉裁解释为："意主于内而言发于外。"　⑥缘情造端：由感情发端。　⑦兴于微言：《汉书·艺文志》"昔仲尼没而微言绝"注：李奇曰："隐微不显之言也。"　⑧极命风谣：终于以民间歌谣的形式表达出来。　⑨幽约怨悱：情感上的隐忧郁结。悱，不容易表达。　⑩低徊要眇：婉约精妙。　⑪以喻其致：用来形容它的情致。　⑫比兴：为《诗经》创作手法。　⑬骚人之歌：诗人的作品。屈原《离骚》之后，诗人也称为骚人。　⑭小：小道，相比较正统的经传而言。　⑮放者：放荡之人。　⑯跌荡靡丽：文辞浮华。　⑰昌狂俳优：狂放不羁的语言。俳优：官廷乐人。　⑱要其至者：大抵上最好的作品。　⑲恻隐盱愉：同情不幸。盱，忧愁。愉，欢乐。　⑳触类条鬯：表达行云流水。　㉑归：依附。　㉒雕琢曼辞：华丽的辞藻。　㉓李白：传说作《菩萨蛮》、《忆秦娥》二词，被称为"百代词曲之祖"。　㉔韦应物：唐诗人。　㉕王建：唐诗人。　㉖韩翃：唐诗人。　㉗白居易：唐诗人。　㉘刘禹锡：唐诗人。　㉙皇甫松：唐诗人。　㉚司空图：唐诗人。　㉛韩偓：唐诗人。　㉜并有述造：都有所创新。　㉝温庭筠：唐诗人，词作收入《花间集》。　㉞孟氏：五代后蜀皇帝孟昶，善于作词。著有《木兰花》等词。　㉟李氏：五代南唐皇帝李璟、李煜父子，都是杰出的词人。　㊱君臣为谑：君臣以词相互唱和。　㊲张先：宋词人。　㊳苏轼：宋词人。　㊴秦观：宋词人。　㊵周邦彦：宋词人。　㊶辛弃疾：宋词人。　㊷姜夔：宋词人。　㊸王沂孙：宋词人。　㊹张炎：宋词人。　㊺渊渊乎文有其质焉：渊渊，是指深远的样子。文有其质，内容和形式俱嘉。　㊻荡而不反：流荡不返。　㊼傲而不理：狂傲而违背事理。　㊽枝而不物：散乱而不质实。　㊾柳永：宋词人。　㊿黄庭坚：宋词人。　51刘过：宋词人。　52吴文英：宋词人。　53破析乖剌：破析，散乱。乖剌，违背。　54矩隳：文章的规矩破坏了。　55第：次第。　56指发：指点发明。　57几以塞其下流：大概可以阻挡词作中的不正之风。　58惩于：鉴于。

【赏析】

张惠言为清代著名词人。清初词的创作主要受浙派影响，沿袭姜夔和张炎的风格，字词凝练简约，词作合乎音律，风格婉约古雅。浙江人朱彝尊力主此派词作，并做《词综》表述自己的主张，当时在词坛影响很大。但是，浙派到清代中后期，其末流空乏、浅薄，为了救浙派之病，陈维崧提倡慷慨激昂的风格，标举苏轼、辛弃疾等豪放派。却因为缺乏现实基础，一味追求豪放，造成粗俗、鄙夷之病。与此同时常州词派趁势而起，影响较大。为此，张惠言编《词选》阐发自己的词作主张，选唐宋词人四十四家，词作一百六十篇。

文章刚开始先写词的发展、定义以及评价标准。引《说文解字》"意内而言外谓之词。"作者认为词作是有深远的寄托意义，并不只是小道，拔高了词的意义。第二段和第三段简要描述词在唐、五代、宋的发展。唐代张氏推崇温庭筠，"而温庭筠最高，其言深美闳约。"而词在宋代蔚为大观，宋之后的词作，张氏持否定的态度，"宋之亡而正声绝，元之末而规矩隳。"序尾写明张氏编选的标准、目的和时间。

张惠言能诗擅文，古文取法韩愈和欧阳修，为阳湖派创始人。阳湖派和桐城派很有渊源，但是，阳湖派偏重考据，文辞骈俪，在这篇序中我们也能够看到这种倾向。

【游西陂记】

管　同

嘉庆十二年四月三日，商邱陈燕仲谋①、陈焯度光②招予游宋氏③西陂。陂自牧仲尚书之没④，至于今逾百年矣，又尝值⑤黄河之患⑥，所谓芰梁、松庵诸名胜⑦，无一存者。独近陂巨木数百株，蓊然⑧青葱，望之若云烟帷幕然，路人指言曰："此宋尚书手植树也。"

既入陂，至赐书堂⑨，晤其主人⑩，出王翚石谷⑪所为六境图⑫，尤展成⑬、朱锡鬯⑭诸公题咏⑮在焉。折而西，有小屋一区⑯，供尚书遗像。其外则巨石布地如散棋，主人曰："此艮岳石⑰也，先尚书求以重价，而使王翚用画法叠为假山，其后为河水所冲败，乃至此云。"闻其言，感叹者久之。

抵暮皆归，饮于陈氏仲谋。度光举酒属⑱予曰："子盍⑲为记？"嗟夫！当牧仲尚书以诗文风雅倾动海内，一时文士景从响应⑳，宾客园林之胜，可谓壮哉！今始百年，乃令来游者徒慨叹于荒烟蔓草之外，盖富贵固无常矣；而文辞亦何裨㉑于是也？士亦舍是而图其大且远者，其可已㉒。是为记。

【注释】

①陈燕仲谋：名燕，字仲谋。　②陈焯（zhuō）度光：名焯，字度光。　③宋氏：宋荦，字牧仲，曾任江苏巡抚、吏部尚书等职。　④没：同"殁"，死。　⑤值：遇到，逢着。　⑥黄河之患：黄河决口造成水灾。　⑦芰（jì）梁、松庵诸名胜：这里指西陂中的景物。　⑧蓊然：繁茂的样子。　⑨赐书堂：安放皇帝赐书的房间。宋荦《漫堂年谱》中记载，从1699年（康熙三十八年）开始，皇帝曾多次给宋荦写字赐书，宋荦收藏在其所建的御书楼中。　⑩其主人：指宋荦的后代。　⑪王翚（huī）石谷：王翚，字石谷，清初画家。　⑫六境图：宋荦《西陂杂咏》共六首，分别吟咏了渌波村、钓家、纬萧草堂、松庵、芰梁、放鸭亭六处。王翚以此为图。　⑬尤展成：尤侗，字展成，清初文学家、戏曲家。他在六境图上有所题咏。　⑭朱锡鬯（chàng）：朱彝尊，字锡鬯，清初文学家。也在六境图上有所题咏。　⑮题咏：写在书画上的文字。　⑯一区：一处。　⑰艮（gèn）岳石：类似太湖石的奇石。宋徽宗令人在江南寻觅太湖石，运往汴京，在城东北处建造"艮岳"（在八卦中东北方向属"艮"）。　⑱属（zhǔ）：同"嘱"，嘱咐，告诉。　⑲曷：怎么，为什么。　⑳景从响应：像影子一样随形，像声音一样之相应。景，同"影"。　㉑神：增添，补助。　㉒已：通"矣"。

【赏析】

　　管同，字异之，桐城派后期重要作家。他的散文清新明快，笔力健朗，其中不少优秀作品都是在游历山川的过程中写就的。管同善于将自己的身世之感、人生之思融于作品之中，这篇游记亦是如此。

　　宋荦是康熙年间政坛的风云人物，深得皇上信赖，在诗画方面也多有建树，可谓文武全才。作者来到西陂，寻访这位曾经叱咤一时的历史人物的故居，见到的却是一派荒凉景色，往昔的繁华荡然无存，不禁感慨万千。

　　这篇小文，没有将笔墨集中于描写宾客园林的胜景，而是重点展示宋氏西陂荒凉破败、萧条凄清的景象。西陂的尚书故第，已不见往日的繁华与喧嚣，只剩下尚书亲手栽培的巨树，郁郁葱葱，望之如碧云翠雾；庭园中堆叠的假山早已被洪水冲垮，珍贵的太湖石像棋子一般散落在庭院之中。尚书曾以诗文著称于世，士人学子无不心向往之，然而多年之后，人世变幻，令人感到几分无奈、几分悲怆。作者借景抒情，慨叹人生短促，富贵无常，在景物的描摹中融注了对人事沧桑的感慨和领悟。

　　最后一段点明了全文的主旨。当年"宾客园林之胜，可谓壮哉"，"尚书以诗文风雅倾动海内"，现如今真可谓物是人非。既然人世无常，那么在作者看来"图其大远者"，就不能执着于眼前的富贵荣华，应当竭尽所能地为国为民建功立业，才能不枉此生、无愧于世。与其伤古，不如惜今，以此作结，将上文哀伤低沉的笔调化作高亢进取的期盼，显得别开生面，体现出作者阔达的精神气度。

　　本文于自然风物中领悟人生哲理，景中有情，立意新颖，意味深长，不愧为一篇游记佳作。

【《阮小咸诗集》序】

梅曾亮

江宁郡城，其西北包十余山①，林壑②深远，而秦淮、清溪之水萦带③其下，其迹虽或存或湮④，而清淑⑤之气犹足以沾溉⑥人物。故士生其里，多跌宕自标异⑦，或真朴无文饰⑧，有六朝人⑨馀⑩习，其衣冠言动⑪，与南城人风气固殊也。以余相知，若严君小秋、汪君邺楼、车君秋舲、陆君香筠、汪君平甫、方君慎之及小咸，所居相去率⑫不过一二里。而诸君皆多文酒之会，时相与携榼⑬访胜，极乎山砠⑭水涯，欢吟醉呼，穷日夜，披林莽⑮，逐星月而归，以为常。小咸虽与诸君倡和⑯相得，而终岁授徒，于文酒之乐不多与也。

及余自京师归，北城诸君凋逝⑰殆尽，慎之亦久客不能归，独君年已七十，尚授徒如故。余因自叹年未甚耄老⑱，而自里居后，山城孤寺，往往多独游，少与偕者。见少年游从意气之盛，追念昔时同辈⑲，邈⑳焉难求，而寂寞自守，得臻乎老寿如君者，为可幸也。

乃未几㉑而君亦旋㉒卒，君之子肇星以诗稿属㉓序。余读之，清婉恬适㉔，如君其人，不以其不得志于有司㉕也而有怨词，有矜气，真德人之音也。昔与君及邺楼、香筠同肄业㉖于尊经书院，夜归，市户皆静闭，独吾三四人履声满街。读君诗，忽忽㉗不觉为数十年事也。

咸丰二年九月序。

【注释】

①十馀山：指石城山、冶城山、清凉山、鸡鸣山、四望山、马鞍山、卢龙山、幕府山、观音山等。　②林壑：树林和山谷。　③萦带：环绕。　④湮：埋没。　⑤清淑：清美，秀美。　⑥沾溉（guàn）：沾濡浇灌。比喻恩典、德泽。　⑦标异：表明与众不同。　⑧文饰：掩饰，文过饰非。　⑨六朝人：吴、东晋、宋、齐、梁、陈均建都南京，故称"六朝"。当时士人多自视清高，恣情享受山水之乐。　⑩馀：同"余"，剩下来的。　⑪言动：言行。　⑫率：一概，都。　⑬榼（kē）：古代盛酒的器具。　⑭砠（jū）：上面有土的石山，一说为上面有石的土山。　⑮林莽：大片草木茂盛的地方。　⑯倡和：一人

首唱，他人相和，互相应答。　⑰殂逝：死亡。　⑱耄老：老年，老年人。　⑲同辈：同伴，伙伴。　⑳邈：遥远。　㉑未几：没有多久，很快。　㉒旋：不久。　㉓属（zhǔ）：连缀，接连，这里指写。　㉔恬适：安适。　㉕不得志于有司：韩愈《送董邵南序》，"董生举进士，连不得志于有司"，意为科举未考中。　㉖肄业：在校学习，指尚未毕业。　㉗忽忽：时间快速飞逝的样子。

【赏析】

序文的作者梅曾亮和主人公阮小咸年少时代曾为学友。作者在京为官二十多年后回到故乡，与这位旧友重逢，见证了他生命的最后阶段。通常古人在为朋友的诗文写序时常沦为溢美之词的机械堆砌。但梅曾亮的这篇序文却不落窠臼，以真挚的感情和客观的态度再现了封建文人阮小咸的人生经历。作者的创新主要体现在典型性和真实性两个方面。

一方面，阮小咸是封建社会中被束缚被压迫的贫苦文人中的一个典型。他以教书为业，一生兢兢业业，却默默无闻，最终老死家中。阮小咸和众多同乡文人一样，参与各种文酒之会，徜徉于山水之间。但他对此浅尝辄止，不忘本业，"终岁授徒"。作者运用衬托的手法，表现了看似平凡的阮小咸异于众人之处，塑造了一个"真朴无文饰"的文人形象，抒发了对他的敬佩之情。

另一方面，作者对阮小咸生平的叙述是客观真实的，没有矫揉造作地讨好奉承。阮小咸在世七十年，没有任何惊天动地的作为，科举上并不得志，学问恐怕也难入一流，但他甘于寂寞清贫，坚持教授生徒直到生命的尽头。作者对他处世为人的风格和遭际是钦佩大于哀叹的。至于阮小咸的诗文，作者认为"清婉恬适，如君其人"，也十分中肯恰切。作者对阮小咸其人、其文的描绘和赞叹可以说是相辅相成的。

【游小盘谷记】

梅曾亮

江宁府①城，其西北包卢龙山②而止。余尝③求小盘谷，至其地，土人或曰无有。惟大竹蔽天，多歧路，曲折广狭如一，探之不可穷。闻犬声，乃急赴之，卒④不见人。

熟五斗米顷⑤，行抵寺，曰归云堂。土田宽舒，居民以桂为业。寺傍有草径甚微⑥，南出之，乃坠大谷。四山皆大桂树，随山陂陀⑦。其状若仰大盂⑧，空响内贮，謦欬⑨不得他逸；寂寥无声，而耳听常满。渊水⑩积焉，尽山麓而止。

由寺北行，至卢龙山，其中阬⑪谷洼隆，若井灶龈腭⑫之状。或曰："遗老所避兵者⑬，三十六⑭茅庵⑮，七十二团瓢⑯，皆当其地。"

日且暮,乃登山循城而归。暝色下积,月光布其上,俯视万影摩荡⑰,若鱼龙起伏波浪中。诸人皆曰:"此万竹蔽天处也。所谓小盘谷,殆⑱近之矣。"

同游者:侯振廷舅氏、管君异之⑲、马君湘帆、欧生岳庵、弟念勤,凡六人。

【注释】

①江宁府:属于江苏省,治所在江宁,即今南京市。 ②卢龙山:又名狮子山,在南京市西北二十里处。明太祖朱元璋曾在此败于陈友谅。 ③尝:曾经。 ④卒:终于,最终。 ⑤熟五斗米顷:大约煮熟五斗米的时间。 ⑥甚微:非常少。 ⑦陂(pō)陀(tuó):倾斜不平的样子。 ⑧盂:一种盛液体的器皿。 ⑨磬(qǐng)欬:咳嗽声。轻者为磬,重者为欬。 ⑩渊水:深潭之水。 ⑪阮(gáng):大土山,这里指高坡。 ⑫井灶龂腭:比喻事物的高低不平。龂:牙龈。腭:上腭。 ⑬遗老所避兵者:清兵南下时,明朝遗民逃往深山躲避追兵的地方。 ⑭三十六:形容很多。 ⑮茅庵:草屋。 ⑯团瓢:圆形草屋。 ⑰摩荡:动荡摇晃。 ⑱殆:大概,几乎。 ⑲管君异之:管同,也是姚鼐弟子。

【赏析】

梅曾亮是著名的清代散文家,其撰山水小品,清淡简朴,姿容安雅,有较强的文学意味。本文的记游之地小盘谷山,在南京卢龙山附近。文章通过寻找小盘谷山,描绘出卢龙山一带清幽秀美的自然风光。文笔清丽,意象鲜明,颇有柳宗元游记的味道,是一篇寻幽览胜的佳作。

文章叙述了寻访小盘谷的经过,按照时间的推移,以日暮而归作结,遵照了惯常的行文章法。作者多次使用了动静结合的描写方式,"闻犬声","乃急赴之",结果"卒不见人",由动到静,一紧一弛间,勾起了读者的阅读兴趣。而后文的"寂寥无声,而耳听常满",则渲染了大自然的动静相生相伴,给人心旷神怡之感。此外,作者的描绘主次分明,写居民以种桂树为业时,将笔墨集中于桂树而非居民,不难想象桂花开满山谷时飘散的芬芳;在写卢龙山时,则引出明朝遗民避难的旧事,和读者一同回忆了那段血泪横流的历史。

本文题为"游小盘谷记",但是对于理应着力描绘的记游之地小盘谷,却做了出人意料的虚化处理,没有细致的勾勒,而是引导读者作充分地想象。文章之初便渲染了一种神秘的气氛,作者探访小盘古山,"土人或曰无有"。继而写道,"惟大竹蔽天,多歧路,曲折广狭如一,探之不可穷",进一步强化了小盘古山的幽深和难觅,大有东晋陶潜探访桃花源之势。直至行文结束,其记游之地小盘谷,仍处于虚实之间。正如原文所说,"此万竹蔽无处也。所谓小盘谷,殆近之矣。"这种朦胧的美感贯穿全文,似真似幻,虚实难辨,在山水游记中可谓别具一格。

【钵山馀霞阁记】

梅曾亮

江宁①城，山得其半，便②于人而适③于野者，惟西城钵山，吾友陶子静偕④群弟读书所也。因山之高下为屋，而阁于其岭，曰"馀霞"，因所见而名⑤之也。

俯视，花木皆环拱升降；草径曲折可念⑥；行人若飞鸟度柯叶⑦上。西面城，淮水萦之。江自西而东，青黄分明，界画天地。又若大圆镜，平置林表⑧，莫愁湖也。其东南万屋沉沉，炊烟如人立，各有所企，微风绕之，左引右挹⑨，绵绵缗缗⑩，上浮市声，近寂而远闻。

甲戌⑪春，子静觞⑫同人⑬于其上，众景毕见，高言愈张。子静曰："文章之事，如山出云，江河之下水，非凿石而引之，决版而导之者也。故善为文者有所待。"曾亮曰："文在天地，如云物烟景焉；一俯仰之间而遁⑭乎万里之外。故善为文者，无失其机。"管君异之曰："陶子之论高矣。后说者，如斯阁亦有当焉。"遂书⑮为之记。

【注释】

①江宁：地名，旧江宁府所在地，在今江苏南京。②便：顺利，没有困难或阻碍。③适：切合，相合。④偕：共同，和……在一起。⑤名：名词用作动词，取名、命名。⑥可念：可爱。⑦柯叶：枝叶。⑧林表：林梢，林外。⑨挹：牵，拉。⑩绵绵缗（mín）缗：连绵不断的样子。⑪甲戌：清嘉庆十九年（1814年）。⑫觞：欢饮，进酒，这里指宴请。⑬同人：志同道合的人。⑭遁：逃跑，逃离。⑮书：写。

【赏析】

梅曾亮是姚鼐的弟子，桐城派的核心人物之一。他提倡诗文要表现真情实感，写"人之真"，所作文章有雄浑古健之风，为时人所推崇。这篇游记以写景为起点，以论文为终点，可谓别开生面。

首段从江宁城"山得其半"的地理特征写起，进而突出钵山"便于人而适于野"的独特优势，最后特写山岭之间的馀霞阁，从远镜头到近镜头，从遥看到细查，极有层次感。紧接着第二段将视线聚焦于钵山，描绘它的地貌景色与自然风物。从馀霞阁往下看，花木环抱，小径曲折，行路人像飞鸟在枝叶上掠过一般。城西面的秦淮河萦回环绕，长江奔腾而去，天青水黄，像一条线划开了天地。莫愁湖像平放在林木外的一面大圆镜，东南面房屋密密麻麻，屋顶上的炊烟连绵不断地向上飘去。微风将山下闹市喧哗之声传到山上，隐隐约约可以听到。这段描写极尽细腻，如诗如画，始终围绕着钵山人、野两相宜的特色展开。

第三段写宴会上"众景毕见，高言愈张"，以景喻文，陈述了陶子静和梅曾亮对文章之事的重要见解。前者提倡写文章当"有所待"，"善为文者"与写作灵感常常是不期而遇的，后者则认为写作灵感稍纵即逝，为文当"无失其机"。事实上，两人是从不同角度强调了写作之"机"的重要性。管同之说可以这样理解，为文的关键在于主观与客观的突然邂逅，正如绚丽多姿的"馀霞"往往转瞬即逝一样，文章的杰作、大自然的杰作都是美妙至极却难以捕捉的。将论文和写景巧妙结合在一起，正是本文的高妙之处。

【说居庸关①】

龚自珍

居庸关者，古之谭②守者之言也。龚子曰："疑若可守然。"何以疑若可守然？曰："出昌平州③，山东西远相望，俄然④而相轸⑤、相赴以至相麽⑥。居庸置其间，如因⑦两山以为之门，故曰疑若可守然。关凡四重，南口者下关也，为之城，城南门至北门一里；出北门十五里，曰中关，又为之城，城南门至北门一里；出北门又十五里，曰上关，又为之城，城南门至北门一里；出北门又十五里，曰八达岭⑧，又为之城，城南门至北门一里。盖自南口之南门，至于八达岭之北门，凡四十八里，关之首尾具制⑨如是，故曰疑若可守然。下关最下，中关高倍之，八达岭之俯南口也，如窥井形然，故曰疑若可守然。"

自入南口，城甃⑩有天竺字⑪、蒙古字。上关之北门，大书曰："居庸关，景泰二年⑫修。"八达岭之北门，大书曰："北门锁钥⑬，景泰三年建。"自入南口，流水啮⑭吾马蹄，涉之玢然⑮鸣，弄之则忽涌忽洑⑯而尽态，迹之则至乎八达岭而穷。八达岭者，古隰馀水⑰之源也。自入南口，木多文杏⑱、苹婆⑲、棠梨⑳，皆怒华㉑。自入南口，或容十骑㉒，或容两骑，或容一骑。蒙古自北来，鞭橐驼㉓，与余摩臂㉔行，时时橐驼冲余骑颠㉕。余亦挞㉖蒙古帽，堕于橐驼前，蒙古大笑。余乃私叹曰：

"若蒙古，古者建置居庸关之所以然，非以若耶？余江左㉗士也，使余生赵宋世，目尚不得睹燕、赵㉘，安得与反毳㉙者相挝㉖戏乎万山间？生我圣清中外一家之世，岂不傲古人哉！"蒙古来者，是岁克西克腾㉚、苏尼特㉛，皆入京，诣理藩院㉜交马㉝云。自入南口，多雾，若小雨。过中关，见税亭焉，问其吏曰："今法网宽大，税有漏乎？"曰："大筐小筐，大偷橐驼小偷羊。"余叹曰："信㉞若是，是有间道㉟矣。"自入南口，四山之陂陀㊱之隙，有护边墙数十处，问之民，皆言是明时修。微㊲税吏言，吾固㊳知有间道出没于此护边墙之间。承平之世，漏税而已；设生昔之世，与凡守关以为险之世，有不大骇北兵自天而降㊴者哉！

降自八达岭，地遂平，又五里曰坌道㊵。

【注释】

①居庸关：明洪武元年（1368年）修建，在北京昌平县西北部居庸山上。悬崖峭壁，形势险要，是长城要口之一，与紫荆、倒马合称"内三关"。　②谭：同"谈"。　③昌平州：治所在今北京市西北部的昌平县，离北京八十里。　④俄然：突然。　⑤辏（còu）：车轮的辐集中于毂上。引申为聚集。　⑥蹙（cù）：紧迫。这里形容重叠，挤在一起。　⑦因：凭借。　⑧八达岭：在今北京延庆县，为关沟之北口，从北门城楼两侧，延伸出高低起伏的长城。　⑨具制：具体的体制、格局。　⑩城甃（zhòu）：城墙。甃，井壁。　⑪天竺字：即印度文字。印度古称天竺。　⑫景泰二年：公元1451年。景泰为明代宗年号。　⑬锁钥：指关键，要塞。　⑭啮（niè）：咬。引申为侵。　⑮玱（cōng）然：佩玉的响声，形容涉水之声。　⑯洑（fú）：水流回旋。　⑰隰（xí）馀水：古水名。即今榆河，又名湿余河，自居庸关南流，经过昌平县。　⑱文杏：果木名。杏树的异种。　⑲蘋婆：果木名，俗称凤眼果。　⑳棠梨：即杜梨。　㉑怒华：怒放，花盛开。华，同"花"。　㉒容十骑：并列容纳十匹马。　㉓橐（tuó）驼：即骆驼。　㉔摩臂：擦臂。　㉕颠：倒，坠。　㉖挝（zhuā）：击，打。　㉗江左：江东。习惯上指长江东南沿岸地区。　㉘燕、赵：指河北地区。河北战国时有燕国、赵国。　㉙反毳（cuì）：反穿毛皮衣，即兽毛向外。此指蒙古等少数民族。毳：兽的细毛。　㉚克西克腾：内蒙古旗名。在昭乌达盟西部，清代设旗。　㉛苏尼特：内蒙古旗名。属锡林郭勒盟。　㉜理藩院：清代官署名。掌管蒙古、西藏、新疆各地少数民族事务。　㉝交马：贡马。　㉞信：果然。　㉟间（jiàn）道：偏僻的、很少有人知道的小路。　㊱陂陀（pō tuó）：倾斜不平貌。　㊲微：无，非。　㊳固：本来。　㊴降：下。指八达岭下山而行。　㊵坌（bèn）道：道路名。

【赏析】

龚自珍，清代著名思想家、爱国主义者、文学家，著有《龚自珍全集》。散文奥博纵横，自成一家，诗歌尤其瑰丽奇肆，有"龚派"之称。这篇文章既是一篇简明的地理志，介绍了居庸关的位置走向、建筑文物和自然环境等概况，又用外族的归顺、间道的存在、城墙的失修隐然流露了险关不足恃的思想。

全文可分为三大部分。居庸关自古就是兵家必争之地，是北京北面至关重要的门户，龚自珍深知这一关键，第一部分就交代居庸关的位置，突出说明险要的地势，作出"疑若可守然"的结语。作者紧扣一个"守"字，着重说明居庸关在军事防御上的重要作用。第二部分，四段各以"自入南口"领头的文字，于生动形象描述景物风光之中，寓有深意。第三层次，又以"自入南口"领头的两个自然段，更进一步深入地阐释作者的观点。反复用"疑若可守然"和"自入南口"等句子，不仅清楚了条理，也强调了寄寓在客观描述中的深意。

虽然这一切都一如游记的笔调，但该文并不是一般的游记散文或地理行记，而是为论述加强边防而作，其主旨是借以阐发自己独到深刻的见解。文章有力地谴责了恃险可守的麻痹思想，强烈地反映了作者居安思危的忧患意识，是作者加强战备、移民西北、巩固边陲一贯主张的又一次生动形象的体现。

作者用舆地家和文学家的双重眼光看世界，因而这篇散文将政治价值、学术价值、艺术价值熔于一炉，行文非常别致，风格悠游独特。

【己亥① 六月重过② 扬州记】

龚自珍

居礼曹③，客有过者④曰："卿⑤知今日之扬州乎？读鲍照⑥《芜城赋》⑦，则遇⑧之矣。"余悲其言。

明年⑨，乞假⑩南游，抵扬州，属⑪有告籴⑫谋⑬，舍舟而馆⑭。

既宿⑮，循馆之东墙步游，得小桥，俯溪⑯，溪声谨⑰。过桥，遇女墙⑱龅⑲可登者，登之，扬州三十里，首尾屈折高下见⑳。晓雨沐屋，瓦鳞鳞然㉑，无零甓断甃㉒，心已疑礼曹过客言不实矣。

入市，求熟肉，市声谨。得肉，馆人㉓以酒一瓶、虾一筐馈㉔。醉而歌，歌宋元长短言乐府㉕，俯窗呜呜㉖，惊对岸女夜起，乃止。

客有请吊㉗蜀岗㉘者，舟甚捷，帘幕皆文绣㉙，疑舟窗蠡㉚觳㉚也，审视㉛，玻璃五色具㉜。舟人时时指两岸曰："某园故址也"，"某家酒肆㉝故址也"，约八九处。其实独倚虹园㉞圮㉟

无存。曩㊱所信宿㊲之西园，门在，题榜㊳在，尚可识，其可登临者尚八九处，阜㊴有桂，水有芙蕖㊵菱㊶芡㊷，是㊸居㊹扬州城外西北隅㊺，最高秀。南览㊻江，北览淮，江淮数十州县治，无如此冶华㊼也。忆京师言㊽，知有极不然者㊾。

归馆，郡之士皆知余至，则大谨，有以经义㊿请质难①者，有发②史事见问③者，有就询④京师近事者，有呈所业⑤若文、若诗、若笔⑥、若长短言、若杂著、若丛书⑦乞⑧为序、为题辞者，有状⑨其先世事行乞为铭⑩者，有求书⑪册子、书扇者，填委⑫塞⑬户牖⑭，居然⑮嘉庆⑯中故态。谁得曰今非承平时耶⑰？惟窗外船过，夜无笙琶⑱声，即有之，声不能彻旦⑲。然而女子⑳有以栀子㉑华发㉒为贽㉓求书者，爰㉔以书画环填㉕互通问㉖，凡㉗三人，凄馨哀艳之气，缭绕于桥亭舰舫㉘间，虽澹㉙定，是夕魂摇摇㉚不自持。余既信信㉛，拿流风，捕馀韵，乌睹所谓风嗥雨啸、鼯狖悲、鬼神泣者㉜？嘉庆末㉝尝于此和㉞友人宋翔凤㉟侧艳诗㊱，闻宋君病，存亡㊲弗可知。又问其所谓赋诗者㊳，不可见，引为恨㊴。

卧而思之，余齿㊵垂㊶五十矣，今昔之慨，自然之运㊷，古之美人名士富贵寿考㊸者几人哉？此岂关扬州之盛衰，而独置感慨于江介㊹也哉？抑㊺予赋侧艳则老矣，甄综㊻人物，搜辑文献，仍以自任，固未老也。天地有四时，莫病于酷暑，而莫善于初秋；澄汰其繁缛淫蒸，而与之为萧疏澹荡，泠然瑟然，而不遽使人有苍莽寥泬之悲者㊼，初秋也。今扬州，其初秋也欤？予之身世，虽乞籴㊽，自信不遽死，其尚犹丁㊾初秋也欤？作《己亥六月重过扬州记》。

【注释】

①己亥：这里指清代道光十九年（1839年）。　②重（chóng）过：再次路过。龚自珍每次从京城回家，路过扬州，都在朋友那里逗留，所以说"重过"。　③居礼曹：道光十七年到十九年（1837年－1839年），作者任礼部主客司主事兼祠祭司行走。居，任职。礼曹，礼部。　④客有过者：有一个拜访我的客人。过，拜访。　⑤卿：对人的尊称。　⑥鲍照：南朝宋文学家，字明远，东海（在今江苏境内）人。曾任临海王前军参军等职。长于乐府诗，赋及骈文。　⑦《芜城赋》：鲍照作于大明三四年（459年－460年）间，写广陵故城（即扬州）昔日之盛及当日之衰，感慨系之。　⑧遇：看到。　⑨明年：道光十九年（1839年）。　⑩乞假：请假。事实上作者是辞官南归。　⑪属（zhǔ）：适值，恰巧碰上。　⑫告籴（dí）：本意是因饥荒而要求买进粮食，这里有请求资助饥困之意。

⑬谋：商量，设法。 ⑭舍舟而馆：离船上岸，住在旅馆里。馆，用作动词，住旅馆。 ⑮既宿：过夜之后。 ⑯俯溪：低头俯视小河。 ⑰谖（huān）：喧响，形容溪水哗哗作响。 ⑱女墙：城墙上面呈凹凸形的小墙。 ⑲啮（niè）：缺口，用作动词，寻找缺口。 ⑳见（xiàn）：呈现。 ㉑鳞鳞然：屋瓦像鱼鳞一样齐密排列的样子。 ㉒零甃（zhòu）断甓（pì）：残垣断壁。甃，井壁，这里泛指墙壁。 ㉓馆人：旅馆仆役。 ㉔馈：进食，这里是送来的意思。 ㉕长短言乐府：泛指词。词又称长短言，可入乐，故得名。 ㉖呜呜：粗放的歌声，表示自己歌声不动听。 ㉗吊：凭吊。 ㉘蜀冈：山名，在今江苏扬州西北约四里，居瘦西湖畔，为扬州古城遗址。 ㉙文绣：绣有彩色花纹。 ㉚蠡（luó）㲉（què）：螺壳。相传江苏无锡附近的蠡湖（一名潮湖）出产的贝壳，加工变薄后，精美透明，可以用来装饰窗户。蠡，通"螺"。㲉，物之浮甲，即鳞甲之类。 ㉛审视：仔细地察看。 ㉜玻璃五色具：五色玻璃齐全。具，全备。玻璃在当时为洋货，被作者视为奢侈品，洋货侵入被作者视为扬州衰落之迹象。 ㉝酒肆：酒店。 ㉞倚虹园：因靠近横跨瘦西湖的大虹桥而得名。 ㉟圮（pǐ）：塌坏，毁绝。 ㊱曩（nǎng）：从前。 ㊲信宿：连住两夜，这里泛指曾经住宿。 ㊳题榜：匾额。 ㊴阜：土山，这里指蜀冈上。 ㊵芙蕖：也作"芙蕖"，即荷花。 ㊶菱：菱角。 ㊷芡（qiàn）：睡莲科植物，叶呈盾状，浮水面，种子可入药。 ㊸是：这里。 ㊹居：处于。 ㊺隅：角落。 ㊻南览：向南看。 ㊼冶华：美丽繁华。 ㊽京师言：即"礼曹过客言"。京师，京城。 ㊾极不然者：极不确实之处。 ㊿经义：经书的意旨。 ㈤质难：质疑问难。 ㈥发：提出，揭示。 ㈦见问：前来询问。 ㈧就询：跑来打听。 ㈨所业：创作、编写的东西。 ㈩若：比如。 ㊼笔：散文。与"文"相对，"文"指有藻采声韵的骈文。 ㊽丛书：书籍汇编的一种专名。 ㊾乞：请求。 ㊿状：陈述。 ㈤铭：古代一种文体名。 ㈥书：题字。 ㈦填委：指赠送礼物丛杂纷集。 ㈧塞：阻塞。 ㈨户牖：门窗。 ㈩居然：竟然。 ㊼嘉庆：清仁宗颙琰的年号（1796年－1820年）。 ㊽谁得曰今非承平时耶：谁能说现在不是太平年代呢？讽刺语，当时林则徐在广东禁烟，战争随时都可能爆发；国内农民起义此起彼伏，社会很不太平。 ㊾笙（shēng）琶（pá）：笙和琵琶。 ㊿彻旦：通宵达旦。 ㈤女子：指妓女。 ㈥栀（zhī）子：常绿灌木栀木的果实，这里指栀子花。 ㈦华发：白发。疑"发"字为"鬘"字之误，华鬘为舞妓之花饰。 ㈧贽（zhì）：初次见面的礼物。 ㈨爰：于是。 ㈩环瑱（diàn）：都是佩玉。环，带在臂上的玉环。 ㊼通问：通信问候。 ㊽凡：共。 ㊾舰舫：指游船。舰：有板屋的船。 ㊿澹（dàn）：水波动荡。 ㈤摇摇：形容心神不安。 ㈥信信：一信再信，连宿四夜。信，住两夜。 ㈦乌睹所谓风嗥雨啸、鼯（wú）狖（yòu）悲、鬼神泣者：意谓哪里看见有什么荒凉破败的景象呢？乌，哪里。风号雨啸、鼯狖悲、鬼神泣，引鲍照《芜城赋》："泽葵依井，荒葛罥涂，坛罗虺蜮，阶斗鼯鼪。木魅山鬼，野鼠城狐，风嗥雨啸，昏见晨趋。"鼯：鼯鼠，俗称"大飞鼠"，住在树洞里，昼伏夜出。狖：黑色的长尾猿，或说是像狸的野兽。 ㈧嘉庆末：嘉庆二十五年（1820年）。 ㈨和（hè）：依照别人诗词的题材和体裁做诗词。 ㈩宋翔凤：字虞庭，一字于庭，江苏长洲（今苏州市）人。嘉庆举人，官知州，精研经学，是作者的好友。 ㊼侧艳诗：指文辞艳丽而流于轻佻一类的诗歌。侧艳：文辞艳丽而流于轻佻。 ㊽存亡：生死。 ㊾所谓赋诗者：指当年与宋氏及自己和诗之妓。赋：创作。 ㊿恨：遗憾。 ㈤齿：年龄。 ㈥垂：将近。 ㈦运：命运。 ㈧寿

考：长寿，年高。　㉕江介：江畔。　㉖抑：或者，也许。　㉗甄综：审评归纳。　㉘"澄汰"句：清洗繁琐杂乱，代之以清明爽快，轻妙舒适，同时又不使人骤然感觉空旷寥落。澄汰，清洗。繁缛，繁琐，繁杂。淫蒸，过分闷热的蒸腾之气。蒸，同"烝"，众多。萧疏，清明爽朗。淡荡，恬静适畅。泠然，轻妙的样子。瑟然，清冷的样子。遽，马上，骤然。苍莽，形容天地空旷。寥沉，旷荡而虚静。　㉙乞籴：求买粮食，指生活窘迫。　㉚丁：当，值。

【赏析】

龚自珍，清代著名思想家、文学家，抨击时政，主张改革，要求个性解放，宣传爱国思想。本篇写于道光十九年（1839年），也就是鸦片战争的前一年。当年作者多次上书要求改革时政，支持林则徐禁烟，却饱受非议。辞官南归的途中，他过淮浦，抵扬州，写下此文。

文章起笔写作者听到有关扬州的传闻，"客有过者"称今日扬州已如《芜城赋》所写那样衰败不堪。想到历史名城、当世重镇扬州已现腐朽之气，那国家民生又当如何，作者不禁悲从中来。这样的传闻是否属实，作者急切地想要一探究竟，读者的好奇心也被调动起来。首段不过三十字，却垫定下文亲身验证的基调，是所有记叙、议论、抒情的由头。

这是一篇针砭时弊的杂感式游记，政论性强，现实意义深刻。题为"六月重过扬州记"，全文以扬州今昔对比为主题，紧扣"重"字。以在扬州的所见和观感为主，游登女墙，数语见出扬州城池依旧；市肉醉歌，几笔勾出市民世俗风貌；凭吊蜀冈，生动显现扬州冶华仍胜；接待冶游，概括揭露士大夫庸俗风气。这四段写尽当日扬州的"承平"故态，进而对比嘉庆末年扬州的风气，描写从嘉庆到道光年间的所谓"承平"繁华景象，揭露封建士大夫日益堕落的生活状态和精神面貌，显示出当时已臻衰世的"酷暑"气候，托悲秋以发慷慨之情，更点破主题思想，含蓄回荡，发人深思。贯串全文的主题思想，就是深切要求改革时政，挽救衰世。

本文结构自如，取材精当，语言生动，塑造了作者潇洒脱俗的"名士"形象，清醒而无奈，似褒而实贬。既可看到作者很高的思想水平，也足见其高度的文学造诣和艺术才能。

【病梅馆记】

龚自珍

江宁①之龙蟠②，苏州之邓尉③，杭州之西溪④，皆产梅。或⑤曰："梅以曲为美，直则无姿；以欹⑥为美，正则无景；梅以疏为美，密则无态。"固也⑦，此文人画士，心知其意，未可明诏大号⑧，以绳⑨天下之梅也；又不可以使天下之民斫⑩直、删密、锄正，以夭梅、病梅⑪为业以求钱也；梅之欹、之疏、之曲，又非蠢蠢求钱之民，能以其智力⑫为也。有以文人画士孤癖⑬之隐⑭，明告鬻⑮梅者，斫其正，养其旁条⑯，删其密，夭其稚⑰枝，锄其直⑱，遏⑲其生气，以求重价⑳，而江、浙之梅皆病。文人画士之祸之烈至此哉！

予购三百盆，皆病者，无一完者。既泣之三日，乃誓疗之，纵㉑之，顺㉒之。毁其盆，悉㉓埋于地，解其棕缚㉔，以五年为期，必复㉕之全㉖之。予本非文人画士，甘受诟厉㉗，辟病梅之馆以贮之。呜呼！安得使予多暇㉘日，又多闲田，以广贮江宁、杭州、苏州之病梅，穷㉙予生之光阴以疗梅也哉？

【注释】

①江宁：旧江宁府所在地，在今江苏南京。 ②龙蟠：龙蟠里，在今南京清凉山下。 ③邓尉：邓尉山，在苏州城西南三十公里。 ④西溪：地名。 ⑤或：有人。 ⑥欹（qī）：倾斜。 ⑦固也：本来如此。固：本来。 ⑧明诏大号：公开宣告，大声疾呼。明，公开。诏，告诉，一般指上对下。号，疾呼，喊叫。 ⑨绳：名词用作动词，约束。 ⑩斫（zhuó）：砍，削。 ⑪夭（yāo）梅、病梅：摧折梅，把它弄成病态。夭，使……摧折，弯曲。病，使……成为病态。 ⑫智力：智慧和力量。 ⑬孤癖：特殊的嗜好。 ⑭隐：隐衷，隐情。 ⑮鬻（yù）：卖。 ⑯旁条：旁边斜出的枝条。 ⑰稚：嫩。 ⑱直：形容词用作名词，笔直的枝干。 ⑲遏（è）：遏制，阻碍。 ⑳重价：大价钱。 ㉑纵：放开。 ㉒顺：使……顺其自然。 ㉓悉：全部。 ㉔棕缚：棕绳的束缚。 ㉕复：使……恢复。 ㉖全：使……得以保全。 ㉗诟（gòu）厉：讥评，辱骂。 ㉘暇：空闲。 ㉙穷：穷尽。

【赏析】

清朝统治者为了控制人民思想，一方面以八股文作为科举考试选用人才的法定文体，另一方面大兴文字狱，镇压知识分子。这是一篇作者返回故里杭州时，为自己新辟梅园命名"病梅馆"所作的散文。作者借梅议政，通过写梅来曲折地抨击社会黑暗，表达"不拘一格降人材"，出现一种新的社会"风雷"，以扫荡"万马齐喑"局面的强烈愿望。是一篇语含"酸辣"十分精彩的小品文。

本文艺术上最显著的特色是通篇运用比喻手法，以梅喻人，借题发挥，透过植梅、养梅、品梅、疗梅的生活琐事，由小见大，表现了作者破除封建束缚，追求个性解放的鲜明政治观点和主张。文章段段写梅，产梅之地、夭梅之由、叹梅之病、疗梅之志、疗梅之法，层层推进，夹叙夹议，处处影射腐朽的现实政治，将矛头指向专制主义严酷的思想统治。

其次，文章结构谨严，层次分明，以"梅"为中心，先写梅病，后写对梅病的治疗，自然地分为前后两部分。开头介绍盛产梅的地点，从梅的著名品种，引出梅的病状、病因和病情的严重性。继而写作者对病梅的痛感,治疗梅病的经过、方法以及决心和愿望。文从字顺,一气呵成。

作者决心疗梅、救梅,使梅花得以自然发展,这就表示了他对于被侮辱被损害者的深切同情,和他那种正视现实、渴望冲破黑暗时代的战斗情绪。然而,龚自珍自知力量有限,要疗治"江宁、杭州、苏州之病梅"的宏愿是难以实现的。所以,文章以感叹作结,发出深沉而又无奈的感慨。

【说　　钓】

吴敏树

余村居无事,喜钓游。钓之道①未善也,亦知其趣焉。当初夏、中秋之月,蚤②食后出门,而望见村中塘水,晴碧泛然③,疾④理钓丝,持篮而往。至乎塘岸,择水草空处投食其中,饵钓而下之,蹲而视其浮子,思其动而掣⑤之,则得大鱼焉。无何⑥,浮子寂然,则徐牵引之,仍自寂然;已而手倦足疲,倚竿于岸,游目而视之,其寂然者如故。盖逾时始得一动,动而掣之则无有。余曰:"是小鱼之窃食者也,鱼将至矣。"又逾时动者稍异,掣之得鲫,长可⑦四五寸许⑧。余曰:"鱼至矣,大者可得矣!"起立而伺之,注意以取之,间乃一得,率如前之鱼,无有大者。日方午,腹饥思食甚,余忍而不归以钓。见村人之田者,皆毕食以出,乃收竿持鱼以归。归而妻子劳问有鱼乎?余示以篮而一相笑也。乃饭后仍出,更诣⑨别塘求钓处,逮⑩暮乃归,其得鱼与午前比⑪。或一日得鱼稍大者某所,必数数往焉,卒未尝多得,且或无一得者。余疑钓之不善,问之常钓家,率如是。

嘻!此可以观矣。吾尝试求科第官禄于时矣,与吾之此钓有以异乎哉?其始之就试有司⑫也,是望而往,蹲而视焉者也;其数试而不遇也,是久未得鱼者也;其幸而获于学官、乡举⑬也,是得鱼之小者也;若其进于礼部⑭,吏于天官⑮,是得鱼之大,吾方数数钓而又未能有之者也。然而大之上有大焉,得之后有得焉,劳神徼幸之门,忍苦风尘之路,终身无满意时,老死而不知休止,求如此之日暮归来而博妻孥⑯之一笑,岂可得耶？夫钓，适事也，隐者之所游也，其趣或类于求得。终焉少系于人之心者，不足可欲故也。吾将唯鱼之求，而无他钓焉，其可哉？

【注释】

①道：方法，技术。 ②蚤：同"早"，早晨。 ③泛然：浮动的样子。 ④疾：迅速，快速。 ⑤掣（chè）：牵引，拉拽。 ⑥无何：不久，很短时间之后。 ⑦可：大约，大概。 ⑧许：上下。 ⑨诣（yì）：到……去，前往。 ⑩逮（dài）：等到。 ⑪比：差不多。 ⑫有司：指官吏。古代设官分职，各有专司，故称有司。 ⑬乡举：秀才（诸生）参加乡试（省级考试），得中取为举人。 ⑭礼部：主管教育的部。举人进京会试，由礼部主持。考试中式，再经殿试，即成进士。 ⑮天官：官名。《周礼》分设六官，以天官冢宰居首，总御百官。唐武后光宅元年改吏部为天官，旋复旧。后世亦称吏部为天官。 ⑯孥（nú）：儿女。

【赏析】

吴敏树参加科举考试，屡试不第，但他并没有因此愤世嫉俗，而是参透了其中的几分"奥妙"。《说钓》全文四百余字，用作者在闲居之日的一个小小爱好——钓鱼，写出了仕途求官之路的种种心情与得失。以"鱼"喻官，用具体的钓鱼来阐发抽象的求官心理。

把钓鱼和求官这两个看似不相关的事物联系在一起，必须找到一个恰当的切入点，作者正是抓住了这样一个"点"。他紧扣一个"欲"字：钓鱼，是为了得到更多更大的鱼；求官，是为了能够步步高升。钓鱼的收获颇丰、收获有限，或者一无所获，和求官路上的身居高位、官职卑微，或者屡考不中相照应，把两者有机地结合在一起。文中说道："劳神侥幸之门，忍苦风尘之路，终身无满意时，老死而不知休止"是作者借钓鱼阐发的议论，也是作者的高明之处。他看透了世态，明白了得到与失去都难使人满意。因为失去后就想得到，得到后想要得到更多，终身都要劳神与忍受艰辛，至死方休，而这样的道理有太多世人不知。

第一段叙述了钓鱼时可能发生的情况与可能体会的心情，特别是对浮子的沉浮以及钓不到鱼时那种急于求成的心情的刻画，更是细致入微，表现出钓者患得患失的心境。在此，作者刻画了一个急于求鱼的钓者形象，同时也写出了淡泊的生活意趣。第二段是作者发出的慨叹，结尾的"吾将唯鱼之求，而无他钓焉，其可哉"也写出了作者些许的无奈。可以说，此文寓事于其中，也寄情于其中。

作者始终以一个"数钓而又未能有之者"自居，在乡间是一个钓技不佳却乐此不疲的钓者，在宦途则自愿做一个无所收获的人，以便享受乡间的清闲时光，其中渗透着"舍得"的大智慧。

《媭①砧②课诵图》序

王 拯

　　《媭砧课诵图》者，不材③拯官京师④日之所作也。拯之官京师，姊刘⑤在家，奉其老姑⑥，不能来就弟养⑦。今姑殁⑧矣，姊复寄食宁氏姊⑨于广州，阻于远行。拯自始官日，蓄志南归，以迄于今，颠顿荒忽⑩，琐屑自牵⑪，以不得遂⑫其志。

　　念自七岁时先妣⑬殁，遂来依姊氏。姊适⑭新寡，又丧其遗腹子，茕⑮茕独处。屋后小园数丈馀，嘉树⑯荫之。树阴有屋二椽⑰，姊携拯居焉。拯十岁后就塾师学，朝出而暮归。比⑱夜，则姊恒执女红⑲，篝一灯⑳，使拯读其旁。夏苦热，辍㉑夜课。天黎明，辄呼拯起，持小几就园树下读。树根安二巨石，一姊氏捣衣以为砧，一使拯坐而读，日出乃遣入塾。故拯幼时每朝入塾，所读书乃熟于他童。或夜读倦，稍逐于嬉游㉒，姊必涕泣告以母氏劬劳瘏死㉓之状，且曰："汝㉔今弗勉学，母氏地下戚㉕矣！"拯哀惧，泣告姊，后无复为此言。

　　呜呼！拯不材年三十矣。念十五六时，犹能执一卷就姊氏读，日惴惴㉖于悲思忧戚之中，不敢稍自放逸。自二十后出门，行身居业㉗，日即荒怠。念姊氏教不可忘，故为图以自警，冀㉘使其身依然日读姊氏之侧，庶㉙免其堕弃之日深，而终于无所成也。道光二十四年㉚甲辰㉛秋九月。为之图者，陈君名铄，为余丁酉㉜同岁生㉝也。

【注释】

①媭（xū）：古代楚湘地区称姐为媭，这里就是姐姐的意思。　②砧（zhēn）：捣衣石。　③不材：第一人称自谦之词。　④官京师：在京城做官。　⑤姊刘：嫁到刘家的姐姐。　⑥姑：婆婆。　⑦就弟养：受我的赡养。　⑧殁：死。　⑨宁氏姊：嫁到宁家的姐姐。　⑩颠顿荒忽：颠沛困顿、神思不定。荒忽：同"恍惚"。　⑪琐屑自牵：自己被一些琐碎零散的事牵绊。　⑫遂：实现。　⑬先妣：已故的母亲。　⑭适：恰逢，刚刚。　⑮茕（qióng）：孤独的样子。　⑯嘉树：美好的树木。　⑰椽（chuán）：放在檩上架着屋顶的圆木条。这里引伸为"间"的意思。　⑱比（bǐ）：等到。　⑲女红（gōng）：指纺织、刺绣、缝纫等妇女所做的工作。红：同"工"。　⑳篝（gōu）一灯：点燃一盏灯

火。籆：竹笼，这里指点燃。 ㉑辍（chuò）：中断，停止。 ㉒稍逐于嬉游：略微贪图游玩。逐：追求。 ㉓劬（qú）劳瘁（cuì）死：辛劳憔悴致死。 ㉔汝：你。 ㉕戚：悲伤。 ㉖惴惴：惶恐的样子。 ㉗行身居业：在社会上立身处事。 ㉘冀：希望，期待。 ㉙庶：庶几，差不多。 ㉚道光二十四年：公元1844年。 ㉛甲辰：道光二十四年的干支。 ㉜丁酉：公元1837年。 ㉝同岁生：同年，即同科同榜的人。

【赏析】

王拯双亲早逝，家境困苦，在姐姐的悉心照料和严加教导下勤奋读书，姐弟间的感情也格外亲密而浓厚。王拯擅长古文，著有《龙壁山房文集》、《龙壁山房诗集》、《茂陵秋雨词》。1841年（道光二十一年），年方二十七的王拯考中进士，授户部主事，充军机章京，官至通政使，可谓年少得志。

三十岁时，王拯感慨自己久居官场，荒废学业，不禁回想起在姐姐膝前受教的少年时光，便请同年举人陈铄绘制一幅《媭砧课诵图》，稍解思念之情，并以此自警。本文是作者为《媭砧课诵图》所做的序文，充分表达了绘制此图的初衷：以这幅画来警示自己，不再虚度光阴、堕落荒废，希望自己能像当年在姐姐身旁时一样用心苦读，不至于到头来一事无成。

题图之文最忌流于空泛，言之无物。但王拯作为近代粤西文坛的杰出代表，素来善写情真意切的散文。这篇序文亦是如此，字里行间流露出对姐姐深深的感戴之情。图画将姐姐对作者的养育和训诫浓缩在一个有限的空间之中，树根下有两块巨大的石头：一个姐姐用来作为捣衣服的石砧，一个让我用来坐在上面读书。序文以这个有限的空间为起点说开去，回溯了作者"自七岁时"、"十岁后"、"十五六时"、"二十后出门"，一直到"不材年三十矣"这几个重要的时间点，展现了姐姐在作者成长历程中的不懈付出，表达了作者对姐姐的深切怀念，同时反映了我国古代妇女对子弟学业以至品德教育的重视，也反映了古时家庭教育收到的良好效果。

【习惯说①】

刘 蓉

蓉②少③时，读书养晦堂④之西偏一室。俯⑤而读，仰而思；思有弗得⑥，辄起绕室以旋⑦。室有洼，径尺⑧，浸淫日广⑨。每履⑩之，足苦⑪踬⑫焉。既久而遂安之。

一日，父来室中，顾⑬而笑曰："一室之不治，何以天下家国为⑭？"命童子⑮取土平之。后蓉复履其地，蹴然⑯以惊，如土忽隆起者；俯视，地坦然⑰，则既⑱平矣。已而复然，又久而后安之。

噫！习之中人⑲甚矣哉！足之履平地，而不与洼适⑳也；及其久，则洼者若平；至使久而即乎其故㉑，则反窒焉㉒而不宁㉓。故君子之学，贵乎慎始。

【注释】

①说：文体的一种，也叫杂说。多用于说明事物，讲述道理。 ②蓉：作者自称。 ③少：年轻，年纪小。 ④养晦堂：刘蓉居室名，在湖南湘乡县。 ⑤俯：低头。 ⑥弗得：没有心得。 ⑦旋：徘徊。 ⑧径尺：直径一尺。 ⑨浸（qīn）淫日广：日渐向外扩展。浸，同"侵"。 ⑩履：踩，踏。 ⑪苦：总是。 ⑫踬（zhì）：跌倒，绊倒。 ⑬顾：环视，看。 ⑭何……为：哪里还谈得上…… ⑮童子：未成年的仆人。 ⑯蹶（jué）然：突然。 ⑰坦然：平坦的样子。 ⑱既：已经。 ⑲中（zhòng）人：适合于人，这里是影响人的意思。中：深入影响。 ⑳适：适应。 ㉑故：缘故，原因。 ㉒窒焉：受阻碍的样子。窒，阻塞。 ㉓宁：安宁。

【赏析】

本文选自刘蓉所著的《养晦堂诗文集》，记录了作者年少时发生的一件小事，以及由此引发的思索。

作者读书的偏室地面不平，但走了一段时间后，竟如履平地，后来突然填平了坑洼，反倒觉得很不适应，要慢慢才会习惯。作者由此联想到做学问乃至做人，不禁对"习惯误人"深有感慨。"习之中人甚矣哉！"一句统摄全文。对于一个人来说，学习的初始阶段是相当重要的，君子求学，要慎重地对待开始阶段的习惯养成。正如文中所说："故君子之学，贵于慎始。"一个人要培养好习惯，或者克服坏习惯，也应当抓紧少年时期；只有在少年时期，也就是各种习惯的萌芽阶段，才容易养成或者改掉某些习惯。不论是读书还是谋事，开始阶段就要十分谨慎，以免日后被积习所误。

这是一篇论说体的散文，也是一篇是以小见大的典范，由此及彼，因小见大，通过生活中的一件小事，写出了大道理，发人深思。良好的习惯等于为人处事的良好开端，这一体会，不仅对求学，对待人接物等很多事情，都有着普遍的借鉴意义。